世界著名作家短篇小说精选系列

菲茨杰拉德短篇小说精选

[美] 弗朗西斯·斯科特·菲茨杰拉德 著　林斌 译

群众出版社
·北京·

图书在版编目（CIP）数据

菲茨杰拉德短篇小说精选 /（美）菲茨杰拉德著；林斌译. —北京：群众出版社，2018.2
（世界著名作家短篇小说精选系列）
ISBN 978 - 7 - 5014 - 5795 - 3
Ⅰ. ①菲…　Ⅱ. ①菲…②林…　Ⅲ. ①短篇小说—小说集—美国—现代　Ⅳ. ①I712.45
中国版本图书馆 CIP 数据核字（2018）第 015165 号

菲茨杰拉德短篇小说精选

世界著名作家短篇小说精选系列

［美］弗朗西斯·菲茨杰拉德　著　林斌　译

出版发行：群众出版社
地　　址：北京市丰台区方庄芳星园三区 15 号楼
邮政编码：100078
经　　销：新华书店
印　　刷：中国电影出版社印刷厂

版　　次：2018 年 5 月第 1 版
印　　次：2018 年 5 月第 1 次
印　　张：10.625
开　　本：880 毫米 ×1230 毫米　1/32
字　　数：290 千字

书　　号：ISBN 978 - 7 - 5014 - 5795 - 3
定　　价：36.00 元

网　　址：www.qzcbs.com
电子邮箱：843195700@qq.com

营销中心电话：010 - 83903254
读者服务部电话（门市）：010 - 83903257
警官读者俱乐部电话（网购、邮购）：010 - 83903253
文艺分社电话：010 - 83901730

“爵士时代”的悲喜人生

林　斌

弗朗西斯·斯科特·菲茨杰拉德（F. Scott Fitzgerald，1896—1940）是20世纪最伟大的美国现代派作家之一，与海明威、福克纳齐名，既是“迷惘一代（the Lost Generation）”的代表作家，也是“爵士乐时代（the Jazz Age）”的代言人。他的文学创作以长篇小说闻名于世，代表作品包括《人间天堂》（1920）、《美丽与毁灭》（1922）、《了不起的盖茨比》（1925）、《夜色温柔》（1934）、《最后一个大亨》（1941）等。尤其是《了不起的盖茨比》，更被誉为当代最出色的美国小说之一，确立了他在美国乃至世界文学史上的重要地位。同时，他也留下了一百七十个短篇小说，有生之年出版过《时髦女郎与哲学家》（1920）、《爵士乐时代的故事》（1922）、《所有忧伤的年轻人》（1926）、《清晨起床号》（1935）四部短篇小说集。其中脍炙人口、耳熟能详的篇目有《本杰明·巴顿奇事》（1922）、《像里兹饭店那么大的钻石》（1922）、《冬天的梦》（1922）、《富家子弟》（1926）、《重访巴比伦》（1931）等。如果说菲氏作品的文学魅力在很大程度上来自于优雅脱俗的文风、精致典雅的遣词造句，那么这种风格在他的短篇小说中得到了最好的体现。本选集拟重点译介菲氏短篇小说的十三个经典篇目，既集中反映其巅峰时刻的最佳创作状态，又注重其不同阶段（1920－1936年间）的代表性题材与文风，以飨读者。

菲茨杰拉德于1896年9月24日出生在美国明尼苏达州圣保罗市的一个中上阶层商人家庭。他的父亲有着爱尔兰和英格兰血统，内战后从东部的马里兰州移居到中北部的圣保罗市；母亲是一名爱尔兰移民、杂货批发商的后裔，从娘家的一位婶母那里继承了一大笔财产，确保菲氏一家人过上了衣食无忧的富裕生活。斯科特的童年是在纽约州水牛城度过的，1908年以前偶尔会去父亲在保洁公司供职的西弗吉尼亚探访，1901年至1903年也曾在纽约州锡拉丘斯待过不到两年的时间。由于父母都是天主教徒，他早年在天主教学校读书，上学期间便对文学产生了极大的兴趣，十三岁在校报发表了首篇侦探小说习作。1913年，他进入普林斯顿大学。求学期间，他跟未来的评论家、作家埃德蒙·威尔逊（1895—1972）和约翰·皮尔·毕肖普（1892—1944）交上了朋友，并热衷于为学校的刊物和剧社写稿，但1917年因为学业不佳而被迫退学参军。遗憾的是，他在尝试写作之初的两次投稿都遭到了拒绝。他驻扎于亚拉巴马州首府蒙哥马利附近时遇见并爱上了州最高法院法官的女儿——十八岁的“时髦女郎”泽尔达·塞尔(Zelda Sayre，1900—1948)，此后便开始了一生的追求和挣扎。退伍之后，他一边在一家广告公司工作，一边从事文学创作。怎奈无法说服泽尔达相信他能够负担得起她那奢侈的生活方式，泽尔达犹豫之下撕毁了婚约。斯科特回到父母家的老宅之后，修改了先前的手稿，出版了这部以他在普林斯顿读书的经历为素材的半自传体小说《人间天堂》。小说于1920年3月26日面世，大获成功，不仅奠定了他毕生文学创作事业的基础，创作所得也为他赢得了与泽尔达的婚姻。次年10月，独女弗朗西斯出生。

1920年代，菲氏夫妇纵情享乐于纽约上流社会，往返于美国和欧洲大陆之间，活跃于以海明威为代表的巴黎和蔚蓝海岸的旅欧美国人社交圈，而这十年也是菲茨杰拉德的创作高峰期。为了维持妻子的奢华生活，斯科特一边从事严肃文学创作，一边为《星期六晚报》《科利尔周刊》《绅士》等杂志撰写短篇小说，并把作品卖给好莱坞。具有讽刺意味的是，后来被公认为菲氏杰作的《了不起的盖茨比》当时并未取得商业上的成功，而正是这些畅销作品为他赚取了丰厚的报酬。尽管如此，他们的生活方式和泽尔达的医疗账单还是让斯科特经常入不敷出，多次向他的经纪人哈罗德·奥伯和他的编辑麦克斯韦·珀金斯借款或要求预支稿费。1930年，由于经济困境、酗酒问题以及斯科特与女演员的婚外恋情，他与泽尔达的婚姻出现了裂痕，泽尔达不幸患上了精神分裂症，余生一直未能痊愈。1932年2

月，她住进了马里兰州巴尔的摩的约翰·霍普金斯大学菲普斯诊所，后于1936年转入北卡罗来纳州阿什维尔市的高地医院。此间，斯科特以他与妻子的关系和奢靡生活以及酗酒问题为题材创作了自传体小说《夜色温柔》。作品于1934年发表后反响平平，但与《了不起的盖茨比》一样，获得了后世的认可和好评。直到1940年去世之前，斯科特在为好莱坞、米高梅等影业巨头捉刀代笔当编剧的同时，也曾多次因酗酒而住院治疗。长期酗酒已严重损害了他的健康，四十四岁在洛杉矶死于心脏病复发。绝笔之作《最后一个巨头》的未完手稿由埃德蒙·威尔逊接手，编辑出版。

在现当代美国文坛上，菲茨杰拉德的影响力毋庸置疑，特别是他的长篇小说杰作《了不起的盖茨比》已牢牢占据了文学经典殿堂不可或缺的一席之地。它不仅在市场上经久不衰，还是美国大中小学的必读书目之一。1925年出版的《了不起的盖茨比》堪称菲茨杰拉德写作生涯的巅峰之作。它入木三分地揭示了光彩夺目的财富和成功表象下贪得无厌的欲望、践踏人性的罪恶和丑陋凉薄的世态，淋漓尽致地展现了他的才华和写作技巧。在菲氏过世后不久，《纽约时报》曾宣称，菲茨杰拉德“在文学意义上创造了一代人……他可能阐释乃至引导了他们，让他们在中年时期看到了即将毁于一旦的一种不同的、更高贵的自由”。事实上，从第一次世界大战末期一直延续到大萧条初期的大致十年是美国历史上的特殊时期，菲茨杰拉德称之为“爵士乐时代”，因爵士乐在美国以及英法等地风靡一时而得名。同时，由于美国传统的清教道德伦理价值体系已经土崩瓦解，享乐主义开始大行其道，这十年亦被称作“喧嚣的二十年代（the Roaring Twenties)”。作为“爵士乐时代”的亲历者和代言人，菲茨杰拉德一方面热情洋溢地投身于灯红酒绿、纸醉金迷、挥霍无度的上流社会生活，亲身体验了奢华和浪漫背后的空虚和无奈，乃至“美国梦”的幻灭和失落；而另一方面，他又能与生活拉开距离，冷眼旁观一代人的人生经历和心路历程，并在文学创作中冷静地检视并剖析时代精神。作为时代见证者，他笔下具有强烈自传色彩的作品既是他自己和泽尔达的生活写照，又是同代人的醒世宝鉴，为后世留下了颇具时代特色和文化价值的微缩文学景观。

尽管菲茨杰拉德主要以长篇小说闻名于世，但在有生之年凭借短篇小说创作取得了商业上的成功，获得了广泛的公众认可。总体来看，他的短篇小说通常是以娱乐大众、吸引眼球为目的，因而具有更强的通俗性和可读性；其中的优秀作品主题深邃，构思精巧，文风优雅，兼具高度的艺术性。由于篇幅所限，这里精心挑选了十篇已被文学界公认的上乘佳作，首次推出三篇至今尚无中译本的遗珠之作。按照发表时间排列起来，此处选编的十三个短篇大致可分为前后两个阶段：1920 年代初的早期作品多聚焦于美国时尚社交圈的青年男女，字里行间虽有暗流涌动，但整体上行文轻快活泼，文风华丽诙谐；1930 年代的后期作品多反映大萧条下满目疮痍的炎凉世态，反思深刻而痛切，文风也相应地变得凝重起来，表达了一种想要在废墟上站起来、重振昔日风采的无力挣扎。

《伯妮斯剪发》(1920) 是菲茨杰拉德发表在《星期六晚报》上的第四篇故事，也是他的名字首次出现在杂志封面上，后来在收入《时髦女郎与哲学家》这部短篇小说集时为其提供了护封和插图的素材。从内容上看，这篇小说是在他写给妹妹安娜贝尔的一份备忘录基础上改写而成，教她如何赢得男孩子的青睐。它以轻松诙谐的笔触反映了当时美国社会的社交竞争压力，尤其是年轻女性跻身于上流社会的迫切愿望。女主人公伯妮斯的名字来自埃及王后伯伦尼斯二世（Berenice II of Egypt）；作品以王后牺牲金发来为丈夫赢得战争胜利并因此受到神的嘉奖的传奇为原型，讲述了伯妮斯来表姐玛乔丽家做客并参加社交活动的经历。伯妮斯虽然富有而漂亮，却因言谈乏味而不受男生欢迎。她在表姐这位社交明星居高临下的刺激和指点下才刚取得社交上的突破，又反遭后者嫉妒。她在迫于后者的压力而兑现剪短头发的承诺后，形象一落千丈，重又受到新近赢得的追随者的嫌弃。一气之下，她在离开前趁表姐熟睡，剪掉了表姐的金色发辫。小说通过观念相对守旧的伯妮斯和思想开放前卫的玛乔丽这对表姐妹之间的矛盾冲突，在人物心理层面上细致入微地反映了时尚青年社交圈的残酷竞争，以及女性角色的传统设定与时代变迁。如果说在第一次世界大战阴影下变得愤世嫉俗、玩世不恭的男性被贴上了“哲学家”的标签，那么打扮新潮、特立独行的“时髦女郎（Flapper）”的出现则是对传统淑女形象的大胆颠覆。二者在及时行乐的价值观影响下，均开始尝试逾越或冲破先前颇为保守的性别观念的藩篱。实际上，这也正是菲茨杰拉德在日后创作中不断探究的严肃话题，因而在菲氏经典中占据了一个重要地位。虽然作者并不看重其价值，但它成为了菲茨杰拉德最为流行的短篇小说之一，并被改编成电影、歌曲等其他流行艺术形式广为流传。

《冰宫》（1920）最初刊发于《星期六晚报》，后来也被收入短篇小说集《时髦女郎与哲学家》。这是菲茨杰拉德首次尝试美国南北社会文化差异的题材。关于美国南方，他曾在1940年评论道："我在很久以前就发现，这是一个如同怪诞风景画般的乡村，正如福克纳先生后来所充分展示的那样。"由于他的妻子泽尔达来自南方腹地的阿拉巴马州，南方文化对女性产生的影响便成为他特别关注的焦点。故事围绕一位正值青春妙龄的南方姑娘的婚恋选择展开。女主人公萨莉·卡罗尔对单调的生活环境厌倦之下开始憧憬着嫁到北方去，并执意与一位北方小伙子订了婚。但当她冬季去未婚夫的故乡小镇造访时却发现诸多不适，直到在当地冰雪节上经历了困于冰宫的可怕遭遇后梦想彻底幻灭。后来，菲茨杰拉德还为它专门写了续篇《软心糖豆》，发表在他1922年的短篇小说集《爵士乐时代的故事》里。

《本杰明·巴顿奇事》（1922）又译《返老还童》或《本杰明·巴顿的一生》，面世之初受到冷落，但2008年据其改编的电影斩获了十三项奥斯卡提名。这篇小说虚拟记录一个男人逆生长过程，最初发表在1922年5月27日的《科利尔周刊》上，是菲氏继《雕花玻璃碗》之后发表的第二篇玄幻或超自然风格的短篇小说。他之所以被这种形式的创作所吸引，原因大概在于它能使不可能的事情变得可信，戏剧性地体现了浪漫主义和现实主义之间的张力。在《爵士乐时代的故事》里，菲茨杰拉德描述了这篇小说的创作思路："这个故事的构思是受到马克·吐温一句话的启发，大意是：生命始于最好的部分，而把最糟糕的部分留到最后，真是遗憾。只拿在完全正常世界里的一个人做试验，我未能对他的这个想法予以公正评判。在它完成以后过了几周，我发现它与塞缪尔·巴特勒《札记》里一个故事情节雷同。"实际上，现当代世界文学史上并不乏此类题材的作品，奥地利作家亚历山大·罗达、英国作家J. G. 巴拉德、加拿大作家W. P. 金塞拉、美国作家雷·布拉德伯里均有过类似的原创作品。

《像里兹饭店那么大的钻石》（1922）是菲氏经典短篇小说之一，以戏谑夸张的方式表现出贫富悬殊、地区差异所带来的不同价值取向及其人际关系投射。这篇小说是菲茨杰拉德1915年在蒙大拿州白硫磺泉镇度夏时获得的灵感。来自密西西比河流域的男主人公约翰应邀到他在私立贵族学校的同班同学珀西·华盛顿家消夏。西行路上，他逐渐意识到华盛顿一家当属世上最富有的家族了。这是因为珀西的祖父发现了一座钻石矿山，将其据为私有，对外封锁消息，知情者一律遭到无情杀戮，仅有一人侥幸逃脱。约翰爱上了珀西的妹妹，偶然从她口中得知真相，大为震惊。正在他为自身性命担忧之际，所幸当晚逃脱者引来军队攻打钻石山。珀西的父亲启动爆炸装置，将钻石山彻底摧毁，只有约翰带着珀西的两个身无分文的妹妹得以逃脱。作家宣称，它“完全为了自娱自乐而设计。我当时处于一种极度渴望奢华的情绪中，故事一开始是为了画饼充饥的”。作品不仅对财富所能带来的奢靡生活进行了意淫般的夸张想象，且将无尽的贪欲使人类道德沦丧的主题发挥到了极致，读来妙趣横生。

《冬天的梦》(1922) 首次发表于《大都会》杂志，后收入短篇小说集《所有忧伤的年轻人》，被认为是菲氏杰作《了不起的盖茨比》的雏形和缩影，也是其最好的短篇小说之一。作品旨在通过不同阶层年轻人之间的情感纠葛，运用象征手法来表现“美国梦”的虚无和破灭，在主题表现和人物塑造上都为《了不起的盖茨比》做了充分铺垫，深刻体现了20世纪初期美国社会生活中的阶级矛盾、地区差异和性别成见。与盖茨比的经历颇为相似，出身于中下层家庭的主人公德克斯特爱上了浮华自私的富家女朱迪，并将其当成跻身于上流社会的奋斗目标。不料在事业腾飞的同时，却在婚恋方面遭受重创：他虽然在与朱迪交往过程中逐渐意识到她并不适合做自己的贤内助，还是受到了致命的诱惑，不仅冲动之下毁掉了一桩更为般配的婚姻，而且终被朱迪无情抛弃，被迫背井离乡。多年以后他偶然听说了朱迪嫁为人妇后风采尽失的消息，不禁黯然神伤，对青春年少时的梦想产生了巨大的幻灭感。与《了不起的盖茨比》的女主人公黛西一样，“时髦女郎”朱迪无疑也是“美国梦”的化身，其自身的局限和缺陷折射出了“美国梦”蜕变后的空虚本质。

《富家子弟》(1926) 又译《阔少爷》，最初在《红皮书》杂志分两次连载，是菲茨杰拉德最重要的短篇小说之一，被誉为“爵士乐时代”的美国现实主义杰作。故事中包含了菲氏被误引最多的一句话：“他们跟你我不一样。”作者将同学拉德洛·富勒当作主人公安森·亨特的原型，并写信坦诚相告：“我写了一篇一万五千字的故事，与你有关，名叫《富家子弟》——故事作了伪装，除了你我以外，或许只有两个相关的女孩会认得出来，除非你把它说出去。可它在很大程度上是你的人生故事，到处都有淡化处理，还作了简化；许多空白不得不运用我的想象。它很坦诚，不留情面，但是充满同情，我想你会喜欢它——这是我所做过的最好的事情之一。”主人公安森出身于豪门望族，与生俱来的优越感和玩世不恭的生活态度让他连续辜负并错过了波拉、多丽这两位真诚待他的女友，也让他草菅人命地粗暴处理了弟媳埃德娜的婚外恋情，最终落得个众叛亲离、孤家寡人的凄惨下场，而他却依旧不顾他人感受、我行我素地继续生活着。评论界普遍认为，公众在菲氏对于富人的态度问题上多有误解，而这篇小说正是厘清这个问题的关键。

《巴兹尔：最天真的小子》（1928）、《约瑟芬：有风流史的女人》（1930）这两篇分属巴兹尔故事系列和约瑟芬故事系列，是菲兹杰拉德创作高峰期的作品，反映了作家在美国中西部的成长经历，诙谐幽默的风格受到读者喜爱。前者刻画了一个初入大学因爱出风头而备受排挤的郁闷男孩形象。他本想放弃，却偶然目睹了体育明星、戏剧主演、大学老师等人的失意瞬间，意识到个体与命运抗争的生活常态，从而走出阴霾，迎来人际关系改善的转机。后者刻画了一个社交场上如鱼得水、行为放荡不羁的妙龄女郎形象。她主动追求女同学的青年才俊男友，却平生头一次惨遭拒绝，由此开始对自身挥霍青春的浪漫行为有所反思和悔悟。虽同为青少年成长小说，这两篇小说相比之下勾勒出了同龄男女青年的不同命运：前者笔调乐观积极，后者则稍显悲观彷徨。

《重访巴比伦》（1931）是菲茨杰拉德的后期代表作，与《像里兹饭店那么大的钻石》《冬天的梦》《富家子弟》等同被誉为菲氏最伟大的短篇小说。如同其他几个名篇佳作，这篇小说有着强烈的个人色彩，坦诚表达了他对自己的酗酒恶习、妻子的精神崩溃和对女儿的责任感的看法。故事背景设定在1929年股市崩溃之后的大萧条时期，主人公查理及妻子海伦曾在“爵士乐时代”的享乐主义氛围下过了几年挥金如土、酗酒无度的奢靡生活，海伦病故后女儿被判由妻妹及其银行职员丈夫监护。后来，查理的财富在一夜之间化为乌有，便改掉了酗酒的恶习，靠在国外经商而重新站稳了脚跟。随后，他回到巴黎，向妻妹夫妇索要女儿的监护权。妻妹虽然对于海伦之死耿耿于怀，一开始不肯答应他的请求，但在丈夫的劝说下态度有所松动。查理才刚取得进展，却被闻讯前来拜访的旧日狐朋狗友搅了局，不禁对往日欠下的旧债懊恼不已。作品基于作家自身的类似经历，透过主人公的眼睛观察到“爵士乐时代”逝去后社会生活和人际关系的变迁，尤其是巴黎娱乐场所的惨淡萧条，并且借助主人公的心理活动反思往昔的荒唐生活及其造成的难以弥补的损失和难以弥合的创伤，全方位表现了现代主义文学所特有的孤独、异化、荒诞、失落等主题。

《作家的下午》（1936）是其晚期作品。从文体来看，既是短篇小说，又有散文的特征，可以从中看出作家“在长篇小说《夜色温柔》惨遭失败之后力图改变创作形式和素材的努力”。① 作品首发于《绅士》杂志，被认为是菲氏最好的非虚构类作品，在此基础上衍生出了崩溃系列。主人公带有明显的自传印记。酗酒带来的健康问题刚刚得以缓解，作家试图恢复往日的写作状态，在日常生活中重新找回巅峰期的灵感，可惜效果欠佳，字里行间在平静安详中透出一丝令人窒息的绝望。

最后，本选集特别推出菲茨杰拉德的三篇遗珠之作——《人气女郎》《口红：校园喜剧》和《橄榄球场》。这三篇均为首译，至少到目前为止在菲氏短篇小说的主要中译本里未曾见过。它们各具特色，全部带有菲氏小说的鲜明印记。《人气女郎》篇幅最长，1922 年 2 月分两次连载于《星期六晚报》，后被收入英国金星出版社（Hesperus Press）2005 年推出的现代声音系列短篇小说。有人认为，将它与《富家子弟》对照阅读，会别有深意。尤其是主人公恰与作者同名，也叫“斯科特”。这一巧合令人浮想联翩。《口红：校园喜剧》最初是美国制作人约翰·康西丁于 1927 年请菲茨杰拉德为女演员康斯坦斯·塔尔梅奇量身定制的一个剧本，但因故未能采纳。菲氏随后将其改编成短篇小说，原稿保存于普林斯顿大学图书馆，后收录于《菲茨杰拉德—海明威年鉴》（1978）。《橄榄球场》在 1928 年 1 月

---

① F. Scott Fitzgeraid, The Short Stories of F. Scott Fitzgeraid: A New Collection, Matthew J. Brccoli. ed., New York: Scribner, P. 734.

发表于《星期六晚报》，是作者专门为1927年的橄榄球赛季所写，也是他在巴塞尔系列以外发表的唯一以橄榄球为题材的故事。晚报编辑托马斯·科斯坦读后表示，菲茨杰拉德"捕捉到了橄榄球赛的真正精神，或许以前还从未有过"。① 这三篇故事的内容在此恕不赘述，留有悬念，有待读者赏鉴，以彰显首译之意义。值得一提的是，杨苑、余璇、郭燕夫三位本人指导的翻译硕士生为之付出了不少努力。三篇译文经反复推敲打磨，并由本人修正、校对后方才示人。

我国当下的翻译事业已进入一个可喜的繁荣期，不仅译者的身份逐渐得到了公众认可，而且译著的分量在学界也有所增加。在这个前提下，经典重译这一领域也重新焕发出勃勃生机，而文学经典的每一次重译无疑都会展现出时代精神，引领大众阅读品位，相信或多或少会给读者带来些许惊喜。在此，特别感谢群众出版社的编审萧晓红女士：感谢她慧眼识珠地从众多欧美经典作家当中选出更贴近大众品位、更接地气的菲茨杰拉德，感谢她不厌其烦地再三催促和鼓励，感谢她对编辑工作投入的一腔热忱和心血。正是由于她的专业眼光和敬业精神，这部《菲茨杰拉德短篇小说精选》才得以面世，为广大读者送去一份宝贵的精神食粮。这是一次愉快的合作经历。是记之。

2017年12月31日

于厦门大学

① F. Scott Fitzgeraid, The Short Stories of F. Scott Fitzgeraid: A New Collection, Matthew J. Brccoli. ed., New York: Scribner, P. 390.

目　录

伯妮斯剪发

一

星期六天黑以后，你若站在高尔夫球场第一个发球处，便能看到乡村俱乐部的那些窗子，一大片黄色灯光宛如映照在黑森森、波漾漾的海洋上。那片所谓波涛涌动的海面原来是一些攒动的人头，其中有许多好奇的球童，也有不少更机灵些的专职司机，以及那个职业高尔夫球手的聋子姐姐。通常还有零散几个缺乏自信的人在人群旁边晃悠，只要愿意，便会卷入其中。这就是舞厅所在的位置。

看台在里面。这个兼作俱乐部活动室和舞厅的房间靠墙摆放着一圈藤椅。在星期六的晚间舞会上，这里多半是女人的天地。一群中年女士聚在一起就像一座巨大的巴别塔①，一个个手执长柄望远镜，挺着大胸脯，目光犀利，心肠冷酷。这个看台的主要功能是品头评足。虽然偶尔会有不情愿的溢美之词，可从未有过赞许。三十五岁以上的女士都清楚地知道，年轻人在夏季时光举办舞会都是带着世界上最龌龊的动机的。假如不用冷酷的目光将他们镇住，几对离群的舞伴就会在角落里跳出怪诞而又粗俗的舞步来，更受欢迎也更危险的姑娘有时会在毫无戒心的贵妇人停在外面的豪车里被人亲吻。

可这个评论圈毕竟离舞台远了些，看不清演员们的面孔，捕捉不到更微妙的小插曲。她们只好眉头紧皱，身子前倾，问了问题，再根据自己的

---

①《圣经》里描述的一座众人合力建造的通天塔，人们由于突然语言不通而中途作罢。

那套假设推导出满意的论断。比方说，有人断言说，如今每个收入丰厚的年轻人都过着类似受人捕猎的松鸡般的生活，对于发生在动荡不安且带有几分残酷的青春世界里的这一出大戏，她们其实并没有真正去欣赏。绝对没有。包厢、乐池、主角和合唱团全都被混杂在一起的面孔和声音所取代，随着岱尔乐团奏出的那曲调哀怨的非洲韵律轻轻摇摆。

从还有两年才能从希尔中学毕业的十六岁的小奥蒂斯·奥蒙德，到家里橱柜上方挂着哈佛法学院毕业证书的 G·里斯·斯托达德；从盘起头发来仍旧感到怪异而别扭的年轻的玛德琳·霍格，到舞会灵魂人物当得有点儿太久——超过十年——的贝西·麦克雷——这乱糟糟的一群人不仅构成了舞台的中心，也只有他们才能一览无余地看清舞台的全景。

音乐突然高昂激越起来，然后，随着砰的一击便戛然而止。一对对舞伴彼此交换着做作而又随意的微笑，开玩笑似的重复着"啦－嘀－哒－哒－咚－咚"。接着，年轻姑娘们的清脆笑语声便将人群爆发出的一阵掌声淹没了。

有几个没带舞伴的小伙子刚要插队，却被困在舞池中央，只好悻悻地退回到墙边。这可不像圣诞节的狂欢舞会。这些非正式的夏日舞会应该是温馨、热烈和令人愉悦的，结了婚的年轻人也会起身跳上几曲古老的华尔兹和骇人的狐步舞，年纪更轻些的兄弟姐妹则会报以宽容的笑意。

在耶鲁随便上过几天学的沃伦·麦金泰尔就是那些倒霉的单身小伙子之一。他从晚礼服口袋里摸出一根香烟来，漫步走出舞厅，来到半明半暗的宽敞游廊上。成双成对的人们散坐在桌边，悬着灯笼的夜空里充满了喁喁低语和隐约笑声。他不时朝不那么专心的人们点头致意；从每一对情侣身边经过时，脑海里都会闪过几近忘却的零星往事。城市不大，每个人都对其他人的过去了如指掌。比方说，吉姆·斯特兰和埃塞尔·德莫雷斯特三年前就已私订终身了。大家都知道，吉姆一旦在一个职位上做满两个月，她就会嫁给他。可他们此时看起来有多无聊，有时埃塞尔看吉姆的眼光有多厌倦，就好像她在想为何将感情藤蔓缠绕在这样一棵飘摇在风中的杨树上。

沃伦十九岁，对那些没能去东部读大学的朋友满怀同情。但就像多数小伙子一样，他在远离家乡的时候却爱天花乱坠地吹嘘家乡的姑娘们：吉纳维芙·奥蒙德，她是普林斯顿、耶鲁、威廉姆斯和康奈尔的舞会、家庭派对和橄榄球赛上的常客；黑眼睛的罗伯塔·狄龙，她在同龄人中间就像海勒姆·约翰逊或泰·科布①那样大名鼎鼎；当然还有玛乔丽·哈维，她除了有仙女般的面容和让人目眩神迷的口才，单凭在纽黑文上一季的轻舞鞋舞会上接连侧翻了五个筋斗就已声名大噪了。

沃伦与玛乔丽在同一条街上长大——街对面就是她家，早就"为她神魂颠倒"了。虽然有时似乎也会用一丝感激来回报他的爱慕之情，但她已经用百试不爽的方法测试过他，并已经郑重告诉他她不爱他了。她的测试方法就是，当她离开他身边时就忘掉他，与其他男孩谈情说爱。沃伦对此十分气馁。尤其是这个夏天，玛乔丽三天两头去外地做短途旅行。每次回家后的那两三天里，他都会看见哈维家前厅桌子上堆满了她的信，信封上是形形色色的男性笔迹。更糟糕的是整个八月份，她从欧克莱尔②来访的表妹伯妮斯都住在她家里，想与她单独见面似乎不可能——每次都得大费周章，找个人来陪着伯妮斯。随着八月份渐渐接近尾声，这可变得越来越不容易了。

尽管沃伦对玛乔丽十分崇拜，却不得不承认伯妮斯表妹有点儿缺乏魅力。她长得挺漂亮，深色头发，气色红润，但在派对上实在无趣。每个星期六晚上，他为了讨好玛乔丽，都要尽职尽责地同伯妮斯卖力跳上长长一支舞。但每次和她在一起，除了乏味无聊，他什么感觉都没有。

"沃伦。"一个柔柔的声音在他耳边响起，打断了他的思绪。他转过头去，看到了玛乔丽。她与往常一样面颊潮红，神采飞扬。她一只手搭到他的肩膀上，他的脸上隐隐露出了喜色，几乎让人不易察觉。

"沃伦，"她轻声低语道，"帮我一个忙，跟伯妮斯跳个舞吧！她被小奥蒂斯·奥蒙德缠住快一个小时了。"

沃伦脸上的喜色顿时黯淡下来。"那——好吧。"他心有不甘地答道。

"你不介意，是不是？我绝不会让你脱不了身的。"

---

① 海勒姆·约翰逊（1866—1945），美国著名政客；泰·科布（1886—1961），美国著名棒球运动员。

② 美国威斯康星州中西部城市。

“没问题。”

玛乔丽微微一笑。这一笑，足以表达感谢了。“你真是个天使！我真是感激不尽！”

“天使”叹了口气，朝游廊四周看了看，并没有看见伯妮斯和奥蒂斯的影子。他又踱回室内，一眼就看见女化妆间门前奥蒂斯坐在一群年轻人中间，众人捧腹大笑。奥蒂斯挥舞着不知从哪里拣来的一根木棍，滔滔不绝地说着话。“她进去整理一下头发。”他大声宣布说，“我正等着再和她跳上一个小时呢。”

众人再次哄堂大笑。

“你们几个为什么不插进来呢？”奥蒂斯愤愤地嚷道，“她喜欢多一点儿变化。”

“为什么，奥蒂斯？”一个朋友说道，“你才刚开始习惯她呢。”

“你干吗要拿着这根长四寸、宽两寸的木棍呢，奥蒂斯？”沃伦笑着问道。

“长四寸、宽两寸？哦，这个吗？这是高尔夫球杆。等她出来的时候，我会朝她头上来一下子，再把她打回去。”

沃伦瘫倒在沙发上，乐不可支。“不要紧，奥蒂斯。”他好不容易才说出话来，“这次我来救你。”

奥蒂斯装作一下要晕倒的样子，把木棍递给了沃伦。“你也许用得上它，老伙计。”他哑着嗓子说。

不管一个女孩有多漂亮、多聪明，如果留下跳舞时不大会有人插进来的名声，那她的处境就不太妙了。与一晚上要跳上十几支舞的花蝴蝶相比，男孩或许更愿意跟她待在一起。但这些听爵士乐长大的年轻人生性浮躁，一想到要与同一个姑娘跳一整支以上的狐步舞，即便不厌烦，也会觉得索然无味。如果一个小伙子与她跳了好几支舞，还要搭上舞曲之间的休息时间，那她基本上可以肯定，他一旦脱身就再也不会踩到她那舞步恣意飞扬的脚趾了。

沃伦陪着伯妮斯跳了下面的一整支舞曲。最后，多亏到了中场休息时间，他把她领到游廊上一张桌子旁。沉默了好一会儿，她百无聊赖地把玩着扇子。“这里比欧克莱尔更热。”她说道。

沃伦强忍住一声叹息，点了点头。大概是吧。他不知道，也不在乎。他漫不经心地想着，到底是因为她得不到关注才不会说话呢还是因为她不会说话才得不到关注。

“你还会在这里待很久吗？”他问道，随后脸红了。她可能会猜到他这样问的原因何在。

“再待一个星期。”她回答道。说完，她盯着他看，就好像只等他下一句话一说出口就要扑上来。

沃伦有点儿心烦。随即，突然间上来一股要做老好人的冲动，决定在她身上试试他的部分社交辞令。他转过头去看着她的眼睛：“你的嘴巴让人好想亲一下。”他不动声色地开口道。这是他在大学舞会有时会对女孩讲的一句话，当他们站在昏暗的地方谈话时，就像现在一样。

伯妮斯显然吓了一跳。她的脸难堪地涨得通红，拿扇子的手也变得笨拙起来。以前还从来没有人对她说过这样的话呢。“放肆！”这句话不经意就脱口而出了，她咬住了嘴唇；想要装作被他逗乐的样子已经来不及了，她慌乱地朝他笑了笑。

沃伦感到恼火，他习惯于对方不把这句话当真。通常，这句话会引起一阵大笑或一段半开玩笑、半伤感的独白。他不愿意被称作放肆，除非以玩笑的方式。他做老好人的冲动消失殆尽，于是转换了话题：“吉姆·斯特兰和埃塞尔·德莫雷斯特还像往常一样坐在外面。”他说道。

这个话题更合伯妮斯的口味。转换话题虽说让她松了一口气，却也掺杂着一丝懊悔。男人不对她说什么“让人想亲吻的嘴唇”之类的话，但她知道他们对别的姑娘会这样说。“哦，是呀。”她说着大笑起来，“我听说他们一文不名，已经瞎混了好几年。这样不是很傻吗？”

沃伦的反感加深了。吉姆·斯特兰是他哥哥的亲密好友，无论如何都觉得嘲笑人家没钱总归不礼貌。可伯妮斯其实并无嘲笑之意，只是太紧张了。

二

玛乔丽和伯妮斯回到家时已是午夜十二点半了，她们在楼梯顶端互道了晚安。虽是表姐妹，她们关系却并不亲密。事实上，玛乔丽没有任何闺中密友——她觉得女孩子都是愚蠢的。伯妮斯却正好相反，在父母安排的这一段做客的日子里，她一心盼着能与表姐伴着傻笑和泪水来交流内心的小秘密。她把这当作女孩交往不可或缺的组成部分。但就这一点来说，她发现玛乔丽十分冷淡；感觉与玛乔丽讲话有点儿像与男性交谈一样困难。玛乔丽从来不会咯咯地傻笑，从来不会害怕，也很少会难为情。其实，玛乔丽身上少有伯妮斯心目中女性应有的美好个性。

这天晚上，伯妮斯忙着摆弄牙刷和牙膏的时候，一百次地扪心自问：为什么她离开家不会引起任何人注意。她家是欧克莱尔最富裕的，母亲经常在家里请客。每次舞会前都会为女儿举办一个小小的宴会，还给她买了一辆车，可以开着到处跑。她从未想过，这些促成了她在家乡成功的社交经历。像大多数女孩子一样，她也是喝安妮·费勒斯·约翰斯顿①炮制的"温热牛奶"长大的。小说里的女人们被爱，都是因为她们拥有某些神秘的女性特质。这些特质经常被人提起，却从来没有展现出来。

伯妮斯隐隐觉得有些痛苦，眼下她并不受欢迎。她并不知道，要是没有玛乔丽从中斡旋，整个晚上她都得和同一个人跳舞。但她也明白，即便在欧克莱尔，很多地位和容貌都不如她的女孩受到的追捧也要比她多得多。她把这归咎于那些女孩不清不楚的不检点之处。她从来没有为此烦心过；即使有过，母亲也会安慰她说，其他女孩是在作践自己，而男人真正尊重的还是像伯妮斯这样的姑娘。

她关了浴室的灯，一时兴起，决定去跟姑姑约瑟芬聊一聊。姑姑房里的灯还亮着。她穿着软底拖鞋，悄无声息地走过铺着地毯的走廊。听见里面有人讲话，便在半掩着的房门旁停了下来。接着，她听到了自己的名字。虽说并没有偷听的明确打算，她还是迟疑了一下。里面正在进行的谈话像一根线似的一下子穿透了她的心，仿佛有一根针牵引着她前行。

"她简直不可救药！"是玛乔丽的声音，"哦，我知道你要说什么！那么多人都对你讲她有多美、有多甜，她的厨艺有多好，可那又怎样！她过得不开心，男人都不喜欢她。"

"受点儿欢迎有什么了不起？"哈维太太的声音听上去有些不快。

"在你十八岁时，这可是你的一切。"玛乔丽加重了语气，"我已经尽

---

① 安妮·费勒斯·约翰斯顿（1863—1931），美国著名的儿童文学作家。

力了。我待她客客气气；让男孩子跟她跳舞，可他们就是受不了这份无聊。一想到那么好的气色竟然浪费在这样一个傻瓜身上——要是搁在玛莎·凯里身上，她能做多少事情——唉！”

“现今的人都不讲礼数了。”哈维太太的声音里流露出她对现今社会的不解。在她还是小姑娘时，所有出身良好的年轻小姐都过得很开心。

“好了，”玛乔丽说道，“没有哪个女孩会没完没了地帮一个不中用的客人。如今，大家都是各顾各的。我甚至会尽力给她一些衣着和其他方面的暗示，她却很气恼，用奇怪的眼神看着我。她足够敏感，知道自己不太受待见。我猜她一定会自我安慰，觉得自己是个品行端正的好姑娘；而我太放荡、太轻率，肯定不会有什么好结果。所有不受欢迎的女孩子都是这么想的——酸葡萄！莎拉·霍普金斯就管吉纳维芙、罗伯塔和我叫栀子花姑娘！我敢打赌，要能做一个栀子花姑娘，有三四个男人爱上她，舞会上每跳几步就有人插进来，那她情愿陪上十年的性命，再加上在欧洲受的教育。”

“在我看来，”哈维太太十分厌倦地打断了，“你应该能为伯妮斯做点儿什么。我知道，她不是很活跃。”

玛乔丽发出痛苦的呻吟：“活跃——老天爷！除了说天气热、舞池里人多或她明年要去纽约上学，我就没听她跟男孩说过别的。有时她问他们开什么车，告诉他们自己开哪种车——真是太有趣了！”

一阵短暂的沉默后，哈维太太又继续她的老生常谈：“我只知道，远不如她温柔、漂亮的女孩都找到了同伴。比方说玛莎·凯里吧！长得五大三粗，说话大嗓门儿，她的妈妈也再普通不过了。罗伯塔·狄龙今年太瘦了，就好像亚利桑那才适合她，她跳起舞来简直不要命。”

“可是，妈妈，”玛乔丽不耐烦地反驳道，“玛莎是个很活泼的人，又机灵又会打扮；罗伯塔舞跳得特别棒，受欢迎也不是一天两天了！”

哈维太太打了个哈欠。

“我想，是因为伯妮斯有奇怪的印第安血统吧。”玛乔丽继续说，“也许她有返祖现象。印第安女人只是干坐在那里，从来都一声不吭的。”

“去睡觉吧，你这个傻孩子。”哈维太太大笑起来，“我要是知道你会一直记着这事，当初就不告诉你了。而且我觉得，你的那些想法大都很傻气。”她带着睡意把话说完。

又是一阵沉默。玛乔丽在考虑，是否值得再花一番力气来说服母亲。四十岁以上的人在任何事情上都很难被一劳永逸地说服。我们的信念，在十八岁时是登高眺远的小山；在四十五岁时，则是我们藏身的山洞。玛乔丽想清楚了这一点，道了一声晚安。等她走出房间时，走廊已空无一人。

三

第二天早上，玛乔丽很晚才起来吃早餐。这时伯妮斯走进来，很正式地对玛乔丽道了早安，在她对面坐了下来，专注地看着她，轻轻舔了一下嘴唇。

“你有心事吗？”玛乔丽十分困惑地问道。

伯妮斯顿了顿，这才扔出她的手榴弹：“昨晚我听见你是怎么对你妈妈说我的了。”

玛乔丽吃了一惊，但只是脸上微微泛红，开口讲话时声音依然很平静。“你当时在哪里？”

“在走廊。我不是有意偷听的，至少一开始不是。”

玛乔丽不由自主地朝她投去轻蔑的一瞥，然后垂下眼帘，开始饶有兴味地在手指上平衡一块散落的玉米片。

“我想，我最好还是回欧克莱尔去吧，如果我是这么讨人嫌的话。”伯妮斯的下嘴唇剧烈地颤抖起来。她继续用颤音说道，“我一直都在努力，想要友好，可是——可是我先是被忽略，然后又被侮辱。我的客人从来没有被这样对待过。”

玛乔丽沉默不语。

“看来我妨碍了你，成了你的累赘，你的朋友都不喜欢我。”她停了下来。接着，又想起了另外一件伤心事，“当然了，上个星期你想要暗示我那条裙子不好看，我很生气。难道你不认为我知道怎么打扮自己吗？”

“没有。”玛乔丽咕哝道，声音很轻。

“什么？”

“我什么也没暗示。”玛乔丽简短地说，“我记得我说的是，与其换着穿两条难看的裙子，不如干脆连穿三次同一条好看的裙子。”

“你觉得这么说很有礼貌吗?”

“我本来就没想做老好人来着。”停了一下，她又说，“你想什么时候走呢?”

伯妮斯倒吸了一口凉气。“啊!”她带着哭腔叫了一声。

玛乔丽吃惊地抬起头来：“你不是说要走吗?”

“是的。可是——”

“噢，原来你不过是唬人罢了!”她们隔着餐桌对视了片刻。伯妮斯眼前飘过一阵阵薄雾，而玛乔丽的脸上则带着相当决绝的表情——她通常把它用在微醉时向她示爱的大学生身上。“这么说，你是在唬人呢。”她重复道，仿佛这早就在她的意料之中。

伯妮斯号啕大哭，算是默认了。玛乔丽的眼睛里流露出厌烦的神色。

“你是我的表姐，”伯妮斯抽泣着说，“我是你的客——客——客人。我本想待上一个月的，要是我现在回家，妈妈就会知道，会纳——纳闷儿——”

玛乔丽等在那里，直到伯妮斯那支离破碎的大段絮叨实在撑不下去了，变成低声的抽泣。“我把我这个月的零用钱给你。”她冷冷地说，“最后一周你爱去哪里就去哪里。有一家很不错的旅馆——”

伯妮斯的哽咽像笛声般高扬起来。她猛地站起身来，飞也似的逃离了这个房间。

一小时以后，玛乔丽正在图书室专心致志写一封只有年轻女孩子才写得出来的闪烁其词、令人难解其意的信，伯妮斯又来了，双眼通红，故作镇定。她看也不看玛乔丽一眼，而是随便从书架上取下一本书，坐下来假装读起来。玛乔丽似乎沉浸在信当中，继续写着。当时钟显示正午时，伯妮斯啪地合上书本。“我想，我最好去买火车票了。”

这并不是她在楼上准备好的开场白，但玛乔丽根本没有领会她的暗示，并没有劝她要理智一些，也没说全都是一场误会——这已经是她能够想出的最好的开场白了。

“等我写完这封信。”玛乔丽头也不回地说道，“我想让它跟下一班邮件寄出去。”又过了一分钟，一阵奋笔疾书之后，她转过头来，脸上带着“悉听尊便”的轻松表情。

伯妮斯又得说话了：“你想要我回家去吗?”

“嗯。”玛乔丽想了想说，“我觉得，你要是在这里过得不开心，不如走吧。没必要遭这份罪。”

“你不觉得做一个一般意义上的好人——”

“哦，拜托！不要引用《小妇人》① 里的话了！”玛乔丽不耐烦地叫道，“那已经过时了。”

“你这么想吗？”

“天哪，是的！如今哪个女孩会像那些傻女人一样生活呢？”

“她们曾经是我们母亲的楷模呢。”

玛乔丽大笑起来。“是的，她们曾经是——可也不一定！再说，虽然我们的母亲自有她们的一套，都还过得不错，可她们对女儿们的问题却一无所知。”

伯妮斯站起身来：“请不要议论我的母亲。”

玛乔丽又笑了：“我并没有提她呀。”

伯妮斯觉得谈话已经偏离了正题。“你认为你待我很好吗？”

“我已经尽力了。你是块很难改造的材料哦。”

伯妮斯的眼皮红了起来。“我觉得你既残忍又自私，而且你身上根本没有一点儿女性美德。”

“哦，我的上帝！”玛乔丽绝望地叫了起来，“你这个小傻瓜！像你这样的女孩，要为所有毫无色彩的乏味婚姻负责！所有可怕的无能都被当成了女性美德！当有想象力的男人娶了霓裳裹身的美丽女子并把理想都寄托在她身上，到头来却发现她只是软弱胆怯、无病呻吟、矫揉造作之人，会是多大的打击呀！”

伯妮斯不觉嘴巴张开了一半。

“像女人的女人！”玛乔丽继续说道，“她把整个青春都浪费在唠唠叨叨地批评像我这样过得开心的女孩身上了。”

随着玛乔丽声音的提高，伯妮斯的嘴巴张得更大了。

“一个丑女孩这样唠叨还情有可原。假如我丑得不可救药，那我永远都不会原谅父母把我带到这个世界上来。可你生来并没有什么缺陷

---

① 19 世纪美国作家路易莎·奥尔科特（1832—1888）的小说代表作。

呀——”玛乔丽攥紧了小拳头，“你要是想让我跟你一起流泪，那你会失望的。去还是留，你自己决定吧!”说完，她拿起那些信件，走出了房间。

伯妮斯声称头痛，没去吃午饭。她们本来与男孩约好下午一起去看电影的，可她头痛还没有好。玛乔丽跟男孩解释了一番，还好他并不太沮丧。傍晚时分回来时却发现，伯妮斯等在她的卧室，神色有些怪异。

“我已经想通了。”伯妮斯开门见山地说，“也许你说的是对的——也不一定啦。不过，如果你告诉我你的朋友为什么都——都对我不感兴趣，我就会考虑一下能否照你说的去做。”

玛乔丽站在镜子前，把头发甩下来：“你说话当真吗?”

“是的。”

“毫无保留?你会完全照我说的去做吗?”

“呃，我——”

“呃什么呀!你会完全照我说的去做吗?”

“如果你说的在理。”

“不在理的!跟你讲理没用的。”

“你会不会强迫——建议——”

“是的，全都听我的。我要你去上拳击课，你也得去。给家里写信，告诉你妈妈，你还要再待上两个星期。”

“如果你告诉我——”

“好吧——我现在就给你举几个例子。首先，你的举止一点儿都不自在。为什么?因为你对自己的外表没有信心。当一个女孩觉得自己穿衣打扮完美无缺了，就不必在意外表了。这就是魅力所在。你有本事不去在意的事情越多，你就越有魅力。”

“我看上去不够好吗?”

“不好。比方说吧，你从来不打理你的眉毛。它们又黑又亮，但如果任由它们乱蓬蓬地长着，就成了缺陷。如果你把平时无所事事的时间拿出十分之一来打理，它们会很美。你要梳理一下，让它们长得笔直才好。”

伯妮斯半信半疑地扬起眉毛：“你是说男人会注意眉毛吗?”

“是的——潜意识里。还有，你回家以后要把牙齿矫正一下。几乎看不出来，可还是——”

“可我，”伯妮斯有点儿困惑地打断她说，“还以为你对女孩的这些琐碎小节不以为然呢。”

“我讨厌琐碎的头脑，”玛乔丽回答说，“但女孩外表要精致。如果她看上去像个百万美元宝贝，无论谈俄罗斯、乒乓球还是国联，都没人会跟她过不去的。”

“还有呢？”

“哦，我才刚开始呢！还有你的舞姿。”

“我舞跳得不好吗？”

“是的，不好。你要靠在男伴身上。是的，你要——稍稍靠过去一点儿。昨天我们一起跳舞时我注意到的：你跳舞的时候站得笔直，一点儿都不会微微前倾。大概是哪个袖手旁观的老太太告诉过你那样才显得端庄吧。除非身材非常娇小的女孩，否则男伴会感觉费劲得多；而他的感受才是关键。”

“接着说吧。”伯妮斯的头开始发晕了。

“嗯，你还要学会对不受人待见的丧气鬼表示友好。每次若非跟最受欢迎的男孩在一起，你看上去就像受了侮辱的样子。哎呀，伯妮斯，我每跳几步就有人插进来的——是谁最经常这样做呢？正是那些丧气鬼。没有哪个女孩能够忽略他们。他们才是每一场聚会的大多数。那些羞于开口的年轻人正是拿来锻炼口才的绝佳对象；笨手笨脚的男孩则是锻炼舞技的最佳人选。如果你能仪态优雅地跟上他们的脚步，那你在装了铁刺的摩天大楼上跟婴儿车跳舞都没问题。”

伯妮斯深深叹了一口气，但玛乔丽还是说个没完。“如果你去跳一次舞能够真正迷住，比方说，三个与你共舞的丧气鬼，如果你跟他们谈得很好，让他们忘了自己一直都不得不跟你待在一起，你就成功了。下次他们还会回来找你。渐渐地，很多丧气鬼都会跟你跳舞。那些有吸引力的男孩子就会意识到，跟你跳舞，没有被缠住而无法脱身的危险。这样，他们也就会跟你跳舞了。”

“是啊。”伯妮斯有气无力地附和道，“我觉得有些明白了。”

“还有，最后，”玛乔丽下结论说，“风度和魅力是自然发生的。有天早上你醒来就会知道自己拥有了它们；男人们也会注意到的。”

伯妮斯站了起来：“你真是太好了！不过，以前从没人跟我说过这些，我感觉有点儿被震撼了。”

玛乔丽没有回答，只是若有所思地注视着镜子里自己的影子。

“你真好，这样帮我！”伯妮斯继续说道。

玛乔丽还是没有应答。伯妮斯在想，感激表现得是不是有点儿过头了。“我知道你不喜欢煽情。”她怯生生地说。

玛乔丽迅速朝她转过头来：“哦，我不是在想这个。我在想，我们是不是该把你的头发剪了。”

伯妮斯向后一仰，瘫倒在床上。

四

下个星期三晚上，乡村俱乐部有一场晚宴加舞会。当宾客信步走进来时，伯妮斯找到了自己的座次牌，心里隐隐有些恼火。虽然她右边坐的是G·里斯·斯托达德，一个炙手可热、气度不凡的年轻单身汉，但更重要的左手边却只是查理·保尔森而已。查理个头儿不高，相貌也不英俊，待人处事也不机灵。伯妮斯由于新近开了窍，便判定他之所以有资格做自己的舞伴，仅仅是因为他以前从来没被自己缠住过。但随着最后一套喝汤的盘子被撤下，这种不愉快的感觉也消失了。她记起了玛乔丽的特别叮嘱，暂且把自尊心抛到脑后，转向查理·保尔森，决定冒险一试。“保尔森先生，你说我是不是该把头发剪了？”

查理吃惊地抬起头来：“为什么？”

“我正在琢磨这事。要想引人注目，这可是个十拿九稳的简单法子。”

查理愉快地笑了。他不会知道这一切都是预演过的。他回答说，他对于剪发的事情不太了解。可伯妮斯正好有话要对他说。“你看，我想要在社交场上吸引眼球。”她不慌不忙地宣布，然后告诉他剪短头发是必要的前奏。她又补充说，她想征求他的意见，因为听说他对女孩很挑剔。

查理对女性心理就像对佛教思想家的精神境界一样一无所知，听了不免有点儿飘飘然。

“所以我决定了，”她接着说，声音略微抬高了一点儿。“过了这个周末，就去塞维尔旅馆的理发店，坐到第一张空出来的椅子上，叫他们把我的头发剪短了。”她顿了一下，注意到旁边的人都静下来在听她讲，一时不知所措。玛乔丽的培训开始奏效了，她对着大庭广众讲完了她准备好的那段话：“当然，我是要收入场费的。不过，如果你们都来给我打气，我会给大家发一些内场座位的入场券。”

周围此起彼伏地爆发出一阵赞赏的笑声。趁着笑声做掩护，里斯·斯托达德飞快地倾过身来，贴着她耳边说：“我现在就订一个包厢。”

她看着他的眼睛笑了，就好像他说了一句精彩绝伦的话似的。

“你赞成剪短发吗？”里斯问道，同样压低了嗓音。

“我觉得这是不合道德规范的。”伯妮斯严肃地说，“但是，当然，假如你既不能娱乐大家，也不能喂饱他们，就得让人大吃一惊了。”这是玛乔丽从奥斯卡·王尔德①的书上摘抄来的。话音刚落，男人们爆发出一阵笑声，姑娘们则纷纷投来关注的一瞥。伯妮斯好像并不觉得自己说了什么机智或有分量的话，又转向查理，在他耳边说起悄悄话来：“我想问问你对几个人的看法。我猜你很善于判断人品。”

查理微微有点儿激动。他把她的水杯碰翻了，算是对她略表敬意。

两小时以后，沃伦·麦肯泰尔百无聊赖地站在一群没有舞伴的男人中间，一边心不在焉地看着别人跳舞，一边纳闷儿玛乔丽跟谁躲到哪里去了。一件毫不相干的事情开始慢慢地引起了他的注意。他意识到玛乔丽的表妹伯妮斯在刚才的五分钟内已经换了好几次舞伴了。他闭上眼睛，再睁开，又看了看。几分钟以前，她还在与一个前来做客的外地小伙子跳舞。这很好解释，异乡客不了解情况。可眼下她正跟别人跳舞呢；查理·保尔森正朝她那个方向走过去，眼里闪着坚定而又热情的光芒。有意思——查理通常一个晚上最多只跟三个姑娘跳舞。

更让沃伦吃惊的是——已经交换完舞伴——换下来的不是别人，正是里斯·斯托达德。而且，里斯看上去一点儿也没有因为得以脱身而兴高采烈。伯妮斯再次跳到近旁时，沃伦仔细打量她。是的，她很美，确实很美。今晚，她的脸庞显得格外生动。她那种表情，多么善于表演的女人都伪装不出来，看似非常开心。他喜欢她的发型，如此有光泽，也不知是不是用了润发油。裙子也很适合她，深红色正好衬出她深色的眼睛和红润的肤色。

---

① 奥斯卡·王尔德（1854—1900），英国唯美主义作家。

她刚来的时候他觉得她很漂亮，后来却意识到她很乏味。太可惜了——乏味的女孩令人难以忍受——不过，她确实漂亮。

他的思绪又绕回到玛乔丽。这次的失踪也会跟以前一样。每次她再露面时，他都会问她去了哪里。而得到的回答总是断然一句："不关你事!"她对他这么有把握。真糟糕！她知道他对城里任何其他女孩都不感兴趣，颇有些为此沾沾自喜；她也谅他不敢爱上吉纳维芙或罗伯塔。

沃伦叹了一口气，通向玛乔丽芳心的路真像一座迷宫。他抬头望去，伯妮斯又在跟到访的男孩跳舞了。他下意识地从那排没有舞伴的男人当中走出来，朝伯妮斯的方向迈出一步。迟疑了一下，然后他对自己说，算是送个人情吧。他径直朝她走过去，却猛然与里斯·斯托达德撞在一起。"对不起!"沃伦说。

里斯并没有停下来道歉，与伯妮斯又跳起舞来了。

那天夜里一点钟，玛乔丽把手放在走廊的电灯开关上，转身最后看了一眼伯妮斯，双眼闪闪发亮："这么说，奏效了?"

"噢，玛乔丽，是的!"伯妮斯叫道。

"我看到你今天玩得很开心。"

"是啊！唯一的问题是，快到午夜时我没什么可谈的了。我只好重复说过的话，当然是对不同的男人。但愿他们不会互相通气才好。"

"通常不会。"玛乔丽打着哈欠说，"就算会，也没关系。他们只会觉得你比他们想象的还要有心计。"

她啪的关了灯。上楼时，伯妮斯紧紧抓住楼梯扶栏，心中充满了感激。有生以来，她第一次跳舞跳得累了。

"你看，"到了楼梯顶端，玛乔丽说，"一个男人看到有人抢着跟你跳舞，就会认为这里面一定有名堂。好吧，明天我们再想些新花样。晚安。"

"晚安。"伯妮斯一边把头发放下来，一边把晚会的情形又回想了一遍。她是完全按照玛乔丽的指点去做的。即使查理·保尔森第八次切入，她也装出高兴的样子，显得既兴致十足又受宠若惊。她没有议论天气、欧克莱尔、汽车或者学校，谈话全都围绕着你、我和我们展开。就在快要入睡的前几分钟，她昏昏欲睡的脑子里慢慢滋生出一种逆反心理来。毕竟，做到了这一切的是她自己。当然了，谈话内容是玛乔丽传授的，但玛乔丽多半也是从读过的书里得来的。红裙子是伯妮斯自己买的，只是玛乔丽把它从箱子里翻出来之前，她从来没有看好它。而且，那些话是她以自己的声音说出来的，微笑的是她的双唇，跳舞的是她的双脚。玛乔丽是好姑娘——就是太虚荣——美好的夜晚——很棒的小伙子——比如沃伦——沃伦——沃伦——他姓什么来着——沃伦——她睡着了。

五

对伯妮斯来说，接下来的那一周让她大开眼界。感觉到人们是真的欣赏她的外表，喜欢听她说话，自信心便树立起来了。当然，一开始她也犯了不少错误。比如说，她不知道德雷科特·迪尤是学神学的；她没意识到他之所以插进来与她跳舞，是因为他以为她是个文静、矜持的姑娘。要知道这些，她就不会用那句台词了——一开口就说："嗨，休克炮弹①！"然后，又讲那个浴缸的故事——"夏天把头发打理好真是太费劲了——头发实在太多——我总是先把它梳好，脸上扑了粉，戴上帽子；然后进到浴缸里泡一下，再把衣服穿上。你说这是不是最好的办法？"

虽然浸水、受洗的诸多困难让德雷科特·迪尤感到头痛不已，他或许有可能看到二者之间的关系，但必须承认的是他并没看出来。他认为谈论女性洗澡是不道德的，就对她大谈了一通关于现代社会之堕落的看法。

不过，伯妮斯另有几项傲人的成绩足以抵消这次不幸。小奥蒂斯·奥蒙德取消了去东部的旅行，自愿像忠实的小狗一样追随她。这让他的一众朋友觉得好笑，却使里斯·斯托达德感到恼火。下午，里斯给伯妮斯打来的几通电话全让他搅了局。奥蒂斯一直在用既温柔又肉麻的目光盯着伯妮斯，甚至给她讲了自己拿着木棍在化妆室外等她的故事，为了告诉她自己和其他所有人一开始对她的判断是何等地错误。伯妮斯对此一笑了之，尽管她的心稍稍向下沉了一下。

在伯妮斯的所有谈话里，最出名也最为人称道的或许还是关于剪发的那一句。

---

① 一战时出现的流行语，意指士兵的战争恐惧症。

“嘿，伯妮斯，你什么时候去剪发呀？”

“可能是后天吧。”她会笑着回答说，“你们会不会来看呀？你知道，我可指望着你们呢。”

“是吗？那当然了。可你最好快点儿哦。”

伯妮斯又笑了起来，她剪发的动机纯粹是不光彩的。“快啦。你会大吃一惊的。”

伯妮斯成功的最显著标志可能还是挑剔无比的沃伦·麦肯泰尔的灰色跑车居然天天停在哈维家门前。前厅的女仆见他来找伯妮斯而非玛乔丽时，起先大为震惊。一周后她告诉厨子说，伯妮斯小姐已经把玛乔丽小姐最忠实的追随者抢走了。

的确如此。也许最开始是沃伦想挑起玛乔丽的嫉妒；也许是伯妮斯讲话时带有虽不易辨识却相当熟悉的玛乔丽的口吻；也许这两方面兼而有之，再加上真心实意的吸引力。但无论怎样，年轻人的圈子不到一周就达成了共识——玛乔丽最忠实的情郎令人匪夷所思地变了心——毫无疑问，他正在追求玛乔丽的客人。目前的问题是，玛乔丽会怎么看。沃伦每天跟伯妮斯通两次电话，给她写很多便条。人们经常看见他们坐在他的跑车里，显然又一次沉浸在热烈而意味深长的交谈之中，话题关乎他是否真心待她。

玛乔丽被人嘲笑时只是一笑，说她很为沃伦感到高兴，终于找到欣赏他的人了。年轻人便也笑了起来，猜想玛乔丽并不在意，也就不去管它了。

一天下午，离伯妮斯回家的日子只剩三天了。她正坐在前厅，等沃伦去参加桥牌会。她兴致很高，当玛乔丽——她也要去参加这场聚会——出现在她身边，漫不经心地对镜整理帽子时，伯妮斯对即将发生的冲突毫无准备。

玛乔丽只是冷酷无情地简短说了三句话而已。“你最好还是把沃伦忘掉吧！”她冷冰冰地说。

“什么？”伯妮斯惊讶得目瞪口呆。

“你最好还是不要在沃伦·麦肯泰尔身上出洋相了。他压根儿就不在乎你。”

有那么一会儿，她们剑拔弩张地看着对方——玛乔丽轻蔑而又冷淡；伯妮斯震惊之余一半是愤怒，一半是害怕。这时候，两辆车开到了屋前，响起了一阵喧嚣的喇叭声。她们两人微微倒吸了一口凉气，转过身来，并肩快步走了出去。

在整个桥牌会上，伯妮斯都在努力控制内心涌动的不安，却是徒然。她冒犯了玛乔丽——斯芬克斯中的斯芬克斯①。尽管她怀有这世上最健康、最单纯的意图，却偷走了属于玛乔丽的东西。她突然产生了极大的负疚感。桥牌一打完，当他们随意坐成一圈，开始东拉西扯时，风暴就渐渐来临了。那是小奥蒂斯·奥蒙德不经意地促成的。

“你什么时候回幼儿园去呀，奥蒂斯？”有人问道。

“我吗？伯妮斯剪发那天吧。”

“那你的教育算是结束了。”玛乔丽飞快地说，“她只是说说而已。我还以为你们早就意识到了呢。”

“真的吗？”奥蒂斯问道，向伯妮斯投来了责备的一瞥。

伯妮斯耳朵发烧，试图想出有效的反驳。面对这样直截了当的进攻，她的想象力不听使唤了。

“这世上有许多骗人的鬼话。”玛乔丽接着又说道，一副很开心的样子。“我早该想到你还小，不懂这些事呢，奥蒂斯。”

“嗯，”奥蒂斯说，“也许是吧。可是，啊呀！像伯妮斯那样讲话——”

“真的？”玛乔丽打了个哈欠，“她最近又有什么高论呀？”

好像没人知道。事实上，伯妮斯由于不经意夺走了她的缪斯②，近来便没说过什么令人印象深刻的话了。

“难道那真的就只是一句台词吗？”罗伯塔好奇地问道。

伯妮斯犹豫了一下，觉得大家此时期待她说上一句俏皮话。但在表姐突然变得冷冰冰的目光注视之下，她彻底乱了方寸。“我不知道。”她支支吾吾地说。

“爽快点儿！”玛乔丽叫道，“承认了吧！”

伯妮斯看到，沃伦的眼睛离开了他一直在抚弄的尤克里琴③，充满质

---

① 古埃及的狮身人面像，喻指心思让人琢磨不透的人。

② 希腊神话里掌管文艺、美术、音乐等的女神，通常被认为是灵感的化身。

③ 夏威夷很受欢迎的一种小的四弦吉他型乐器。

疑地盯着她。

“哦，我不知道！”她不断重复着，双颊发起烧来。

“爽快点儿！”玛乔丽又说道。

“说吧，伯妮斯！”奥蒂斯催促道，“告诉她要适可而止。”

伯妮斯又朝四周看了看，似乎无法避开沃伦的眼睛。“我喜欢短发。”她急急忙忙说，就好像他在提问。“我是打算把头发剪短的。”

“什么时候？”玛乔丽追问道。

“随时都行。”

“那不如就现在吧。”罗伯塔建议。

奥蒂斯一下子跳了起来。“好主意！”他叫道，“让我们来个夏日剪发派对。塞维尔旅馆的理发店，我记得是你说的。”

大家马上全都站起身来。伯妮斯的心剧烈跳动起来。“什么？”她有点儿喘不过气来。

从人群中传来玛乔丽的声音，很清晰，也带着轻蔑：“不必操心了！她会变卦的！”

“走呀，伯妮斯！”奥蒂斯叫道，一边往门口走去。

四只眼睛——沃伦的和玛乔丽的——注视着她，向她发起挑战，公然与她叫板。有那么一秒钟，她心乱如麻。“好吧！”她迅速说道，“我无所谓。”

在那漫长的几分钟里，她坐在沃伦身边。车子穿过傍晚的街道驶向商业区，其他人乘着罗伯塔的汽车紧随其后。伯妮斯体会到了坐着囚车奔赴断头台的玛丽·安托瓦内特①的全部内心感受。令她隐约感到不解的是，她为什么不大声喊出来：这完全是一场误会。只有这样，才能阻止她用双手护住头发，使它们不受这个突然充满了敌意的世界的伤害。可她两样都没做。此刻，就算联想到母亲会不高兴也无济于事了。这对她的社交能力来说是一场终极考验；只有通过了这次考验，她才能堂堂正正地走在那些灿若星辰的时髦女郎中间。

---

① 玛丽·安托瓦内特（1755—1793），法国国王路易十六的王后。法国大革命时期被推上了断头台。

沃伦闷闷不乐地沉默不语，到达旅馆时他在路边停下车来，点头示意伯妮斯先下去。一群人大声笑着从罗伯塔的车上下来，进了理发店。店里有两个醒目的大玻璃橱窗正对着街道。

伯妮斯站在路边看着理发店的招牌——塞维尔理发店。这的确是一座断头台，而刽子手就是第一个理发师。他穿一身白色制服，抽着香烟，漠然地靠在第一张理发椅上。他肯定听说了她的事；他肯定已经等了她一周了——就这样站在那张不祥的、常被提起的椅子旁边，抽着那永远抽不完的香烟。他们会给她蒙上眼睛吗？不会的，但他们会将一块白布系在她的脖子上，以免她的血——胡扯——头发——弄到衣服上。

“好吧，伯妮斯。”沃伦很快地说。

她下巴抬得高高的，穿过人行道，推开了那扇旋转纱门，看都不看坐在长椅上等候的吵吵嚷嚷、闹闹哄哄的那群人，径直走向第一个理发师。“我想把头发剪短了。”

第一个理发师不觉张大了嘴，香烟掉到了地上。“什么？”

“我的头发——把它剪短！”伯妮斯二话不说，在高椅上坐了下来。

旁边椅子上的男人侧过身来，瞥了她一眼。他脸上满是肥皂泡，目光里透着诧异。一个理发师正在给每月光顾一次的小威利·斯库德曼理发，手一哆嗦，把小威利的头发剪坏了。坐在最里边椅子上的奥莱利先生呻吟了一声，又用古老的盖尔语颇有乐感地骂了一句——剃刀片刺进了他的面颊。两个擦鞋匠瞪大了眼睛，急忙冲着她的鞋子跑过来。不，伯妮斯不想擦鞋。店外，一个行人驻足观看；一对情侣也停了下来；五六个小男孩的鼻子突然焕发出生机，在玻璃上挤得扁扁的。断断续续的谈话声随着夏天的微风飘进纱门来：“看这孩子头发多长啊！”“你在哪里得到这个消息的？一个长胡子的女士，他刚给她刮完脸。”

但伯妮斯什么也没看见，什么也没听见。凭着仅存的一点儿感觉她知道：穿白制服的人从她头上把玳瑁梳子一把接一把地拿掉了；用手指笨拙地摆弄着他不熟悉的发夹；那头长发，她那美丽的头发正在消失。她再也感觉不到那一头垂在她背后的浓密而光亮的深棕色长发了。有那么一秒钟，她几乎要崩溃了。随即，一个画面赫然闯入视野——玛乔丽弯弯的嘴角上挂着一丝嘲讽的淡淡微笑，仿佛在说：“别剪了，下来吧！你想要跟我作对，我接受你的挑战。你看，祷告也不灵验了吧。”

伯妮斯体内最后一点儿能量涌了出来，她在白布下面握紧了拳头，眼睛也奇怪地眯缝起来。这一点，玛乔丽很久以后还会跟人提起。

二十分钟以后，理发师将她的椅子转过来对着镜子。见自己被糟蹋得如此彻底，她不禁不寒而栗。她原本就不是卷发，此时一缕缕稀稀落落、毫无生气地挂在突然变得苍白的脸颊两侧，奇丑无比——她早知道会很难看。她面孔的主要魅力在于一种圣母般的简单，现已消失殆尽。她——喏，平庸得可怕——不是做作，只是荒唐，像格林威治村的人①把眼镜忘在了家里似的。

从椅子上下来时，她极力微笑，可惜失败了。她看到两个女孩互相使了个眼色，玛乔丽上翘的嘴角挂着的嘲弄收敛了一些，而沃伦的眼神一下子变得冰冷。

“你们看！”她的话落入一片令人难堪的寂静，“我剪了头发了。”

“是啊，你已经——剪了。”沃伦表示认可。

“你们喜欢吗？”

有两三个声音半推半就：“当然！”又是一阵让人难堪的沉默。

随后，玛乔丽迅速转过身去，像一条蛇似的扭动身子，走向沃伦。“你愿意载我去一趟洗衣店吗？”她问道，“我得在晚饭前到那里取一条裙子。罗伯塔打算直接开车回去，她可以捎上其他人。”

沃伦心不在焉地盯着窗外远处。接着，他的目光在伯妮斯身上冷冷地停留了片刻，随即转向了玛乔丽。“乐意效劳！”他慢吞吞地说。

六

伯妮斯没有完全意识到为她设下的这个可怕陷阱，直到晚餐前看到姑姑惊愕的目光。

“怎么了，伯妮斯！”

“我把头发剪了，约瑟芬姑姑。”

---

① 格林威治村是美国康涅狄格州西南部长岛湾边的城市，靠近纽约州边界，是艺术家集聚之地。

“怎么回事，孩子?!”

“你喜欢吗?”

“怎会这样，伯-妮斯?”

“我大概吓着您了吧。”

“没有。可迪尤太太明天晚上会怎么想呢，伯妮斯？你总该等到迪尤的舞会以后吧！你如果想剪发，也该等一等呀!”

“是突然做的决定，约瑟芬姑姑。无论怎样，这跟迪尤太太有什么关系呢?”

“哎呀，孩子!”哈维太太大声说道，“星期四俱乐部上次聚会时，迪尤太太读了她的题为《青年一代的弱点》一文，就剪发问题专门说了整整十五分钟。这是她最喜欢恶评的一件事，而这个舞会是为你和玛乔丽举办的呢!”

“我真抱歉。”

“唉，伯妮斯，你妈妈会怎么说呢？她会以为是我让你剪的呢。”

“对不起。”

晚餐吃得很痛苦。她在餐前匆匆忙忙学着用卷发棒，却烫伤了手指，烧焦了不少头发。看得出来姑姑又着急又难过，姑父一遍遍地说“哎呀，真要命”，语调似乎很伤心，也不太友善。而玛乔丽则安安静静地坐着，脸上隐隐露出一丝微笑，笑容略带讥讽。

她好不容易才熬过了这个夜晚。有三个男孩来访：玛乔丽随其中一个走了；伯妮斯接待了另外两个，无精打采，有心无力。十点半，她爬上楼梯来到自己房间，这才欣慰地松了一口气。这是怎样的一天呀!

当她脱衣准备睡觉时，门开了，玛乔丽走了进来。“伯妮斯!”她说，“关于尤迪家的舞会，我非常抱歉。我用荣誉发誓，我完全忘了有这一码事了。”

“没关系。”伯妮斯立刻说道。她站在镜子前，用梳子慢慢梳过她的短发。

“明天我带你到城里去，”玛乔丽继续说，“美发师可以给你修一下。那样的话，你看起来会很漂亮。没想到你说到做到。我真的很抱歉。”

“噢，没关系!”

“不过，明天是你在这里的最后一晚了。我想关系不会太大。”

随后伯妮斯心头一紧，看着玛乔丽把头发甩到肩头来，开始慢慢地把它扭成两条长长的金黄色辫子。这时，身着米白色睡衣的玛乔丽看起来就像精致油画里的撒克逊公主。伯妮斯出神地看着她的辫子越来越长。它们粗大、丰盈，在灵巧的手指下就像两条不安分的蛇一样。而对伯妮斯来说，剩下的只是残存的头发、卷发棒和明天将要向她投来的白眼。她几乎可以想象喜欢她的里斯·斯托达德摆出他的哈佛派头，对晚宴同伴说不该让伯妮斯去看那么多电影；她可以想象德雷科特·迪尤与母亲交换眼色，随后尽职尽责地待她以宽厚的礼遇。不过，也许迪尤太太还没到明天就听说了这个消息，差人送来一张措辞冰冷的小便条，请她不要出席宴会。背地里他们都会笑她，知道是玛乔丽害她出了洋相；她本来可以变美，却毁于一个自私姑娘一时大发的嫉妒心。她突然在镜子前坐下来，咬住了内侧的双颊。

“我喜欢。”她费劲地说道，“我觉得很适合我。”

玛乔丽笑了：“看上去还可以。看在老天爷的分儿上，千万别为它烦心！”

“我不会的。”

“晚安，伯妮斯。”

当房门关上的时候，伯妮斯突然灵机一动。她猛然跳起来，握紧拳头，随后轻手轻脚地迅速穿过房间，来到床前，从床下拖出小提箱。她朝里面扔进去化妆用品和一套换洗衣服。接着，她转身来到大衣箱前，迅速把两抽屉的内衣和夏天的衣裙丢了进去。她动作很轻，效率却高得惊人——四十五分钟后便已锁上了大箱子，束上了皮带；而她自己也整整齐齐地穿好了玛乔丽挑选的很适合她的轻便旅行服。

她在桌边坐下来，给哈维太太写了一封短信，简单解释了她离开的原因。她把信封好，写上收信人的名字，把它放到枕头上。她瞟了一眼手表。火车一点钟开。她知道，如果步行到两条街开外的马尔堡旅馆，出租车很容易就可以叫到。

她深深吸了一口气，眼里闪出一种特别的神情。有经验的看相人或许能把它同她坐在理发椅上的决绝表情联系起来——多少有点儿像是从当时表情发展而来的。对于伯妮斯来说，这是一种全新的表情，它会产生一些后果。

她偷偷摸摸地走到衣柜前，从里面拿出一样东西。然后，关掉了所有的灯，静静地站了一会儿，直到眼睛适应了黑暗。她轻轻推开玛乔丽的房门，听到了不受良心困扰的人在睡梦中所特有的安静而又均匀的呼吸声。

她站在床边，十分谨慎，也很镇定。她迅速行动起来，弯下腰去，找到玛乔丽的一条辫子，用手顺着摸到离她头最近的地方，然后松松地抓住它，不让睡觉的人感觉到头发被揪住。她把剪刀伸进去，把它剪断了。她手里拿着那条辫子，屏住了呼吸。玛乔丽在睡梦中咕哝了一句什么。伯妮斯熟练地剪断了另一条辫子。停顿片刻，随即悄无声息地快步跑回自己房间。

在楼下，她打开了那扇巨大的前门，又小心翼翼地把它在身后关上了。她跨步走下前廊，踏进月光里，像拎购物袋一样甩动手中沉甸甸的行李。步履轻快地走了一分钟，这才发现左手还攥着那两条金黄色的辫子。她突如其来地大笑起来，又不得不使劲把嘴闭上，以免发出一串银铃般的笑声。她正在经过沃伦家，一时兴起，放下行李，甩动着像绳头一样的辫子，把它们抛向木头结构的前廊。它们落地时，发出“扑通”一声轻响。她又笑了，这次不再克制自己。

“哈！”她放肆地咯咯笑道，“剥掉这个自私鬼的头皮才好！”然后，她提起小箱子，沿着月光照耀的街道，一路小跑起来。

冰 宫

一

阳光点点滴滴地洒落在这所房子上，就像一个艺术花瓶上的金色油漆，四处散落的斑驳阴影只是增强了光线的强度。巴特沃斯家和拉金家的房子分立两侧，掩映在一大片沉闷的树林后面；只有哈珀家的房子完全暴露在阳光下，整日以一种宽容、和善的耐心面对着尘土飞扬的街口。这里是佐治亚州最南端的塔尔顿市，九月里的一天下午。

萨莉·卡罗尔·哈珀就在楼上卧室的窗口，将她那十九岁的下巴搁在已有五十二个年头儿的窗台上，看着克拉克·达罗的福特老爷车拐过街角。车身炙热。由于部分是金属材质，它保留了自身吸收或散发的所有热量。克拉克·达罗笔挺地坐在方向盘后，脸上带着痛苦而又紧张的表情，就好像他把自己视为一个备用零件，而且很可能快要损毁了。他艰难地驶过尘埃里的两道车辙，轮胎轧上去发出愤怒的嘎吱声。接着，他面色阴沉地最后猛打了一下方向盘，就将自己和车子送到了哈珀家的台阶近旁。一阵哀怨的轰鸣如同临死前的呻吟；紧接着，便是一阵短暂的沉寂；随后，一声尖利的口哨打破了沉寂。

萨莉·卡罗尔睡眼惺忪地向下望去。她想打哈欠，却发现根本做不到，除非她把下巴从窗台上抬起来。她于是改了主意，继续默默地看着那辆车。车主人神气活现地坐在那里，有点儿心不在焉地等着有人对他的口哨作出回应。稍顷，口哨声再度划过尘土飞扬的天空。

“早上好。”

克拉克费力地转过他那颀长的身躯，别过头来朝窗户这边瞟了一眼。“不是早上，萨莉·卡罗尔。”

“是吗，你肯定?”

“你在干什么?”

“吃苹果。”

“来吧，游泳去——想去吗?”

“可以啊。”

“那就快一点儿，好吗?”

“没问题。”

萨莉·卡罗尔长叹了口气，无比慵懒地从地板上爬了起来。她原先一直坐在地上，一会儿胡乱地啃几口绿苹果，一会儿又在妹妹的纸玩偶上涂几笔颜色。她走到镜子前，懒洋洋地打量了一下自己的面容，露出满意又愉快的表情，在嘴唇上搽了两点口红，往鼻子上扑了些粉，用玫瑰点缀的遮阳帽盖住了她的金黄色短发。随即，她踢翻了水彩：“噢，该死!”可也没去收拾，就走出了房间。

“你好吗，克拉克?”一分钟后，她一边敏捷地钻进车去，一边开口道。

“好极了，萨莉·卡罗尔!”

“我们去哪里游泳呢?”

“去沃利游泳池吧！我跟玛莉琳说了要顺道去接她和乔·尤因。”

克拉克肤色黧黑，身材瘦削，走路时总是有点儿驼背。他的眼神不怀好意，表情也有些戾气，但经常面露微笑。也只有在这时，脸上才会焕发出惊人的光彩。克拉克有一份“收入”，刚好够他活得自在，给他的车加满油。他打从佐治亚理工学院毕业以来，已经在家乡的大街小巷懒散地胡混了两年，述说着他最好怎样投资才能迅速发家致富。

四处闲荡对他来说，一点儿也不难。一大群小姑娘都已长大，出落得美丽动人，而她们当中最迷人的要数萨莉·卡罗尔了。在那花香四溢的夏夜里，她们都喜欢和他一起游泳，一起跳舞，享受他的大献殷勤——她们都非常喜欢克拉克。在他厌烦了女伴的时候，还会有五六个总想做点儿什么的小伙子做伴。他们会非常愿意来跟他挥上几杆高尔夫球，或者打一局台球，或者喝一夸脱①“带劲的黄汤”。偶尔，这群同龄人中会有一个家伙来跟大家挨个道别，然后去纽约、费城或匹兹堡做生意。此外，他们多半都只是待在这个拥有梦幻天空、萤火虫飞舞的夜晚和喧嚣的黑人街市的慵懒天堂里。尤其是那些仪态优雅、声音轻柔的女孩子，把她们抚养成人靠的是回忆，而不是金钱。

福特车进入愤怒不安的亢奋状态，克拉克和萨莉·卡罗尔一路摇摇晃晃、丁哩当啷地穿过瓦利大道，来到了杰弗逊街。从这里开始，土路变成水泥路。他们驶过沉寂的米利森特广场——这里有五六幢富丽堂皇的豪宅——一路前行，进入闹市区。在这里开车很危险，因为正是人们出来购物的时间。悠闲的人流信步穿越街道，一群哞哞低吟的牛被驱赶着从一辆不紧不慢的街车前经过。就连商店也像是打哈欠似的开着大门，窗户在阳光下眨着眼睛，直到进入半睡半醒的昏沉状态。

“萨莉·卡罗尔，”克拉克突然开口说，“你真的订婚了吗？”

她飞快地瞥了他一眼：“你从哪里听来的？”

“当真，你订婚了？”

“问得真好！”

“有个姑娘告诉我说，你跟去年夏天在阿什维尔②认识的北方佬订了婚。”

萨莉·卡罗尔叹了口气：“从没见过这么喜欢传播流言的老城。”

“别嫁给北方佬，萨莉·卡罗尔。我们这里需要你。”

萨莉·卡罗尔沉默了片刻：“克拉克，”她突然问道，“我究竟该嫁给谁呢？”

“我愿意效劳。”

“亲爱的，你可养不起老婆。”她开心地回答，“反正我跟你太熟，不会爱上你的。”

“这也并不等于你就该嫁给北方佬呀！”他坚持说。

---

① 液量单位，主要在英国、美国及爱尔兰使用。在英国相当于一点一四升，在美国相当于零点九五升。

② 美国北卡罗来纳州中西部城市。

“也许我爱他呢。”

他摇了摇头：“不会的。他和我们太不一样了，从各方面来说。”

他收住话头，把车停在了一所杂乱无章、破烂不堪的房子前。玛莉琳·韦德和乔·尤因出现在门口：“哈啰，萨莉·卡罗尔。”

“嗨！”

“你们都好吗？”

“萨莉·卡罗尔，”他们又上路了，玛莉琳问道，“你订婚了吗？”

“天哪，这是怎么搞的？难道我看一眼哪个男人，镇上所有人就要我跟他订婚？”

克拉克目光直视着眼前挡风玻璃上的一颗叮当作响的螺钉。“萨莉·卡罗尔，”他异常紧张地说道，“你不喜欢我们吗？”

“什么？”

“我们这里的人？”

“怎么啦，克拉克？你知道我喜欢你们的。你们所有这些男孩子，我都喜欢。”

“那你为什么还要和一个北方佬订婚呢？”

“克拉克，我不知道。我也不清楚我要做什么。不过——好吧，我想要到处走走，见见各种人。我想要增加点儿见识。我想要住在一个有大世面的地方。”

“你是什么意思？”

“哦，克拉克，我爱你！我也爱乔和本·阿洛特－加龙省，还有你们这里的所有人。可你们会——你们会……”

“我们会统统成为失败者？”

“是的。我不单指金钱上的失败，而是指某种——无奈和悲伤，还有——哦，我该怎么跟你说呢？”

“你的意思是因为我们待在塔尔顿这里吗？”

“是的，克拉克。而且因为你们喜欢这里，从没想过要有所改变，从没有自己的想法，或是想要出去闯荡一番。”

他点了点头，她伸过手去握住了他的手。“克拉克，”她柔声说，“我无论如何都不会要求你改变自己的。你现在的样子就很有魅力。那些令你失败的事物也将永远是我的所爱——沉湎于过去的生活，那些无所事事的日日夜夜，还有你所有的那些率性和慷慨。”

“可你就要走了。”

“是的。因为我永远也不可能嫁给你。你在我心里的位置没有人能够取代，可一直困在这里我就无法安宁。我觉得我过去是在——浪费自己的生命。我这人有两面性，你知道。你爱的是我安静、老派的一面；还有一面是一种能量——这种感觉迫使我去做狂放的事情。我的这一面也许在什么地方是有用的，到我人老珠黄的时候它也不会改变。”她以惯常的方式突然收住了话头，叹了口气，“哦，我的小甜哥！”她换了一种心境。

她半闭着眼睛，头往后仰靠在了椅背上，任由和煦的微风吹拂着明眸，拨弄着她那柔软卷曲的短发。此时，他们已来到郊区，正疾行在一片翠绿的灌木、杂草和高大的树木丛生之地。树木在道路上方垂下枝条，投下一片令人愉悦的阴凉。他们不时会经过一座破旧的黑人棚屋，白发苍苍的老者坐在门边吸着玉米棒子做的烟斗，五六个衣不蔽体的黑人小孩在门前的野草丛中耍弄着破烂的玩偶。更远处是一片片懒洋洋的棉花田。就连在田间劳作的人们看起来都像是太阳投射在大地上的虚无幻影，不似在辛勤耕作，倒像沿袭着某种远古的习俗在九月的金色田野里消磨时光。在这令人昏昏欲睡的景物里，在树木、棚屋和泥泞的河流上方，流淌着一股热浪，毫无敌意，只给人安慰，如同一只伟大而温暖的乳房哺育着婴儿般的大地。

“萨莉·卡罗尔，我们到了！”

“可怜的孩子睡得可真熟啊。”

“亲爱的，你总算懒死过去了吗？”

“水，萨莉·卡罗尔！清凉的水在等你喝呢！”

她睁开惺忪的睡眼。“嗨！”她微笑着呢喃道。

二

十一月份，个子高大、身材魁梧、精力充沛的哈利·贝拉米从他所在的北方城市来这里待了四天。他此行的目的是为了解决一件事情，这事打他在北卡罗来纳的阿什维尔与萨莉·卡罗尔的仲夏邂逅以来一直悬而未决。他只花了一个宁静的下午，并在露天篝火前度过了一个夜晚，便把事情搞定了。因为哈利·贝拉米有她想要的一切，而且，她爱他——用她特意为爱情保留着的那一面来爱他。萨莉·卡罗尔有着泾渭分明的多面性。

离开前的最后一个下午，他们在一起散步。她发现，他们不知不觉地信步朝墓园走去。那是她最喜欢逗留的场所之一。当它映入眼帘时，在灿烂的夕阳下呈现出灰白与金绿色，她在铁门前迟疑着停下了脚步。"你天性多愁善感吗，哈利?"她浅笑着问道。

"多愁善感？我才不呢。"

"那我们就进去吧。它会让一些人感到压抑，可我喜欢这里。"

他们穿过大门，沿着一条小径前行。穿过一片坟墓林立的起伏山谷——五十年代的呈土灰色，长满青苔；七十年代的风格古雅，上面刻着花朵和花瓶；九十年代的装饰俗丽，大理石刻的身形浑圆的小天使靠在石枕上沉睡，还有不计其数的花岗岩刻制的无名花朵。间或，他们看见跪在那里献花祭扫的人，可大多数坟墓死气沉沉，只有枯枝败叶在生者记忆中唤起那依稀尚存的芬芳。

他们来到山顶，站在一块又高又圆的墓碑前。碑上满是黑色的霉斑，一半都被蔓生的枝条遮蔽了。

"玛杰莉·李。"她念道，"一八四四—一八七五。她不漂亮吗？她二十九岁去世。亲爱的玛杰莉·李!"她柔声补充说，"你能看见她吗，哈利?"

"能，萨莉·卡罗尔。"

他感到一只小巧的手滑入了他的手中。

"我想，她是深色皮肤；总喜欢在头上扎一条绸带；穿着浅蓝和灰粉色的华丽撑裙。"

"对。"

"哦，她很甜美，哈利！她天生就是那种站在宽阔柱廊下迎接宾客的姑娘。我想，也许有很多男人在上战场时还想着要活着回来见她呢；可他们也许一个也没能做到。"

他俯身凑近石碑，看看有没有婚姻记录。"上面什么也没写。"

"当然。还有什么能比只写'玛杰莉·李'这个名字和那个日期更能说明问题的呢?"她靠近了他。金发拂着他的脸颊，喉咙始料未及地哽住了。"你能看见她的模样，对吗，哈利?"

“是的。”他轻声应答，“透过你那美丽的眼睛，我看到了她。你此刻真美！所以，我知道她曾经一定很美。”

他们默默地依偎在一起，他能感觉到她的肩膀在微微颤抖。一阵微风徐徐吹上山头，撩动着她那松垂的帽檐。

“我们到下面那里去吧！”她指着山那边另一侧的一块平地。那里的绿色草皮上竖立着数以千计的灰白色十字架，一望无际，井然排列，如同营房里堆叠起来的武器。“那些是南方邦联的阵亡将士。”萨莉·卡罗尔简短地说。

他们沿着坟墓前行，读着墓碑上的文字。全都只有名字和日期，有的还模糊不清。“最后一排是最惨的。看哪，就在那边。每个十字架上都只有一个日期，还有一个词——‘身份不详’。”她看着他，眼睛里泪水满溢。“我无法告诉你那对我有多真实，亲爱的——假如你不懂我的感受。”

“我觉得你的感受很美。”

“不，不，不是我，是他们——我想要留住的往日时光。他们只是些男人，显然微不足道。否则，就不会‘身份不详’了。可他们为这个世界上最美好的东西——逝去的南方——而死。你看，”她接着说，嗓音还有些沙哑，眼里闪烁着泪光，“人们都有这样的梦想，把它们寄托在事物上。而我一直都伴着这种梦想长大。这对我来说很简单，因为一切都已死去，我没有感觉到任何幻灭。我也曾试着按照昔日贵族的准则生活——可那也只剩下最后这一点儿碎片了。你知道，就像一座古老花园里的玫瑰在我们身边慢慢死去——我过去常从一个邻家的南方邦联士兵和一些老黑人那里听到他们的故事，感受到他们身上那种奇特的温文尔雅的骑士风度。哦，哈利，多么令人难忘！多么令人难忘呀！那种东西我跟你永远也说不清，可它确实存在。”

“我能理解。”他再次平静地安慰她说。

萨莉·卡罗尔微笑着，用他前胸口袋里露出来的手帕一角擦干了眼泪。“你没觉得情绪低落，对吗，亲爱的？即便哭了，我还是感到幸福；而且，我还从中获得了一种力量。”

手牵着手，他们转身慢慢走开了。找到一块柔软的草坪，她拉着他并肩在一条长凳上坐下，背靠着一堵低矮的残垣断壁。

“希望那三个老女人快些走开。”他抱怨道，“我想要吻你，萨莉·卡罗尔。”

“我也想。”

他们不耐烦地等着那三个佝偻的身影离开。接着，她就吻起他来，直到天空失去了色彩，直到她所有微笑和泪水在数秒之间化作了永恒的陶醉。随后，他们一起慢慢地往回走，四周角落里的暮光与夜色仿佛在用半梦半醒的黑白棋子对弈。

“大约一月中旬你就要来北方了。”他说，“你至少应该待上一个月，会是很棒的经历。那里会举办一个冬季狂欢节。假如你还从没见过真正的雪，就会觉得像是个童话世界。可以在那里溜冰、滑雪、滑雪橇，还能坐着雪橇观光，还有穿着雪鞋①的各种火把游行。他们已经有好几年没过这个节日了，所以这次一定要让它一鸣惊人。”

“我会觉得冷吗，哈利?”她突然问道。

“当然不会。你的鼻子可能会被冻僵，可你不会冷得发抖。因为那里是干冷，你知道。”

“我想，我更喜欢夏天。任何寒冷天气我都不喜欢。”她收住话头，闭口不说了。他们俩都沉默了一会儿。

“萨莉·卡罗尔，”他非常缓慢地说道，“你觉得怎么样——三月份?”

“我说我爱你。”

“那就三月份?”

“好的，哈利。”

三

普尔曼②卧铺车厢一整晚都非常寒冷。她按铃叫来列车员，想再要一条毯子，可他没能提供。她只得无奈地缩进铺位一隅，又把毯子折起来，徒劳地试图睡上几个小时。她想要在早上以最佳状态示人。

她六点钟起了床，感觉很不舒坦，勉强套上衣服，脚步踉跄地走到餐

---

① 一种适合在雪地上行走的鞋具，又叫熊掌鞋。

② 19世纪美国发明家乔治·普尔曼设计的豪华型列车车厢，常用为卧铺车厢。

车去喝杯咖啡。雪花已经渗进了连廊，在地板上结起滑滑的一层冰。这种寒冷很别致，无孔不入。呼吸清晰可见，她带着天真的喜悦朝空气里吹了一口气。坐在餐车里望着窗外的雪白山脉与河谷，还有零星松树，每根枝条都像盛满了由雪花制成的凉菜的绿盘。有时候，一间孤零零的农舍从眼前掠过，在雪白的荒野里显得丑陋、荒凉而孤独；每看到一处，她心头便对关在里面等待春天的人们瞬间掠过一丝冷冰冰的同情。

离开餐车，摇摇晃晃地走回卧铺车厢时，她感到体内涌动着一股力量，想到自己或许感受到了哈利提到过的令人心旷神怡的天气。这里就是北方，北方——现在，成了她的家园！

吹吧，风呀，嗨！

带我云游四方。①

她兀自兴奋地唱了起来。

“什么歌?”列车员彬彬有礼地问。

“我说了,《别理我》。”

电线杆上长长的电线增加了一倍；两条铁轨在列车旁飞奔而来——三条——四条；白顶的房子接二连三地出现了，一列窗上结霜的有轨电车一闪而过，街道——越来越多的街道——城市到了。

她在寒冷的车站里茫然伫立片刻。接着，便看见三个裹着毛皮大衣的身影来到眼前。

“她来了!”

“哦，萨莉·卡罗尔!”

萨莉·卡罗尔放下了行李。“嗨!”

一张似曾相识的冷冰冰的脸吻了她。然后，她便置身于一群呼着一大团重重哈气的人们中间。她一一握手。人群里有戈登——一个三十岁的矮个子热情男子，看上去就像出自业余雕塑家之手的哈利的拙劣模型；还有他的妻子迈拉——一个无精打采的亚麻色头发女人，头戴一顶汽车皮帽。

---

① 出自美国民谣《大风歌》。

萨莉·卡罗尔几乎立刻隐约感觉到她带有斯堪的纳维亚血统。一个乐呵呵的司机接过她的行李，在只言片语的寒暄与感叹声中，迈拉嘴上懒洋洋、敷衍了事地不断说着“亲爱的”，与她相互推搡着走出了车站。接着，他们上了一辆轿车，七折八拐地穿过一条条冰雪覆盖的街道。街上有几十个小男孩正把雪橇挂到货车和汽车尾部。

“哦，”萨莉·卡罗尔喊道，“我想玩那个！行吗，哈利？”

“那是小孩子玩的。不过，也许我们——”

“看上去那么热闹！”她懊恼地说。

哈利的家是一幢大板房，建在一片白皑皑的雪地上。在那里，她见到一个高大的灰发男人，她很喜欢他；还有一个长得像鸡蛋似的女人，女人亲吻了她。他们是哈利的父母。接下来的一个小时令人透不过气来，简直无法用语言来描述。全是讲了一半就讲不下去的话；喝了热水，吃了培根煎蛋——双方都感到窘迫。随后，她和哈利来到了书房，问他这里是否可以抽烟。

这是一个大房间。壁炉上方摆放着一座圣母像，一排排的书有着淡黄、深黄和朱红色的封套。所有椅子上都有一个蕾丝小方头枕，长躺椅实在舒适。书籍看上去有人读过——有一部分吧——萨莉·卡罗尔立刻回想起家里破旧的老书房：父亲厚重的医学书籍；三位曾叔祖父的油画；还有已修修补补地用了四十五年的旧沙发——躺上去做梦依然是一种奢侈的享受。这个房间在她看来既非讨人喜欢，也非令人生厌。它只是一个房间，里面有许多相当贵重的摆设，看上去却只有十五年左右的历史而已。

“你觉得这里怎么样？”哈利急切地问道，“让你吃惊了吗？我是说，是不是你所期待的样子呢？”

“我期待的是你，哈利。”她平静地说，双臂伸向了他。

短暂的接吻之后，他好像急于要把她的热情开发出来。“我是说，这个城镇，你喜欢吗？你能感受到空气中的活力吗？”

“哦，哈利！”她笑起来，“你得给我时间。你不能这样一股脑地把问题抛给我。”她吐出一口烟，心满意足地叹了口气。

“有件事我想要提醒你！”他有些抱歉地开口道，“你们南方人很注重家庭，还有与之相关的一切——我并不是说那有什么不好，可你会发现这里有点儿不太一样。我是说——你会注意到很多事情。一开始会觉得它们有点儿粗俗，萨莉·卡罗尔。可要记住，这是个只有三代人的城镇。每个人都有个父亲，大约一半人还有个祖父。再往前我们就不追究了。”

“当然。”她咕哝道。

“我们的祖父，你知道，建造了这个地方。他们中的许多人在这同时还得打一些稀奇古怪的零工。比方说，有一个女人，现在几乎是这个城镇的社会楷模，喏，她父亲是这里的第一个公共清道夫——诸如此类。”

“怎么，”萨莉·卡罗尔不解地说，“你觉得我会去议论人家吗？”

“绝对不是。”哈利打断了她，“我也不是在为什么人道歉。只是——嗯，有个南方姑娘去年夏天来这里，说了些不该说的话。还有——哦，我只是觉得应该告诉你。”

萨莉·卡罗尔突然感到一阵愤怒——就好像她受了不公平的一记掌掴。可哈利显然觉得这个话题到此结束了，因为他热情澎湃地继续下一个话题了。“狂欢节开始了，你知道。十年里的首次。他们正在建造一座冰宫，自从一八八五年以来还是头一回呢。用他们能搞到的最为晶莹剔透的冰块来建造——规模极其宏大。”

她起身走到窗口，把厚重的土耳其窗帷拉到一侧，往外望去。“哦！”她突然叫道，“有两个小男孩在堆雪人呢！哈利，我出去帮他们一起堆好吗？”

“你是在做梦吧！过来，吻我！”

她十分不情愿地离开了窗口。“我觉得这样的天气不太适合接吻，是吧？我是说，让人不想坐在这里待着，不是吗？”

“我们不会这样待着。你来的第一个星期我有假期，今晚要举行一场宴会加舞会。”

“哦，哈利！”她的身体瘫软下来，蜷作一团，一半靠在他的膝头，一半靠在枕头上，坦言道，“我真的感到困惑，一点儿都不知道自己会不会喜欢，也不知道别人期待什么。我什么也不知道，你都得告诉我啦，亲爱的。”

“我会跟你讲的，”他温柔地说，“只要你告诉我你很高兴来这里。”

“高兴——实在太高兴了！”她悄声说道，以她独特的方式钻到了他的怀里。“你在哪里，哪里就是我的家，哈利。”说出这句话时，她几乎平生第一次觉得自己是在演戏。

那天晚上，在晚宴闪烁的烛光里，滔滔不绝地讲话的似乎都是男人们，女孩们则矜持、高贵而又漠然地独坐在一边。即使有哈利坐在萨莉·卡罗尔的左手边，她也依然感到不自在。

“他们都是帅小伙，你不觉得吗？”他问道，“看看周围！有斯巴德·哈伯德，去年的普林斯顿橄榄球队前锋；还有朱尼·莫顿——他和他旁边那个红头发的家伙都曾是耶鲁曲棍球队队长；朱尼在我的班上。看哪，全世界最棒的运动员都出自我们周边几个州。这里是男人的世界，我告诉你。你看约翰·杰·费什伯尔尼！”

“他是谁啊？”萨莉·卡罗尔天真地问道。

“你难道不知道吗？”

“这个名字我听说过。”

“西北部最牛的小麦商，也是全国最牛的金融家之一。”

右手边响起一个声音，她急忙转过身去。“我想，他们忘记介绍我了。我叫罗杰·帕顿。”

“我叫萨莉·卡罗尔·哈珀。”她很有风度地说。

“是的，我知道。哈利告诉过我你要来。”

“你是他的亲戚？”

“不是，我是一名教授。”

“哦。”她笑了起来。

“我在大学教书。你是从南方来的，对吗？”

“对。佐治亚州的塔尔顿。”

她立刻喜欢上他了。一撮红棕色的小胡子；一双淡蓝色的眼睛，眼睛里有某种其他人所没有的东西——一种欣赏的眼光。他们就餐时零星地交谈了几句，她决定要再跟他见面。

喝完咖啡，她被介绍给无数长相俊美的小伙子。他们舞步自觉地循规蹈矩，而且似乎都想当然地认为她除了哈利什么都不想谈。

“天哪！”她心想，“他们说话的口气就像我订了婚就比他们岁数大，就好像我会去他们的妈妈那里告状似的！”

在南方，订了婚的姑娘，甚至已婚的少妇，都会得到跟初入社交场的少女同样多的半真半假的揶揄和奉承。可在这里，这一切似乎都是禁区。一个年轻人刚开始谈起萨莉·卡罗尔的眼睛，说她一进门，它们就把他迷住了，可后来一下子慌乱起来，因为他得知她是贝拉米家的客人，是哈利的未婚妻。他似乎觉得自己犯了个下流无耻、罪不可赦的大错，马上一本正经起来，一找到机会就丢下她溜了。

当罗杰·帕顿插进来提议到外面去坐一坐时，她感到很高兴。

“喂，”他开心地眨巴着眼睛问道，“南方来的卡门①，过得好吗？”

“好极了。那么——那么，危险的丹·麦格罗②过得好吗？抱歉，他是唯一我知道比较多的北方人。”他似乎很欣赏这句话。“当然！”他坦白道，“作为文学教授，我可不一定读过《危险的丹·麦格罗》呀。”

“你是本地人吗？”

“不是，我是费城人。是从哈佛大学调过来教法语的。不过，我已经在这里待了十年了。”

“比我多九年零三百六十四天呢。”

“喜欢这里吗？”

“嗯哼。当然！”

“真的吗？”

“嗯，为什么不？难道我看上去不开心吗？”

“我刚才看见你望着窗外，还在发抖。”

“只是我的想象。”萨莉·卡罗尔笑着说，“我已经习惯了外面的宁静。有时看着窗外一阵飘雪，就好像什么死物在动似的。”

他点了点头，表示理解。“以前来过北方吗？”

“有两个七月待在北卡罗来纳的阿什维尔来着。”

“都是些帅小伙子，对吧？”帕顿指着旋转的舞池，试探地说。

萨莉·卡罗尔吃了一惊——这句话哈利也说过。“当然了！他们

---

① 法国作曲家比才（1838—1875）创作的最后一部歌剧《卡门》（1874）的女主人公，一个美丽而倔强的吉卜赛姑娘、烟厂女工，后因移情别恋而遭情杀。

② 加拿大著名诗人罗伯特·赛维斯（1874—1958）的叙事诗《危险的丹·麦格罗》中的人物。

是——犬科动物嘛。”

“什么？”

她脸红了。“对不起！这句话听上去不善，可我不是这个意思。你看，我总是喜欢把人分为猫科动物和犬科动物，跟性别无关。”

“那你是哪一种呢？”

“我是猫科的。你也是。南方大多数男人都是，今晚的大多数女孩子也是。”

“那哈利呢？”

“哈利显然是犬科的。我今晚遇到的那些男人好像都是犬科的。”

“犬科是什么意思呢？是与细腻婉转相对的某种刻意的阳刚之气吗？”

“也许吧。我从没仔细想过。我只要看一眼，就能马上说出是犬科还是猫科。也许很荒唐吧。”

“绝对不是。我觉得很有趣。对于这些人，我也曾有过一种理论。我觉得他们是渐冻人。”

“什么？”

“我觉得他们越来越像瑞典人了——易卜生①笔下的人物，你知道——逐渐变得越来越阴郁，越来越忧愁，因为那些漫长的冬季。你读过易卜生吗？”

她摇了摇头。

“嗯，你会发现他的人物都有某种喜欢沉思的硬汉性格。他们正直、狭隘、郁郁寡欢，没有大喜大悲的无限可能。”

“不会笑，也不会哭吗？”

“的确如此。那就是我的理论。你看，这里有成千上万的瑞典人。他们之所以来这里，我想是因为气候条件跟他们的家乡十分相似，就渐渐地融入了这里。今晚在这里的瑞典人大概还不足半打，不过——我们已经有过四个瑞典人州长了。我的话让你厌烦了吗？”

“我很感兴趣。”

“你那未来的嫂子就有一半的瑞典血统。我个人是喜欢她的，可我的

---

① 亨利克·易卜生（1828—1906），挪威著名剧作家、诗人。

理论是瑞典人在整体上对我们的影响是相当糟糕的。你知道，斯堪的纳维亚人自杀率是全世界最高的。”

“如果这里如此令人压抑，你为什么还要待在这里呢?”

“噢，这可影响不到我，我几乎算是个隐士。反正对我来说，书本比人更有意义。”

“可作家们都说南方具有悲剧性。你知道——西班牙女郎、黑发、匕首，还有闹鬼般萦绕心头的音乐。”

他摇了摇头：“不对，北方民族才是悲剧的民族——他们从来不会沉溺于喜极而泣的泪水之中。”

萨莉·卡罗尔想到了她所钟爱的墓园。她想，那大概就是她说那个地方不会使她感觉抑郁的意思吧。

“意大利人或许是世界上最快活的人。不过，这个话题很无聊。”他收住了话头，“不管怎样，我要告诉你，你要嫁的是一个非常好的男人。”

感动之下，萨莉·卡罗尔内心涌起了一股冲动的自信。“我知道。在某种程度上，我是个想要受人照顾的人，而且我感觉我会得到很好的照顾。”

“我们跳支舞，好吗?你知道——”他接着说道。他们站起身来，“现如今，难得发现一个知道自己为什么要结婚的姑娘。这真是鼓舞人心。她们十有八九都似乎把它当成走进电影里的那一片夕阳红。”

她放声大笑，心里更喜欢他了。在两小时以后回家的路上，她在汽车后座里偎依在哈利身旁。“哦，哈利，”她耳语道，“天可真冷啊!”

“不过，在车里还是挺暖和的，亲爱的。”

“可外面多冷呀!哦，听那狂风呼啸!”她把脸深埋在他的毛皮大衣里。当他冰冷的嘴唇吻上她的耳尖时，她不禁颤抖起来。

四

她来访的第一周一转眼就过去了。在一月里的一个寒冷黄昏，她跟在一辆汽车后面玩了哈利答应她的滑雪橇。在乡村俱乐部的小山丘上，她裹着毛皮大衣坐了整整一上午的雪橇。甚至还试了滑雪，来了一个漂亮的悬空腾飞；随后，落在了软绵绵的雪堆里笑作一团。她喜爱所有的冬季运动，除了一天下午在苍黄色阳光下明亮得刺眼的平原上健行①。不过，她很快便意识到这些都是小孩子的把戏，人家不过是在哄她玩，周围其他人开心享受的笑容只不过是她的心情写照。

刚开始，贝拉米一家让她感到困惑。男人们值得信赖，她也喜欢他们。尤其是贝拉米先生，一头铁灰色的头发，精力旺盛，看起来很有尊严。得知他出生在肯塔基②，她就立刻喜欢上他了。这一点，使他成了过去与现在生活之间的纽带。可在女人那里，她感觉到了明显的敌意。迈拉，她未来的嫂嫂，似乎俨然死气沉沉的习俗惯例之化身。她的谈吐完全缺乏个性。萨莉·卡罗尔来自理所当然地认为女人应该拥有一定魅力和自信的地方，自然也就瞧不上她了。

“如果这些女人再没有姿色，”她想，“就一无是处了。看着她们的时候，就会感觉她们黯然失色。她们不过是徒有虚名的家仆而已，男人才是每个社交圈子的中心。”

最后，还有贝拉米太太，萨莉·卡罗尔很讨厌她。第一天的鸡蛋印象进一步得到证实——发出嘶哑、破碎之声的一只鸡蛋，身材矮胖，举止笨拙。萨莉·卡罗尔觉得，一旦她跌倒，肯定会变成一摊蛋糊。另外，贝拉米太太似乎代表了这个小镇对陌生人的天生敌意。她把萨莉·卡罗尔称作“萨莉”，谁都无法让她相信这个双名不是一个乏味无聊、荒诞可笑的绰号。对萨莉·卡罗尔来说，这样缩短她的名字无异于将她半裸示众。她非常喜欢“萨莉·卡罗尔”，却十分讨厌“萨莉”。她还知道，哈利的母亲不喜欢她的短发。在她到来的第一天，贝拉米太太走进书房使劲抽鼻子。从此，她再也不敢在楼下抽烟了。

在她结识的所有男人当中，她最喜欢的是罗杰·帕顿。他常常来这里做客。他再也没有提起过大众的易卜生倾向，可有一天看见她蜷在沙发里埋头读着《培尔·金特》③ 便大笑起来，要她忘掉他说过的话——那都是信口胡说而已。

---

① 冬季运动的一个项目。
② 美国中东部的一个州。
③ 易卜生所著的一个剧本。

之后第二周的一天下午，她和哈利发生了一场极为严重的口角，几乎断送了他们的关系。她认为完全是由他挑起的，尽管这件事的罪魁祸首是一个裤子没熨过的不知名陌生人。当时，他们正从一个个高高的雪堆之间走回家去，头上悬着一轮萨莉·卡罗尔几乎无法辨认的太阳。经过一个被灰色羊毛大衣裹得严严实实、像个小泰迪熊的小女孩身旁时，萨莉·卡罗尔禁不住发出了一声母性的赞叹："看哪，哈利！"

"什么？"

"那个小女孩——你看见她的脸了吗？"

"是的，怎么啦？"

"像小草莓一般红润。哦，她真可爱！"

"这有什么。你的脸不也几乎像她一样红吗？这里每个人都很健康。我们一到走路的年龄，就在外面受冻了。多好的天气呀！"

她看着他，不得不表示赞同。他气色看上去非常健康，他哥哥也是。而且就在那天早上，她注意到自己的双颊也新添了一块红晕。

突然，他们的目光被什么吸引住了，盯着前面的街角看了一会儿。有个男人站在那里，双膝弯曲，表情紧张，眼睛望向天空，好像正准备朝着凉飕飕的天空飞扑上去。接着，他们同时爆发出一阵大笑。来到近处他们才发觉，那只是在瞬间产生的荒唐错觉，是那个男人极其宽松的裤子造成的。"想必是跟我们开了一个大玩笑。"她大笑着说。

"从那条裤子判断，他一定是个南方人。"哈利调侃道。

"怎么能这么说呀，哈利！"

她惊讶的表情一定惹恼了他。"那些该死的南方人！"

萨莉·卡罗尔的眼睛里冒火了："别那么说他们！"

"对不起，亲爱的。"哈利带着恶意道歉说，"可你知道我是怎么看他们的。他们是些——是些堕落的人——根本不像老派南方人。他们跟有色人种在一起待太久了，变得懒惰而无所事事。"

"闭上你的臭嘴，哈利！"她愤怒地喝道，"他们不是那样的！他们也许懒惰——在那种气候条件下谁都会的——可他们是我最好的朋友，我不想听到有人不分青红皂白地批评他们。他们中有些人是全世界最优秀的人。"

“哦，我知道。那些来北方读大学的人还是不错的。可在我见过的所有畏畏缩缩、邋里邋遢、懒懒散散的人中间，南方小镇来的那群人是最差劲的!”

萨莉·卡罗尔攥紧了手套里的双手，怒气冲冲地咬紧了嘴唇。

“啊呀，”哈利接着说，“在纽黑文①时我们班就有一个。我们都以为终于见着一个真正的南方贵族了，可结果是，他根本不是什么贵族——不过是个战后去南方做投机生意的北方人的儿子，莫比尔②一带几乎所有棉花田都是他家的呢。”

“南方人不会像你现在这个样子讲话。”她平静地说。

“他们没有这个精力!”

“也没有其他素质。”

“对不起，萨莉·卡罗尔！可我听你自己也说过你永远不会嫁给——”

“那完全是两码事。我告诉过你，我不会把自己的一生都拴在塔尔顿那边一个小伙儿身上，可我从来也没有一概而论。”

他们默默地走着。

“我大概是说话有点儿过了头，萨莉·卡罗尔。对不起。”

她点了点头，却没有作答。五分钟后站在门厅时，她突然伸出双臂拥住了他。“哦，哈利!”她叫道，眼里泛着泪花，“我们下周就结婚吧！我害怕像这样的争吵。我害怕，哈利。我们结了婚就不会那样了。”

可是哈利，尽管是他不对，却还在生气。“别犯傻了。我们说定了三月份的。”

萨莉·卡罗尔眼里的泪水消失了，表情也强硬了几分。“那好吧。看来是我不该那么说。”

哈利心软了。“亲爱的小傻瓜!”他说道，“过来吻我。让我们忘了这件事吧。”

那天晚上，歌舞杂耍表演结束时，乐队最后演奏了一曲《迪克西》③。

---

① 美国康涅狄格州南部城市。

② 美国阿拉巴马州西南的一座城市。

③ 特指美国内战时期的南部各州。此为当时作为南部邦联的战斗歌曲而流行起来的一首曲子。

萨莉·卡罗尔感到内心涌起了比她当天的泪水和欢笑更强烈、更坚韧的感情。她身子前倾，紧紧抓住椅子的扶手，脸涨得通红。

“打动你了吧，亲爱的?”哈利轻声问道。

可她没听见他的话。在热烈欢快的提琴声中，在铿锵激越的鼓乐声中，那些远古的幽魂正在大步前行，直到进入一片黑暗之中。当低沉的重奏乐曲里响起如泣如诉的笛声，那些幽魂几乎就要走出视线以外，她在心里向它们挥手作别。

走吧，走吧！
唱着《迪克西》南行！
走吧，走吧！
唱着《迪克西》南行！

五

这是一个特别寒冷的夜晚。昨天一场突然的融雪几乎已把街道清理了个干净，可眼下松软的雪花如粉末状的幽灵般卷土重来。它们在风的脚步下蜿蜒前行，在半空中形成一片细密的雾霭。天空消失不见了，只有笼罩在街道上方的一顶阴暗、不祥的帐篷，还有那大片的雪花如大队人马席卷而来。更有甚者，北风肆虐不停，寒意驱走了亮着橘黄、绿色灯光的窗户里透出的舒适，湮没了那匹拉雪橇的马脚下发出的沉稳蹄声。这真是个凄凉的镇子，她心想，多么凄凉！

有时在晚上，她觉得这里仿佛无人居住——他们早都搬走了——只留下灯火通明的房屋早晚会被一堆堆坟墓般的冰雪掩埋。哦，要是她的坟头落满雪花，该有多好！整个漫漫严冬躺在大堆的积雪下面，就连墓碑也会成为众多光影映照下的一个光影。她的坟墓，本该是洒满鲜花、阳光雨露滋润的地方。她又想起火车经过的孤零零的乡间农舍以及在那里度过漫长冬季的生命、从窗口透进来的无尽雪光、在柔软的雪堆上结成的冰壳，最后是缓慢而无聊的融雪，还有罗杰·帕顿跟她讲过的料峭春寒。她的春天——就要永远地失去了——开满了丁香花，在她心头漾起慵懒的甜蜜。她正在埋葬这样的春天。从此以后，她还将把那份甜美一同埋葬。

暴风雪不断地积聚力量，最后终于爆发了。萨莉·卡罗尔感到睫毛上有一层雪花在迅速融化。哈利伸出裹着毛皮大衣的手臂，为她把构造复杂的法兰绒软帽拉了下来。接着，又有一小阵雪花散兵游勇似的飘落。那匹马耐心地垂下了头，晶莹剔透的白雪立刻落到了毛皮上。

“哦，它很冷，哈利。”她飞快地说。

“谁？马吗？哦，不。它不冷。它喜欢这种气候！”

又过了十分钟，他们转过一个街角，目的地出现在眼前。那座冰宫矗立在冬日的天空下。它建在一座绿得鲜艳夺目的高山上。一共三层，有城垛、垛口和垂着冰棱的窄窗。里面的无数盏电灯将它装点成一个富丽堂皇、晶莹剔透的中央大厅。萨莉·卡罗尔握住了哈利在皮袍下的手。

“太美了！”他兴奋地叫道，“我的天哪，太美了！是吧！一八九五年以后这里还没有过呢！”

不知为何，一八九五年后没有过的说法令她沮丧。冰雪就是幽灵，而这座冰雪大厦一定住满了一八九〇年代的亡灵——那些苍白的脸庞和依稀难辨的如雪发丝。

“来吧，亲爱的！”哈利说。

她随他下了雪橇，等着他把马拴好。一行四人——戈登、迈拉、罗杰·帕顿，还有一个女孩——在一阵响亮的铃声中停在了他们旁边。已经来了很多人，裹着厚厚的毛皮或羊皮大衣，走在雪地里大呼小叫地打着招呼。此刻，雪下得很密，几码开外就已看不清人了。

“它有一百七十英尺①高。”哈利对身旁一个裹得严严实实的人说。他们步履艰难地走向入口。“占地面积六千平方码②。”

她听到了只言片语的交谈：“一个主厅”——“二十至四十英寸厚的墙壁”——“冰穴里有几乎一英里的——”“那个建造它的加拿大佬——”

他们走了进去，被一堵堵巨大的水晶墙惊呆了。萨莉·卡罗尔不由自主地反复吟诵起《忽必烈汗》③ 的两行诗句：

---

① 约为五十二米。

② 约为五千平方米。

③ 英国著名浪漫主义诗人柯勒律治（1772—1834）的名诗。这两行诗句选自屠岸先生译本。

这是个奇迹呀，算得是稀有的技巧！

阳光灿烂的安乐宫，连同那雪窟冰窖！

灯火闪耀的巨大洞穴将黑暗拒之门外。她在一条木凳上坐了下来，夜晚的压抑心情得以释放。哈利说对了，它很美。她凝视的目光扫过光滑的墙面。这些大冰块由于自身洁白无瑕的品质才被选出来，为的是取得这种流光溢彩、晶莹剔透的效果。

“看呀！我们开始吧——哦，天哪！”哈利叫道。

远处角落里一支乐队奏起了《乌拉，乌拉，我们欢聚一堂》①，奔放而嘈杂的乐声回响在耳边。随后，灯光骤然熄灭，寂静仿佛从冰封的四壁流淌下来，向他们袭来。黑暗中，萨莉·卡罗尔仍然能看见自己吐出的白色哈气，还有她对面那一排模糊不清的苍白面容。

音乐声变得舒缓起来，如同哀怨的叹息。从外面飘来游行队伍的嘹亮歌声，越来越响亮，就像北欧海盗部落唱着凯歌穿越一片古老荒原。它变得浑厚起来——他们越走越近了；接着，出现了一排火把，一排接着一排，一长队身穿灰色厚呢短大衣、脚蹬鹿皮软靴的身影迈着整齐步伐昂然走进来了——他们肩头背着雪鞋，火把在升腾、摇曳，歌声在巨大的四壁间飘扬。

灰色的队伍走过去了，又有一队跟了上来。这一次，火光耀眼地飘动在红色滑雪帽和火红的厚呢短大衣上方。他们一进来，就接着唱起了主旋律。接下来是一长排蓝白色的队伍，随后是绿色、白色、棕黄色的队伍。

“那些穿白衣服的人是瓦库塔俱乐部的。”哈利热切地耳语道，“就是你在舞会上见过的那些人。”

人声越来越响；巨大的洞穴成了一个火把飘摇的奇异幻境——火光、色彩以及软皮靴踏出的节奏交汇成一片。领头的队伍转弯停了下来，一排排各就各位，直到整个队列连成一面天衣无缝的火焰旗帜；接着，成千上万的声音爆发出一个巨大的咆哮，如惊雷般响彻长空，火把跟着一阵摇曳。

---

① 1915 年的著名美国歌曲——《阿拉巴马狂欢节》的叠句。

如此壮观，精彩非凡！在萨莉·卡罗尔眼里，这一幕就好比北方民族在一个巨大祭坛上向他们灰色的异教雪神供奉祭品。咆哮声过后，乐队再次奏响音乐，歌声再度响起。随后，所有队伍发出经久不息的欢呼声。她异常安静地坐在那里聆听，断断续续的呼喊声不时划破静谧；接着，突然迸发出一片爆炸声，洞穴四处升腾起巨大的烟云，吓了她一跳。那是摄影师们打的闪光灯——集会到此结束。以乐队为首，各俱乐部再次组成纵队，引吭高歌，开始退场离去。

“来呀!”哈利喊道，“我们赶在熄灯前去看看楼下的迷宫吧!”

他们都站起来，朝一个陡坡走去。哈利和萨莉·卡罗尔走在最前头。她戴着连指手套的小手埋在了他的大皮手套里。坡道尽头是一间狭长的冰室。里面空无一人，天花板极低。他们只得弯下腰，彼此的手分开了。还没等她意识到哈利想要做什么，他就已经冲进了与冰室相连的五六条银光闪烁的通道中的一条，在一片绿色幽光里变成了渐行渐远的模糊黑影。

“哈利!”她喊道。

“来呀!”他应答。

她环视这个空房间。其他人显然已经决定打道回府了，这会儿正在外面的雪地里踉跄前行。她稍作迟疑，随即跟着哈利冲了进去。

“哈利!”她大声喊道。来到位于地下三十英尺①的拐角；她听见一个模糊低沉的应答声从左边远远传来，带着一丝恐慌朝声音奔去。又经过一个拐角以及两个黑洞洞的巷道：“哈利!”

无人应答。她开始一直往前跑，然后急速调头，由原路飞奔回来，一阵突如其来的冰凉的恐惧感将她包围。

她来到一个拐角——是这里吗？向左一拐，本以为是通向狭长、低矮的冰室入口，可那不过是另一条银光闪烁的通道，尽头一片漆黑。她又喊了一声，可四壁传来一声模糊不清、有气无力的响应，没有回声共鸣。她再次调头，沿原路返回，又转了个弯。这次来到一条宽敞的走廊。它就像

---

① 大约九米。

被分开的红海水域间的绿色通道①，又像是连接着荒芜坟墓的潮湿地道。此时，她脚下有点儿打滑，套鞋下面已经结了一层薄冰。为了保持平衡，她不得不用戴着手套的双手扶着又滑又黏的墙壁前行。“哈利!”

还是无人应答。她发出的声音自嘲般地一直回荡到了通道尽头。接着，灯光瞬间熄灭了，她置身于彻底的黑暗中。她发出一声微弱、恐惧的喊叫，瘫倒在一小块隆起的冰面上。倒下时觉得左膝撞上了什么，可她几乎没有察觉。一种远比迷路更深的恐惧已将她攫住。她独自置身于这座北方迷宫里，如同冰封的北冰洋捕鲸人那般孤独凄清，如同散落着探险者累累白骨的荒原那般了无人烟和人迹。一阵冰冷的死亡气息正从地面翻卷而来，朝她伸出了魔爪。

在愤怒和绝望的驱动下，她又站起身来，盲目走向黑暗。她一定要走出去。她也许会困上好几天，冻死在这里，就像她在书里读到过的尸体似的嵌在冰里，尸身得以完整保存，直到冰川融化。哈利大概以为她跟其他人一起离开了，他现在肯定也走了；到第二天很晚，才会有人发觉她不见了。她可怜兮兮地伸手去摸墙，有四十英寸②厚。他们说过，足有四十英寸那么厚啊!

“喂!”在她的两侧，她感觉有些东西在沿着墙慢慢挪动。一定是出没于这所宫殿、这座小城和北方的阴湿亡灵。“喂，来救救我！快来救救我呀!”她大声喊着。

克拉克·达罗——他会明白；还有乔·尤因；她不能被丢弃在这里永世飘零——身、心与和灵魂全被冻僵。这个她——这个萨莉·卡罗尔！啊呀，她可是个快乐的生灵。她是个快乐的小姑娘。她喜欢温暖，喜欢夏天，喜欢《迪克西》。这里的一切都那么陌生！如此陌生！

“你别哭了!”有个响亮的声音说道，“你再也哭不出来了。你的泪水都会被冻住！所有的泪水都将凝固在这北方!”

她彻底瘫倒在了冰面上。“哦，天哪!”她颤抖着说。

---

① 红海是亚洲与非洲之间的狭长海域。参见《圣经》关于摩西劈开红海、将以色列人带出埃及的传说。

② 大约一米。

时间一分一秒地过去。过了很久，她感到精疲力竭，双眼就要紧闭。接着，仿佛有个人在她身旁坐下，一双温暖而柔软的手捧住了她的脸。她感激地抬眼望去。

“哎呦，是玛杰莉·李呀。”她自言自语地柔声说道，“我知道你会来的。”真的是玛杰莉·李。她跟萨莉·卡罗尔想象中的一模一样，年轻、白净的额头，友好的大眼睛，质地柔软的撑裙——躺在上面非常舒服。

“玛杰莉·李。”

光线越来越暗了。无疑，所有墓碑都该重新上漆了，只是那样一来会破坏它们的美。可你总该能看见它们呀。

接下来，时间一分一秒地流逝，先快后慢。但似乎正在不断地分化为一大束模糊的光线，朝着一轮浅黄色的太阳聚拢起来。突然，她听见一声巨响，打破了她刚刚找到的宁静。

那是太阳，是阳光。一支火把，后面还有一连串的火把以及人声。一张脸出现在火把下面，一双有力的手臂将她扶起。她感到脸颊上有什么东西——湿漉漉的。有个人抓住了她，正在用雪花揉搓她的脸。多么荒唐可笑，竟然用雪花！

“萨莉·卡罗尔！萨莉·卡罗尔！”

这是危险的丹·麦格罗！还有另外两张她不认识的脸。

“孩子！孩子！我们已经找了你两个小时了！哈利都快急疯了！”

记忆迅速地纷沓而归——歌唱，火把，游行队伍的大声欢呼。她在帕顿怀里扭动着身子，发出一声长长的低沉叫喊。

“哦，我想要离开这里！我要回家。把我带回家去！”她抬高了声音，声嘶力竭地大喊起来。从另一条通道飞奔而来的哈利顿觉心头升起了一股寒意。“明—天！”她发疯般不顾一切地叫喊着，“明—天！明—天！明—天！”

六

一大片金色的阳光将既令人萎靡不振又奇怪地让人感觉舒适的热气喷洒在整日面对尘土飞扬的一段街道的房屋上面。两只鸟儿在旁边一棵大树的阴凉里大声喧闹着，街上有一个黑人妇女用悦耳动听的调门叫卖草莓。这是四月里的一天下午。

萨莉·卡罗尔下巴枕着手臂趴在古老的窗台上，睡眼迷离地往下瞧着那一片亮闪闪的灰尘，今春的第一股热浪正滚滚而来。她看见一辆老爷福特车吃力地转过街角，嘎吱嘎吱、叽里咕噜地开过来，在人行道尽头猛地停了下来。她一声不响。片刻之后，一声熟悉的尖利口哨划过天空。萨莉·卡罗尔微笑着眨了眨眼："早上好!"

车顶下费力伸出来一个脑袋："已经不是早上了，萨莉·卡罗尔。"

"当真!"她故作惊讶地说道，"我大概猜到了。"

"你在做什么?"

"在吃青桃。等着随时去死。"

克拉克最后扭了一下身，转到一个不可能的角度，为了看到她的脸。"水热得像水壶里冒出来的蒸汽。萨莉·卡罗尔，想去游泳吗?"

"真不想动。"萨莉·卡罗尔懒洋洋地叹了口气，"不过，我想还是去吧。"

本杰明·巴顿奇事

一

早在一八六〇年，在家里生小孩再正常不过了。如今有人告诉我，掌管医学的主神已经颁布法令，婴儿的第一声啼哭要在空气中散发麻醉剂气味的医院发出，而且最好是一家时尚新潮的医院。因此，当年轻的罗杰·巴顿先生和夫人在一八六〇年夏天做出让他们第一个孩子在医院出生的决定时，领先于时代整整五十年。这个时代错位是否跟我下面要讲述的令人惊异的故事有关，就永远不得而知了。

让我来告诉你事情的来龙去脉，留待你自己去判断。

罗杰·巴顿夫妇在内战前的巴尔的摩①拥有令人羡慕的地位，包括社会地位和经济地位。他们与这个或那个名门望族都有亲戚关系。因此，正如每个南方人都知道的，这就使他们进入了多半分布在南方邦联②的庞大贵族阶层。这是第一次经历生小孩这个迷人的古老习俗，巴顿先生自然很紧张。他希望是个男孩。这样，就可以送他到康涅狄格州的耶鲁大学去上学，巴顿先生在那里四年间一直被冠以"袖口儿"的绰号。其中的缘由有点儿不言自明。

在即将发生重大事件的神圣的九月早上，他六点钟就紧张地起了床。穿戴完毕，整了整完美无瑕的衣装，然后穿过巴尔的摩的大街小巷，快步

---

① 美国马里兰州中北部港口城市。

② 美国南北战争时的南方阵营，与北方联邦相对立。

朝医院走去，急着去确认黑夜的怀抱里是否已有新生命降临。

在离马里兰淑女绅士私立医院大约还有一百码①时，他看到家庭医生基恩正从前门台阶走下来，边走边像洗手似的来回搓着手。所有医生都被要求这么做。这是他们这一行的不成文规定。

罗杰·巴顿五金批发公司的董事长几乎完全失去了古雅时代南方绅士应有的风度，拔腿朝基恩医生跑去。“基恩医生!”他喊道，“基恩医生!”

医生听到喊声，转过身来，站在那里等着。当巴顿先生走近时，他那医生特有的严峻脸上流露出了古怪的表情。

“生了吗?”巴顿先生气喘吁吁地跑上前去问道，“怎么样？她还好吗?是男孩吗？是什么？什么——”

“把话讲清楚!”基恩医生严厉地说，看上去有点儿生气。

“孩子生下来了吗?”巴顿先生央求道。

基恩医生皱起了眉头。“嗯，是的。我想是的。就算是吧。”他又用好奇的目光看了巴顿先生一眼。

“我妻子还好吗?”

“很好。”

“男孩还是女孩?”

“得了!”基恩医生气急败坏地叫起来，“你自己去看吧！真是荒唐透顶!”他几乎恶狠狠地吐出了最后一个词，然后转过身去，嘟哝着，“你以为这样的病例会对我的职业声誉有好处吗？再出一例就会毁了我——任何人都毁了。”

“怎么啦?”巴顿先生大吃一惊，问道，“是三胞胎?”

“不，不是三胞胎!”医生尖刻地说，“要紧的是，你自己去看吧！而且，你另请高明吧！我把你带到了这个世界上，年轻人！为你们家做了四十年的家庭医生，可我再也不给你们干了！我不想再见到你或你们家的任何人！再见!”随即，他猛然转过身去，一言不发地登上停在路边的敞篷马车，表情肃穆地离开了。

巴顿先生站在人行道上，目瞪口呆，浑身发抖——发生了什么可怕的

① 约为九十一点四四米。

不幸？他突然失去了走进马里兰淑女绅士私立医院的欲望。过了一会儿，他才艰难地迫使自己登上台阶，从前门走了进去。在光线昏暗的大厅里，一名护士坐在桌子后面。巴顿先生强忍着屈辱，向她走去。

“早上好！”她抬起头，和气地看着他。

“早上好。我——我是巴顿先生。”

听到这句话，姑娘脸上呈现出极端恐惧的神情。她站起来，似乎要从大厅飞出去，显然费了很大力气才控制住自己。

“我想看看我的孩子。”巴顿先生说。

护士轻轻尖叫了一声。“哦——当然！”她歇斯底里地喊道，“在楼上。就在楼上。上——去吧！”她指了指上楼的方向。

巴顿先生浑身冒着冷汗，踉踉跄跄地转身，开始爬楼梯。在二楼大厅里，他招呼着另一个端着盆子向他走来的护士。“我是巴顿先生。”他费力地说，“我想看看我的——”

当啷！盆子掉到了地上，朝楼梯滚去。当啷！当啷！它一级一级，按部就班地滚下楼梯，仿佛也感到了这位先生引发的恐惧。

“我要看我的孩子！”巴顿先生几乎尖叫起来。他已经处于崩溃的边沿。

当啷！盆子滚到了一楼。护士重新控制住自己，朝巴顿先生投去极其轻蔑的一瞥。

“好吧，巴顿先生！”她压低嗓音说，“很好！你该明白，今天早上它是让我们所有人怎么过的！简直荒唐透顶！医院再也无法挽回声誉了，居然发生——”

“快点儿！”他嘶哑地喊道，“我受不了了！”

“这边来，巴顿先生。”

他迈着沉重而迟缓的步伐跟在她身后。在长长的走廊尽头，他们来到一个传出各种各样号哭声的房间。的确如此。按照后来的说法，这样的房间被称为“啼哭室”。他们走了进去。靠墙放着五六个涂着白漆的摇篮，每个摇篮上都挂着一个标签。

“哎，”巴顿先生上气不接下气地说，“哪个是我的？”

“那边！”护士说。

巴顿先生顺着她的手指望去，看到了这个场景：一个看上去足有七十岁的男人坐在那里，裹着宽大的白色毛毯，被勉强塞进其中一个摇篮里。他稀疏的头发几乎全白了，下巴上垂着一绺长长的烟灰色胡须，在从窗户吹进来的微风中可笑地飘动着。他抬起头来，用黯淡无光的眼睛望着巴顿先生，眼神里深藏着困惑不解。

“我是不是疯了?”巴顿先生大发雷霆，恐惧变成了震怒，“这是不是医院在开什么唬人的玩笑?”

“我们可觉得这不像是玩笑。”护士严肃地回答道，“我不知道你是不是疯了，但那确实是你的孩子。”

巴顿先生的额头上冒出了更多冷汗。他紧闭双眼，然后张开，再看。没错——他正盯着一个七旬男人——一个七十岁的婴儿，双脚悬在他躺着的小摇篮栏杆外。

老头儿平静地挨个打量了他们一会儿，突然用老年人的沙哑嗓音开了口。“你是我父亲吗?”他问道。

巴顿先生和护士都吓了一跳。

“如果你是，”老头儿继续不满地说，“我希望你带我离开这个地方。或者，至少让他们在这里放一个舒服一点儿的摇篮。”

“你究竟是从哪里来的？你是谁?”巴顿先生发疯似的大声叫道。

“我不能确切告诉你我是谁，”对方哀怨地嘀咕道，“因为我才出生几个小时。但我的姓氏肯定是巴顿。”

“你撒谎！你在冒名顶替!”

老头儿有气无力地转向护士：“这样欢迎一个新生儿真不赖!”他用微弱的声音抱怨说，“你为什么不告诉他他错了呢?”

“你错了，巴顿先生。”护士严肃地说，“这是你的孩子。你总得妥善处理吧。我们要求你尽快把他带回家——今天之内。”

“回家?”巴顿先生半信半疑地重复道。

“是的，我们不能把他留在这里。真的不能，你明白吗?”

“我很愿意回家。”老人咕哝着说，“对于一个喜欢安静的孩子来说，这真不是个好地方。这么多人又哭又号的，我根本没法儿睡觉。我想要点儿东西吃吧，”讲到这里，他抬高了嗓门儿，用尖利的声音表示抗议，“可他们只给我一瓶牛奶!”

巴顿先生颓然坐在靠近儿子的椅子上，双手掩面。“天哪！”他惊惧地喃喃自语，“人们会说些什么？我该怎么办？”

“你得把他带回家！”护士坚持着，“马上！”

这个饱受折磨的男人眼前十分清晰地出现了一个稀奇古怪的画面。他在大街上拥挤的人群中穿行，身边亦步亦趋地跟着这个可怕的怪物。“我做不到。我做不到！”他痛苦地呻吟着。

人们会停下来跟他说话，他能说什么呢。他不得不介绍这个——这个七旬老者：“这是我儿子，今天清早出生的。”然后，这位老人就会裹紧毛毯；他们一起迈着沉重的脚步缓缓前行，经过熙熙攘攘的商店，经过奴隶市场——在一个黑暗的瞬间，巴顿先生恨不得他儿子是个黑人——经过住宅区的豪华房屋，经过老年公寓……

“来吧！振作起来！”护士命令道。

“你看！”老头儿突然说，“要是以为我会裹着这条毯子走回家去，那你就大错特错了。”

“婴儿总是用毯子裹着的。”

老头儿举起一件白色的小婴儿服，恶狠狠地一抖。“看！”他用颤抖的声音说道，“这就是他们为我准备的。”

“婴儿总要穿这个的。”护士一本正经地说。

“好吧。”老头儿说，“大约再过两分钟，我这个婴儿就要一丝不挂了。毛毯让我身上发痒。他们起码该给我一条床单呀。”

“裹着它！裹着它！”巴顿先生忙不迭地说。他又转向护士，“我怎么办？”

“进城去给你儿子买些衣服。”

巴顿先生走进大厅时，身后传来儿子的声音：“还有手杖，父亲。我要一根手杖。”

巴顿先生砰的一声，使劲关上了大门……

二

“早上好！”巴顿先生紧张地对切萨皮克服装公司的店员说，“我想给我的孩子买几件衣服。”

“先生，你的孩子几岁了？”

“大约六个小时。”巴顿先生不假思索地答道。

“婴儿用品部在后面。”

“嗯，我不认为——我不能确定是不是要到那里去买。他是——他是不一般的大个子小孩。特别——呃——大。”

“他们有最大尺码的儿童服装。”

“男童部在哪里?”巴顿先生问道，孤注一掷地改变了立场。他觉得店员一定察觉了他那丢人的秘密。

“就在这里。”

“哦——”他迟疑着。让儿子穿成人的衣服，这个想法令他反感。要是，比方说，他能找到一套特大号的童装，也许就能剪去儿子长长的丑陋胡须，把白发染成棕色。这样，就可以把最糟糕的部分掩盖起来，为自己保留几分自尊。更不用说他在巴尔的摩的社会地位了。

他急火火地搜遍了男童部，也没能找到一套适合新生儿巴顿穿的衣服。当然，他责怪这家商店——在这种情况下，当然应该责怪店家了。

“你刚才说你儿子几岁来着?”店员好奇地问道。

“他是——十六岁。”

“哦，请原谅。我还以为您说的是六个小时。旁边那个区域是青年服装部。”

巴顿先生悻悻地转身离开。随即他突然停下来，面色开朗起来，指着陈列橱窗中的仿真模特。“那里!”他大叫起来，“我要那套衣服，模特身上的那套。”

店员瞪大了眼睛。“啊呀!”他表示反对，“那不是童装。即便它是，也是化装舞会穿的。你自己都可以穿的!”

“把它包起来!”顾客紧张不安地坚持道，“那正是我想要的。”

店员惊讶不已，还是照办了。

回到医院，巴顿先生走进婴儿室，几乎是把那包裹扔给儿子的。“这是你的衣服!”他厉声说道。

老头儿打开包裹，诧异地打量着里面的东西。“看上去有点儿可笑。”他抱怨道，“我可不想被人当猴耍——”

“你已经把我当猴耍了!”巴顿先生怒气冲冲地反驳说，“你甭管看上去可不可笑，把它穿上！否则，我会——我会打你屁股！”说到最后这个词，他不安地咽了口唾沫，但他觉得应该这样说。

“好吧，父亲！”这话说得颇有几分怪里怪气的恭顺，“你比我年长，知道怎样最好。我就照你说的做吧。”

跟刚才一样，这一声“父亲”叫得巴顿先生心惊肉跳。“快点儿！”

“我正抓紧做呢，父亲。”

等儿子穿好衣服，巴顿先生闷闷不乐地打量着他。这套服装包括斑点图案的袜子、粉红色的裤子、有白色大宽领的系腰带的罩衫。衬衫领子外面飘动着长长的白胡子，几乎垂到了腰上。效果不怎么样。“等一下！”巴顿先生抓起一把医用剪刀，三两下便迅速剪掉了他大部分胡须。可即便情况有所改进，整体形象还是远不如人意。剩下的刷子般的散乱头发、泪汪汪的眼睛、腐朽的牙齿，看起来与艳丽的服装很不协调。不过，巴顿先生已经拿定了主意。他伸出手去：“走吧！”他坚决地说。

他的儿子信赖地抓住了他的手。“你打算怎么称呼我呢，父亲？”当他们从婴儿间出来时，他颤悠悠地说，“暂时就叫‘宝贝’？直到你想出一个更好的名字？”

巴顿先生哼了一声。“我不知道。”他尖刻地说，“我觉得我们应该叫你玛士撒拉①。”

三

就算巴顿先生家这位新成员剪短了稀疏的头发，然后染成不自然的黑，把脸刮得发亮，穿上目瞪口呆的裁缝为他量身定做的小男孩服装，巴顿先生依然不能无视头生子实在差劲的事实。尽管他年老背驼，本杰明·巴顿——就是他们给他取的名字，并没有称他为玛士撒拉。玛士撒拉这个名字虽说恰如其分，却惹人反感——他有五英尺八英寸②高。他的衣服掩藏不了这一点，而他的眉毛经过修剪和染色也掩盖不住下面的眼睛黯淡无光、泪水汪汪、无精打采这一事实。事实上，早先预定的保姆只看了他一眼，

① 据《圣经》记载，玛士撒拉是以诺之子、诺亚的祖父，享年九百六十九岁。

② 约有一点七七米。

就怒气冲冲地走掉了。

但巴顿先生毫不动摇地坚持自己的立场。本杰明是个婴儿，就应该是婴儿的样子。首先，他声称如果本杰明不喜欢热牛奶，那他就什么东西都不要吃了。但他在压力之下最后还是让了步，允许儿子吃面包、奶油，甚至燕麦片。一天，他带回家一个拨浪鼓，把它交给本杰明，明确坚持让本杰明“好好玩”，老头儿只好一脸厌烦地接过来，一整天里每隔一阵子就乖乖地摇几下。

拨浪鼓无疑让他觉得无聊，但他在无人陪伴时找到了更多其他怡然自得的消遣方式。比方说，巴顿先生有一天发现自己前一周抽的雪茄比以前任何时候都多——这个现象几天之后就得到了解释：他冷不丁地走进婴儿室，发现房间里弥漫着淡淡的蓝色烟雾。本杰明满脸愧疚，正试图将一支深色哈瓦那烟蒂藏起来。当然，这种行为应该狠狠地打屁股，但巴顿先生发觉自己无法下手。他只是警告儿子，抽烟会“影响他的发育”。

尽管如此，他依然固执地坚持自己的态度。他带回家铅制士兵、玩具火车和用棉花做的可爱的大动物，为了使他营造的这个幻觉更加完美——至少对他自己而言——他满腔热情地询问玩具店的店员，“要是婴儿将粉红色的鸭子放进嘴里，上面的颜料会不会脱落”。但是，无论父亲如何努力，本杰明仍然提不起兴趣。他会偷偷从后面的楼梯溜下去，抱着一册《大英百科全书》回到婴儿室，专心致志地读上一个下午，而把棉花牛、诺亚方舟丢弃在地上。面对他的顽固态度，巴顿先生的各种努力全都白费了。

此事最初在巴尔的摩引起了轰动。这原本会给巴顿家及亲戚带来什么不幸，谁也说不清楚。因为南北战争的爆发，人们的注意力都吸引到其他事情上去了。有几个一贯彬彬有礼的人绞尽脑汁，想要对那双父母说点儿恭维话——最终想出了一个妙招，说这婴儿像他的祖父。这个事实无法否认，因为对所有七十岁的人来说，衰老是一种正常状态。罗杰·巴顿先生和夫人听了并不高兴，本杰明的祖父更是觉得受了极大的侮辱。

本杰明一离开医院，就逆来顺受地接受了生活。有几个小男孩被带来看他，他勉为其难地花了一个下午试图培养起对陀螺和玻璃弹珠的兴趣。他甚至不小心用弹弓射出一块石子，打破了厨房的一块窗玻璃。这个壮举让他父亲心中窃喜。

此后，本杰明每天都设法打破点儿东西。他之所以这么做，只是因为他知道人们想要他这么做，他则生性顺从听话。

当祖父对他最初的敌意消失之后，本杰明同老先生彼此做伴，并从中得到了极大的快乐。这两个年龄和经历都有很大悬殊的人一坐就是几小时，像老朋友一样不厌其烦地谈论当天发生的无聊事件。本杰明觉得，在祖父面前比在父母面前更为自在。他们似乎总是有点儿怕他，尽管他们对他实施独断专行的权威，却经常称他为“先生”。

就像其他任何人一样，他也对自己出生时身心发育的明显超前感到迷惑不解。他翻阅医学杂志，发现从未有过类似先例。在父亲的催促下，他诚心诚意地尝试跟其他男孩一起玩耍，经常参加一些较为温和的运动。橄榄球让他大受刺激。他害怕自己万一骨折，一把老骨头会愈合不了。

五岁时他被送到幼儿园，在那里开始学着如何把绿色的纸贴在橘色的纸上，如何拼彩色地图，如何制作耐久纸板项链。这些事做到一半，他就会打起盹儿来，直到睡过去。这让年轻的老师感到既恼火又害怕。值得宽慰的是，她向他的父母告了状，他们便把他从幼儿园接走了。罗杰·巴顿夫妇对朋友们说，他们觉得他还太小了。

等到十二岁，他的父母已经习惯了他。确实，习惯势力如此强大，他们不再觉得他跟其他小孩有什么不同，除了有些奇特的反常现象有时会提醒他们。但在十二岁生日之后几周的一天，他照镜子时有了一个惊人的发现，或者自以为有了一个惊人的发现。是他的眼睛欺骗了他，还是在他生活的十二年间头发在染料的掩盖下已从白色变成了铁灰色呢？他脸上密密匝匝的皱纹是不是正在变得不那么明显呢？他的肌肤是不是更加健康饱满了，甚至有了一丝冬天的红润？他说不好。他知道自己不再弯腰驼背了，健康状况比出生时有了起色。“会不会是——”他暗自思忖，或者说，更多是不敢想。他去见父亲。“我长大了。”他坚定地宣布，“我要穿长裤。”

父亲迟疑了一下。“哦，”他最后说，“我不知道。十四岁是穿长裤的年龄——你只有十二岁。”

“但是你得承认，”本杰明反驳道，“我比同龄人个子高。”

父亲看着他，陷入了迷惘的沉思。“哦，我可不敢肯定，”他说，“我十二岁时个子跟你一样高。”这不是真的——这是罗杰·巴顿暗地里与自己达成的一项协议，他要相信儿子是正常的。

最后，他们相互作出了妥协：本杰明要继续染发。他要更积极地尝试跟同龄男孩一起玩耍。他上街不再戴眼镜，也不再拄拐杖。作为对这些让步的回应，他被允许穿上了他的第一条长裤。

四

关于本杰明·巴顿十二岁至二十一岁之间的生活我无意多说，只要记下来这些年一切正常就够了。十八岁时，他像一个五十岁的男子一样挺拔；头发更多了，而且变成了深灰色；他的步伐有力，声音不再沙哑颤抖，而是变成了健康的男中音。于是，父亲把他送到康涅狄格州去参加耶鲁大学的入学考试。本杰明通过了考试，成了新生中的一员。

开学注册后第三天，他接到学院注册员哈特先生的通知，要他到他的办公室去安排课表。本杰明朝镜子里瞥了一眼，断定他的头发需要再用棕色染料染一下，但他焦急地翻找柜橱抽屉时却发现染料瓶并不在里面。然后，他记起来了——他前一天已经把它用光、扔掉了。

他进退两难，五分钟后就要赶到注册室。好像没有办法了——他必须这样去。他去了。

“早上好！”注册员彬彬有礼地说，“您是来打听儿子的情况吧。”

“啊呀，事实上，我姓巴顿——”本杰明开口说。

哈特先生打断了他：“我很高兴见到您，巴顿先生。我正在等您的儿子，他很快就会到。”

“那就是我！”本杰明脱口而出，“我是新生。”

“什么！”

“我是新生。”

“您当然是在开玩笑喽。”

“绝对没有。”

注册员皱起眉头，瞟了一眼面前的一张卡片。“咦，我这里明明写着本杰明·巴顿的年龄是十八岁呀。”

“那就是我的年龄。”本杰明肯定说，微微涨红了脸。

注册员厌烦地打量着他："当然，巴顿先生，您不指望我会相信您的话吧。"

本杰明无奈地笑了："我是十八岁。"他重复道。

注册员态度严厉地指向门口："出去！"他说，"离开学校，离开小镇！你是个危险的疯子！"

"我是十八岁。"

哈特先生打开了门："想想看吧！"他大声喊道，"你这个年龄的人来这里做新生。十八岁，是吗？好吧，我给你十八分钟离开镇子！"

本杰明·巴顿昂首挺胸地走出房间，等候在大厅的五六个大学生用惊讶的目光望着他。他走了一小段路，又回过头来，面对仍旧站在门口、怒不可遏的注册员，用坚定的语气重复道："我是十八岁。"

在那群大学生发出的吃吃窃笑声中，本杰明走开了。但是，他注定不能就这样轻易逃离。他郁闷地走向火车站，途中发现一群大学生尾随他，然后成群结队，最后变成了黑压压的一大片。消息传开了，说一个疯子通过了耶鲁的入学考试，试图冒充十八岁的年轻人。整个大学都沸腾起来。男人们不戴帽子就冲出教室；橄榄球队员停止训练加入人潮；教授夫人的帽子歪歪斜斜，裙撑也没穿到位，跟在队伍后面大喊大叫。人群中不断发出议论，刺激着本杰明·巴顿的脆弱神经。

"他一定是个永世流浪的犹太人①！"

"他这个年纪应该去上预科学校！"

"看看这位小神童！"

"他以为这是老年之家吧。"

"去上哈佛吧！"

本杰明加快了步伐，很快就跑起来了。他要让他们瞧一瞧——他会去哈佛！他们会为自己这些不恰当的嘲弄而后悔的！他安全地登上了开往巴尔的摩的火车，把头伸到窗外："你们会后悔的！"他大声喊道。

"哈——哈！"大学生们大笑起来，"哈——哈——哈！"那是耶鲁大学有史以来犯下的最大错误。

---

①《圣经》典故。中世纪传说中的一个人物，因在受难日嘲笑基督而被判永世流浪。

五

一八八〇年，本杰明·巴顿二十岁。在生日那天，他开始在罗杰·巴顿五金批发公司为父亲工作。同年，他开始出去“社交”。也就是说，他的父亲执意要带他去参加几次时髦的舞会。罗杰·巴顿现在已经五十岁了，和儿子越来越合得来了。事实上，由于本杰明停止了染发（仍旧是灰色），他们看起来年龄相仿，可以冒充兄弟了。

八月里的一天晚上，他们穿着礼服，盛装登上敞篷马车，前往巴尔的摩近郊的谢夫林乡村舞厅参加舞会。那是一个美好的夜晚。一轮满月在路上洒满了柔和的银光，迟开的丰收花朵在静谧的夜空中散发出诱人的芳香，宛若音调低沉、隐约可辨的笑声。开阔的田野上地毯般覆盖着亮闪闪的麦茬，像白昼一样半透明。你几乎不可能不为天空之美而陶醉，不可能。

“干货行业前景很好。”罗杰·巴顿正说着。他不是一个注重精神生活的人，美感乏善可陈。“像我这样的老家伙学不了新东西喽。”他意味深长地说，“好前景属于你们这些精力充沛的年轻人。”

远在道路的前方，谢夫林乡村舞厅的灯光飘入眼帘，很快便有叹息般的声音不断传入他们耳中——可能是如泣如诉的小提琴声，或是月光下银色麦浪发出的簌簌声。

他们在一辆漂亮的马车后面停了下来。上面的乘客正在门口下车。先是一位女士，然后是一位年长的绅士，最后是一位年轻小姐，美若天仙。本杰明一惊，似乎有一种化学变化熔化和重组了他身体的所有元素。他浑身感到一阵僵硬，热血涌上他的双颊、前额，耳朵里响起一阵持续有力的隆隆鼓声。这是初恋的感觉。

女孩身材苗条纤弱，头发在月光下呈灰白色，在门廊上噼啪作响的煤气灯下现出蜜黄色。她的肩上搭着一条点缀着黑蝴蝶的柔黄色西班牙披巾；撑裙边沿露出的双脚像是闪闪发光的纽扣。

罗杰·巴顿探身凑到儿子跟前。“那个，”他说，“是希尔德加德·蒙克里夫，蒙克里夫将军的女儿。”

本杰明冷淡地点了点头。“小美人。”他若无其事地说。但当黑人奴仆拉走马车时，他补充道：“爸爸，也许你可以把我介绍给她。”

他们走近了一群人，蒙克里夫小姐显然是人群的中心。她是在旧传统中长大的，朝本杰明深深地行了个屈膝礼。是的，他可以请她跳一支舞。他谢了她，然后走开了——脚步凌乱地走开了。

轮到他的时间还没到，等待没完没了。他靠在墙边站着，沉默不语，高深莫测，用恶毒的眼神看着年轻的巴尔的摩纨绔子弟在希尔德加德·蒙克里夫身边转来转去，带着一脸崇拜的激情。在本杰明眼里，他们讨厌极了；他们的红润面色真让人难以忍受；他们那卷曲的棕色胡须在他心中激起类似愤怒的感觉。

但当轮到他自己，他和她踏着从巴黎传来的最新华尔兹舞曲缓步进入舞池时，妒忌和焦虑像薄薄的积雪一样融化了。迷醉之中，他觉得生活才刚开始。

“你和你兄弟刚好跟我们同时到达，是不是?”希尔德加德问道，抬起那湖蓝色珐琅般的眼睛望着他。

本杰明犹豫了一下，如果她错把他当成父亲的兄弟，是不是最好向她讲明真相呢？他想起了耶鲁的经历，决定还是算了。反驳一位女士是不礼貌的；让他的荒唐身世破坏这个美好场合真是罪过。也许以后吧。于是他点点头，微笑着，听她讲话，心里十分愉快。

“我喜欢你这个年龄的男人。”希尔德加德对他说，“年轻男孩太傻了。他们告诉我他们在学校喝了多少香槟，玩牌时输了多少钱；像你这种年龄的男人知道如何欣赏女人。”

本杰明觉得自己几乎要向她求婚了。费了很大的力气，他才控制住这个冲动。

“你正处在浪漫的年龄，”她接着说，“五十岁。二十五岁太老于世故；三十岁往往会由于劳累过度而脸色苍白；四十岁要花上抽一整支雪茄的时间来讲他的漫长经历；六十岁——哦，六十岁太接近七十岁了；但五十岁是成熟稳健的年龄。我喜欢五十岁。”

本杰明似乎也觉得五十岁是一个辉煌的年龄。他热切地希望自己就是五十岁。

“我总是说，”希尔德加德继续说，“与其嫁给一个三十岁的男人来照顾他，不如嫁给一个五十岁的男人被他照顾呢。”

那晚剩下的时间里，本杰明都沉浸在蜜色的薄雾之中。希尔德加德又跟他多跳了两支舞，他们发觉，对于那天谈到的所有问题，他们的看法都惊人一致。下个星期天她会跟他出去兜风，那时他们会进一步讨论这些问题。

本杰明和父亲在黎明破晓前乘马车回家，第一群蜜蜂在嗡嗡地飞舞，逐渐淡去的月亮照在冰凉的露珠上发出微光。本杰明隐约意识到父亲在谈五金批发的问题："……那么，你觉得在锤子和钉子之后，还有什么是最值得我们注意的呢？"老巴顿在说。

"爱情。"本杰明心不在焉地答道。

"焊片①？"罗杰叫道，"咦，我刚刚谈过焊片了。"

本杰明茫然地望着他，东方的天空这时突然绽开曙光，一只黄鹂在从睡梦中苏醒的树丛里刺耳地打了一个哈欠……

六

六个月后，希尔德加德·蒙克里夫小姐与本杰明·巴顿先生订婚的消息被公开了（我之所以说"被公开"，是因为蒙克里夫将军声称他宁愿倒在剑上死去，也不宣布这件事）。巴尔的摩社交界的兴奋达到了白热化的程度。几乎被人遗忘的本杰明的身世又被记了起来，被当作不可思议的传奇故事添油加醋地流传开来。据说，本杰明其实是罗杰·巴顿的父亲；也有人说他是罗杰·巴顿坐牢四十年的兄弟；还有人说他是乔装改扮的约翰·威尔克斯·布恩②；最后还有一种说法是，他头上长了两个小小的锥形尖角。

纽约好几份报纸的星期日副刊用了趣味漫画来对此事大肆渲染。漫画里，本杰明·巴顿的头被嫁接到了鱼身上、蛇身上，最后是黄铜身上。新闻界称他为"马里兰的神秘人物"。但正如通常发生的那样，真实情况却鲜有流传。

然而，每个人都同意蒙克里夫将军的观点：一个可爱的姑娘原本可以

---

① 父亲把"Love"听成了"Lug"。

② 刺杀美国总统林肯的凶手，是一个舞台剧演员。

嫁给巴尔的摩的任何求婚者，却投入了一个肯定有五十岁的男子的怀抱。这可真是“犯罪”。罗杰·巴顿先生徒劳地在《巴尔的摩火焰报》上用大号字体公布了儿子的出生证明。没人相信它。你只要亲眼去看一看本杰明就明白了。

两个当事人毫不动摇。关于未婚夫的很多故事都是虚假不实的，希尔德加德就连真实情况也坚决不信了。蒙克里夫将军徒劳地向她指出，五十岁的男人——至少，看起来有五十岁的男人——死亡率很高。他告诉她五金批发行业不稳定，也无济于事。希尔德加德已经决定要嫁给成熟男人——她确实嫁了……

七

至少在一件事情上，希尔德加德的朋友们说错了。五金批发业惊人地兴旺起来。在本杰明·巴顿结婚的一八八〇年至他父亲退休的一八九五年这十五年间，这个家庭的财富翻了一番。它主要是这位年轻的公司成员的功劳。

不用说，巴尔的摩最终还是敞开胸怀接受了这对夫妻。当本杰明出资为他出版曾被九家知名出版社拒绝的二十卷《美国内战史》时，就连蒙克里夫老将军也与女婿和解了。

十五年来，本杰明身上发生了许多变化。他觉得血管里的血似乎流动得更加强劲有力了。清早起来，他以轻快的步伐走在洒满阳光的热闹大街上，不知疲倦地忙于装运锤子和钉子。这些都开始给他带来乐趣。一八九〇年，他实施了一项有名的商业变革。他提议说，所有用来钉装运钉子的包装箱的钉子都要算在收货人的财产之列。这一提议由福索尔大法官批准成为法令条例。这样一来，罗杰·巴顿五金批发公司能够每年节约超过六百万枚钉子。

此外，本杰明发觉他越来越为生活的快乐一面所吸引。随着他的享乐热情日益高涨，他成了巴尔的摩第一个拥有汽车又驾驶汽车的人。他的同龄人在街上遇见他，都会羡慕地盯着他那充满活力的健康身影。

“他好像每年都变得年轻一点儿了。”他们说。如果现年六十五岁的老罗杰·巴顿一开始并没有恰如其分地欢迎儿子降临的话，最终也用近乎谄媚的态度来给予他补偿了。

到这里，我们遇到了一个不愉快的话题，最好还是一笔带过为妙。只有一件事让本杰明·巴顿感到烦恼：他的妻子对他来说已经失去了吸引力。

那时，希尔德加德三十五岁了，有一个十四岁的儿子，名叫罗斯科。刚结婚的那段时间里，本杰明对她崇拜有加。然而，随着岁月流逝，她蜜黄色的头发变成了枯燥乏味的褐色，珐琅般的蓝眼睛变得像廉价陶瓷一般。更有甚者，她变得太过习惯于自己固有的生活方式，太过平淡，太过满足。她的兴奋缺乏生气，她的品位也过于严肃。初为人妇的她曾经“拖”着本杰明去跳舞和赴宴，现在情况正好相反。跟着他参加社交活动却毫无热情，她的热情已然被惰性吞噬了。这种惰性有朝一日会进入我们每个人的生活，并且一直陪伴我们到生命尽头。

本杰明的不满越来越强烈了。一八九八年西班牙战争爆发时，他感觉家庭生活毫无魅力而言，便决定参军。鉴于他在商界的影响，他被任命为上尉。由于表现出色而被提拔为少校，最后又成了中校。这时，正巧发生了有名的圣胡安山①激战。他受了轻伤，获得了一枚奖章。

本杰明非常迷恋活跃而刺激的军旅生活，本不愿意放弃这种生活，但生意需要打理，他还是辞职回了家。一支铜管乐队在车站迎接他，并且把他护送回家。

八

希尔德加德在门廊挥着一面丝绸大锦旗迎候他，甚至就在他亲吻她的时候，也能感觉出这三年造成的损失太大了，不由得心向下一沉。她已是四十岁的女人了，头上隐约现出几缕白发。这情形让他觉得郁闷。

在楼上房间里，他在熟悉的镜子里看见了自己的身影。他走到近前，焦虑地仔细审视自己的脸，然后跟战前拍的一张军服照片进行对比。

“老天爷呀!”他大声说。这个过程还在继续。毫无疑问，他现在看上去就像三十岁的人。但他并不开心，相反倒很不安——他越来越年轻了。他一直希望，一旦他的身体年龄与实际年龄相当，他出生时的怪异现象就

① 位于古巴东南部。

会消失。他不禁打了个寒战。在他看来，他的命运真是可怕，简直不可思议。

等他下楼时，希尔德加德正在等他。她显得很恼火，他不知道她是不是终于发现了有什么不对劲。为了缓解他们之间的紧张气氛，他在吃饭时用一种自以为微妙的方式提到了这个问题。“喏，”他轻描淡写地说，“大家都说我比以前任何时候都显得年轻。”

希尔德加德嘲讽地看了他一眼，冷笑了一声：“你觉得这是什么值得吹嘘的事情吗？”

“我不是在吹嘘。”他不自在地坚持说。

她又冷笑了一声：“什么话？”她说。片刻之后，“我觉得，你要是有足够的自尊就不要这么做了。”

“这怎么可能？”他问道。

“我不打算跟你争论。”她反驳道，“但做事情的方式总有对错之分。如果你打定主意要做一个与众不同的人，我想我也阻止不了你。但我的确觉得，这样做是欠考虑的。”

“但是，希尔德加德，我也没办法呀。”

“你还是有办法的，你只是固执而已。你觉得你不想跟其他人一样。你一直都是这样，以后也会是这样。可你要想一想，如果每个人都像你一样看问题怎么办——这世界会变成什么样子。”

这是一个毫无意义、无法回应的问题，本杰明无言以对。此后，他们之间的裂痕越来越大了。让他感到纳闷的是，她怎么可能对他有过吸引力呢。

雪上加霜的是，随着新世纪快马加鞭地临近，他发现自己寻欢作乐的欲望变得日益强烈。巴尔的摩城里的任何聚会都少不了他的身影，他跟最漂亮的已婚少妇跳舞，跟最受欢迎的社交新秀交谈，觉得与她们相处更有意思。而他的妻子，一个凶神恶煞般的老妇人，坐在那些陪伴新人的年长女伴中间，时而露出傲慢的不满之色，时而用严肃、疑惑和责备的目光紧盯着他。

“看哪！”人们评论道，“真可惜！这种年龄的小伙子被一个四十五岁的妇人拴住了。他肯定比他妻子年轻二十岁。”他们已经忘记了——人们总是难免健忘——早在一八八〇年，他们的爸爸、妈妈也是这样评说这对不般配的夫妻的。

本杰明在家里的烦恼与日俱增，好在作为补偿，他有许多新爱好。他开始打高尔夫球，而且大获成功。他也热衷于跳舞：一九〇六年，他是“波士顿舞”的专家；一九〇八年，他被认为是精通“马克西舞”的高手；一九〇九年，他的“城堡漫步舞”成为城里所有年轻人的羡慕对象。

当然，他的社交活动在一定程度上影响了他的生意。但他已在五金批发业打拼了二十五年，觉得很快就可以将生意交给儿子罗斯科打理了。罗斯科刚从哈佛毕业。

事实上，他和儿子经常会被搞混。这让本杰明感到很高兴——他很快就忘记了从美西战争①回来时曾经有过的恐惧，开始对自己的外貌天真地感到沾沾自喜。唯一美中不足的是，他讨厌跟妻子一起出现在公共场合。希尔德加德快五十岁了。一看到她，他就觉得十分荒唐……

九

一九一〇年九月里的一天，罗杰·巴顿五金批发公司交给年轻的罗斯科·巴顿经营几年之后，一个外表看起来大约二十岁的男子注册就读哈佛大学一年级。他没再犯同样的错误，说自己已年过五十，也没提他的儿子十年前毕业于这所学校一事。

他被批准入学，几乎立刻就在班上脱颖而出。部分原因是他看起来比其他新生成熟一点儿，他们的平均年龄约为十八岁。但他的成功主要还是因为他在与耶鲁的橄榄球比赛中表现出色。他打得不留情面，异常凶猛，为哈佛赢得了七次触地得分和十四次射门得分；有一次还造成耶鲁队的十一名队员全部失去知觉，一个接一个地被抬下场去。他是大学里最有名的人物。

说来也怪，大学三年级时他几乎无法做球队的“主力”了。教练们说他体重下降了，观察得更仔细的还发现他个子似乎变矮了。他没再有过触

① 美国和西班牙之间在1898年的战争。它导致西班牙从古巴撤军及对关岛、菲律宾和波多黎各的割让。

地得分。事实上，他被留在球队的主要原因是希望他的威名能够震慑耶鲁队，瓦解他们的士气。

四年级时，他在队里已经可有可无了。他变得如此瘦弱，有一天竟被二年级学生当成了新生。这让他倍感屈辱。人们把他当作神童——肯定是不超过十六岁就上了四年级。他常常对班上一些同学的世故感到震惊。对他来说，课程似乎更难了。他觉得它们太过高深了。他听到他的同学谈起圣米达斯学校。那所有名的预科学校，有许多同学都曾在那里为上大学进行过准备。于是，他决定毕业后就去圣米达斯学校，躲在个头儿跟自己差不多的男孩中间的生活对他来说会更适宜。

他在一九一四年毕业后，口袋中装着哈佛大学毕业证书，回到了巴尔的摩家中。希尔德加德现在意大利居住，本杰明便同儿子罗斯科住在一起。他虽说还算受欢迎，但罗斯科显然对他缺乏热情——本杰明像个青少年那样在家里百无聊赖地闲荡，甚至看得出儿子觉得自己有点儿妨碍了他的生活。罗斯科已经结婚，在巴尔的摩社交界很有地位，可不想有任何丑闻冒出来牵扯到自己。

本杰明不再受初进社交圈的年轻女孩和更年轻的大学生欢迎。除了跟三四个十五岁的邻家男孩做伴，他发现自己多半形单影只，便重又产生了去圣米达斯学校读书的想法。

“喂，”一天他对罗斯科说，“我都跟你说过好几次了，我想上预科学校。”

“嗯，那就去吧！”罗斯科简短地回答道。这事让他反感，希望避而不谈。

“我不能一个人去！”本杰明无奈地说，“你得帮我报名，把我送到那里去。”

“我没有时间。”罗斯科粗鲁地说。他眯起眼睛，不自在地望着父亲。“事实上，”他又说，“你最好别再这样下去了。你最好马上停止。你最好——你最好——”他停顿了一下，在找恰当的词时涨红了脸，“你最好马上调过头来，朝相反的方向走。这个玩笑开得太大了。这不再是闹着玩儿的事了。你——你要放规矩点儿！”

本杰明望着他，眼泪就要夺眶而出了。

“而且还有一件事，”罗斯科继续说，“家里有客人时，我要你叫我‘叔叔’——不是‘罗斯科’，而是‘叔叔’。你明白吗？一个十五岁的小孩叫我的名字显得荒唐可笑。也许你最好一直都叫我‘叔叔’。这样，你就会习惯的。”罗斯科严厉地看了父亲一眼，转身走了……

十

谈话结束后，本杰明闷闷不乐地上了楼，凝视着镜子里的自己。他已经有三个月没刮胡子了，但脸上除了淡淡一层似乎不必去管的白绒毛，什么也没有。他刚从哈佛回家时，罗斯科曾找他提议，要他戴上眼镜，两颊粘上假须。一时间看起来，他早年的闹剧像是又要重演了。但胡须让他发痒，也让他感到羞愧。他哭了，罗斯科不情愿地做出了让步。

本杰明翻开一本男孩故事书——《比米尼湾的童子军》，开始阅读。但他发现自己老是想着战争。美国在上个月加入了盟国，本杰明想入伍，可是，唉，十六岁是入伍的最小年龄，他看起来没那么大。无论如何，他的真实年龄是五十七岁，这也让他没有入伍资格了。

门口传来敲门声，男管家拿来了一封信，角上盖着一个大大的公章，是寄给本杰明·巴顿先生的。本杰明迫不及待地把它拆开，高兴地读了起来。信上通知他，许多参加过美西战争的预备役军官都要被召回军队，授予更高的军衔，信中附有任命他为美国陆军准将的委任状，并命令他马上前去报到。

本杰明激动得跳了起来，几乎浑身颤抖。这是他一直想要的。他抓起帽子，十分钟后来到查尔斯街的一家大型裁缝店，用犹疑不定的尖细声音要求量身定做一套军服。

“你要扮士兵吗，小家伙？”一个店员漫不经心地问道。

本杰明满脸通红：“喂！别管我要做什么！”他生气地反驳说，“我姓巴顿，住在佛农山街。你该知道我付得起钱了吧。”

“好吧。”店员迟疑道，“你付不起，我猜你爸也完全付得起。”

量了尺寸，一周后军服就做好了。他在取得合适的将军徽章时遇到了困难，因为店主坚持说，基督教青年会徽章看起来一样漂亮，还会更好玩。

一天晚上，他没有告诉罗斯科就离开家了，乘火车去了南卡罗来纳州的摩斯比军营，将在那里指挥一个步兵旅。在四月里闷热的一天，他来到了军营入口，付了车站来的出租车费，随后转向值班警卫。“找个人来给我提行李！”他脆生生地说。

警卫用责备的目光打量着他。“喂，”他说，“你穿着这身将军的行头要去哪里呀，小家伙？”

本杰明——美西战争的老兵，双眼冒火地冲上前去。可是，唉，可惜声音还是变声期的尖细童音。“立正！”他试图大声嘶吼。他停下来，喘了一口气。然后，突然看见哨兵脚跟并拢，举枪致敬。本杰明极力掩饰住满意的微笑，回眸一望时笑容便渐渐消失了。让哨兵服从的不是他，而是正在骑马走来的威风凛凛的炮兵上校。“上校！”本杰明尖声叫道。

上校走向前来，收住缰绳，冷静地朝下看了看他，眼睛一亮：“你是谁家的小孩？”他亲切地问道。

“我很快就会让你知道我是谁家的小孩子！”本杰明凶巴巴地说，“下马！”

上校哈哈大笑起来：“你要这匹马，是吧，‘将军’？”

“喂！”本杰明绝望地大喊，“看看这个吧！”他把委任状朝上校递了过去。

上校看了看它，眼珠子都要从眼眶里掉出来了。“你这是从哪里弄到的？”他边问，边把文件塞进口袋里。

“我从政府得到的。你很快就会知道的！”

“你跟我来！”上校带着古怪的神情说，“我们去司令部好好谈谈！来吧！”上校转过身，牵着马朝司令部走去。

本杰明无可奈何，只好跟着他，尽量做出庄重的样子；同时，暗自发誓一定要好好报复一下。

然而，报复并没有实施。两天后，他的儿子罗斯科风尘仆仆、气急败坏地从巴尔的摩匆匆赶来，护送这位丢盔弃甲、泪水涟涟的将军回家。

十一

一九二〇年，罗斯科·巴顿的第一个孩子出生了。但在随后的庆祝活动中，没有任何人想到“应该”提到那个看上去约有十岁、在房子里四处玩铅制士兵和迷你马戏团的脏兮兮的小男孩。他已是这个新生儿的亲祖父。

没人不喜欢这个脸蛋稚嫩、表情快活、神情略带一丝忧伤的小男孩。但对罗斯科而言，他的存在是痛苦的根源。用他这代人的惯用语来讲，他不认为这件事是“划得来”的。他似乎觉得，父亲拒绝看起来像六十岁，行为举止不像“血气方刚的男子汉”——罗斯科最喜欢用的词，而是古怪反常的做法。的确，这事想上半小时之久，就会把他逼到精神崩溃的边沿。罗斯科相信，“生命”理应保持年轻，但把事情做到这个地步就——就——就划不来了。然后，罗斯科就不愿再想下去了。

五年后，罗斯科的小男孩已经长大，足以跟小本杰明在同一个保姆看管下一起玩儿童游戏了。罗斯科在同一天把他们送到了幼儿园，本杰明发现，玩彩色纸条、制作垫子和链条以及美丽的小图案是世界上最有趣的游戏了。有一次，他表现不好，在角落里罚站，随即大哭起来，但大部分时间他都待在欢快明亮的教室里。阳光透过窗户照进来，贝莱小姐不时用手轻轻抚摸一下他那蓬乱的头发，他觉得非常开心。

一年后，罗斯科的儿子上了小学一年级，本杰明仍然留在幼儿园。他非常快乐。每当其他小孩谈起长大后要做什么，他的小脸上就会掠过一丝阴影，仿佛他那幼小的心灵已经隐约意识到那是他永远不能分享的事情。

日子一成不变地流逝着。他已经上了三年幼儿园，可他现在太小了，不明白那些亮闪闪的纸条是做什么用的。他哭泣，是因为别的小孩都比他大，他害怕他们。老师跟他说话时，尽管他努力去理解，可就是听不懂。

他被接回了家，保姆娜娜穿着上过浆的方格裙，成了他小小世界的中心。晴天里，他们去公园里散步。娜娜会指着一个巨大的灰色怪物说“象”，本杰明就跟着她说；到了晚上脱衣服睡觉时，他会反复地大声对她说：“象！”“象！”“象！”有时候，娜娜让他在床上蹦蹦跳跳，感觉很好玩。因为你若适时地坐下来，就会被弹得站立起来；你若边跳边长声说“啊”，就会听到一种非常悦耳的断断续续的声音。

他喜欢从衣帽架上取下一根大手杖，一边四处走动，一边用它敲打桌椅，嘴上说着：“打！”“打！”“打！”当有人在时，老妇人会对他发出啧啧声。这让他感到很有趣。年轻女人会亲吻他，他不得不略带厌烦地承受。当漫长的白天过去后，下午五点娜娜会带他上楼，用汤匙喂他吃燕麦粥和软烂可口的糊状食物。

在他孩童般的睡梦中，没有什么恼人的回忆；大学时代那些勇敢的日子、令许多女孩子芳心荡漾的闪亮岁月的记忆已荡然无存。现在有的只是他那装有牢固的白色围栏的摇篮、娜娜、一个时常来看他的男人和一个橘黄色的大球。每到他黄昏前睡觉的时刻，娜娜就指着它叫“太阳”。当太阳下山时，他的双眼便睡意蒙眬——没有梦，再也没有梦来纠缠他。

往事——他曾领着他的士兵向圣胡安山上发起猛烈冲锋；刚结婚那几年夏天，为了他所爱的年轻的希尔德加德，在繁忙的城市里加班直到日薄西山；在那之前，跟他祖父一起在门罗大街阴暗的老巴顿宅邸里坐着抽烟直到深夜——所有这些，都像不真实的梦境一样从他脑海里渐渐消失了，仿佛它们从来就没有发生过。

他不记得了。他不记得最后一次喂他的牛奶是热的还是冷的，也不记得日子是怎么过的了。只有他的摇篮和娜娜的熟悉面孔，其他什么也不记得了。他饿了就哭，仅此而已。整个中午和晚上他都在呼吸，几乎听不清他上方传来的那些轻柔的呢喃声和低语声，只能隐约分辨出各种气味、光明和黑暗。

然后，是一片漆黑。他的白色摇篮、在他上方晃动的模糊人脸，以及牛奶发出的甜香气息，一股脑都从他的脑子里慢慢消失了。

像里兹饭店那么大的钻石

一

约翰·昂格尔出生于密西西比河畔小镇海地斯①，他的家族几代以来在当地很有名望。约翰的父亲经过多次激烈的角逐，保持了业余高尔夫球冠军的称号；昂格尔太太则以她的政治性演讲而闻名，用当地一句话来说，这就叫作“从厨房到厅堂”②；而刚满十六岁的约翰·昂格尔在换上长裤以前，就已跳遍了所有来自纽约的最新潮舞蹈。眼下，他就要离开家一段时间。崇尚新英格兰教育是所有外省城镇的通病，每年都要流失一批当地最有出息的年轻人。约翰的父母也染上了这种病，非要把他送到波士顿附近的圣米达斯学校去不可。海地斯这个地方太小了，盛不下他们这个才华横溢的宝贝儿子。

如今在海地斯——要是在那里待过，你就知道——那些更入时的预科学校和大学的名字几乎没有多少意义了。这里的居民尽管在穿衣打扮、风尚礼仪以及文学修养方面都貌似与时俱进，但久已与世隔绝，在很大程度上只依靠道听途说。因此，在海地斯看来是一场精美的盛大集会，而一个芝加哥牛肉商的女儿却无疑会说：“也许有点儿寒酸吧。”

这是约翰·昂格尔离家前夕。昂格尔太太被母爱冲昏了头，在他的几只衣箱里填满了亚麻布西装和电风扇；昂格尔先生则送给儿子一只塞满了

① 也是希腊神话和《圣经》中的冥府、黄泉。
② 原文直译为“从温箱到温床”。

钱的石棉钱夹。“记住，这里是永远欢迎你的!”他说，“你可以放心，孩子！我们一定把家里的炉火烧得旺旺的。”

“我知道。”约翰哑着嗓子回答说。

“别忘记你是谁，从哪里来的。”他的父亲继续骄傲地说，“而你决不能做任何伤害自己的事情。你是昂格尔家的人，来自海地斯。”

就这样，父亲跟儿子握手告别；约翰流着眼泪走了。十分钟以后，他出了市区，停下来最后一次转身回望。大门上方那句古老的维多利亚时代格言在他看来，似乎有着奇怪的魅力。他父亲曾几次想让人把它换成稍稍有点儿劲头和活力的词句，比如“海地斯——你的机会所在”，或用电灯泡组合成一双热情相握的手，在它上方竖起一块简单朴素的“欢迎”牌。这句古老的格言有点儿沉闷，昂格尔先生这样想，可现在……

约翰就这样看了一眼，接着毅然把脸转向了目的地方向。就在他转身离去之时，海地斯的万家灯火在天空的映衬下，看上去似乎充盈着温暖和热情的美。

从波士顿到圣米达斯学校，乘一辆劳斯莱斯汽车只需半个钟头就到了。实际距离到底是多少，谁都不知道。因为除了约翰·昂格尔，大家都是坐罗斯皮斯汽车去的。大概再也没人会像他那样去了。圣米达斯是世界上学费最高的一所只收男生的预科学校。

约翰头两年在那里过得很愉快。同学们的父亲全都是大款，约翰暑假就到时髦的旅游胜地去玩。他非常喜欢自己前去拜访的那些同学，但他觉得他们的父亲都像一个模子里刻出来的。他经常孩子气地纳闷儿，他们怎么会如此相像呢。他告诉他们家在哪里，他们就会和蔼地问他：“那里很热吧?”约翰就会挤出一丝淡淡的微笑，回答说：“确实热。”若不是他们都开这样的玩笑，他的反应也许会更热烈一些。最多也只是换成：“对你来说够热了吧。”这也一样让他厌烦。

他在校第二学年中期，一个名叫珀西·华盛顿的沉静、帅气的男生来到约翰班上插班。这个新生举止文雅，衣着服饰即便在圣米达斯学校也算得上过分考究了。可不知什么原因，他跟同学们格格不入。唯一跟他关系亲密的就是约翰·昂格尔了。但就连对约翰，他也完全闭口不谈家庭或家人。他很有钱这一点不言自明，但除了像这样的一些猜测，昂格尔对朋友了解很少。因此，当珀西邀请他到“在西部”的家里去度暑假时，他的好奇心便有望得到充分的满足了。他毫不犹豫地接受了邀请。

他们上了火车，珀西这才头一次变得健谈起来。一天，他们在餐车上吃着午饭，谈论着学校里有几个同学品行欠佳的时候，珀西突然改变了语调，出其不意地说了一句话。“我父亲，”他说，“肯定是世界上最有钱的人。”

“哦。”约翰很有礼貌地说。对于这样的推心置腹，他不知该怎样回答了。他想说“很好”，可这听起来很空洞；他正要说“真的吗”，但又咽回去了。因为这会像是在质疑珀西所说的话。而像这样惊人的言论几乎不容置疑。“肯定是最有钱的。”珀西重复道。

“我刚才在看《世界年鉴》。”约翰开口说，“上面说美国有个人年收入超过五百万，四个人年收入超过三百万，而——”

“哦，他们都算不上什么。”珀西讥讽地撇了撇嘴，“做小本生意的资本家、金融界的小人物、小商人、放高利贷的人，我父亲能把他们都买下来，自己还不知道呢。”

“可他怎么——”

“为什么他们没有他缴纳所得税的记录呢？因为他根本分文没缴。至少可以说，他只缴了一点点。但是，他真正的收入都没缴所得税。”

“他一定非常有钱。”约翰直截了当地说，“我很高兴。我就喜欢非常有钱的人。”

“一个人越是有钱，我就越是喜欢他。”他那黝黑的脸上流露出一种热烈而坦率的神色。“上次复活节，我去希列扎—墨菲家玩。维维安·希列扎—墨菲有一些鸡蛋大的红宝石；还有一些像眼珠那么大的蓝宝石，里面还发光呢——”

“我喜欢宝石。”珀西兴致勃勃地附和道，“当然，我不想让学校里有人知道，可我已经收集了好些。我过去喜欢收集宝石，像集邮那样。”

“还有钻石呢。”约翰急切地继续说下去，“希列扎—墨菲家还有像胡桃那么大的钻石——”

“那算不了什么。”珀西凑上来，压低嗓音悄声说，“那根本算不了什么。我父亲有一颗比里兹－卡尔顿饭店①还要大的钻石呢。”

二

蒙大拿②的落日挂在两座山之间，就像一块巨大的伤痕。它那一条条暗黑色的动脉在中了毒似的天空伸展着蔓延开来。在这天空下面的遥远地方匍匐着菲什村，它渺小，凄清，被人遗忘。相传，菲什村里住着十二个人，十二个阴沉忧郁、令人费解的人。他们从这片几乎寸草不生的贫瘠土地上吮饮贫乏的乳汁。这里似乎有一种神秘的繁殖力把他们生了出来。他们变成一个与世隔绝的种族，菲什村的这十二个人好像特殊物种，大自然早期一时心血来潮创造了他们，但转念一想又将其抛弃，任其自生自灭。

从远处那蓝黑色伤痕般的落日之中爬出了一长串灯火，在荒无人烟的大地上缓慢地蠕动着。菲什村那十二个人鬼魂似的聚集在简陋的火车站，看着七点钟这趟从芝加哥开来的州际快车通过。出于某种不可思议的规定，州际快车每年在菲什村停靠六次左右。每逢此时，就有一两个乘客从车上下来，登上一辆总是从薄暮中出现的四轮轻便马车，朝着那伤痕般的落日驶去。观看这种无谓的荒谬现象已经成了菲什村人的宗教祭礼；观看这荒谬不堪、毫无意义的景象已经成了菲西村人的宗教仪式。观看，仅此而已。他们身上不再有任何幻想。不然的话，从这些神秘的探视中可能早已派生出一种宗教信仰来。但菲什村人超乎一切宗教信仰——即使是基督教的最简单、最原始的信条，也无法在这块贫瘠的岩石上获得立足之地。所以，这里没有祭坛，没有牧师，没有祭祀。只有每晚七点钟聚集在那简陋的车站旁的静默会众，惊异地发出一阵含糊不清、无精打采的祷告。

在这个六月的夜晚，那个伟大的司闸员发号施令。这趟七点钟快车要在菲什村卸下它载运的旅客或货物。倘若要把什么人神化，他们满可以把司闸员奉若神明。七点过两分，珀西·华盛顿和约翰·昂格尔下了火车。在这十二个被咒语镇住、瞠目结舌、胆怯的菲什村人眼前匆匆走过，登上一辆显然不知从哪里来的四轮轻便马车，扬长而去。

---

① 巴黎一家著名的豪华大饭店。

② 美国西北部的一个州。

半小时以后，暮色已凝聚成了黑暗，一直默默驾车的黑人朝着他们前方黑暗处的一个模糊人影打了个招呼。作为回应，一个明晃晃的圆盘转向他们，像是从深不可测的黑夜里闪出了一只邪恶的眼睛。当他们走近时，约翰发现原来是一辆巨型汽车上的尾灯。他从来没有见过比这更大、更气派的汽车。车身是用一种比镍更亮、比银更轻的金属制成的，车毂点缀着闪闪发亮的绿黄两色相间的几何图形。是玻璃还是宝石，约翰不敢妄加猜测。

两名黑人穿着闪闪发光的制服，就像人们在伦敦皇家游行队伍的图片里看到的那样，以立正的姿势站在汽车旁边；见这两个年轻人从马车上下来，便用一种客人听不懂的语言向他们致以问候。那似乎是一种极土的南方黑人方言。

“上车吧！”珀西对朋友说。他们的衣箱这时被抛到了乌木车顶上。“很抱歉，我们不得不让你坐着那辆马车跑这么远，可我们当然不能让火车上的旅客或是菲什村被上帝遗弃的家伙看见这辆汽车。”

“天哪！多漂亮的车啊！”这声赞叹是由汽车内饰引发的。约翰看到金色织物的车壁上挂着上千张缀着宝石、绣着花的精美丝质小壁毯。他们惬意地坐在两张豪华扶手椅上，座位上铺的是类似长毛丝绒的料子，看上去好像是用无数不同颜色的鸵鸟羽毛梢编织起来的。

“多漂亮的车！”约翰又一次惊异地叫道。

“这玩意儿吗？”珀西笑道，“哦，这不过是我们当作旅行车的破烂儿而已。”

此刻，他们正在悄无声息地穿过黑暗，朝着那两座山之间的豁口驶去。

“一个半小时就到了。”珀西看着钟表说，“我不如先告诉你，这跟你以前见过的东西可不一样哦。”

如果这辆汽车多少预示着约翰将会看到些什么，那他的确已经做好了大吃一惊的准备了。在海地斯盛行的纯朴的虔敬，是以真诚地崇拜财富和尊敬财富为第一信条的。要是约翰在财富面前没感到诚惶诚恐，他父母会被他这种亵渎神明的行为吓得转过脸去。

现在他们已经来到并且进入两座山的豁口，路几乎马上就变得更加崎岖起来。

“要是月亮能照到这里，你会看到咱们是在一个大峡谷里面。”珀西边说，边从车窗望出去。他对着话筒说了几句，男仆立刻打开一盏探照灯，用一道巨型光柱扫视着山坡。

“到处都是岩石，你知道。一辆普通汽车开上半个小时准得散架。其实，除非你认得路，否则就得开一辆坦克才能过去。注意看，咱们正往山上开呢。”

他们显然正在上山。几分钟以后，汽车越过一道高坡。从这里，他们瞥见远处一轮苍白的月亮刚刚升起。汽车突然停了下来，黑暗中闪出几条人影，站在汽车旁。这些也是黑人。他们又一次用同样晦涩难辨的方言向这两个年轻人致以问候。接着，黑人们便忙活起来。四根粗壮的缆绳从头顶上空悬垂下来，缆绳上的钩子勾住了镶嵌着宝石的大轮子的毂子。随着一声洪亮的“嗨——唷”，约翰感觉到汽车在被慢慢拉离地面——升呀，升呀——越过了两边最高的岩石——继续上升，直到他看见一个月光照耀下波浪般起伏的山谷展现在眼前。它与他们刚刚离开的凶险的岩石阵形成鲜明对照，只有一面还能看到岩石。然后，突然之间，他们身边或者说周围一带的岩石就都不见了。

显然，他们已经越过了一座刀刃般直指天空的巨大石崖。过了一会儿，他们又开始下降，最后随着一下轻微撞击，他们落到了平坦的地面上。

“最糟糕的路段已经过去了。”珀西眯起眼，朝车窗外望。“现在只有五英里①路了。而且，这是我家的路——花毯砖——一路上都是。这条路属于我们家。父亲说，这就是美国领土的尽头了。”

“我们到了加拿大吗？”

“没有。咱们在蒙大拿落基山脉中部。但你现在是在这个国家仅有的未被勘测过的五平方英里②土地上。”

“怎么会呢？他们把它忘记了吗？”

“不是。”珀西咧嘴笑道，“他们来过三次。第一次，我祖父贿赂了州勘测局的所有官员。第二次，他在美国官方地图上做了手脚，这样就把他

---

① 大约八公里。

② 大约十三平方公里。

们拖了十五年。最后一次更困难了。我父亲想办法让他们的罗盘处于最强的人工磁场中。他让人制造了一整套有细微误差的勘测仪器。它会使这个地带显示不出来。然后，他用它们替换了那套将要使用的仪器。然后，他把一条河改了道，在两岸建起了貌似一座村庄模样的建筑。这样，他们看了就会以为那是峡谷上游十英里远的一个小镇。我的父亲只怕一样东西，”珀西最后说，“世界上只有一样东西能被用来发现我们。”

“是什么东西?”

珀西压低了嗓音：“飞机。”他低声说，“我们搞了六门高射炮。到现在为止，我们都部署好了。但只打死了几个人，俘虏了一大帮人。这个我们并不在乎，你知道，我的父亲跟我。可这让妈妈和女孩子们于心不安。总有可能，我们有朝一日难免会措手不及。”

在挂着一轮绿月亮的天空上，一片片灰鼠皮般的破碎云朵毕恭毕敬地飘过绿月亮，就像一些正在接受某位鞑靼可汗检阅的东方宝物。在约翰看来，此时仿佛还是白天，而他正仰望着一群孩子在他头顶上空飞过，撒下一本本小册子和一张张专利药品传单，给那些绝望中的被山岩包围的小村庄带来希望的讯息。他仿佛能看见他们从云中向下凝望——凝望着他所前往的这个去处的某物——那么，是什么呢？他们该不会是被阴谋诡计诱骗到某个远离专利药品和小册子的地方监禁起来，直到最后的审判日吗？或者，假如他们没有落入圈套，那么一团突然喷发的烟雾伴着一发砰然炸响的炮弹也会让他们直落地面。这会让珀西的妈妈和妹妹“于心不安”。约翰摇着头，咧开嘴巴，悄悄地发出一声干笑。这里面到底隐藏着怎样一桩无法无天的交易？一个古怪的大富豪为了私利，采取了怎样一个超乎道德的手段？那是怎样一个可怕而又辉煌的秘密呢？……

此刻，灰鼠皮似的云朵已经飘过去了，车窗外蒙大拿的夜晚亮如白昼。他们绕着一面静谧的、洒满月光的湖水行驶，路面铺的装饰地砖在巨大的轮胎下无比平滑。他们片刻驶入黑暗之中——一座松林，气味浓烈而清凉。然后又驶出松林，来到了一条绿草如茵的宽阔林荫道。珀西不动声色地说了一句“咱们到家了”，约翰同时发出一声欣喜的赞叹。

星光映照下，一座精美的城堡耸立在湖畔，闪耀着大理石的光泽，扶摇直上到相邻那座山的半山腰那么高，然后便消失在一片松林密密匝匝的暗影里，姿态优雅，极其匀称，带着一种晶莹剔透的女性慵懒。那许多高塔，那些倾斜的胸墙上的纤巧花纹装饰，上千扇长方形、多边形、三角形的雕镂精美的窗子金光闪闪，相交平面上皎洁星光和蓝色阴影斑驳而柔和。这一切，就像一首乐曲的和弦在约翰的心灵上颤动。在那些高塔中最高的、底部最黑的那座，塔顶外围装饰着彩灯，恍如飘浮在空中的仙境一般。正当约翰热切而着迷地仰望之时，上面隐约飘来一阵小提琴的和弦声。这种洛可可风格的和弦是他从来都未曾听过的。接着，转瞬之间，汽车便在高高的宽阔大理石台阶前停了下来，台阶周围种满鲜花，夜空中充溢着浓郁的花香。台阶顶端，两扇巨大的门悄无声息地敞开了，琥珀色的灯光朝着黑暗涌流而出，映衬出一位贵妇人的身影，乌发上云鬟高盘——向他们伸出了双臂。

“妈妈！”珀西说，“这是我的朋友约翰·昂格尔，从海地斯来的。”

后来，约翰回忆这第一夜，那异彩纷呈的颜色、纷至沓来的感官印象、如同喁喁情话般的轻柔音乐，以及各种物什、光影、动作和脸庞构成的美景，这一切让人眼花缭乱。一个白发男子站在那里，从一只金色高脚的水晶杯里喝着一种色彩缤纷的甘露酒。一位貌美如花的少女身穿貌似蒂坦尼亚①的服饰，发间绾着蓝宝石编缀的束带。有一个房间的纯金墙壁柔软得他用手都按得动，还有一个房间就像是柏拉图想象中的终极监牢一样——天花板、地板等全都镶嵌着完整的大块钻石。钻石的大小和形状各异，在房间角落里亮起的高高的紫罗兰色灯的照射下，化成白茫茫的一片。这光芒无与伦比，超乎人类愿望或梦想，令人目眩神迷。

两个少年在这些迷宫般的房间里徜徉。有时候，地板会在他们的脚下亮起灯来，显现出色彩绚丽的图案——原始粗犷的撞色图案、色调柔和的图案、纯白色的图案、精致而复杂的马赛克图案，无疑来自亚得里亚海②上的哪座清真寺。有时在一层层厚厚的水晶砖下面，他们会看见蓝色或绿色的水在流转，水中有活泼的鱼和长着七彩叶片的植物。接着，他们将踏上各种不同质地和颜色的毛皮，或者穿过一道道洁白无瑕的象牙走廊。象

---

① 民间传说中的仙境王后。
② 地中海的一部分，位于意大利东海岸和巴尔干半岛之间。

牙完美无缺，仿佛是从人类出现以前就已灭绝的恐龙的巨大长牙上完整切下来的……

随后的过渡约翰记不清楚了，就到了晚餐时间。餐桌上的每一个盘子都是用两层几乎难以察觉的纯钻石制成，而两层钻石之间又有一层精雕细琢的翡翠装饰，薄得就像是从绿色的空气中削下来似的。音乐哀婉凄切，若隐若现，从远处的走廊传来。他坐的椅子是用羽毛装饰的，椅背不动声色地呈弯曲状贴着他的脊背。当他喝下第一杯红葡萄酒时，那椅子仿佛要把他吞没，将他制服似的。他昏昏欲睡地试图回答问题，但这紧拥着他身体的甜蜜奢华更增添了蒙眬的睡意——各色珠宝、各种织物、各式美酒和金属器皿，在他的眼前模糊成了一片美妙的迷雾……

“是的。”他尽量彬彬有礼地回答说，“我们那里当然是够热的了。”

他勉强挤出一点儿苍白无力的笑声；后来，一动不动，毫无抗拒，他似乎浮起来，飘走了，留下了一份冰镇甜点，就像一个粉红色的梦……他睡着了。

醒来的时候，约翰知道已经过去好几个钟头了。他在一个安静的大房间里，四周是乌木墙壁，灯光昏暗，显得那么微弱，那么朦胧，简直不能称作灯光。他的年轻主人正俯身站在他的身边。

“你在餐桌上睡着了。”珀西在说，“我也差一点儿——在学校待了一年，又回到这温柔乡里，真是一种享受。你睡着的时候，仆人们给你脱了衣服，洗了个澡。”

“这是床还是云彩呀?”约翰叹息道，“珀西，珀西——趁你在这里，我想向你道歉。”

“道什么歉?”

“你说你们有一颗像里兹－卡尔顿饭店那么大的钻石，我当时不相信。”

珀西微微一笑。“我当时就觉得你不相信我的话。就是那座山，你知道。”

“什么山?”

“城堡下的这座山。对于一座山来说，它并不是很高。可除了山顶大约五十英尺①厚的草皮和碎石以外，它全是钻石。一颗钻石，一立方英里②，没有一点儿瑕疵。你在听我说话吗，喂——”

然而，约翰·昂格尔又睡着了。

三

早晨，约翰醒来时迷迷糊糊地感到房间里一下子充满了阳光。一面墙壁的乌木壁板沿着一条轨道滑到一旁，使他的房间一半都变得敞亮起来。一个身材高大的黑人身穿一件白制服，站在他的床边。

“晚安!”约翰一边咕哝着说，一边极力使头脑从意乱情迷之中清醒过来。

“早安，先生。您准备好洗澡了吗，先生？啊，不要起床——我会把您放到浴池里去的，您只要解开睡衣的纽扣就好了。对啦。谢谢您，先生。”

约翰静静地躺着，让对方脱掉自己的睡衣。他觉得很有趣，也很开心。他原以为侍候他的黑人卡冈都亚③会把他像小孩子那样举起来，可这种情况根本没有发生。相反，他感到床缓慢向一边翘了起来，他开始朝墙壁的方向滚去。起先他吓了一跳，但等到他靠近墙壁时，墙上的帷幕就打开了。他顺着一道铺着羊毛的斜坡继续往下滑了两码④远，便轻轻地落入水中。水温刚好跟他的体温相同。

他环顾四周。他刚刚顺着滑下来的那条轨道或滑坡，已经轻轻地折回原处。他被投进了另一个房间，正坐在一个凹陷的浴池里，脑袋刚好高过地面。他周围的一切，这房间的墙壁，浴池的四边和底部，是一个蓝色的水族箱。透过他坐着的水晶池底望下去，他能够看见鱼群在琥珀色的灯光里游动，若无其事地从他张开的脚趾旁游过。他的脚趾跟它们只隔着一层厚厚的水晶。头顶上，阳光穿过海绿色的玻璃照射下来。

“先生，我想，您今天早晨需要玫瑰泡泡热浴。先生，或许最后再用冷盐水冲一下。”那个黑人正站在他旁边。

---

① 大约十五米。

② 大约四点二立方公里。

③ 拉伯雷讽刺小说里的大胃巨人。

④ 大约一点八米。

“好。”约翰傻笑着表示同意，“随你的便。”根据他贫乏的生活标准，他觉得提出的任何要求都会太过自负，太过自不量力。

黑人按了一个按钮，一阵暖雨显然从头顶开始洒下来。但约翰不一会儿就发现，它其实是从附近一个喷泉装置里喷出来的。水变成了浅玫瑰色，一股股液体肥皂从浴池四角的四只小海象头上喷射到水里。立刻，装在浴池四边的十二只小蹼轮就把混合物搅成了彩虹般绚丽的粉红色泡沫，把他芬芳轻柔地包裹起来，在他的四周化作一片闪烁发光的玫瑰色水泡。

“要我给您打开电影放映机吗，先生？”黑人毕恭毕敬地提议说，“今天放映机里有一整卷喜剧片。不然，我可以马上换上一卷严肃的影片，要是您喜欢的话。”

“不用了，谢谢。”约翰礼貌却坚决地回答说。他正在浴池里洗得美滋滋的，不想被干扰、分神。但干扰还是来了。片刻，他凝神倾听着外面传来的一阵笛声。那些笛子流出的旋律宛如一道瀑布，像这间浴室一样清凉而碧绿。伴着一支泡沫般空灵的短笛，乐声比那些将他周身包围、令他心醉神迷的肥皂泡还要更脆弱。

经过一阵提神的冷盐水和最后一道冷清水冲洗之后，他跨出浴池，套上一件轻软的羊毛浴袍，在一个铺着同样织物的长沙发上躺下来，享用油、酒精和香料的按摩。随后，他又坐在一张奢华的椅子上修面理发。

“珀西先生在您的起居室等着您呢。”等这一系列程序完成以后，黑人说道，“我叫基格森，昂格尔先生。每天早晨都由我来伺候昂格尔先生。”

约翰走出浴室，步入他那间洒满阳光的起居室。他发现早餐已为他和珀西准备好了。珀西穿着一条华丽的白色小羊皮灯笼裤，坐在一把安乐椅里抽着烟。

四

这就是珀西在吃早餐的时候给约翰简要叙述的华盛顿家族的故事。

现在这位华盛顿先生的父亲是弗吉尼亚人，是乔治·华盛顿的嫡系后裔、巴尔的摩勋爵。内战结束时他是一名二十五岁的上校，拥有一座破败的种植园和大约一千美元金币。

这位年轻的上校名叫费茨－诺尔曼·卡尔佩帕·华盛顿。他决定把弗吉尼亚的庄园送给弟弟，自己到西部去。他挑了二十四个最忠实可靠、当然也对他崇拜有加的黑奴，买了二十五张去西部的车票，想在那里用他们的名字申领土地，开办一个饲养牛羊的牧场。

他在蒙大拿待了不到一个月，事情进展实在糟糕得很。就在这时，他无意中碰上了那伟大的发现。他在山里骑马迷了路，一整天没吃东西，开始感到饥肠辘辘。由于没带步枪，他只得去追逐一只松鼠。在追逐过程中，他注意到它嘴里衔着一块亮晶晶的东西。就在它逃进洞穴之前——上天不想让这只松鼠给他充饥——丢下了嘴里的负担。费茨－诺尔曼坐下来琢磨着自己的处境，目光被身边草丛里的一道微光所吸引。十秒钟后，他完全失去了胃口，却获得了十万美金。那只坚持不肯给他当食物的恼人松鼠，送给他一颗完美无缺的大钻石作为礼物。

那天深夜，他找到了返回营地的路。十二小时以后，他所有的男黑奴都回到松鼠洞边，在山坡上奋力挖掘。他告诉他们，他发现了一座水晶矿。他们只有一两个人见过小粒钻石，所以对他的话深信不疑。当他弄清楚自己的重大发现时却也陷入了两难困境。这座山是一整颗大钻石——完全没有别的，就是纯净的钻石。他把闪闪发光的样品装满了四个鞍囊，骑马到圣保罗市去。在那里，他卖出了六颗小钻石。当他试着卖一颗较大的钻石时，一个店主吓得晕了过去，费茨－诺尔曼被当作扰乱公共秩序分子逮捕了。他越狱逃跑，赶上了一列去纽约的火车。在纽约，他卖出了几颗中等大小的钻石，换得了大约二十万金币。但他不敢再拿出更大的钻石来了。事实上，他离开纽约正是时候。珠宝界已经引起了轰动。与其说是因为他的钻石大，不如说是出现在这座城市里的钻石的神秘来历。离奇的谣言传播开来，说在卡茨基尔山①，在泽西海岸，在长岛，在华盛顿广场下面，发现了一座钻石矿。每小时一趟的游览火车满载着扛着锄头和铁铲的男人离开纽约，开往邻近的各个黄金宝地。而这时，年轻的费茨－诺尔曼正在返回蒙大拿的途中。

两个星期以后，他估计山里钻石的储量大约接近世界已经开发出来的其他所有钻石。但由于它是一整颗纯粹的钻石，无法用任何正规的计算方

---

① 在纽约州的东南部，现为避暑胜地。

法来为它估价。而把它拿去出售的话，那就会把市场搅得天翻地覆。如果其价值是按照一般的算术级数随着尺寸大小而变化的话，世间所有黄金也不够买下它的十分之一。再说，这么大的一颗钻石，你能拿它做什么呢？

这是一种瞠目结舌的困境。在某种意义上，他是这世上前所未有的最富有的人。可他真的那么富有吗？假如他的秘密泄露出去，说不好政府为了防止珠宝及黄金市场发生恐慌会采取什么措施呢。他们可能会马上接管所有权并实施垄断。

没有别的选择，他必须秘密地出售他的这座山。他派人到南方去把弟弟叫来，负责管理他那些黑奴随从——那些从未意识到奴隶制已被废除的黑人。为了保险起见，他向他们宣读了一份他自己拟定的公告，宣布福雷斯特将军已把溃散的南方军队重新组织了起来，在一次激战中打败了北方。那些黑人毫无保留地相信了他的话。他们通过了一项决议，宣称这是一件好事，马上重新接受奴役。

费茨－诺尔曼带着十万美元和满满两箱未经加工的各种尺寸的钻石，动身去了国外。他乘了一艘中国舢板去往俄国。在离开蒙大拿六个月以后到了圣彼得堡。他找了个不引人注意的住所，立即去拜访宫廷珠宝匠，说他有一颗钻石要卖给沙皇。他在圣彼得堡待了两个星期，冒着随时被谋杀的危险，从一个住所转移到另一个住所。在整整半个月里，只敢到存放箱子的地方看了三四次。

他答应一年后再带着更大、更好的钻石回来，这才被准许离开俄国前往印度。但在他离开之前，宫廷财务主管已在几家美国银行里往他名下存入了一千五百万美元——用了四个不同的化名。

他出门在外两年多一点儿，一八六八年回到了美国。他去过二十二个国家的首都，跟五个皇帝、十一个国王、三个亲王、一个沙赫①、一个可汗和一个苏丹②交谈过。这时，费茨－诺尔曼估计自己的财产已高达十亿美元了。有个情况一直确保他的秘密不被泄露：每颗较大的钻石面世不到一个星期，就会被赋予一段历史，追溯它从巴比伦第一帝国时代起就如何

---

① 波斯国王。

② 昔日土耳其君主。

引发了各种各样的暴死、奸情、革命和战争。

从一八七〇年直到一九〇〇年他去世为止，费茨－诺尔曼·华盛顿的生平是一部用黄金写成的长篇史诗。当然了，还有一些次要情节——他躲过了几次勘测；他娶了一位弗吉尼亚女子，她给他生了一个独子；他还由于一系列不幸的复杂原因，被迫杀死了弟弟。他弟弟不幸养成了酗酒的恶习，酒醉之后口无遮拦，好几次危及他们的安全。但除此以外，就很少有其他命案来玷污那些发家致富的幸福岁月了。

就在去世前，他改变了策略，除了几百万美元外人可见的财产，他用全部财富买了大量的稀有矿石，给它们贴上“小摆设”的标签，存入世界各地银行的保险库里。他的儿子布拉多克·塔尔登·华盛顿继续沿用这一策略，在这方面有过之而无不及。他把矿石换成最稀有的元素——镭。这样一来，相当于价值十亿美元的黄金，就可以放进一只比雪茄烟盒大小的容器里了。

费茨－诺尔曼去世三年以后，他的儿子布拉多克断定事业已经做得差不多了。他和他父亲从这座山上获得的财富多得无法精确计量。他用密码在一个笔记本上一一记下了他存放在几千家银行里的镭的大致数量，也写下了这些镭存放的化名。然后，他做了一件非常简单的事情——他把矿山封闭了起来。从中采出的钻石已足够让整个华盛顿家族今后世世代代都过上无与伦比的奢华生活了。他唯一关心的就是要保守他的秘密，唯恐秘密被人发现、引起一场恐慌，随之他就会同世界上所有财富拥有者一起变得一贫如洗。

这就是约翰·昂格尔正在做客的那个家族。这就是他到达之后第二天早上在他那间用银子砌墙的起居室里听到的故事。

五

吃过早餐，约翰走出那座巨大的大理石正门，好奇地看着眼前的景色。从钻石山到五英里以外陡峭的花岗岩悬崖，整个山谷仍然弥漫着一片金色薄雾，懒洋洋地飘浮在大片草坪、湖泊和花园上空。一丛丛散布的榆树林构成了一座座精巧的林荫屋，与那片把群山笼罩在一派深蓝和绿色之中的冷峻浓密的松林形成了奇特的对比。就在约翰观望之时，他看见大约半英里①开外有三只小鹿从树丛中轻快地鱼贯而出，接着又以笨拙的欢快步伐消失在另一处黑影重重、明暗交织的树丛里了。要是能看见牧羊人吹着笛子在林中漫步，或是在鲜翠欲滴的绿叶丛中瞥见林中仙女那粉红的皮肤和飞扬的黄发，约翰也绝不会感到惊奇的。

他怀着这种淡定的希望走下大理石台阶，却微微惊扰了台阶下那两只皮毛光滑如丝的俄罗斯狼犬的好觉。然后，他沿着一条似乎并不通向什么特定方向的蓝白相间的砖石小路，向前走去。

他尽情地享受着，自得其乐。青春的幸福与不足在于它永远无法生活在当下，而必须不断地把今天跟想象中的光辉灿烂的未来进行比照——鲜花和黄金，姑娘和星辰，这些不过是无与伦比、无法企及的青春梦想的先兆和预言而已。

约翰绕过了一处柔和平缓的拐角。那里一大簇玫瑰花丛散发着浓郁的芳香。他穿过一座花园，朝几棵树下的一片苔藓走去。他还从来没有在苔藓上躺过，他想知道它是否真像将它名字用作的形容词那样柔软。这时，他看见一个姑娘穿过草地朝他走来。她是他见过的最美丽的姑娘。

她穿着一件刚刚过膝的雪白小长袍，用一只缀着蓝宝石片的木樨花环绾着头发。她走过来的时候，肉粉色的赤脚下露珠四溅。她比约翰年轻，还不到十六岁。

“你好！”她柔声说道，“我叫吉斯敏。”

她对约翰来说，已经远非如此了。约翰朝她走过去，走近时几乎不敢再挪动，生怕踩上她赤裸的脚趾。

“你还没有见过我呢。”她柔声说。她的蓝眼睛补充道，“哦，可你错过了很多呀！昨晚你见过我姐姐贾斯敏。我那会儿吃了莴苣不舒服。”她继续柔声说，她的眼睛又接着说，“生病时我很乖的——病好了以后也是。”

“我对你印象好极了。”约翰的眼睛说，“而且我也不傻。”——“你好吗？”他嘴上说，“希望今天早晨你好些了。”——“亲爱的！”他的眼睛颤抖着说。

---

① 大约八百米。

约翰发觉他们已经走上了那条小径。在她的提议下，他们一起在苔藓上坐下来，他不能判定苔藓有多柔软。

他对女人很挑剔。单单一个缺陷——脚踝太粗，嗓音太哑，一只玻璃假眼——就足够让他兴趣全无。此时此地，他平生破天荒第一次坐在一个姑娘身旁，她的外表在他眼里简直就是完美的化身。

“你是从东部来的吗？”吉斯敏带着迷人的兴趣问。

“不。”约翰简短地答道，“我是从海地斯来的。”

她或者是没有听说过海地斯这个地名，或者是想不出该说些什么动听的话，因为她没再继续谈论这个话题。

“今年秋天我就要到东部去上学了。”她说，“你觉得我会喜欢那里吗？我要到纽约贝尔吉小姐的学校去读书。那可是个很严格的学校。可你知道周末我就会回家，跟家人一起住在我们在纽约的房子里。因为爸爸听说，那里的女学生走路都得两个人一起走。”

“你的父亲要你自尊自重。”约翰说。

“我们是这样，”她回答说，眼睛闪动着尊严的光芒。“我们谁都没有受过处罚。爸爸说我们不该受处罚。我姐姐贾斯敏还是个小女孩的时候，把他推下了楼梯。他只是爬起来，一瘸一拐地走开了。

“妈妈——呃，吓了一跳。”吉斯敏继续说道，“当她听说你是从——从你来的那个地方来的，你知道。她说她还是个年轻姑娘的时候——可你知道，她是西班牙人，而且很老派。”

“你们在这里要待很久吗？”那句话有点儿伤了约翰的感情，作为掩饰，他便这样问道。那似乎是在不客气地暗示他没见过世面。

“我和珀西、贾斯敏每年来这里消夏，可明年夏天贾斯敏要去新港①。从今年秋天起，她要去伦敦待一年。她要被引荐去进宫拜访呢。”

“你知道，”约翰犹豫着开口道，“你比我第一眼看到你时想象的要世故得多呢。”

“哦，不，不是的。”她急忙叫起来，“哦，我可不想是那样的人。我觉得世故的年轻人简直太俗气了，你说是吗？我其实一点儿也不世故。你

---

① 美国罗得岛东南部的一个港口，为避暑胜地。

要说我是那样的人，我可要哭啦。”她难过得嘴唇在颤动。

约翰被迫只好辩解说：“我不是认真的，只是这么说说逗你玩呢。”

“因为我要真是那样，我倒不在意了。”她坚持说，“可我偏不是。我很单纯，像个小姑娘似的。我从来不抽烟，不喝酒，除了诗歌，什么书也不看。我几乎不懂数学和化学。我穿得也挺简单——事实上，我几乎根本不穿什么。我认为你最不该说我世故。我认为女孩子就应该以身心健康的方式享受青春。”

“我也是这样想。”约翰真诚地说。

吉斯敏又高兴起来。她朝他微微一笑，一颗未掉落的泪珠此刻从她一只蓝眼睛的眼角滴落下来。“我喜欢你。”她亲热地低声说，“你在这里做客期间，打算一直跟珀西在一起吗？你愿意跟我好吗？想想看——我可是完全清白的。我这一生还从来没有哪个男孩子爱过我。他们从来都不允许我单独去见男孩子，除了珀西以外。我专程到这小树林来，希望能碰到你。家人不会到这里来的。”

约翰觉得受宠若惊，用从海地斯舞蹈学校学来的动作深深地鞠了一个躬。

“咱们现在还是走吧。”吉斯敏亲切地说，“十一点钟我得跟妈妈在一起。你一次也没让我吻你呢。我还以为现在男孩子都那样呢。”

约翰骄傲地挺直了身子。“有些男孩是那样，”他回答说，“可我不是。姑娘们不做这种事情——在海地斯。”

他们肩并肩地朝着那所房子往回走。

六

约翰面对着布拉多克·华盛顿先生，站在阳光下。这位长者约莫四十岁，长着一张傲慢而茫然的脸、一双聪慧的眼睛和一副结实的身板。每天早上，他身上散发着马的气味——世界上最好的马。他拿着一根朴素的灰白色桦木手杖，手柄是一大块蛋白石。他和珀西正带着约翰在各处参观。

“奴隶们的住所在那里。”他用手杖指着他们左手边沿着山坡优美地伸展的一道哥特式大理石回廊说，“我年轻的时候有一段时间，曾被荒唐的理想主义引入了歧途。那时，他们过着奢侈的日子。比方说，我给他们每个房间都配备了瓷砖浴室。”

“我猜想，”约翰鼓起勇气，讨好地笑道，“他们一准是用浴缸来装煤了。希列扎－墨菲先生跟我说，有一次他——”

“我认为希列扎－墨菲先生的意见对我来说无足轻重。”他冷冷地打断了他的话。“我这些奴隶并没有在浴缸里装煤。他们奉命每天洗澡，而且都照办了。要是他们不洗澡，我说不定就要订购一种硫酸洗发水了。我让他们停止洗澡是出于另外一个原因。他们有几个人着了凉，死了。水对于某些种族来说没有什么好处，只是一种饮料而已。”

约翰大笑起来。接着，他决定庄重地点头同意。布拉多克·华盛顿使他感到不自在。

“这些黑人全都是我的父亲当初带到北方来的黑人的后代。现在他们大约有二百五十人。你注意听他们说话，他们与世隔绝太久了，原来的方言已经变成了一种几乎无法听懂的土语了。我们从他们中间挑了几个人，教他们说英语——我的秘书和两三个家务仆人。

“这里是高尔夫球场。”他继续说道。这时，他们正漫步在一片天鹅绒般的冬季草坪上。“一片绿色，你瞧！没有平坦球道，没有深草区，没有障碍物。”他对约翰愉快地微笑着。

“笼子里有很多人吗，爸爸？”珀西突然问道。

布拉多克·华盛顿迟疑了一下，不由自主地咒骂了一句。“少了一个。”他阴沉地叫道。片刻之后，又接着说，“咱们有麻烦了。”

“妈妈刚才告诉我，”珀西大声嚷嚷，“那个意大利老师——”

“犯了一个大错。”布拉多克·华盛顿怒气冲冲地说，“可是当然，咱们还是有机会逮住他的。也许他倒在林子里了，或是跌下悬崖了。即使他真的逃跑了，他的话也很有可能没人会相信。不管怎样，我已经派了二十四个人到附近几个镇子去找他了。”

“运气如何？”

“有一点儿。有十四个人向我的代理人报告说，他们每个人都杀死了一个特征相符的人。可是当然，他们大概只是想得到赏金罢了——”

他收住了话头。他们来到了一个大地洞跟前。圆周有一座旋转木马那么大，上面盖着坚固的铁栅栏。布拉多克·华盛顿朝约翰招了招手，把他的手杖伸进了铁栅栏。约翰迈步走到洞边，定睛观看。他的耳朵里立刻充斥着一阵从下面传来的狂野叫喊声。

“来下地狱吧！”

“你好，小孩！上面空气怎么样？”

“嘿！扔根绳子给我们！”

“给个陈面包圈，伙计！要不给两片吃剩的三明治，行吗？”

“喂，小伙子！你要是把那个跟你在一起的家伙推下来，我们就给你演一出立马消失的魔术。”

“替我狠狠揍他一顿，行吗？”

下面的洞穴太暗了，看不清楚。但从这种粗犷的乐观主义、语言和声调里透出的不屈活力来判断，约翰能够知道他们是来自那种生气勃勃的中产阶层的美国人。随即，华盛顿先生抽出手杖，按了草丛里的一个按钮，地下的景象立刻明亮起来。

“这些都是有冒险精神的海员，不幸发现了这座藏宝山。”他说。

他们脚下是个碗状的大土坑。四壁陡峭，显然是磨砂玻璃。微微内凹的底部站着约莫二十个男人，一半是平民打扮，一半穿着飞行员制服。他们仰起了脸，神情露出愤怒、怨恨、失望和愤世嫉俗的幽默，脸上满是长长的络腮胡。除了少数几个面容憔悴，他们似乎都营养良好，身体健康。

布拉多克·华盛顿拉过一把花园座椅，在洞穴边坐了下来。“喂，你们好吗，伙计们？”他亲切地问道。

一片齐声咒骂升上了阳光灿烂的天空，除了少数几个人心情颓丧得叫不出声来，大家全都咒骂起来。布拉多克·华盛顿泰然自若地听着这阵咒骂，不动声色。等到咒骂的回声归于沉寂，他又开口了：“你们想出摆脱困境的办法没有？”

他们中间各处有声音飘了上来。“我们很喜欢这里，决定待下来啦！”“把我们弄上去，我们就有办法啦！”

布拉多克·华盛顿等他们再度安静下来，说道：“我已经跟你们交代过情况了。我不想让你们待在这里。我向上天祈祷，但愿从来不曾见过你们。是你们自己的好奇心把你们引到这里来的。无论你们什么时候能想出一条保护我和我的利益的出路来，我都乐意考虑。只要你们一心一意地挖隧道——是的，我知道你们已经动手挖一条新的隧道了——你们就不会有多大进展。尽管你们都大呼小叫地思念家里亲人，可这并不像你们想象的那么难。你们要真是担心家里亲人，当初就不会做飞行员啦。”

一个高个子男人从人群中走出来，举起一只手来引起抓捕者的注意。“让我问你几个问题吧！”他大声说，“你是在假装公平。”

“真荒唐。处在我的位置上怎么会公平对待你们呢？你还不如说一个西班牙人公平对待一块牛排呢。”听了这句尖刻的话，二十四块牛排都垂下了头。高个子继续说道：“好吧！”他叫道，“这一点我们以前就争论过了。你不是人道主义者，你没有公平心，可你是个人嘛——起码你说你是——你应该能设身处地、好好为我们想一想，想想这有多么——多么——多么——”

“多么什么？”布拉多克·华盛顿冷冷地问道。

“——多么不必要——”

“对我来说可不是。”

“哦，多么残忍——”

“这一点咱们已经谈过了。涉及自我保护时谈不上残忍不残忍。你们都当过兵，这个你们懂。再说点儿别的吧！”

“哦，那好。多么愚蠢。”

“好吧！”华盛顿表示同意，“我允许你这样说。可你不妨另想办法。我说过，假如你们愿意，我可以把你们所有人或任何人毫无痛苦地处死。我说过，我可以把你们的妻子、情人、孩子和母亲都绑架到这里来。我会把你们下面的这个地方扩建，给你们提供衣食来度过余生。假如能有什么办法使人永久失忆，我会给你们所有人都做一次手术，然后立刻释放你们，放到我的领地以外去。但我能想到的也就只有这些了。”

“相信我们决不告发你，怎么样？”有人这样叫道。

“你们并没有严肃认真地提出这个建议。”华盛顿说，脸上带着讥讽的神情，“我可是放出一个人来教我的女儿意大利语，他上周逃走了。”

二十四条喉咙里突然爆发出疯狂的欢呼声，接着是一片闹哄哄的喜悦。囚徒们跳起了木屐舞，欢呼着，用真假声轮换着歌唱，在一阵勃发的充沛情绪中互相扭打。他们甚至沿着这个碗状洞穴的玻璃壁尽可能地往上跑，接着滑回洞底的人肉垫子上。高个子男人开始唱起歌来，大家都跟着唱了起来——

啊，我们要把独裁者吊死
在酸苹果树上——

布拉多克·华盛顿在神秘莫测的沉默中坐着，直到歌曲唱完。“你们看!”等到能有人听他说话时，他开口说道，“我对你们并没有恶意。我愿意看到你们过得开心。这就是我为什么没有一下子把事情全部告诉你们。那个人——他叫什么名字？克利奇提切洛？已经被我的代理人在十四个不同的地方击毙了。”

他们没有猜到那十四个地方指的是城市，混乱的喧哗声立刻停止了。

“不过，”华盛顿有点儿恼怒地叫道，“他居然要逃跑。有了这样一次教训，你们还指望我在你们中间任何一个人身上冒险吗?”

下面又爆发出一连串的叫喊声：“当然啦!”“你的女儿想学中文吗?”“嗨，我会说意大利语！我的母亲是意大利人。”“也许她喜欢学纽约方言吧!”“她要就是那个长着大蓝眼睛的小妞儿，那我能教她许多比意大利语更好的玩意儿呢。”“我会一些爱尔兰民歌，还能奏铜管乐器。”

华盛顿先生突然伸出手杖，戳了一下草丛里的按钮，地下的场面立刻消失不见了，只留下那张黑洞洞的大嘴龇着牙齿般阴森森的铁栅栏。

“喂!”下面传来一个人的声音，“你不对我们说上一句祝福的话就走吗?”

华盛顿先生带着后面跟随的两个小伙子，已经迈步朝高尔夫球场第九洞走去了。仿佛这个洞穴和里面关着的那些人只不过是一个障碍物，他那灵巧的铁头球杆只消轻轻一挥就搞定了。

七

在钻石山的庇护下，七月是一个夜里凉得要盖毯子、白天却又温暖而阳光灿烂的月份。约翰和吉斯敏相爱了。他还不知道送给她的那只金子做的小橄榄球（上面镌刻着“Pro deo et patriaet St. Mida”字样①的铭文）挂在了她胸口的白金项链上了。可的确如此。而她自己也没有觉察到，有一天从她那朴素的头饰上掉落下来一颗大蓝宝石已被约翰小心珍藏在珠宝盒里了。

一天下午临近傍晚，当那用红宝石和貂皮装饰的音乐室安静下来以后，他们俩在那里待了一个钟头。他握着她的手，她看了他一眼，眼神让他悄悄唤出了她的名字。她俯身凑近了他，接着又犹豫了。“你是说‘吉斯敏’吗?”她轻轻问道，“还是——”② 她想要问清楚，觉得自己可能误会了。他们俩以前还都没跟人亲吻过，但在这一个小时里，这似乎无关紧要了。

下午的时光流逝过去了。那天夜里，当那座最高的塔楼上飘来最后一个音符的时候，他们各自在床上睡不着，幸福地想象着这一天度过的一分一秒。他们已经决定结婚，越快越好。

八

华盛顿先生和这两个年轻人每天都到深山老林里去打猎或捕鱼，或是在那死气沉沉的球场上打高尔夫球——这些比赛约翰出于礼仪，总让他的主人打赢——或是在山里清凉的湖水中游泳。约翰发觉华盛顿先生有点儿严苛，难以取悦。他对别人的想法和见解都丝毫不感兴趣，只在意他自己的。华盛顿太太整天冷冰冰的，不苟言笑。她显然对两个女儿漠不关心，把全部心思都放在儿子珀西身上，每晚在餐桌上都用语速很快的西班牙语跟珀西说个没完。

大女儿贾斯敏与吉斯敏外表长得很像——只是她有点儿罗圈腿，还长着一双大手和大脚——性格却与吉斯敏截然不同。她最爱看的书都是关于穷女孩如何为她们鳏居的父亲操持家务的。约翰从吉斯敏那里得知，贾斯敏至今一直没能从世界大战结束所造成的心理冲击和失望中走出来，那时她正要作为一名军队餐饮专家出发到欧洲去。她甚至因此黯然神伤了一阵子，布拉多克·华盛顿曾采取措施要在巴尔干半岛发动一场新的战争。她

① 拉丁文：献给上帝、国家和圣米达。

② 在英语中，“吉斯敏”这个名字与“吻我”谐音，故有此问。

看到了几个塞尔维亚伤兵的一张照片，便对所有这一切失去了兴趣。但是，珀西和吉斯敏似乎从父亲那里继承了傲慢的态度，每个想法都贯穿着如出一辙的朴素而顽固的自私。

这座城堡和山谷的各种奇观都让约翰心醉神迷。珀西告诉他说，布拉多克·华盛顿曾诱骗、绑架了一名园林美化师、一名建筑师、一名舞台设计家和上个世纪遗留下来的一位颓废派①诗人。他让所有黑人都听他们使唤，保证为他们提供这世上所能找到的任何材料，让他们出点子。可他们一个个都显出了自己的无能。颓废派诗人立刻为自己在春天与林荫大道的分离而哀号起来——他含糊其辞地说了一些有关香料、类人猿和象牙之类的话，却没说出任何有实际价值的东西。舞台设计家则想要把整个山谷变成一系列机关布景，以达到耸人听闻的效果。对于这类把戏，华盛顿一家很快就会厌倦的。至于建筑师和园林美化师，他们只想按老规矩办事。他们坚持要把这个做得像这个，把那个做得像那个。

然而，他们至少解决了应该如何处置他们的问题——他们在一个单间里待了一夜，试图就一座喷泉建在哪里取得一致意见；第二天一早就都发疯了；如今舒舒服服地关在康涅狄格州韦斯特波特一所疯人院里。

“可是，”约翰好奇地问，“谁给你们设计了所有这些美妙的接待室、大厅、走廊和浴室呢?”

“哦，”珀西回答说，“我都不好意思告诉你，可那是一个拍电影的家伙搞的。他是我们找到的唯一惯于挥金如土的人，虽说他把餐巾塞在领子里，而且不会读书、写字。”

八月快要过完了，约翰很快又得回去上学了，不禁感到惋惜。他和吉斯敏决定明年六月私奔。

“要能在这里结婚，那就更好了。”吉斯敏坦白说，“当然，我根本不指望爸爸会答应我嫁给你。退而求其次，我倒愿意私奔。眼下有钱人在美国结婚真可怕——他们总要向新闻界发布公告，说他们打算凭残存的一点

---

① 指19世纪后半叶以奥斯卡·王尔德为代表的唯美主义文学流派的后期走向。该词出自罗马帝国晚期以及希腊拜占庭时代的文学艺术，因其兴盛期已过而有了一种美妙的衰败风味。

儿家产①结婚了。他们的意思其实是说，只有一点点二手珍珠和欧吉妮女皇②用过的旧花边了。”

“我知道，”约翰热烈赞同道，“我在希列札－墨菲家做客的时候，他们家大女儿格温多琳嫁的那人的父亲拥有半个西弗吉尼亚州。她写信告诉家里说，她靠着他当银行职员挣来的薪金生活有多艰难。她在最后说：‘谢天谢地！不管怎么样，我有四个能干的女仆。还算有点儿用处吧。’”

“真可笑！”吉斯敏评论说，“想想这世上有不计其数的人——工人和其他所有人——他们只有两个女仆，不是也照样过日子。”

八月底的一个下午，吉斯敏不经意漏出的一句话改变了整个局面，把约翰吓得胆战心惊。他们当时正待在他们最喜爱的林子里。接吻的间隙，约翰沉浸在能给他们的关系增添一点儿刺激的浪漫幻想之中。“有时我想，我们根本不会结婚。”他感伤地说，“你太富有了，也太华贵了。没有一个像你这样有钱的姑娘能跟其他普通女孩一样。我该娶一个奥马哈③或苏城④某个家境殷实的五金批发商的女儿才对。她若有一份五十万美元的嫁妆，我就该知足了。”

“我有一次认识了一个五金批发商的女儿，”吉斯敏说，“就不信你会对她满意。她是我姐姐的一个朋友。她上这里来玩过。”

“啊，这么说，你们还有别的客人来过？”约翰惊奇地叫了出来。

吉斯敏似乎后悔了，不该说这句话。“哦，是的。”她急忙说，“以前来过几个。”

“可你们——你的父亲不怕他们到外面去说吗？”

“嗯，是有一点儿。有一点儿。”她回答说，“咱们谈点儿别的更开心的事吧。”

约翰的好奇心却被激起来了。“更开心的事？”他问道，“这有什么不开心的？难道她们不是好姑娘吗？”

令他大吃一惊的是，吉斯敏开始哭泣起来。“是的——这——这就

---

① 时值1930年代美国经济大萧条。

② 19世纪拿破仑三世之妻，后为法国女皇。在位期间为1863年至1871年。

③ 美国内布拉斯加州东部城市。

④ 美国依阿华州西部城市。

是——麻烦的地方。我跟她们几个玩得很——很好。贾斯敏也是这样。可不管怎样，她还是继续邀——邀请她们来玩。我不明白为什么。”

约翰的心里产生了不祥的疑虑：“你的意思是说，她们说出去了，你父亲就把她们——给除掉了？”

“比这更糟。”她泣不成声地咕哝说，“爸爸不愿意冒险——贾斯敏还是不断写信邀她们来，而且她们又玩得那么开心！”一阵悲痛袭来，她说不下去了。

约翰被这个恐怖的秘密吓呆了，张口结舌地坐在那里，只觉得浑身的神经都在颤抖，像是有许多麻雀栖在他的脊梁骨上。

“唉，我说给你听了。可我真不该说的。”她说着，突然平静下来，擦干了她那深蓝色的眼睛。

“你的意思是说，你父亲在她们离开之前把她们谋杀了？”

她点了点头：“通常是在八月，或者九月初。我们自然要先从她们身上尽可能地得到所有乐趣。”

“太可恶了！太——啊，我要发疯了！你真的承认——”

“是的。”吉斯敏打断了他的话，耸了耸肩膀。“我们不能把她们像飞行员一样囚禁起来。那样，我们每天都会受到良心的谴责。这对我和贾斯敏总会更好受一些，因为爸爸做得比我们预料的还快。这样，我们也就避开告别的场景了——”

“这么说，你们谋杀了她们！哼！”约翰叫道。

“做得非常干净利落。趁她们熟睡的时候，把她们毒死。总会告诉她们家人说，她们在西部平顶山上得了猩红热死了。”

“可是，我真不懂你们为什么要不断邀请她们来呢？”

“我可没有。”吉斯敏大声说道，“我一个也没有邀请过。是贾斯敏请来的。再说，她们总是玩得很开心的。快到最后时刻，她还送给她们最好的礼物。我将来可能也会请人来——我也会硬着心肠这么做。我们不能让死亡这件不可避免的事情来妨碍我们活着时享受生活。想想看，要是我们一个客人都没有，在这里该有多寂寞。唉，爸爸、妈妈跟我们一样，也牺牲了一些最好的朋友。”

“所以，”约翰责怪地叫道，“所以，你让我跟你谈情说爱，也假装作出回应，还谈婚论嫁，可你自始至终都很清楚，我绝不会活着从这里出去——”

“不，”她激动地抗议说，“再也不会了。一开始是这样。你来了这里，我情不自禁这么做，想着在你生命的最后时日咱们还不如寻些快活。可后来我爱上了你，而且——而且我真心实意地感到难过，你就要——就要被干掉——不过，我倒宁愿你被干掉，而不愿让你再去吻另外的女孩。”

“哦，你宁愿，你宁愿吗？”约翰恶狠狠地叫道。

“的确如此。再说，我还听说，女孩跟一个她自己知道不能嫁的男人在一起，会有更多的乐趣。唉，我为什么要告诉你？我大概已经完全扫了你的兴吧！刚才你不知道有这么一回事，咱们还玩得挺开心呢。我知道这会让你有点儿郁闷。”

“啊，你知道，你知道吗？”约翰气得声音直抖。“我听够了。要是你不顾自尊和体面，跟一个你知道比死尸好不了多少的人谈恋爱，那我就跟你一刀两断了！”

“你不是死尸！”她恐惧地反驳道，“你不是死尸！我不许你说我吻了一具死尸！”

“我可没这么说！”

“你说了！你说我吻了一具死尸！”

“我没说！”

他们抬高了嗓门儿，但突然被打断了，两个人顿时都不做声了。一阵脚步声正沿着小径朝着他们的方向传来。少顷，玫瑰花丛被拨开了，露出了布拉多克·华盛顿那双机智的眼睛，正从他那张英俊而茫然的脸上朝他们窥视着。“谁吻了死尸？”他问道，显然十分不快。

“没有谁。”吉斯敏连忙回答，“我们不过是在开玩笑。”

“那你们两个在这里做什么？”他瓮声瓮气地问道，“吉斯敏，你该——该跟你姐姐去读书或打高尔夫球了。去读书！去打高尔夫球！可别让我回来看到你还在这里！”随后向约翰躬了躬身，沿着小径走了。

“看到了？”吉斯敏等他走远了，生气地说，“全让你弄糟了。咱们再也不能见面了。他不会再让我见你了。他要是知道咱俩相爱了，一准会把你毒死。”

“我们没有，再也不会了！”约翰凶巴巴地喊道，“所以，他对此尽管放宽了心。再说，你也可以不必自欺欺人，以为我会在这里待下去。六小时之内，我就会翻过那些山，即使不得不用牙啃出一条路来；然后，我就往东走。”他们两个都已站起身来。

听了这句话，吉斯敏走上前来，挽住了他的手臂：“我也要走。”

“你准是发疯了——”

“我当然要走！”她不耐烦地打断他说。

“你肯定不能走。你——”

“好吧。”她平静地说，“咱们现在去追上爸爸，跟他把事情谈清楚。”

约翰苦笑着，败下阵来。“好吧，亲爱的。”他表示同意，带着虚弱而勉强的柔情，“我们一起走。”

他对她的爱意又回来了，平静地栖息在他的心头。她是属于他的——她愿意跟他一起走，跟他患难与共。他用手臂搂住她，热烈地吻她。她到底是爱他的；其实，是她救了他的命。

他们一边讨论着这个问题，一边缓步向城堡走回去。他们心意已决：既然布拉多克·华盛顿已经看见他们在一起了，那他们最好第二天晚上就离开这里。不过，晚饭时约翰嘴唇干得要命，紧张之下把一大汤匙孔雀汤都灌进了左肺。他只得被人抬进那间装饰着海龟和黑貂的桥牌室，让一个小管家使劲给他捶背。珀西看着，觉得好玩极了。

九

后半夜，约翰的身子猛地一震。他蓦地直挺挺地坐了起来，凝视着黑暗中仿佛笼罩着朦胧面纱的房间。透过一个个暗蓝色的方块，也就是那些打开的窗子，他听到远处传来微弱的声音。在他那梦魇萦绕的记忆能够辨别出来之前，那声音就被一阵风吹走了。接着，便传来越来越近的清脆响声，就在他的房间外面——转动房门把手的咔嗒声、脚步声、低语声，他说不出是什么；紧张地侧耳倾听着，胃里隆起了一个硬疙瘩，感到浑身都在疼痛。接着，有一块面纱似乎隐去了。他看见一个模糊的人影站在门边。从黑暗中看，只是一个轮廓不清的人影，在帷幔的皱褶中似乎变了形，如同一块肮脏玻璃上的映像。

不知是由于害怕还是意志，约翰按了一下床边的按钮，瞬间便坐到了隔壁房间那凹陷的绿色浴缸里了。半缸冷水激醒了他，让他完全清醒了过来。

他从浴缸里跳出来，湿淋淋的睡衣在他身后滴洒了一道水迹。他跑到那扇通向二楼象牙平台的海蓝宝石门前。门悄无声息地敞开了。头上巨大的拱顶里，一盏孤灯投射出绯红色的光，照亮了前面一大片壮美的雕花楼梯。约翰迟疑了片刻。四周这无声的壮观景象震慑了他，仿佛要把这个在象牙平台上瑟瑟发抖的湿淋淋的孤单小人儿裹进巨大的皱褶和暗影里。接下来，同时发生了两件事。他那间起居室的门突然敞开了，三个一丝不挂的黑人冲进大厅——正当约翰满怀惊恐、摇摇晃晃地朝楼梯走去时，另一扇门滑进了走廊另一侧的墙壁。约翰看见布拉多克·华盛顿站在灯火通明的电梯里，身穿一件毛皮大衣、一双齐膝马靴，上面露出一身闪亮的玫瑰色睡衣裤。

一瞬之间，那三个黑人——约翰从没见到过他们；他脑子里突然一闪念——他们准是职业杀手。他们停下步子，不再冲向约翰，期待地朝电梯里的那个人转过身去。

他厉声发出命令："进来！你们三个人！赶快！"

三个黑人倏地冲进电梯。电梯门一关上，长方形的灯光就不见了。大厅里又只剩下约翰独自一人了。他瘫软无力地倒在一级象牙台阶上。

显然，发生了什么不寻常的事。这样一来，至少暂时延缓了他自身微不足道的灾难。出了什么事？是黑奴起来造反了？那些飞行员冲破了铁栅栏？菲什村民误打误撞地翻过了山岭，用他们那黯淡无神的眼睛看见了这座华丽的山谷？约翰不得而知。他听见一阵呼呼的风声，电梯又嗖嗖地升上来了，接着很快又嗖嗖地降下去了。大概是珀西赶去帮他的父亲了吧。约翰忽然想到，现在正是他跟吉斯敏会合并策划立即逃跑的好机会。他等待着，直到电梯安静了几分钟。夜晚的寒气穿透了他湿漉漉的睡衣，他打了个冷战，回到房间，匆匆穿好衣服。然后，他便登上一段长长的楼梯，拐进那条铺着俄罗斯貂皮的走廊，朝吉斯敏住的套间走去。

吉斯敏起居室的门正开着，灯也都亮着。她穿着安哥拉羊毛的和服晨衣，站在窗边倾听什么。当约翰悄悄走进来时，她向他转过身来。"啊，是你！”她一边悄声说，一边向他走来，“你听见他们了吗？

“我听见你父亲的奴隶在我的——”

“不。”她激动地打断了他的话，“那些飞机！”

“飞机？也许就是这个声音把我吵醒了。”

“起码有十来架。几分钟前，我看到一架直冲着月亮飞过去了。后面悬崖上的那个哨兵开了一枪，这才把爸爸惊醒了。我们马上就要对它们开火了。”

“它们是特意到这里来的吗？”

“是的——是那个逃跑的意大利人——”

她的话音未落，从敞开的窗子那里就传来一阵刺耳的爆炸声。吉斯敏低低地叫了一声，手指摸索着从梳妆台上的盒子里取了一枚分币，跑到一盏电灯前，整座城堡顿时一片黑暗。原来她烧断了保险丝。

“来吧！”她向他喊道，“咱们上屋顶花园，到那里去观战！”

她披上一件斗篷，拉着他的手。他们摸着黑，走出门去。通向高塔的电梯只有一步之遥。她按了一下按钮，他们就飞速上升。在黑暗里，他搂着她，吻着她的嘴唇。约翰终于有了浪漫爱情。一分钟以后，他们跨出电梯，登上了洒满银白色星光的平台。天上，云雾缭绕的月亮在云堆里穿行，下方有十二架黑色翅膀的飞机不断兜着圈子。山谷里，四处有闪烁的火光伴随着刺耳的爆炸声，朝它们飞扑而去。吉斯敏快活地拍着手，可她不一会儿又慌了起来。因为飞机在预定讯号的指引下开始投弹了，整个山谷变成了轰隆隆的回响和红彤彤的火光交织而成的壮观场景。

没过多久，进攻的机群把目标锁定在高射炮的阵地上了。一门高射炮几乎瞬间就变成了一堆废铁，在玫瑰花丛边冒着烟。

“吉斯敏！”约翰央求说，“我告诉你，这次进攻刚巧赶在他们要把我杀死的前夜。你准会觉得高兴吧。要是没有听见后面山口那个哨兵的枪声，我这会儿早就一命呜呼了——”

“我听不见你说什么！”吉斯敏大声说，目不转睛地盯着眼前的场景。“你得大点儿声说！”

“我只是说，”约翰喊道，“我们最好赶在他们炸毁城堡前逃出去！”

突然，黑人住所的整个门廊全都炸得粉碎，一股火焰从柱廊下面直冲云霄，大块的大理石碎片一直飞到了湖畔。

“价值五万美元的奴隶全完了。”吉斯敏叫道，“这是战前的价码。尊重财产的美国人太少了。”

约翰再一次逼着她离开。飞机瞄准的目标分分钟更加精确，只有两门高射炮还在回击。显然，驻守卫队处于炮火重围之中，支持不了多久了。

“来吧！”约翰边喊边去拉吉斯敏的手臂，“我们得走了。飞行员要是发现了你，无疑会把你打死。你明白吗？”

她勉强同意了。“咱们得去叫醒贾斯敏！”她说道，朝电梯走去。接着，她又带着孩子气的喜悦补充道：“咱们这下要变穷了，是不是？就像书本里写的，我会成为一个孤儿，完全自由了。自由而又贫穷！多好玩！”她停下来，仰起嘴唇，兴冲冲地吻了他一下。

“两者不可兼得。”约翰严肃地说，“人们早就明白这一点了。这两者之间我宁愿选择自由。我特别要提醒你一件事，你最好把首饰匣里的珠宝、首饰都倒进口袋里。”

十分钟以后，两个姑娘在黑洞洞的走廊里跟约翰会合。他们下了楼，来到城堡底层。最后一次穿过富丽堂皇的厅堂，在大门外的平台上站了一会儿，望着那正在燃烧的黑人住所和坠落在湖那边的两架飞机冒火的残骸。还有一门孤零零的高射炮在不停射击，进攻的机群似乎胆怯地不敢低飞，只是围着它射出雷鸣般的炮火，等待时机消灭埃塞俄比亚炮手。

约翰和两姐妹走下大理石台阶，径直向左转弯，开始沿着一条如同吊袜带般盘绕着钻石山的羊肠小道向上攀爬。吉斯敏知道半山腰有个地方树丛茂密，既可以藏身，又能观察山谷里的狂乱夜景。最后，必要的话，还可以沿着隐没在岩石嶙峋的溪谷里的一条秘密小路逃走。

十

他们到达目的地的时候，已经三点钟了。体贴而又冷静的贾斯敏倚着一棵大树干立刻睡着了，约翰和吉斯敏坐下来。他一只胳膊搂着她，极目远眺。那里昨天早晨还是一座花园，而今已化为断垣残壁。这场即将结束的战斗还在断断续续地进行着殊死挣扎。四点钟一过，最后残存的那座大炮发出当啷一声，迅速冒出一股红色的烟雾，便归于沉寂了。虽然月亮已经落山，他们看见飞机在盘旋，离地面更近了。一旦飞机确认这座围城已经再无还击之力，就会降落下来，而这个黑暗中闪烁着光亮的华盛顿家族王国也就消亡了。

炮火停息了，山谷也随之安静下来。那两架被击落的飞机残骸就像蜷伏在草丛里的魔鬼的两只眼睛，微微发着光。城堡黑魆魆地悄然耸立，没有光亮却也美丽依旧，就像在阳光下一样美丽。天空中响彻了复仇女神发出的单调沉闷的哒哒声，像是一声时起时落的抗议。这时，约翰发现吉斯敏像姐姐一样，也进入了睡梦之中。

早已过了四点钟。意识到有脚步声沿着他们刚才走过的小路传来，他屏住呼吸，静静地等候，直到脚步声走过他藏身的有利地点。此刻，天空传来并非来自人间的轻微骚动声，露水冰凉；他知道天色即将破晓。约翰等脚步声上了山，拉开一段安全距离，听不见了，才跟了上去。大约在离陡峭的山巅还有一半路的地方，树林变得稀疏起来，一条马鞍状的岩石伸展开来，覆盖着下面的钻石。到达这个地点之前，他放慢了脚步，一种动物般的直觉警告他前方有人。他来到一块高高的圆石旁，慢慢探出头去。好奇心得到了满足，下面就是他看到的情景。

布拉多克·华盛顿一动不动地站在那里，灰蒙蒙的天空映衬出他的轮廓。他不声不响，也没有一点儿生命的迹象。东方已然破晓，大地染上了一抹冷冷的绿色。这番新天地与那个孤单单的身影形成反差，使之显得渺小而微不足道。

就在约翰观望之时，他的主人沉浸在深不可测的思索之中。随后，过了几分钟，他向那两个匍匐在脚下的黑人做了个手势，示意他们抬起放中间的重物。当他们挣扎着直起身来时，初升太阳的第一束金光穿透了一颗精雕细琢的巨型钻石数不清的切面——闪现出一片白色的光芒，如同一颗碎裂的晨星在空中熠熠生辉。两个黑人在它的重压下踉跄了好一阵才站稳了脚步，湿漉漉发光的皮肤下波浪般起伏的肌肉吃劲变硬了。三个人又一动不动地站在那里了，对着苍天做出无力反抗的姿态。

片刻，白人扬起了头，慢慢举起双臂，做出吸引注意力的手势来，像是在示意一大群人要注意听他讲话。但周围并没有人群，只有山岭和苍穹的无边沉寂，从山下林子里不时传来轻微的鸟鸣声。站在马鞍形岩石上的那人开始带着不可遏制的骄傲，煞有介事地开始了他的讲话。“那边的你——”他用颤抖的声音喊道，“你——那边——”他顿住了，双臂仍旧高举着，头也专注地扬起，似乎在等待回答。

约翰竭力睁大眼睛，想看清楚是否有人从山上下来。可山上了无人迹，只有天空和那拂过林梢的长笛般的嘲弄的风声。华盛顿会不会是在祈祷呢，约翰疑惑了一阵子。接着，这个错觉便消失了。那人的整体神态与祈祷截然相反。

“啊，高高在上的你！”声调变得洪亮而自信起来了。这不是孤独无助的哀求。如果有什么不同，它带有居高临下的奇怪口吻。“你这——”话说得太快，让人听不懂，前言后语交叠在一起，不绝于耳……

约翰屏息倾听着，偶尔抓住只言片语，声音时断时续——时而强劲有力，似在与人雄辩；时而又带着不紧不慢、迷惑不解的急躁情绪。然后，这位唯一的听众突然恍然大悟。而在这顿悟的瞬间，一股热血在他全身的动脉里奔涌起来。布拉多克·华盛顿原来是在向上帝行贿！

就是这样，毫无疑问。抱在奴隶们怀里的那颗大钻石只是一件预付的样品，接下来承诺的还有更多呢。

约翰过了一会儿才听明白，这就是贯穿在他的话语中的线索。发大财的普罗米修斯在请求见证被遗忘的献祭、被忘却的典礼，以及早在基督降生前就已废弃的祷告词。有好一阵子，他的演说是在提醒上帝，要上帝记起他屈尊接受过世人献赠的这样或那样的礼物——他若拯救城市免遭瘟疫之灾，就有宏伟的教堂献上；世人在贪欲或血腥之中献上没药和黄金，美女和俘获的军队，儿童和后妃，林中和田间的走兽、绵羊和山羊，秋收的五谷，城市以及被征服的整片土地，以换取上帝的姑息，平复上天的震怒——眼下，他布拉多克·华盛顿，钻石之王，黄金时代的帝王和祭司，荣耀与奢华的主宰，愿意献上一份以往任何王公贵族连做梦都想不到的宝藏，并非恳求，而是骄傲地献上这份宝藏。

他接着说到了具体细节，愿意把世上最大的钻石献给上帝。这颗钻石将被刻出千千万万个切面来，比一棵树上的叶子还多；而这整颗钻石将被塑造得比只有苍蝇那么大的宝石还要更尽善尽美。很多工匠将在它身上花去许多年。经过精心雕琢，它将被镶嵌在一座巨大的金箔圆顶上，配上一道道蛋白石和古蓝宝石的大门。中央会凿出一座小教堂，高居上方的祭坛是用璀璨耀目、正在分解和不断衰变的镭锭制成的。祭拜者在祈祷时只要一抬头，双眼就会被灼瞎。在这座祭坛上，只要上帝高兴，就可以杀戮他所选择的任何牺牲品，即便是最伟大、最有权势的活人也不例外。

作为回报，他只有一个简单的要求，对上帝来说简直易如反掌——只要让一切回到昨天此刻的状态，并且一直保持不变。如此简单之至！请打开天国之门，把这些飞行员连同他们的飞机一并吞没——然后，再把大门关上。让他重新拥有奴隶，统统复活，完好如初。

除了上帝，他从来都不需要跟人协商或谈判。

他只是不确定这笔贿赂是否足够大。当然，上帝自有他的价码。上帝是按照人的形象造出来的，所以人常说：上帝必有他的价码。但他付出的这个代价是旷世罕见的——耗费了许多年建成的大教堂。成千上万劳工筑起的金字塔全都比不上这所大教堂和这座金字塔。

说到这里，他停了停。这就是他的提议。一切都会符合规格要求。这个价格可能太低，但这样说也并没有什么不妥之处。他的言外之意就是：要与不要，上帝说了算。

快到结束的时候，他的话变得支离破碎，简短而捉摸不定。他似乎绷紧了身体，仿佛竭力要从周围捕捉到最轻微的生命压力或声息。在他讲话的时候，头发渐渐变白了。此刻，他像远古先知，朝着天空高高地把头扬起——十分威仪的疯狂之态。

接着，正当约翰看得云里雾里、如痴如醉时，他好像感到附近什么地方出现了奇怪的现象。天似乎阴沉了片刻，微风似乎忽然送来了一句喃喃低语，远处传来一阵喇叭声，类似于宽大的绸袍发出的窸窣声一样的叹息——周围整个大自然一时也暗淡下来；鸟儿停止了歌唱；树林也静止不动了——山那边远处传来一阵沉闷骇人的雷声。

仅此而已。风吹过山谷里高高的青草，停了下来。片刻，黎明和白天又重新归位，初升的太阳喷发出热浪般的黄色雾霭，照亮了它前面的道路。树叶在阳光下大笑起来，笑声摇动着树林，每根树枝都宛如仙境里的女子学校。上帝拒绝接受这笔贿赂。

约翰又观望了一会儿白昼的胜利。然后，他转过身去，看见一个棕色的东西振翅落到湖边。随后，又有一个振翅落下；接着又是一个，像是从云端降下来的黄色天使在跳舞——那些飞机都着陆了。

约翰从大圆石上滑下来，跑下山坡，来到树丛里。两个女孩已经睡醒了，正在等他。吉斯敏一下子跳了起来，口袋里的珠宝叮当作响，嘴巴张着似乎要问什么。但本能告诉约翰，现在不是说话的时候。他们必须马上离开这座山，事不宜迟。他一手拉着一个女孩，三个人一言不发地穿行在林间。此时，他们沐浴在阳光和渐渐升起的薄雾之中。身后的山谷里，除了远处孔雀高亢的喁喁哀鸣和清晨低沉欢愉的嘈杂声，一点儿声音也没有。

他们走了约莫半英里①，随后便避开了开阔地带，走进一条通向另一个山冈的羊肠小道。在最高处，他们停下来回头四顾，目光落在了刚刚离开的山坡上——一种悲剧即将发生的不祥预感压上心头。

在天空的映衬下，一个失魂落魄的白发男子慢慢从陡坡走下山去，后面跟着两个身材魁梧、面无表情的黑人。这两人抬着仍在阳光下熠熠发光、光芒四射的大钻石。中途还有两个人同他们会合。约翰认得出那是华盛顿太太和她的儿子，她的头靠在儿子肩膀上。那些飞机驾驶员爬出机舱，来到城堡前面的草地上，手里提着步枪，正以战斗队形开始朝钻石山冲锋。但在更高处会合的五个人吸引了所有观看者的注意，一小群人在一块突出的山岩上停了下来。两个黑人弯下腰去，拉开了山坡上像是活门的东西。他们全都消失在活门里了。白发男子为首，接着是他的妻子和儿子，最后是两个黑人。他们那珠宝镶嵌的头饰在阳光下一闪，活门便落下来，把他们吞没了。

吉斯敏抓住了约翰的胳膊。“啊!”她发疯似的喊道，“他们上哪里去了？他们要做什么呀?”

“那准是一条逃生的地道——”

两个姑娘发出了一声低低的尖叫，打断了他的话：“你难道就没看见，”吉斯敏歇斯底里地呜咽道，“那座山上都装着电线呢!”

就在她说话的时候，约翰抬起双手遮住了眼睛。他们眼前的这座山整个表面突然变成一片炫目的黄色火光，从覆盖着山体的草皮下显现出来，

---

① 大约八百米。

就像光线透过人的手掌显现出来一般。这种令人无法忍受的强光持续了一会儿，就像一根烧灭的灯丝般倏地消失了，露出一片黑色的废墟。然后，蓝色的烟雾袅袅升起，带走了残存的草木和尸体。飞行员既没有留下血迹，也没有留下尸骨。他们同走进活门的那五个人一样，全都灰飞烟灭了。

与此同时，随着一阵剧烈的震动，城堡简直可以说把自己抛向了空中。它在腾空而起时炸成了无数燃烧的碎片；随后原地落下，化为一堆冒着烟的瓦砾，一半落进了湖里。没有火光——烟雾弥漫在阳光里，渐渐散开了。一阵尘埃般的大理石粉末飘浮在这曾经是宝石堆砌成的豪宅的巨大废墟上空。一切归于沉寂，那三个人孤零零地待在山谷里。

十一

日落时分，约翰和两个同伴到达了高高的悬崖。这里曾是华盛顿家族领地的边界。他们在悬崖上转头回望，只见那山谷在薄暮中显得静谧动人。他们坐下来，吃完贾斯敏随身带的篮子里的食物。

“看哪！”她说着，铺好桌布，把三明治整整齐齐地堆在上面。“它们看起来不是挺诱人的吗？我一直觉得，在野外吃东西味道更可口。”

“就凭这句话，”吉斯敏说，“贾斯敏进入中产阶级了。”

“好了。”约翰急切地说，“快把你的口袋翻过来，让我们看看你带了些什么珠宝。要是你选得好，我们三个人后半辈子还可以过得很舒服呢。”

吉斯敏顺从地把手伸进口袋，将两把闪烁发光的宝石扔在他面前。

“不错呀！”约翰热情洋溢地说，“它们不是很大，可是——喂！”他举起一块来对着落日余晖仔细一看，脸色马上变了。“呀，不是钻石！这可麻烦了！”

“天哪！”吉斯敏叫起来，脸上带着惊讶的神色。“我真是个傻瓜！”

“嗨，这是水晶石！”约翰嚷道。

“我明白了。”她大笑起来，“我开错了抽屉。它们原先镶在一个来看贾斯敏的女孩的衣服上。我把它们要过来，换给她钻石。在这之前，我除了钻石，什么都没见过呢。”

“这就是你带出来的东西？”

“恐怕就是这样。”她怅然地摆弄着亮晶晶的东西。“我想，我更喜爱水晶石，都有点儿厌倦钻石了。”

“很好。”约翰沮丧地说，“那我们就得住在海地斯了。你到老都会一直给半信半疑的女人讲你如何开错了抽屉。可惜你父亲的银行存折都跟他一起烧掉了。”

“哎，海地斯怎么样？”

“我要是带回家一个跟我一样大的老婆，我父亲多半会‘用烧热的煤块把我砍成两半’① 的——我们那里的人就是这么说的。”

贾斯敏开口了：“我喜欢洗衣服。”她平静地说，“我总是自己洗手帕。我会给人家洗衣服，养活你们两个。”

“海地斯有洗衣妇吗？”吉斯敏天真地问。

“当然有。”约翰回答说，“跟其他地方一样。”

“我原来以为——也许那里太热，根本不用穿衣服呢。”

约翰哈哈大笑。“你试试看！”他提议说，“还没等你把衣服脱掉一半，他们就把你赶走了。”

“爸爸会去那里吗？”她问。

约翰惊讶地转向了她：“你父亲已经死了。”他严肃地回答道，“他为什么要去海地斯呢？你把它跟另外一个地方搞混了。那个地方很久以前就已经废除了。”

吃过晚饭，他们收起桌布，铺好毯子准备过夜。

“这真是一场梦！”吉斯敏叹息着，仰头去看星星。“真奇怪呀，身上就这么一套衣服，跟一个身无分文的未婚夫待在这里！在星空下面。”她重复道，“我从没注意过星星，总以为它们是什么人拥有的很大、很大的钻石。可现在它们让我害怕。它们让我感到这一切都是一场梦，我所有的青春。”

“那的确是一场梦。”约翰静静地说，“每个人的青春都是一场梦，一种从量变到质变的疯狂形式。”

“发疯该有多开心呀！”

“人们也是这么跟我说的。”约翰忧郁地说，“我现在不敢肯定了。不

---

① 意为“一刀两断”。

管怎样，我们两个暂且相爱吧，一年左右，我和你。这是我们都能试上一试的神圣的醉酒状态。整个世界只有钻石，钻石！或许，也还有幻灭这个寒酸礼物。嗯，我拥有了后者，但我会像常人一样不以为意。”他打了个寒战。“把你的外套领子翻起来，小姑娘！夜晚寒气十足，当心别得肺炎。第一个发明知觉的人犯下了滔天大罪，我们把它抛开几个钟头吧。”说着，他裹上毛毯，沉沉睡去了。

冬天的梦

一

尽管有些高尔夫球童家里一贫如洗，住在只有一个房间的屋子里，前院有一头无精打采的奶牛，但德克斯特·格林的父亲拥有黑熊村里第二好的杂货店——最好的那家叫“中枢”，雪利岛的有钱人经常光顾——德克斯特做球童，只是为了赚零花钱。

到了秋季，天气变得干燥、阴沉。明尼苏达的漫长冬天骤然降临，大地像扣上了白色的盖子，德克斯特的滑雪板在积雪覆盖的高尔夫球场的平坦球道上滑过。每当这时，这一带令他深感忧郁。使他怏怏不快的是整个冬天高尔夫球场被迫闲置，经常光顾的是灰头土脸的麻雀。同样令人沮丧的是，夏天里彩旗翻飞的高尔夫球座上现在只剩下几只被埋在齐膝深的结实冰层下无人问津的沙盒。在他穿越山丘时，风刮得寒冷刺骨。要是太阳出来，他边踏着沉重的步履前行，边眯起眼睛来抵御那白晃晃的刺眼强光。

四月里，冬季戛然而止，消融的积雪流入黑熊湖。几乎没等早早就用红球和黑球向这个季节发起挑战的人出现，没有扬眉吐气的欢欣，也没有雨季的闪耀登场，严寒便悄然退去了。

德克斯特知道，这北国之春有着些许凄凉，正如他知道秋季的绚烂明艳一般。秋天使得他握紧双手，颤抖着自言自语地重复一些傻话，冷不防劲头十足地振臂一挥，指挥着想象中的观众和军队。十月让他内心充满希望，十一月里这希望又升华为成功的狂喜。在这样的心情下，雪利岛夏季那些转瞬即逝的美妙印象历历在目，为他天马行空的想象提供了素材。他想象着自己成了高尔夫冠军，在一场精彩绝伦的比赛中打败了 T. A. 赫德里克先生。而这场比赛在他想象的平坦球道上演了一百次，他不知疲倦地反复修改着比赛的每一个细节——有时候他赢得轻而易举，几乎荒唐可笑；有时候他急起直追，精彩地反败为胜。此外，他想象自己像莫蒂默·琼斯先生一样，迈步走下一辆皮尔斯箭头牌轿车，凛然走进雪利岛高尔夫俱乐部休息室——也许在仰慕者的包围下，从俱乐部充气筏的跳板上起跳，完成一次花式跳水表演……而在那群看得目瞪口呆的人当中，就有莫蒂默·琼斯先生。

有一天，发生了这样一件事：琼斯先生——他本人，而不是他的幻影——竟然泪汪汪地来找德克斯特，说他是俱乐部最好的球童，要是琼斯先生给他涨工资，能否决定不辞职了呢？因为俱乐部其他球童通常都给他每洞丢一个球——常有的事——

“不，先生。”德克斯特果断地说，“我不想再做球童了。”随后，停顿片刻后说，“我太老了。”

“你还不到十四岁呢。你怎么偏偏在今早决定要辞职呢？你答应过下周过来跟我参加州锦标赛的。”

“我觉得我太老了。”德克斯特交回甲等胸牌，从球童领班那里领来了自己应得的报酬，一路走回黑熊村的家。

“我见过的最好的——球童。”那天下午，莫蒂默·琼斯边喝酒边叫道，“从没丢过一个球！勤快！伶俐！不多嘴！诚实！懂得感恩！”

促使他作出这个决定的小姑娘十一岁——像许多美人胚子一样现在还是一副丑小鸭模样，但注定几年后就会美丽得无法形容，将来会给许多男人带来无尽的痛苦。然而此刻，她的美貌已经依稀可辨，笑起来的时候嘴角略微朝下弯，还有——天佑我们——眼里闪动着近乎激情燃烧的活力，给人一种大不敬的总体印象。这样的女人身上很早就萌发出活力来。此时，这份活力完全显而易见，从她纤细的身体由内向外焕发着一种光彩。

她九点钟就急不可耐地跟着穿白亚麻衣服的保姆来到了高尔夫球场，保姆背着一个白色帆布袋，里面装着五支崭新的小高尔夫球杆。德克斯特第一次见到她时，她正站在球童房旁边，十分局促不安，显然在跟保姆没话找话地刻意搭讪，并用吃惊的表情和莫名其妙的鬼脸来竭力掩饰她的不自在。

“嗯，今天天气真好，希尔达。”德克斯特听到她这样讲。她嘴角向下一牵，露出一个微笑，偷偷地四下打量着，目光经过德克斯特时在他身上停留了片刻，然后转向了保姆：“嗯，我猜今早不会有太多人来这里打球，是吗？”她又是微微一笑——光彩照人——做作的成分十分明显，却令人信服。

“我不知道我们现在该做些什么。”保姆说着，眼神空洞茫然。

“哦，没关系的。我有办法。”

德克斯特笔直地站在那里一动不动，嘴巴微张着。他知道自己上前一步，凝视的目光便会落入她的视线；如果后退，就无法完整地看到她的脸了。有那么一刻，他没意识到她有多年轻。现在他记起来去年见过她好几次，那时她还穿着灯笼裤呢。突然，他不由自主地笑了起来，笑得短促、冒昧。随后，他被自己吓了一跳，转过身去迅速走开了。

“小弟！”

德克斯特停下了脚步。

“小弟——”

毫无疑问，喊的是他。不仅如此，他还被赏赐了那个荒谬绝伦的微笑。至少有一打男人会把这个记忆带到中年时代。

“小弟，你知道高尔夫教练在哪里吗？”

“他在上课。”

“嗯，那你知道球童领班在哪里吗？”

“今早他还没来呢。”

“哦。”她一时不知如何是好，轮换着左、右腿站着。

“我们想找一个球童。”保姆说，“莫蒂默·琼斯夫人让我们出来打高尔夫球。没有球童的话，我们不知道该怎么打。”保姆住了嘴。因为琼斯小姐翻了一个白眼，紧接着她又露出了那副笑脸。

“这里除了我，没有其他球童。”德克斯特对保姆说，“在球童领班到来之前，这里由我负责。”

“哦。”

这时，琼斯小姐和随从退下了，离开德克斯特一段距离，开始了一场激烈的对话。最后，琼斯小姐抄起一根球杆，猛地敲击着地面，以此结束了这场对话。为了进一步强调，她再次举起球杆，正要朝保姆的前胸狠狠打去，保姆一把抓住了球杆，从她手里夺了下来。

“你这个该死的、可恶的老东西！”琼斯小姐野蛮地大声叫道。

紧接着，又发生了一场争吵。德克斯特觉察到眼前这一幕的喜剧成分之后几欲发笑，但每次都在笑出声之前忍住了。他无法抵制自己的古怪念头，对于小女孩有充分的理由打保姆深信不疑。

球童领班恰好这时出现了，局面才得以化解。保姆马上向他求助。“琼斯小姐需要一个小球童，而这个说他不能去。”

“麦肯纳先生让我在这里等你来。”德克斯特迅速答道。

“好了，他现在已经来了。”琼斯小姐朝球童领班开心地笑了笑。接着，她扔下球杆袋，迈着矜持的小碎步，忸怩作态地朝着第一个球座走去。

“咦？”球童领班转向德克斯特，“你还像个傻瓜似的站在这里做什么？去把那位年轻女士的球杆拣起来呀！”

“我今天不想去球场了。”德克斯特说。

“你不——”

“我不干了。”这个重大的决定吓到了他。他是一个受人欢迎的球童，夏天湖区一带没有其他任何地方能挣到每月三十美元。但他受到了强烈的感情冲击，混乱不宁的情绪需要立即猛烈地宣泄出来。

这也绝非那么简单。正如将来多次发生的那样，德克斯特无意识地被他冬天的梦支配着。

二

现在，这些冬天的梦的特质和时效性都不同了，实质内容并没有改变。它们在几年后说服德克斯特放弃了州立大学商科的学习机会——他的父亲如今事业发达了，勉强负担得起——到东部去上那所历史更悠久、名气更大的大学。这么做不仅有可能得不偿失，而且会因囊中羞涩而手头拮据。但不要形成这种印象：单单因为他那些冬天的梦最初碰巧与他对富人的向往有关，就认为这男孩无非有点儿势利眼罢了。他并不想跟闪闪发光的东西和闪闪发光的人发生关联，他想要的是那些闪闪发光的东西本身。通常他只追求最好的东西，却不知道他想要它的原因——他有时会遭遇生活中屡屡发生的令人费解的拒绝和禁止的事例。这个故事讲述的正是那些拒绝的事例之一，而不是他的整个职业生涯。

他发财了。这很出人意料。大学毕业后，他来到了黑熊湖吸引的富商所在的城市。他才只有二十三岁，到那里还不到两年，这时就有人爱说："我们这里有一个小伙子……"他周围有钱人的儿子有的在有一搭没一搭地推销债券，有的在拿家产冒险投资，有的埋头在读二十四卷《乔治·华盛顿商业教程》，但德克斯特则凭借大学学历和自信的口才借到了一千美元，买下了一家洗衣店的股权。

他刚入伙的时候，那不过是一家小型洗衣店。但德克斯特特意从英国人那里学到了防止细羊毛高尔夫球袜缩水的绝活儿，一年之内穿灯笼裤的人①就成了他的主顾。男人们坚持要把他们的设得兰②长袜和毛衣送到德克斯特的洗衣店，就像他们坚持要能找到高尔夫球的球童一样。过了不久，他接手了这些男人的妻子们的内衣洗涤生意——在城里不同地方经营着五家分店。还不到二十七岁，他就拥有了所在区域最大的连锁洗衣店。就在这时，他卖掉洗衣店，去了纽约。不过，我们所关注的他那部分故事要追溯到他取得首次巨大成功之前的岁月。

他二十三岁时，哈特先生——那些爱说"我们这里有一个小伙子……"的白发老人中的一个——给了他一张雪利岛高尔夫球俱乐部的周末贵宾卡。有一天，他在登记簿上签上自己的名字，下午与哈特先生、桑伍德先生和T. A. 赫德里克先生一行四人结伴打高尔夫球。他觉得没必要说自己曾在同一个球场为哈特先生背过球杆包，而且闭着眼睛都知道每个沙坑和沟壑的位置，但他发觉自己在看他们身后尾随的四个球童，试图捕捉到一个瞬间或者动作让他想起自己，拉近过去与现在的距离。

那天也怪，一些似曾相识的印象突如其来地一闪而过。有那么一瞬间，他有一种非法入侵的感觉。随即又诧异地意识到，自己竟在T. A. 赫德里克先生面前产生了巨大的优越感。他无聊透顶，连高尔夫也打得差劲起来。

① 传统的膝裤，1920和1930年代以灯笼裤闻名。主要流行于纽约的荷兰人中间。此处指代最初到美国纽约的荷兰移民后代。

② 位于苏格兰东部的群岛。

接下来，由于哈特先生在第十五区丢了一个球，便发生了一件了不得的大事。当他们在深草区里支棱着的草丛中找球时，身后的山坡上传来“前面当心”的清脆叫声。而当他们马上停止寻找、蓦然转过身来时，山坡那边倏地飞来一个崭新的球，正中 T. A. 赫德里克先生的腹部。

“天哪！”T. A. 赫德里克先生叫道，“他们该把这些疯女人赶出球场！这简直是要无法无天了！”

山坡上露出一张面孔，同时也传来一个声音：“你们不介意我们借过一下吧。”

“你打到我肚子上了！”赫德里克先生怒不可遏地说。

“是吗？”姑娘走近了这群男人，“我很抱歉。我刚才喊了‘前面小心’的。”她眼光漫不经心地在每个人身上停留了一下，然后定睛察看平坦球道，寻找她的球。“我刚才是不是打到深草区了？”

无法判断这个问题是出于天真还是带有恶意。然而，她马上就打消了一切疑问，因为她的球友这时已翻过山坡。她兴高采烈地喊道：“我在这里呢！要不是打着什么东西的话，我已经到浅击区了。”她摆好击球姿势，准备用五号金属球杆打一个短球。

德克斯特仔细打量她。她穿着一条蓝色条纹裙子，领口和肩头都滚了白边，突出了晒成深色的皮肤。十一岁时使她热情洋溢的双眼和朝下弯的嘴角显得滑稽的那种夸张、那种单薄，如今已经不见了。她美得勾魂摄魄，双颊上的血色像画中人一样。那不是红润的色彩，而是一种起伏不定的发烧的热度，色调十分特别，看上去随时都会消失不见。这样的面色和嘴唇的动感给人连续的印象——不断的变化、热烈的生活、澎湃的生命活力，只是被她眼中忧伤的华贵冲淡了几分。

她不耐烦地挥动金属球杆，兴味索然地把球打到浅击区另一侧的沙坑里。她迅速露出一个毫无诚意的微笑，随随便便地说了声“谢谢”，继续找球去了。

“这个朱迪·琼斯！”他们在等着——等了好一阵子——她继续向前打球的时候，赫德里克先生在下一个球座评论说，“她应该被掀翻，打上六个月的屁股，然后再嫁给一个老派的骑兵队长。”

“天哪，她可真好看！”桑伍德先生说。他刚刚年过三十。

“好看！”赫德里克先生轻蔑地说，“她看上去总是一副想被人亲吻的样子，转着那双母牛似的大眼睛，盯着城里的每头小牛。”真不知道赫德里克先生指的是不是母性直觉。

“如果她肯下工夫，高尔夫会打得很好呢。”桑伍德先生说。

“她没有正形。”赫德里克先生严肃地说。

“她身材不错。”桑伍德先生说。

“最好感谢上苍，她球打得不够快。”哈特先生说着，朝德克斯特眨了眨眼。

傍晚时分，在一片金色和深浅不一的蓝色与猩红交织而成的飞旋涌动的缤纷云霞中，太阳下山了，留下了干爽、风声沙沙的西部夏夜。德克斯特从高尔夫俱乐部的阳台上放眼望去，望着微风拂过的湖面上泛起的层层涟漪，还有秋收季节的满月下银白色的蜜糖般的湖水。接着，月亮伸出一根手指在唇上比划了一下，湖水变成了一潭清波，苍白而静谧。德克斯特穿上泳装，朝最远的筏子游去。他在筏子上舒展开身体，身上的水珠落在了跳板上的湿帆布上。

一尾鱼跃出水面，一颗星星在闪耀，环湖一带灯火微明。从一座漆黑的半岛上传来了钢琴声，演奏着去年夏天以及此前夏天流行的曲子——《祝酒歌》《卢森堡伯爵》和《巧克力士兵》。由于水面传来的琴声在德克斯特听来一如既往地优美，他一动不动地躺着，侧耳聆听。

钢琴此刻演奏的曲调在五年前是欢快而新鲜的，那时候德克斯特还是大二的学生。他们在一场他尚且享受不起的奢华舞会上演奏了这支曲子，他就站在体育馆外面听着。这乐曲在他心中激起了一种狂喜，而他此刻正带着那种喜悦审视着自己身上发生的一切。这是一种强烈的欣赏之情，这一刻他感到自己生活得如鱼得水，周围的一切都散发着明亮的迷人光彩。这种感觉大概以后再也体会不到了吧。

一道又扁又长的苍白影子从小岛黑暗处突然挣脱出来，发出急速前行的摩托艇的突突回响。它后面翻滚着两道划破水面的长长的白色水花，小船一转眼便到了他身边。它激起的水花发出低沉的轰鸣声，淹没了那架钢琴激越的叮咚乐音。德克斯特用双臂支起身子，看见舵轮前站立的人影，两点深色的眼眸正隔着水面渐渐拉开的距离看着自己。随后，小船开走了，在湖心毫无目的地划着一个又一个巨大的圆圈。同样奇怪的是，兜了几圈之后，它又拉了一条直线，掉头朝筏子这边驶来。

“你是谁?”她一边关掉发动机，一边喊道。她此刻站得如此近，德克斯特能看到她的泳衣，显然是一件粉红色的连身泳衣。

摩托艇的船头碰到了筏子，筏子轻轻一歪，他朝她一头栽去。他们怀着不同程度的好奇，认出了彼此。“你不是今天下午打高尔夫时碰上的那些人中的一位吗?”她问道。正是他。“喂，你会开摩托艇吗？你要是会开，我想让你来开这个。那么，我就能在后面滑水了。我叫朱迪·琼斯——”她朝他做了一个假笑的鬼脸，或者说，试图做一个假笑的鬼脸。因为她的嘴唇无论怎样扭曲，都不觉怪异，只有美丽。“我住在那边岛上的一栋房子里。房子里有个男人在等我呢。他开车到门口时，我便驶离了码头。因为他说我是他的梦中情人。”

一尾鱼跃出水面，一颗星星在闪耀，环湖一带灯火微明。德克斯特坐在朱迪·琼斯身边，她讲解了她的船要怎么开。然后，她下了水，朝着浮在水面的冲浪板慢慢游去，身姿柔软灵活。看着她感觉轻松惬意，就像看那树枝随风摇曳，或是海鸥在空中翱翔。她的胳膊晒成了浅棕色，在幽暗的银色涟漪中柔美地划动，手肘最先出现，前臂伴着水花落下、有节奏地朝后摆动，随后向前伸展再落下去，向前劈开一条水路来。艇在驶向湖面。转弯时，德克斯特看见她跪在向上倾斜的冲浪板较低的一端。

“再快些!”她大声说，“全速前进!”

他顺从地向前推了推调速杆，船头飞溅起雪白的浪花。当他再次环视四周时，女孩正站在冲浪板上，双臂展开，抬眼望着月亮。“这可真冷!”她喊道，“你叫什么名字?”

他告诉了她。

“哎，明晚来吃饭如何?”

他的心像摩托艇的飞轮一样飞速旋转。她的又一次心血来潮给他的人生指明了新方向。

三

次日傍晚，德克斯特等着她下楼来。恍惚间，他感觉在那个光线柔和的盛夏房间里，还有与其相连的阳台上，似乎满是追求朱迪·琼斯的男人。他知道他们是些什么人。他刚上大学时遇见的那些人，毕业于著名的预科学校，衣着雅致考究，皮肤被夏日阳光晒成健康的棕黑色。他觉得在某种意义上自己比他们优秀，他更年轻，更强壮。然而，他却在内心里暗自承认，他希望自己的孩子将来会像他们一样。这也就等于承认了他自己不过是源源不断地滋生出他们的那些粗粝、强悍的父辈人物。

等到他终于穿上了高档服装的时候，他已然了解哪些是美国最好的裁缝。今晚他就穿着美国最好的裁缝为他量身定制的西装。现在，他也有了他的大学所特有的庄重内敛。正是这种风度，使得这所大学有别于其他大学。他意识到了这别具一格的格调对他很有价值，就把它照单全收了。他知道衣着和举止上的随意比刻意更需要自信，但还是把随意留给孩子们吧。他母亲的娘家姓氏是克里姆斯里奇。她是农民阶层的波西米亚人，终其一生都说着蹩脚的英语；她的儿子必须循规蹈矩。

七点钟刚过，朱迪·琼斯下楼来了，穿着一套蓝色的丝绸便服。起初，他对她没穿更精美考究的衣服感到失望。让他更加失望的是，在短暂的寒暄之后，她走到餐具室门口，推开门喊道："可以开饭了，玛莎。"他以为会由一名管家来正式宣布晚宴开始，还以为饭前要喝一杯鸡尾酒。随即，他们并肩在客厅坐下，相互看着对方，他便把这些想法抛在了脑后。

"我父母不在。"她若有所思地说。

他还记得上次见她父亲的情形，很高兴她父母今晚不在。他们很可能会好奇他是谁。他出生在基博尔，从这里向北五十英里①的一个明尼苏达村庄。他总跟人说基博尔是他的家乡，而不是黑熊村。这种乡村小镇只要离得远，不碍眼，不被人当作旅游胜地——湖区的歇脚处的话，也算是说得过去的出身了。

他们谈起他的大学，她在过去两年里经常前去造访；还谈起雪利岛的

① 约八十公里。

主顾所在的附近城市。德克斯特那些日益兴隆的洗衣店也在那里，他次日就要返回那里去打理生意。

用餐的时候，她陷入了一种郁郁寡欢的情绪之中，德克斯特感到有点儿不自在。她沙哑的声音宣泄着内心的烦恼，让他不禁担忧起来。无论她朝着什么微笑——他自己、鸡肝或者虚空——她的微笑背后没有欢乐，甚至也没有兴致，这使他深感不安。她那猩红的嘴唇在嘴角往下弯时，与其说是在微笑，不如说是在发出亲吻的邀约。

晚餐结束后，她带着他出去，来到黑暗中的阳台，有意要改变气氛。“你不介意我哭一下吧？”她说。

“恐怕我让你厌烦了。”他快速答道。

“你没有。我喜欢你。可我下午过得糟透了。我在意的一个男人今天下午突然告诉我，说他其实是个穷光蛋。他之前从来没有露过一丝口风。这听起来是不是太过世俗了？”

“也许他不敢告诉你。”

“也许是吧。”她回答，“他一开始就没讲实话。你看，如果我早就想过他很穷——哦，我也迷上过很多没钱的人，还一心想要嫁给他们呢。但是这一次，我从来没有那样想过他，我对他的兴趣没那么大，不足以让我承受这个晴天霹雳。就像一个女孩泰然自若地告知她的未婚夫自己是个寡妇，他或许不排斥寡妇，但是——”

“让我们一开始就讲实话吧。”她忽然打断了自己的话，“说吧，你是什么人？”

德克斯特犹豫了片刻，然后说道：“我是个无名小卒。”他郑重地说，“我的事业主要还得看将来。”

“你很穷吗？”

“不。”他坦率地说，“在西北地区我这个年纪的人当中，我大概赚钱比任何人都多。我知道这么说让人讨厌，但你让我一开始就讲实话。”

一阵短暂的沉默之后，她笑了，嘴角向下弯，以一个几乎不易察觉的动作歪了一下身子，靠近了他，仰起头来望着他的眼睛。德克斯特的喉咙哽住了，屏息静待那一刻的实验，等着那种不可预知的化合物在他们唇间神秘地形成。接着，他看见——她用吻把她激动的心情恣意而深情地传递给他，但她的吻是满足之吻，而非承诺之吻。它们在他身上唤起的不是新生的渴望，而是变本加厉的贪欲……这样的吻就像做慈善，通过毫无保留地给予来创造需要。

没过几个钟头，他就断定他想要得到朱迪·琼斯。这个念头在他还是一个自尊心强、胸怀抱负的小男孩的时候，就已经很明确了。

四

事情就这样开了头——随后便忽冷忽热地进行下去，双方的关系一直保持着这样一个基调，直至收场。这是德克斯特接触过的所有人当中最直率、最不讲理的一个了，他却将自己的一部分都交给了她，听之任之。无论朱迪想要什么，她都会施展全部魅力去争取。手段没有任何差别，不会为了地位而耍花招，也不会为了效果而预先谋划——她的风流韵事很少与心计有关。她只是简单地让男人们最大限度地意识到她的美貌。德克斯特无意改变她。她热情充沛的活力掩盖了她的缺陷，使它们的存在变得合理起来，由此也就弥补了她的不足。

第一天晚上，朱迪把头倚在他的肩上，轻声说："我不知道我这是怎么了，昨晚还以为有了心上人，今晚却爱上了你。"在他看来，这话说出来很美，很浪漫。这是一种异样强烈的兴奋。这一刻，他以为一切尽在自己的掌控和把握之中。可一周之后，他不得不重新审视这种感受。她开着敞篷跑车带他去参加野餐晚会，餐后就不见了，还是开着那辆敞篷跑车，车上却是另一个男人。德克斯特变得坐立不安，几乎无法对在场其他人维持体面的礼节。当她向他保证说她没有吻那个男人时，他知道她在说谎。不过，让他感到庆幸的是，她毕竟煞费苦心地为他编造了谎言。

夏季结束前，他发现有十来个男人围着她转，自己只是其中一个。他们中的每一个人都曾是最受青睐的那个宠儿——大约一半人还会偶尔得到旧情复燃的慰藉，并乐此不疲。每当有人因为长时间受冷落而露出放弃的迹象时，她就赐予他短暂的甜蜜时光。这会鼓励他继续追求一年或更长时间。朱迪毫无恶意地盘剥着这些无助的失败者的感情，而对她这么做所带来的伤害并不完全自知。

一旦有新人登场，每个人都要靠边站——约会一律自动取消了。遇上这种情况，别人无计可施，因为主动权在她手上。她不是那种靠跟她周旋可以“赢得芳心”的女孩。小聪明骗不过她，魅力也打动不了她；要是有人拿这些来步步紧逼，她会马上把这场恋爱转化成肉体关系。在她那曼妙肉体的魔力下，那些强者和智者随之拜倒在她的石榴裙下，失去了主心骨。只有个人欲望得到满足，自身魅力得以充分施展，她才会感到欢喜。或许正是因为体验了这么多青涩的爱情，经历过这么多年轻的情人，她才开始习惯于自我保护，完全从自己的内心来汲取营养。

德克斯特初尝喜悦之后，接踵而来的是焦灼不安和无法满足的感觉。让自我迷失在她身上的那种无助的极度欢愉是诱人上瘾的鸦片，而不是令人精神振奋的补药。好在冬季里这种销魂荡魄的时刻并不常有，对他的工作影响不大。在他们相识之初，八月里有一阵子两个人似乎两情相悦，情不自禁地被对方深深吸引。比方说，一连三天在她家暮色苍茫的阳台上度过的漫长傍晚，在花园凉亭的阴翳处或藤叶遮蔽的棚架后从黄昏一直持续到日暮的那些奇特而病态的亲吻，或者晨间她如梦如幻般的清新气质，以及在渐亮的天光中与他相见时的几分娇羞。那种如痴如狂的感觉简直就跟订了婚一样，当他意识到还没有婚约时便愈发心生欢喜。正是在这三天里，他第一次向她求婚。她说“或许有朝一日吧”，她说“吻我”，她说“我愿意嫁给你”，她说“我爱你”——她——什么也没说。

这三天被一个纽约来的游客打断了。这个九月，那人要在她家待上半个月。他们有流言传出，让德克斯特痛苦万分。此人是一家大型信托公司总裁的儿子。但到了月底，据说朱迪就感到厌倦了。一天晚上在舞会上，她整晚都跟一个当地的花花公子待在一艘摩托艇上，而那个纽约人在俱乐部发疯似的找她。她告诉那个公子哥，说她已经烦透了这个纽约来客，两天之后他就离开了。有人在车站看见她跟他在一起，据说他看上去的确很悲伤。

就这样，夏天结束了。德克斯特二十四岁，发现自己越来越如鱼得水了。他加入了城里的两家俱乐部，并在其中一家住了下来。尽管他在这些俱乐部绝非每场必到的光棍舞客，但朱迪·琼斯可能露脸的舞会他都设法到场。他本来可以随心所欲地参加社交活动——眼下他是一个适合谈婚论嫁的年轻人了，而且很受城里父辈们欢迎。他对朱迪·琼斯的公开追求在很大程度上强化了他的位置。但他在社交方面毫无志向，实在有点儿看不惯总会有空闲参加周四或周六派对、混迹于年轻夫妇晚宴的男人。他已萌生了东去纽约的想法，想与朱迪一起去。他虽说看清了她是在什么样的环境里长大的，却怎么也无法打消幻想，还以为她是个合适的结婚对象呢。记住这一点——因为只有从这个角度来看，他为她所做的一切才好理解。

遇见朱迪·琼斯十八个月后，他跟另一个姑娘订了婚。她叫艾琳·谢瑞尔，她的父亲是一直信任着德克斯特的那些人当中的一个。艾琳长着浅色的头发，长相甜美，品行端正，身材微胖，有两个人正在追求她。但当德克斯特正式向她求婚时，她便欣然拒绝了他们。

夏去秋来，冬尽春回，然后又是夏去秋来——大把大把的大好时光都被他消磨在朱迪·琼斯的倔强双唇上了。她曾对他饶有兴趣，待之以鼓励、虐待、漠然、轻蔑。她在他身上使尽了这种情况下可用的怠慢和侮辱的小伎俩，像是在为自己曾经爱过他进行报复。她召他来，爱搭不理地敷衍一番；然后又召他来，他经常报之以无奈的幽怨眼神。她曾带给他妙不可言的喜悦和不堪忍受的精神折磨；她曾引发了无法言说的困扰和不小的麻烦；她羞辱他，欺压他，利用他对她的兴趣消磨了他对事业的兴趣——以此取乐；她对他无所不用其极，唯独没有批评他——从未有过——在他看来，这只是因为它可能会破坏她表现出来的彻底漠视。这是她对他的真实感受。

秋天来又去，他突然意识到自己跟朱迪·琼斯的缘分到头了。他不得不反复告诫自己，但最终还是让自己接受了这一点。夜不成眠之时，他又会陷入纠结。他告诉自己，她带来了麻烦和痛苦；列举出她作为妻子的明显缺陷。然后，他对自己说他爱她；不一会儿后他就睡着了。整整一周，他唯恐会想起电话里她沙哑的声音，或是午餐时坐在对面的她的双眼；他努力工作到很晚，夜里去办公室筹划自己的未来。

这一周结束的时候，他去参加了一场舞会，并从别人手里请她跳了一支舞。几乎是他们相遇以来的第一次，他没有请她坐在身边，或者对她说她很可爱。她并不怀念这些。这让他受伤，不过仅此而已。他看到今晚这里有一个新人时并没有心生妒意，很久以前他就不为嫉妒所动了。

他在舞会上待到很晚。他跟艾琳·谢瑞尔坐了一个时辰，谈论书籍和音乐。不管哪一样，他都知之甚少。可他现在开始自主支配自己的时间，而且他有个相当自负的想法，他——作为一个功成名就的年轻人德克斯特·格林——应该在这些方面了解更多。

那是在十月里，他二十五岁。一月份，德克斯特和艾琳订了婚。六月份将对外宣布，他们会在三个月以后举行婚礼。

明尼苏达的冬天漫长得没有尽头，快到五月份风才变得温和，积雪终于融化，流入黑熊湖。一年以来，德克斯特这才第一次享受到了些许精神安宁。朱迪·琼斯去了佛罗里达，后来又去了温泉城；她在什么地方订了婚，又在什么地方取消了婚约。在德克斯特彻底放弃她之初，人们还把他俩联系在一起，向他打听她的消息。这让他感到难过。但当德克斯特在宴会上开始被安排坐在艾琳旁边时，那些人就不再向他打听她了。他们告诉他有关她的消息，他不再是发布她消息的权威人士了。

终于到了五月份。在一个空气潮湿得像是下雨的黑夜里，德克斯特走在街上，不由得心生惘然：曾几何时，一事无成，多少销魂欢愉已成前尘往事。去年五月的时光刻骨铭心，朱迪把他的生活搅得天翻地覆。这种行为本不可原谅，却已被原谅。他当时颇为难得地幻想一次，以为她已经爱上了自己。他付出了珍藏已久的宝贵幸福，换来的只是些许的满足。他知道，艾琳只不过是他身后展开的一方幕帘，在亮晶晶的茶杯之间来回移动的一只手，呼唤孩子们的一个声音……如火的热情和娇俏的可爱都从此不再，夜晚的魔法，时光与季节变换的奇迹……纤薄的嘴唇、下弯的嘴角凑到他的唇边，令他飘飘欲仙，淹没在一双天堂般的眼眸之中……这些都深藏于他的心底。他太过强壮，充满活力，它们不会轻易死去。

五月中旬，天气正处于入夏前那几天乍暖还寒的过渡期。一天晚上，德克斯特绕道来到艾琳家。他们订婚的消息还有一周就要公布了，没有人会为此惊讶。今晚，他们会一起在大学俱乐部的休息室待上一个小时，看别人跳舞。跟她一起去，让他感到心里踏实——她很受欢迎，大家都觉得她“了不起”。

他登上褐石房子的台阶，迈步进到屋里。“艾琳！”他喊道。

谢瑞尔夫人从客厅里走出来迎接他。“德克斯特！”她说，“艾琳头痛欲裂，上楼去了。她是想跟你出去来着，但我让她去躺下了。”

“不要紧吧，我——”

“哦，不。她明天上午跟你去打高尔夫。你能让她休息一晚，不是吗，德克斯特?”她笑得和蔼可亲。

她和德克斯特彼此喜欢。他在客厅里跟她聊了一阵子，然后就告辞了。德克斯特回到他租有房间的那家大学俱乐部，在门口站了片刻，看着跳舞的人。他倚着门柱，朝一两个人点头致意，打着哈欠。

“你好，亲爱的。”一个熟悉的声音在他近旁响起，吓了他一跳。朱迪·琼斯离开一个男人，穿过房间朝他走来——朱迪·琼斯，一个穿着金色衣服、身材苗条的搪瓷娃娃：头上扎着一条金色发带，裙子下摆处露出两只金色鞋尖。她朝他微笑的瞬间，娇弱的面庞焕发出光彩，如花朵般绽放，如一阵轻柔的暖风拂过，房间里顿时亮了起来，他插在晚礼服口袋里的手不由得握紧了。突然间，他内心涌上一阵激动。

“你什么时候回来的?”他不经意地问。

“来吧，我说给你听。”

她转过身，他跟随其后。她一别多日，这意想不到的归来让他差一点儿喜极而泣。她曾经风情万种地穿过街道，行为举止不亚于煽情的乐曲。所有那些不可思议的际遇、鲜活而充满生机的希望一度随她而去，眼下又都跟她一起回来了。她在大门口转过身来：“你在这里有车吗？你要是没有，我有的。”

“我有一辆迷你小轿车。”

随后，伴着一阵金色衣料的沙沙声，她上了车。他砰地关上了车门。她曾经上过数不清的轿车，比如这辆车，比如那辆车。背靠着真皮座位，就这样胳膊肘支在车门上，等待着。在这世上出现玷污她的东西——她自己除外——之前，她必定早已受到了玷污。但这完全是她本性的流露。

他费了好大力气，强迫自己发动汽车，重新开回路上。这算不了什么，他必须记住。她以前做过同样的事，他已经放下了她，就像他划掉账簿上的一笔坏账一样。他慢慢朝城里开去，装作若无其事的样子。穿过商业区冷清的街道，电影院附近聚集着一阵阵散场的人群，台球厅门口游荡着一些年轻人，不是虚弱得像得了肺痨就是魁梧得像拳击手。酒吧里传来酒杯碰撞的叮当声和用手拍打吧台的噼啪声，回廊的釉面玻璃窗里发出昏黄的灯光。

她仔细打量着他，沉默使人尴尬。但在这紧要关头，他找不到任何轻松的话来打破这肃穆的气氛。在方便转弯的地方，他开始东弯西拐地朝着大学俱乐部开回去。“你想我了吗？”她突然问道。

“大家都想你呢。”他不知道她是否听说了艾琳·谢瑞尔。她才回来一天——她出外之时也差不多正是他订婚之日。

“说得多好呀！”朱迪难过地笑了，不带一丝伤心的意味。她用锐利的目光审视他，他全神贯注地盯着仪表板。“你比以前更帅了。”她若有所思地说，“德克斯特，你有一双令人难忘的眼睛。”

他一听差点儿笑了出来，可他没有笑。那不过是对大学二年级男生说的话罢了，却让他心里一动。

“我已经厌倦了这一切，亲爱的。”她把每个人都称为亲爱的，且在这个昵称里掺杂了一种狎昵的私人友情。“你要是娶我就好了。”

这个直白的说法让他感到困惑。此时，他本该告诉她，他就要跟另一个姑娘结婚了，可他说不出口。这还不如干脆让他发誓说从来没有爱过她呢。

“我想，我们会合得来的。”她继续说，用同样的语调，“除非你已经把我忘了，爱上了别的女孩。”她无疑非常自信。实际上，她说她觉得那样的事难以置信；如果那是真的，不过是他犯下的幼稚的错误——很可能是为了哗众取宠，她会原谅他的。因为这种事没什么大不了的，只管忽略不计就是了。“当然，除了我，你不可能爱上别人喽。”她继续说，“我喜欢你爱我的方式。哦，德克斯特，你忘了去年了吗？”

“不，我没忘。”

“我也没忘！”她是发自内心地被感动了呢，或者是被自己的表演感动得忘乎所以了。“我希望我们还能像那样。”她说。

他强迫自己回答说：“我觉得我们不能。”

“我猜也是这样……我听说你正在热烈追求艾琳·谢瑞尔呢。”她说到这个名字时一点儿都没有加重语气，德克斯特却突然感到羞愧了。“哦，带我回家吧！”朱迪忽然哭了起来，“我不想回那个白痴舞会去，不想跟那些小孩子待在一起。”

随即，他把车开上了通往住宅区的路。朱迪兀自无声地大哭了起来。他还从没见她这样哭过呢。

黑暗的街道被照亮了，四周隐隐现出富人们的房子。他把小轿车停在莫蒂默·琼斯家门前。白色的大宅子似在沉睡，富丽堂皇，浸染了如水的月华。它的坚固令他惊异。坚实的墙壁、钢制的横梁、宅子的雄伟与壮观，与他身边年轻的美人形成了反差。它的强健衬托出她的纤弱——仿佛是要显示出蝴蝶振翅掀起的微风能有多大。

他一动不动地坐着，内心却在翻腾、喧嚣，生怕一动就会引她投怀送抱，令他无法抗拒。两颗泪珠顺着她湿漉漉的脸颊滑落下来，颤悠悠地挂在她的上唇上。

"我比别人漂亮，"她泣不成声地说，"可我为什么得不到幸福呢？"她泪汪汪的双眼不断地撕扯着他的定力——她的嘴角慢慢地垂下去，流露出一种优雅的悲伤。"如果你要我，我愿意嫁给你，德克斯特。我想你肯定觉得我不值得拥有，但我会为了你而美丽的，德克斯特。"

无数愤怒的、骄傲的、热情的、怨恨的、温柔的话语在他的嘴边涌动着，扭作一团。接着，一阵完美的感情突然向他袭来，卷走了残存的那一点儿理性、规矩、怀疑和尊严。正在跟他讲话的这个女孩属于他，是他的人，他的美人，他的骄傲。

"你不进来吗？"他听见她深深地吸了一口气。

等待。

"好吧。"他的声音颤抖着，"我进来。"

五

奇怪的是，无论事后还是此后很长一段时间，他从未为那一晚后悔过。十年以后再看，朱迪对他的热情仅仅持续了一个月，这个事实似乎无足轻重。他最终的妥协让他陷入了更深的痛苦之中，还深深地伤害了艾琳·谢瑞尔和曾经善待过他的艾琳的父母，但这些也无关紧要。艾琳的悲伤也没有什么特别之处给他留下深刻印象。

本质上，德克斯特是个冷酷无情之人。城里人对他所作所为的看法对他来说并不重要，不是因为他将要离开这个城市，而是因为任何外人对于这种局面的看法似乎都流于表面，他对公众舆论全然漠不关心。在他发现自己所做的努力毫无用处，他本身不具备从根本上打动或留住朱迪·琼斯的时候，他在内心对她毫无恶感。他爱她，他会爱她直到老得爱不动为止。可他无法拥有她，于是，他尝到了通常只为强者准备的深切痛苦，正如他也曾短暂地尝过深深的幸福。

朱迪终止婚约的理由荒谬至极，说她不想从艾琳身边“把他夺走”——她曾经志在必得——即便这样，朱迪也没有让他反感。他已超然于厌恶或愉悦之外。

二月份，德克斯特去了东部，打算卖掉他的洗衣店到纽约去定居。可在三月份，美国卷入了战争，改变了他的计划。他回到西部，把生意交给合伙人去打理。四月底参加了第一批军官训练营。像成千上万的年轻人一样，他带着某种解脱的心情去迎接战争，乐于把自己从纠缠不清的情网中解放出来。

六

记住，这个故事不是德克斯特的传记，虽说其间难免会涉及与他年轻时的梦没有任何关系的事件。关于那些梦，我们眼下差不多交代完毕，他的故事也快要讲完了。只有一件小事要在这里讲一下，它发生在七年之后。

事情发生在纽约，德克斯特在那里发展得很好——好得没有他跨越不了的障碍。他三十二岁，除了战争刚结束时乘飞机回去过一次，有七年没去过西部了。一个叫戴夫林的底特律人到他办公室来谈生意。就在此时此地，事情发生了，可以说终结了他生命里的这一特定部分。

“原来你是中西部人呐。”戴夫林出于好奇，有一搭没一搭地说，“这可真有趣。我还以为像你这样的人大概是在华尔街出生和长大的呢。你知道，我在底特律最好的朋友的妻子就是从你那座城市来的。我还在他们的婚礼上当过招待呢。”

德克斯特不明白他要说什么，便等他说下去。“朱迪·西姆斯，”戴夫林说，并未表现出特别的兴趣，“婚前叫朱迪·琼斯。”

“是的，我以前认识她。”他隐约感到不耐烦。当然，他早就听说她结婚了。也许是有意避开的缘故，他没听到更多的消息。

“非常好的姑娘。”戴夫林想了想，有口无心地说，“我有点儿为她惋惜。”

“为什么？”德克斯特警觉起来，马上产生了兴趣。

“哦，路德·西姆斯多少有点儿疯了。我并不是说他待她不好，可他酗酒，还到处鬼混。”

“她难道不到处鬼混吗？”

“不。她在家跟孩子们待在一起。”

“哦。”

“她对他来说有点儿太老了。”戴夫林说。

“太老了！”德克斯特大叫起来，“哎呀，老兄，她只有二十七岁。”他满脑子就是一个狂热的念头，恨不得马上冲上大街，搭火车赶到底特律。他猛地站起身来。

“我想你很忙。”戴夫林马上道歉，“我没意识到——”

“不，我不忙。”德克斯特稳住声音，“我一点儿也不忙。一点儿也不呢。你刚才说她——二十七岁？不，是我说的她二十七岁。”

“对，是你说的。”戴夫林干巴巴地附和道。

“那你说下去吧！说下去！”

“你指的是什么？”

“关于朱迪·琼斯。”

戴夫林无可奈何地看着他：“好吧，就这些了。能说的我都告诉你了。他对她很不好。哦，他们不会离婚什么的。当他特别过分的时候，她也原谅他。其实，我倾向于认为她爱他。她刚来底特律时是个漂亮姑娘。”

漂亮姑娘！这个措辞让德克斯特觉得荒唐可笑。“她现在不是个——漂亮姑娘了？”

“哦，还行吧。”

“听着！”德克斯特突然坐下来说，“我不明白，你说她过去是个‘漂亮姑娘’，又说她现在‘还行’！我不明白你的意思——朱迪·琼斯根本不是什么漂亮姑娘，她是个大美人！嗨，我认识她！我认识她！她从前——”

戴夫林友好地笑起来：“我不想引起争吵。”他说，“我觉得朱迪是个好女孩，我喜欢她。我不明白为什么像路德·西姆斯那样一个人会疯狂地爱上她，但他的确如此。”然后他又补充道，“绝大多数女人都喜欢她。”

德克斯特仔细打量戴夫林，情绪激动地想着他这么说肯定是有原因的，要么是由于男人的迟钝，要么是出于个人的恶意。

“很多女人就这样红颜老去，”戴夫林打了一个响指，“你一定也见过的。兴许是我忘了她在婚礼上有多美吧。后来我见过她很多次，你知道。她的眼睛还是很美的。”

德克斯特感到全身一阵麻木。在他生命中，他第一次想要喝它个酩酊大醉。他知道戴夫林说的话里有某种东西令他哈哈大笑起来，却说不出是什么，或者为什么好笑。几分钟以后，戴夫林离开了。他躺在沙发里，看着窗外，在那粉红与金黄交织的暗淡而迷人的暮色里，太阳正沉入纽约的天际线。

他曾经以为自己没什么其他可失去的了，终于不再会受到伤害了，可他知道自己刚才分明又失去了点儿什么。他十分肯定，就好像他娶了朱迪·琼斯且看着她在自己眼前一点点枯萎、凋谢一般的光景。

梦逝去了。他身上有什么东西被带走了。惊慌之下，他用手掌用力按住眼窝，试图回想起一个画面：湖水轻轻拍打着雪利岛，月光映照下的走廊，高尔夫球场上的条纹裙装，炽热的阳光，还有她脖颈上细软的金色汗毛，他亲吻的湿润嘴唇，她饱含忧郁的哀怨双眼，还有她那宛如早晨新洗的细亚麻布罩单一般的清新气质。哦，这些都从这世上消失殆尽了！它们曾经存在过，如今已然不在了。

多年来，眼泪第一次从他脸颊上奔涌而下。但此刻，眼泪是为自己而流。他不在乎那嘴唇、眼睛和灵活的双手。他想要去在乎，可他不能。因为他已经远去，再无法回头。大门关闭，太阳落山，美人不再，只留下那钢铁般灰色苍穹的亘古不变的美。就连他本可以承受的忧伤也被遗落在那充满幻想、青春、丰富生活的乡间。那是他冬天的梦茁壮成长的地方。

“很久以前，”他说，“很久以前，我心里有种东西，而今它不在了。而今它不在了，不在了。我无法哭泣，我无从在乎！那种东西一去不复返了。”

富家子弟

一

要是从单个人物着笔，没等你明白过来，你会发现你已经塑造了一个典型人物；要是从一个典型人物着笔，你会发现，你塑造的其实什么也不是。这是因为我们全是些古怪的家伙。在我们的面孔和声音后面，那种古怪超过了我们想让任何人了解的程度，或者超过了我们了解自己的程度。每当我听见有人自诩为“平凡、诚实、豁达的人”时，总是相当自信地感觉他具有某种明确或许可怕的反常之处，他已经同意了要隐藏起这种反常。而他声明自己是平凡、诚实而豁达的人，正是他提醒自己要隐匿真相的方法。

这个故事里没有什么典型人物，也没有什么复杂人物，只有一个富家子弟。这里讲的是他的故事，并非他的兄弟们的故事。我一生都生活在他的兄弟们中间，不过这一位却是我的朋友。而且，如果我写他的兄弟们，那一开始就该驳斥穷人谈论富人和富人谈论自己时所说的谎言。它们已建立起如此荒唐的结构，以至于我们每每拿起一本有关富人的书籍，直觉都会让我们做好心理准备——看到的东西会是不真实的。就连那些明智而热情地报道生活的人，也会把这个富人的国度写成虚幻的仙境。

让我来讲一讲富豪的故事吧！他们跟你我不一样。他们早早便拥有并享受着财富，这对他们有些影响。在我们冷酷无情的时候，他们却和颜悦色；对于我们深信不疑的东西，他们却冷嘲热讽。从某种程度来说，除非你生于豪门，否则这是很难理解的。在内心深处，他们认为自己比我们优越，因为我们不得不自己去寻找生活的补偿和庇护。即使他们深入到我们的世界，或是落魄到不如我们的境地，他们还是认为自己比我们优越。他们与众不同。要想描述年轻的安森·亨特，我能用的唯一方法就是把他当作外国人来看待，并且顽固地坚守自己的视角。要是我接受了他的视角，哪怕就一会儿，那我就完了，能拿出来示人的只不过荒诞不经的影片罢了。

二

安森是六个孩子中的老大。有朝一日，这些孩子要分享一笔一千五百万美元的财产。他到了懂事的年龄，是七岁吧。世纪之初，当时已有胆大的年轻女子乘着电动“汽车”沿着第五大道①飞速行驶。在那些日子里，他和弟弟有个英国籍的女家庭教师。她英语讲得十分清脆动听，因而兄弟俩渐渐地说话也跟她一样了。他们一字一句都说得干脆而清晰，不像我们发音连成一片。他们说话并非跟英国孩子完全相同，但口音却是纽约城的时尚人士所特有的。

夏天，这六个孩子从七十一街的房子搬到了康涅狄格州北部一所大宅邸去居住。那可不是个时髦的地方——安森的父亲总想尽可能让孩子们晚点儿了解生活的那一面。他多少要比他那个构成纽约上流社会的阶层略胜一筹，也要比他身在其中的那个庸俗势利、拘于礼仪的“镀金时代”② 略胜一筹。他想让儿子们养成专心致志的好习惯，练就一副强健的体魄，长大后成为正派而有出息的男人。他和妻子尽其所能对他们严加管教，直到两个大儿子离开家去上学。但在大宅子里很难做到这一点，而在一些小型或中等规模的房子里要容易得多，就像我年轻时住过的房子。我从未离开过母亲的声音能够传达的范围，时刻感受到她就在近旁，以及她赞同或不赞同的态度。

安森第一次悟出自己高人一等，是他在康涅狄格的村子里意识到人们对他表示出的不太情愿的美国式敬意。那些和他一起玩耍的孩子们的父母总是问候他的父母，当他们的孩子被邀请到亨特家做客时都隐约有些激动。他把

---

① 纽约曼哈顿的著名时尚购物街区。

② 源自马克·吐温。特指美国内战后 1870 年至 1898 年间长达二十八年的繁荣昌盛时代。

这些都看成天经地义，倘若在什么群体里没成为中心——在金钱、地位、权势方面——不耐烦的情绪便油然而生。这种情形一直伴随着他后来的生活。他不屑于跟别的孩子去争头彩，期待着轻而易举地得到它，得不到时便打道回府。他家很富裕。在东部地区，金钱还算是有点儿封建的东西、一种家族凝聚力。在势利成风的西部，金钱使得许多家庭“分崩离析”。

十八岁时，安森去了纽黑文①。他长得高大健壮，学校有规律的生活使他皮肤白皙、气色红润。他一头黄发长得挺滑稽，鼻子呈鹰钩状。这两样让他算不上英俊，但别有一番自信的魅力和粗犷的风度。上流社会的人在街上从他身边经过时，无需介绍便知他是富家子弟，且上过最好的学校。不过，正是他的优越感妨碍了他在大学取得成功——独立被误解为自大；拒绝满怀敬畏地接受耶鲁校规，似乎就是轻视所有遵守校规的人。还没等毕业，他早就开始把生活重心转移到了纽约。

他在纽约过得很自在。有自己的房子，房子里有“那种再也不可多得的佣人”，还有自己的家庭。由于他脾气好，又有张罗事情的能力，很快就成了中心人物，还有初入社交界的舞会、男士俱乐部中正派的男人圈子，偶尔也跟一些放荡的姑娘们去寻欢作乐。而在纽黑文，这种姑娘只有在下等区才能碰到。他的愿望都寻常得很，甚至包括有朝一日要娶的姑娘那无可挑剔的模糊身影，但这些愿望又与大多数年轻人不同，没有云山雾罩的东西，没有各种被称作“理想主义”或“幻想”的东西的特征。安森无条件地接受了这个世界。这里有着大笔的财富和无度的挥霍、离婚和放荡、势利和特权。我们多数人的生活是以妥协告终，而他的生活却是以妥协开始。

我和他第一次见面是在一九一七年夏末。他当时刚刚离开耶鲁，像我们一样被卷入那场战争②的有组织狂乱之中。他身穿海军航空兵的蓝绿色军装，来到彭萨科拉③。饭店的乐队演奏着《抱歉，亲爱的》，我们这些年轻军官和姑娘们一起跳舞。人人都喜欢他，尽管他跟酗酒者混在一起，也

---

① 耶鲁大学所在地。

② 指第一次世界大战（1914—1918）。

③ 美国佛罗里达州西北部海港，毗邻墨西哥港。

不是个特别好的飞行员，可就连教官都对他相当尊重。他总是以自信而有逻辑的口吻同他们长谈。这些谈话是他帮自己，更多时候是另一位军官，摆脱了某种迫在眉睫的麻烦。他喜好吃喝玩乐，放浪形骸，热衷于找乐子。当他爱上一个保守而相当规矩的女孩时，我们都大吃一惊。

她名叫波拉·勒让德，来自加利福尼亚州某地，是个皮肤黝黑、举止端庄的美人。她家在城外有一处冬季别墅，尽管她一本正经却十分招人喜欢。有很多男人都太过自负，受不了女人的脾气，可安森不是那种人。我不能理解她“真诚”有什么吸引力——只能用这个词来形容她——因为他头脑敏锐，而且有点儿玩世不恭。

尽管如此，他们相爱了。按照她的条件，他不再参加在德索托酒吧的黄昏聚会。人们无论何时看见他们在一起，他们总是在进行一场长时间的严肃对话。这场对话已持续几个星期了。很久以后他告诉我，没有什么特别的内容，双方只是说些不成熟甚至毫无意义的话而已——渐渐加入了一些感情色彩，并非从谈话的内容中产生，而是来自话题本身的巨大严肃性。那是一种催眠。它经常被打断，让位给我们称之为玩笑的那种苍白贫乏的幽默；他们独处时又会继续这种对话，严肃、低调，调门使双方都有情感和思想上和谐融洽的感觉。他们变得讨厌被任何人打断，对拿生活取乐的事情毫无反应，甚至对同龄人温和的冷嘲热讽也毫不在意。只有在对话进行时他们才觉得快乐，那种严肃性犹如琥珀色的闪烁篝火沐浴着他们。到后来，出现了他们并不反对的中断——对话开始被激情打断。

十分奇怪的是，安森也像她一样完全沉浸在对话中，且深深为之感染，但同时也意识到他这一方所说的大多言不由衷，而她那一方则多半只是简单肤浅的东西。起初，他也看不起她过于单纯的感情，但随着他的爱情升温，她的性情变得更加深沉而美好，他再也不能轻视它了。他觉得要是能走进波拉温暖而安全的生活，就会过得很幸福。长时间的对话做了铺垫，消除了所有拘束——他教给她自己从大胆的女人那里学来的东西，她以狂热而神圣的强烈感情做出了回应。一天晚上，他们在一场舞会结束后说好要结婚。他给母亲写了一封长信，告知她的情况。第二天，波拉告诉他，她很富有，拥有将近一百万美元的个人财产。

三

这就像他们会说“我们两个都一无所有，我们将在一起过穷日子”似的——只是他们，富有也会同样开心。这给了他们共同的冒险精神。四月份，当安森休假时，波拉和母亲陪他北上。他家在纽约的地位以及他们的富裕生活让她印象颇深。她第一次跟安森单独待在他小时候玩耍过的房间里，内心充满了温馨的情感，仿佛她格外安全，备受呵护。照片上，安森上小学时头戴无檐便帽，在某个被遗忘了的神秘夏天跟情人骑在马背上，在一个婚礼上跟一群快活的礼仪小姐和女傧相一起留影。这让她嫉妒他往昔没有她在场的生活，而且他的威仪似乎为这些旧物做了总结，并成为其典型化身，使她萌生了马上嫁给他的念头，想以他妻子的身份回到彭萨科拉。

但没人谈到马上结婚之事，就连订婚都要保密到战后。当她意识到他的假期只剩下两天时，不满摆到了明面上，打算让他像自己一样不愿再等下去。他们正驱车去乡下吃饭，她决定当晚就要让事情有个结果。

波拉的一个表姐和他们待在里兹饭店。那是个严肃、尖刻的姑娘，很喜欢波拉，却多少有点儿嫉妒她那令人难忘的订婚仪式。波拉由于换衣服迟了，不去参加舞会的表姐就在套房的客厅里接待安森。

安森五点钟跟朋友们聚会，同他们无拘无束地开怀畅饮了一个钟头。他按时离开了耶鲁俱乐部，他母亲的司机送他到里兹饭店。他明显地失态了，客厅的热气让他突然感到头昏目眩。他明白这一点，感到既有趣又抱歉。

波拉的表姐二十五岁了，人却特别天真，起初不知道发生了什么事。她从未见过安森，当他嘟嘟囔囔地说些奇怪的话并险些从椅子上跌下来时，她感到很惊讶。不过，直到波拉出来，她也没弄清楚，被她当作军装上散发的干洗剂气味其实是威士忌。可波拉一进来就明白了。她只是想在母亲见到安森之前把他弄走，表姐从她的眼神里也明白了。

波拉和安森下楼来到轿车旁，发现车里有两个男人，都睡着了。他们跟安森在耶鲁俱乐部一起喝酒来着，也打算去参加舞会。他完全忘了他们还在车里。在去亨普斯特德①的路上，他们醒了，唱起歌来。有些歌粗野不堪，尽管波拉极力安慰自己，好在安森没讲什么粗话，但她因羞辱和厌恶而紧闭双唇。

再说饭店里的那位表姐。她感到困惑，坐立不安，想了想那件事。接着，便走进勒让德太太的卧室，说道："他是不是很可笑呀?"

"谁很可笑?"

"嗯——亨特先生。他看上去挺可笑的。"

勒让德太太严厉地看着她："他怎么可笑呢?"

"喏，他说他是法国人。我不知道他是法国人。"

"真荒唐。你一定是听错了。"她微笑着说，"那是开玩笑呢。"

表姐固执地摇了摇头："不是吧。他说他在法国长大。他说他不会讲英语，所以没办法跟我交谈。而他确实也讲不了话呀!"

勒让德太太不耐烦地扭过脸去。这时，表姐若有所思地加了一句："也许是因为喝多了吧。"说完，便走出房间去。

这位表姐所说完全属实。安森发现自己口齿不清，语无伦次，便找了个离奇的借口，声称自己不会讲英语。多年后，他常常讲起这个故事，一想起来总是乐不可支。

在接下来的一个钟头里，勒让德太太试着给亨普斯特德那边打了五次电话。等她打通时又过了十分钟，电话里才听到波拉的声音："乔表姐告诉我安森喝醉了。"

"哦，没有——"

"啊，没错。乔表姐说他喝醉了。他跟她说自己是法国人，还从椅子上跌下来，举止就像是喝得烂醉如泥了。我可不想让你跟他一起回来。"

"妈妈，他没事的！请您别担心——"

"可我就是担心。我觉得这太可怕了。我要你答应我，不跟他一起回家来。"

"我会注意的，妈妈……"

"我可不想让你跟他一起回来。"

---

① 美国纽约州东南长岛上的村镇。

“好吧，妈妈。再见。”

“就这么说定了，波拉。让别人送你回来吧。”

波拉不慌不忙地从耳旁移开听筒，将它挂好。她脸上现出一片红晕，感到无可奈何的烦恼。安森在楼上的卧室里四仰八叉地呼呼大睡，而楼下的晚宴没滋没味地进入尾声。

那一小时的车程让他多少有点儿清醒过来——他的到来引发了一阵欢闹——波拉希望到头来别把晚会搞砸了，可他饭前随随便便喝下的两杯鸡尾酒终于酿成祸患。他对着众人粗声大气地讲了十五分钟，颇有点儿令人生厌，然后就悄无声息地滑到了桌子底下，像是旧版画里的男人——但又与旧画不尽相同，看起来糟糕透顶，毫无古雅可言。在场的年轻姑娘没人对这事发表议论，看来唯有缄口不言为妙。他叔叔和另外两个男人把他抬到楼上。紧接着，波拉被叫去接电话了。

一小时后，安森醒过来。眼前是一片紧张而痛苦的迷雾。透过这片雾，他好一阵才看清站在门口的人是他叔叔罗伯特。

“……我说你好些没有?”

“什么?”

“你觉得好些了吗，老伙计?”

“难受。”安森说。

“我再给你拿一瓶含溴矿泉水试试。你要把它喝下去，就能好好睡上一觉。”

安森挣扎着把腿从床上挪下来，站起身：“我没事。”他慢吞吞地说。

“别着急。”

“我觉得你要是给我一杯白兰地，我就能下楼去了。”

“哦，不行——”

“行，只能那样了。我现在没事了……我想，我在楼下不受欢迎了吧。”

“他们知道你有点儿喝醉了。”他叔叔用责备的口气说，“可是不要担心，斯凯勒来都没来。他在高尔夫球场那边的衣帽间睡过去了。”

除了波拉，安森不在乎任何人的看法，但他还是决定收拾一下今晚的残局。只是等他洗了凉水澡再露面时，大多数宾客已经走了。波拉立即站起身来准备回家。

轿车上，老一套的严肃对话又开始了。她承认知道他喝醉了，但没想到会闹出这样的事来。她觉得，也许他们彼此根本不合适，他们的生活观念大不相同云云。她说完以后轮到安森了，他非常清醒。接着，波拉说她不得不重新考虑这事；她今晚不会做决定；她并不生气，却十分遗憾。她不让他跟她一起进饭店，下车前很不开心地探身在他脸颊上吻了一下。

第二天下午，安森跟勒让德太太来了一番长谈，波拉坐在旁边一言不发地听着。他们一致同意让波拉把这事好好考虑一段时间，如果母女都没意见，就随安森去彭萨科拉。至于他呢，他真诚而不失尊严地道了歉，仅此而已；勒让德太太并没有因为抓住了对方把柄而占上风。他没做承诺，也没低声下气，只是发表了一通对生活的严肃看法。最后，以这样一种道德优越感圆满摆脱了困境。三个星期之后，当他们在南方重聚时，心满意足的安森和如释重负的波拉都没意识到，最恰当的时机一去不复返了。

四

他控制并吸引她，同时又使她满怀焦虑。她被他既坚定不移又自我放纵、既感情丰富又玩世不恭的混合性格搞糊涂了——这些矛盾是她那颗温柔的心所无法理解的——波拉渐渐意识到他那冷暖交替的双重人格。看见他独自一人或参加正规聚会，或同不如他的普通朋友在一起时，她便会为他的强健体格、魅力十足的做派、父辈般善解人意的心灵感到由衷的自豪。但在另一种场合，他先前对上流社会表现出的无动于衷的高贵姿态就会显露出另一副面孔来，令她陷入不安。那另一副面孔粗俗、滑稽，除了享乐以外对其他一切都不屑一顾。这让她感到愕然，心思一度离他而去，甚至使她暗中与一位老相识、旧情郎试着短暂约会，但是无济于事。在跟安森交往了四个月后，他那咄咄逼人的活力令其他男人黯然失色。

七月份，他被派往国外。他们的温情和欲望达到了巅峰。波拉考虑着在最后一刻举行婚礼——后来决定不这么做，只因现在他的呼吸里总有鸡尾酒的气味，别离本身又使她伤心得病倒了。他走后，她给他写了几封长信，为他们在等待中错过了爱的时光而表示惋惜。八月份，安森的飞机滑落到了北海里。他在水中泡了一夜才被拉上一艘驱逐舰，患了肺炎被送进了医院；还没等他被遣送回家，停战协定就签署了。

他们又重新得到了各种机会，没有实质性的障碍需要克服。他们性情中隐秘的波动阻隔了他们，不再亲吻，不再流泪，彼此说话也有气无力的，推心置腹的亲密交谈也进行不下去了。最后，只能靠远方的来信维系旧时的交往了。一天下午，一个社会新闻记者为确认他们是否已订婚，在亨特家里等了两个小时。安森表示否认。然而，在接下来的那一期刊物却发出一篇报道，开头一段便是——“人们经常看见他们一起出现在南安普敦、温泉城①和塔克西多公园。”那种严肃的对话已摇身一变，成了一场旷日持久的争吵。这件事几乎要告吹了。安森公然喝得醉醺醺的，有一次还错过了和她的约会，波拉因此提出一些行为要求。在他的骄傲和自知之明面前，他绝望透顶：婚约肯定要毁了。

“最亲爱的，”他们此时在信中写道，“最亲爱的，最亲爱的，午夜醒来时，意识到这件事最终不遂人愿，我真想去死，再也活不下去了。也许等我们夏天见面时可以好好谈谈，作出不同的决定——我们那天是太激动、太难过了，我现在感到没有你就活不下去。你提到了别人。难道你不知道对我来说再也没有别人，只有你……”

不过，当波拉在东部四处游历时，有时会提及她的欢愉乐事，让他去猜测。安森很精明，根本不去猜。当他看见信中有一个男人的名字，反倒对她更有把握了，还有一点儿鄙视——他对这类事情总是很有优越感。他仍然希望，有朝一日他们能喜结良缘。

在这期间，他精力旺盛地投身于战后纽约的各种令人眼花缭乱的活动，进了一家证券行，加入了五六家俱乐部，跳舞跳到很晚，在三个社交圈里活动——他自己的圈子、年轻的耶鲁毕业生圈子，以及一头连着百老汇半个世界的那个圈子。但他在华尔街总是雷打不动地把八个钟头毫无保留地投入工作。在此，他那有影响的家庭关系网、他的聪明才智以及他的充沛体力，使他几乎立刻取得了进展。他有一个条理分明的可贵头脑；有时睡了不到一个小时就精神焕发地出现在办公室，但这种情形不常见。就这样，早在一九二〇年，他的薪金和提成加起来已超过一万二千美元。

随着耶鲁传统渐渐过时，他在纽约的同学中越来越有人气，比他以往

① 位于阿肯色州中部小石城西南五十二英里，以温泉闻名于世。

在大学时更甚。他住在一所大房子里，还有办法介绍年轻人住到另外的大房子里去。他的生活看上去已经稳定，而他们多半又处于一个不稳定的开端。他们开始为娱乐和逃避来找他，安森爽快地作出回应，乐于助人，帮他们安排事务。

如今，波拉的来信不再提到男人了，但通篇洋溢着前所未有的温柔。他从几个渠道听说她有了“一位有来头的情郎”，名叫洛厄尔·塞耶，是个有钱有势的波士顿人。尽管他相信她还爱着他，但一想到毕竟有可能失去她就深感不安。除了有过不太令人满意的一天，她几乎有五个月没来纽约了。当传言越来越多时，他愈发急于见到她。二月份，他休假去了佛罗里达州。

在波光粼粼的蓝宝石似的沃思湖和巨大的绿松石带子般的大西洋之间横卧着丰饶的棕榈滩，湖面四处停泊着一些船屋。“碎浪”和“皇家凤凰木”的庞大建筑像一对大腹便便的双生子似的从明亮的沙滩耸起；周围群集着湿地舞场、布拉德利赌场和十来家专营女装店、女帽店。这里的货物价格是纽约的三倍。在“碎浪”的棚架式露台上，两百名妇女右跨步、左跨步，旋转，滑动。那是当时最有名的叫作“双滑步”的健美体操。同时，有两千只手镯差半拍地跟着音乐在两百条胳膊上一上一下地叮当作响。

天黑以后，在湿地俱乐部里，波拉、洛厄尔·塞耶、安森以及一个临时被叫来凑数的人正在热火朝天地打桥牌。安森觉得她那和善而严肃的面庞显得苍白、疲惫。她在这里待了四五年了，他认识她有三年了。

“二黑桃。”

“要烟吗？……噢，请原谅。我应。”

“应。”

“我叫三黑桃加倍。”

屋里有十来张牌桌，烟雾腾腾。安森目光与波拉相遇，牢牢地交织在一起，即便有塞耶的眼神在他俩之间来回扫视……

“刚才叫的什么牌？”他心不在焉地问。

坐在角落里的年轻人唱道：

我正在那里凋谢，
在地下室的空气中——

浓烟像雾气般弥漫开来。一扇门一开，满屋的烟雾被风吹得旋转起来。“明亮的小眼睛”飞快地闪过一张张牌桌，在英国人当中搜寻柯南·道尔①先生。他们正在门厅那边摆出一副英国人的姿态。

“你可以用刀割断它。”

“……用刀割断它。”

“……刀。”

打完一局桥牌，波拉突然站起来，用紧张而低沉的声音跟安森讲话。他们几乎没看一眼洛厄尔·塞耶，径直出了大门。走下长长的一段石阶，他们马上就挽起手来，沿着洒满月光的海岸漫步。

“亲爱的，亲爱的……”他们在阴影处不顾一切、充满激情地拥抱……随后，波拉把脸向后挪开，以便他的双唇能吐露出她想听的话来。他们再次接吻时，她能感觉得到这些话就要成形了……她又一次挣脱出来，侧耳倾听。但当他再次抱紧她时，她意识到他什么也没说，只有“亲爱的，亲爱的”。那深沉、悲哀的低语总是惹她流泪。她的感情温顺地服从了他，泪水在脸上流淌，心里却在不断地喊着：“向我求婚吧——哦，安森！最亲爱的，向我求婚吧！”

“波拉……波拉！”

这些话像有许多手在绞她的心，而安森感觉到了她的颤栗，知道有那种感情已经足够。他无需再说什么，无需用那不切实际的暧昧话语对他们的命运做出承诺。既然他可以这样拥她入怀，又何必非要等待时机，再拖上一年呢——永远拖下去吗？他在为他们两个人考虑，考虑她比考虑自己要多。过了一阵子，她突然说她必须回饭店了。他迟疑了一下，他先是想着“这毕竟是个机会”，接着一转念，“不，还是等等吧——她是我的……”

---

① 福尔摩斯侦探故事的作者。

他已经忘记，波拉已被这三年来的紧张折磨得心灰意冷了。她的情愫在那天晚上永远地消逝了。第二天上午他返回纽约时，心里充满某种心烦意乱的不满。车上有个他认识的初出茅庐的漂亮姑娘，他们一连两天都在一起吃饭。起先他对她讲了一点儿波拉的事情，刻意营造出一种让他们彼此疏远的神秘感。那姑娘天性狂放、冲动，安森向她吐露心事的信任令她受宠若惊。就像是吉卜林笔下的士兵，他在到达纽约之前原本有可能再多占有一点儿她的芳心，所幸的是他保持了清醒，控制住了自己。四月底，在毫无任何预兆的情况下，他收到一封来自巴尔港①的电报。波拉在电报中告诉他，她已与洛厄尔·塞耶订了婚，不久将在波士顿结婚。他从不相信当真会发生的事情，终于发生了。

那天上午，他喝足了威士忌，然后去办公室，一刻不停地工作——害怕一旦停下来会发生什么事。傍晚，他照常外出，对所发生的一切守口如瓶；他依然热忱、幽默，并没有失魂落魄。但有一点他无能为力——连着三天，不管在什么场所，无论跟什么人在一起，他都会突然低下头，双手掩面，哭得像个孩子。

五

一九二二年，安森跟一位资历较浅的合伙人到国外去调查几笔伦敦贷款。这趟差事暗示着他已受到公司重用。此时，他二十七岁，稍稍有点儿发福，但绝不是肥胖，做派显得比年龄要老成些。不论老年人还是年轻人，大家都喜欢他，信任他。而母亲们都觉得，女儿有他照顾让人放心。他一进屋就有办法让自己跟最年长和最保守的人产生共鸣。“你们和我，”他似乎是说，“我们老成持重，我们明白事理。”

他对男人和女人的弱点有一种本能且相当厚道的了解，像牧师那样更加注意维护外在形式。最典型的是，他每个星期日上午都要到一所时髦的圣公会主日学校去授课——即便只消冲个冷水浴、迅速换上圆摆礼服，就能把他同前一夜的狂欢生活隔离开来。有一次，出于某种息息相通的本能，几个孩子从前排座位上站起身来，挪到了最后一排。他经常讲述这个故事，

---

① 美国缅因州荒山岛上的旅游城镇。

通常会赢得一阵哄堂大笑。

父亲去世后，他成了家里实际上的当家人，引导弟弟妹妹的前途命运。由于纠纷的缘故，他的权威并没有涵盖父亲的财产。这些财产由他的叔叔罗伯特来掌管。他叔叔是家里热衷于赛马的人，在惠特利山附近的那伙人当中属于性情温和、酗酒成性的。罗伯特叔叔及妻子埃德娜曾是安森青年时代的好友，但当侄子出于优越感而不肯加入一家赛马组织时，叔叔感到很是失望。他支持安森参加一家全美最难加入的城市俱乐部——只有出身于“曾为建设纽约出过力”的家庭（换句话说，一八八〇年前的富有家庭）才能加入——安森入会后并没把它当回事，而是加入了耶鲁俱乐部，罗伯特叔叔就此给了他一点儿小小的教训。火上浇油的是，安森拒绝进入罗伯特·亨特开的保守且多少有点管理不善的证券行时，叔叔的态度变得冷淡起来，就像把他知道的都教完了的低年级老师那样，慢慢地淡出了安森的生活。

安森在生活中有很多朋友——他几乎对每个人都行过不同寻常的善举，也几乎让每个人都难堪过，缘于他偶尔会突然爆粗口，或无论什么时候都会由着性子酗酒。要是别人在这方面出点儿差错，他就会很恼火。至于他自己的过错，却总是一笑了之。他若遇到了什么稀奇古怪的事情，就会讲给他们听，惹得他们也跟着一起哈哈大笑。

那年春天，我正在纽约工作，常常跟他一起在耶鲁俱乐部吃午饭。我上的那所大学在建起自己的俱乐部之前跟他们合用。我看到了波拉结婚的消息。有天下午，当我向他问起她的事情，他鬼使神差地给我讲了这个故事。打那以后，他经常邀我去他家吃饭，表现得就好像我们之间有一种特殊的关系；仿佛伴随着他所吐露的心事，那些令人心碎的回忆多少走进了我的心里。

我发现，那些母亲们对他百般信任，但他对女孩子并不是一视同仁地予以保护。这要看女孩自己——如果她表现出轻浮放荡的倾向，即便跟他在一起，她也只能照顾自己了。

“生活，”他有时会解释说，“造就了一个玩世不恭的我。”他所说的生活指的是波拉。有时候，尤其是他喝酒的时候，这件事在他脑海里就有一点点扭曲变形，认为是她无情地抛弃了他。这种“玩世不恭”更确切地说，是他关于天性放荡的女孩不值得怜惜的认识，导致了他跟多丽·卡尔格的暧昧关系。那几年间，这不是他唯一的风流韵事，但最接近让他内心深处有所触动，且对他的生活态度产生了深远影响。

多丽是一位声名狼藉的“公关人员”的女儿，父亲靠联姻进入社交界。她长大后加入了女青年会①，在广场饭店初次登台亮相社交圈，进入了州众议院；只有少数几个像亨特家族那样的名门世家才会问她是不是“自己人”。因为照片经常上报，她比许多确系圈内人的姑娘得到了更多令人艳羡的关注。她有一头深色头发、娇艳的红唇、鲜润可爱的肤色，在出道的第一年——整年她都用藕色的香粉扑面遮盖，红润的肤色在当时并不时髦——流行的是维多利亚时代的苍白肤色。她身穿庄重的黑色套装，双手插在衣袋里，身体微微前倾，脸上带着幽默克制的表情。她舞姿优雅——她爱跳舞胜过一切，除了谈恋爱。她从十岁起就总是处于恋爱状态，经常会爱上某个对她无动于衷的男孩。那些爱上她的呢——为数也不少——经过一次短暂的邂逅后她就烦了，不过，她会把最温馨的片段保留在心头。当她遇见他们时，总要再试一回——有时候她会成功，但失败是家常便饭。

这个浪漫成性、心愿难遂的姑娘从没想过，不肯爱她的人有着某种相似之处——他们都有敏锐的直觉，能够看透她的弱点，不是情感上的弱点，而是方向性的偏差。波拉结婚不到一个月，安森第一次同她见面就察觉到了这一点。他当时喝酒很凶，有那么一周假装自己爱上了她。然后，他突然撇下她，忘在了脑后，可他立刻在她心中占据了主宰地位。

正像那时的许多姑娘一样，多丽性子野、懒散而轻浮。稍稍年长的一代人不循规蹈矩，这只是战后破除陈规陋习运动的一个方面——多丽的行为则显得更加陈旧、粗俗，她在安森身上看出了两个极端——纵情享乐与保护力量交替并行。这正是感情上不能自立的女人所追求的东西。她感觉他的性格一方面贪图享乐，一方面坚如磐石，而这两方面能满足她天性中

---

① 基督教新教的社会活动组织，1844 年创立于伦敦。创办初期，主要是为组织青年妇女参加宗教活动，为离家自立的职业妇女提供住处，救济贫困；后逐步成为培养妇女德行和进行广泛活动的社会机构。

的所有需求。

她觉得事情会很难办，可她猜错了原因。她以为安森和家人希望攀上一门更为显赫的婚事，但她马上就料到他酗酒这一点对她是有利的。

他们在大型社交舞会上多次相遇，但随着她对他越来越迷恋，他们便设法越来越多地待在一起。卡尔格太太像大多数母亲那样，认为安森格外可靠，允许多丽跟他去远处的乡村俱乐部和郊外别墅，即便他们很晚回来也不去盘问他们的行踪或质疑她的解释。一开始，那些解释可能是真的，但多丽想要赢得安森的现实愿望很快被越来越强烈的感情狂潮所吞没。他们不再满足于在出租车或汽车后座上接吻，干出了一件荒唐事来。有一阵子，他们退出社交圈，另辟了一个档次稍低的圈子。安森的酗酒无度和多丽的深夜外出在此不太容易引起注意和议论。这个圈子由各色人等构成——安森的几个耶鲁朋友，两三个年轻的股票经纪人和证券推销员，还有少数几个刚大学毕业、有钱且花钱大手大脚的单身汉。这个圈子在人脉和规模上有所欠缺，却给予他们难得的自由作为补偿。而且，这是以他俩为中心的，让多丽隐约有居高临下的快感。这是安森无法分享的，因为他穷此一生都居高临下，从童年时代起就对此深信不疑。

他并不爱她。在他们交往的漫长而狂热的冬季里，他时常这样跟她讲。春天里，他感到厌倦了，想另辟蹊径，重新开始生活。而且，他意识到现在必须跟她一刀两断，否则就得对明确的勾引行为承担责任。她家人的怂恿态度促使他作出了决定。一天傍晚，卡尔格先生小心翼翼地敲了敲书房的门，说他在餐厅里留了一瓶陈年白兰地。安森觉得那种生活正在把他团团围困。当晚，他给她写了一封短信：告诉她他要去度假了；考虑到各种情况，他们最好不要再见面了。

那时是六月份。他家人关上了那所房子，去了乡下；他临时住在耶鲁俱乐部。随着他们关系的发展，我听说了他跟多丽谈恋爱的事情。叙述里夹杂着幽默，因为他瞧不起三心二意的女人。在他所信赖的社交大厦里，也绝不给她们一席之地。那天晚上，他跟我说他已决定与她一刀两断，我听了很高兴。我在不同场合见过多丽，每次都对她无望的挣扎感到怜悯，也对自己本无权知道却知道了她的许多事而感到羞愧。她是人们所谓“可爱的小东西”的那类人，但她身上不顾后果的鲁莽气质令我相当着迷。她要是不那么起劲，那她对浪费女神的奉献也就不那么明显了。她肯定会把自己豁出去的，但我在得知她的奉献精神落空时不免感到庆幸。

第二天上午，安森打算把那封分手信送到她家去。那是在第五大道的住宅区仅剩下的几所没有关门的房子之一。他知道，卡尔格夫妇遵照多丽提供的错误信息放弃了去国外旅行，以便给女儿一个机会。他出了耶鲁俱乐部走上麦迪逊大道，邮递员从他身边经过；他尾随着又返回了俱乐部。他看到的第一封信就是多丽的笔迹。

他知道里面会写些什么。一段孤独、悲切的独白，充满他所熟知的责备、刻意唤起的回忆，以及“我不知道是否”之类的措辞——所有这些亲昵话，他都曾说给波拉·勒让德听过，眼下早已抛诸脑后，恍如隔世了。他翻阅了一些账单，又把那封信挪到上面，拆开来看。令他吃惊的是，信很短，是有几分正式的便条。上面说，多丽不能跟他一起去乡下度周末了，因为芝加哥的佩里·赫尔不期来了纽约。还补充说，这是安森自己找的。“——要是我感到你爱我就像我爱你那样，无论何时，无论何地，我都会跟你一起去的。可佩里那么好，那么想要我嫁给他——”

安森轻蔑地笑了笑——对付这种设圈套唬人的信件，他颇有经验。而且，他知道多丽制订这个计划煞费了不少苦心，很可能托人去请忠实的佩里并算计好了他到达的时间——甚至还不厌其烦地写了这么一封便条，为的是让他妒忌，而又不会赶他走。类似大多数妥协之举，这种做法既无关痛痒又苍白无力，只有缺乏自信的绝望。

他突然感到生气。他在前厅坐下来，又把它读了一遍。然后，他走到电话机旁，给多丽打电话，用清晰、强硬的语调告诉她，他已经收到她的便条，还是按他们先前计划的五点钟去拜访她。还没等她装作迟疑地说完“也许我可以见你一个小时”，他就挂了电话，到办公室去了。路上，他把自己写的那封信撕成碎片，丢在了大街上。

他不是妒忌——她对他来说根本不算什么——但看到她那点儿可怜的小把戏，内心所有的倔强和任性全都涌上来了。这是弱智者的自以为是之举，不能视而不见。她要想知道自己属于谁，那就让她走着瞧吧。

五点一刻，他站在了门前的台阶上。多丽一身上街打扮，他默不作声地听着以她在电话里的那句“也许我可以见你一个小时”开头的那段话。

“戴上帽子，多丽！”他说，“我们出去走走吧。”

他们沿着麦迪逊大道，漫步来到第五大道。由于天气酷热，安森的衬衫被汗水浸湿了，粘在他魁梧的身躯上。他很少说话，既无责备，也不示爱。但还没等他们走完六个街区，她又成了他的人，为那张字条表示歉意，主动说不要见佩里了，权当赎罪，做什么都行。她以为，他来是因为开始爱上她了。

“我很热。”他们走到第七十一街时，他说道，“我穿了一身冬装。我路过家门时进去换件衣服，你不介意在楼下等我吧。我只要一分钟。”

她很乐意。她知道他热了，了解他的任何身体感受。这种亲密让她激动得发抖。他们走进装有铁栅栏的大门时，安森掏出钥匙，她感到一阵喜悦。

楼下光线很暗。他乘电梯上楼以后，多丽掀起窗帘，透过半透明的蕾丝看向街对面的房子。她听见电梯停了下来，便想跟他开个玩笑，按动电钮让电梯降下来。然后，她上了电梯，让它开到她猜测他住的那一层。这也不完全是一时冲动。“安森！”她轻声笑着，喊道。

“等一下！”他在卧室里应答。接着，又稍稍耽搁了一会儿。“现在你可以进来了。”

他换好了衣服，正在系背心上的纽扣。“这是我的房间。”他低声说，“你觉得怎么样？”

她一眼看见墙上挂着波拉的照片，出神地凝视着它，正像五年前波拉盯着安森少年时代的情人相片一样。她知道一些波拉的情况，故事的片断有时让她感到痛苦的折磨。

突然，她靠近安森，抬起了双臂。他们拥抱在一起。窗外已然闪动着一片柔和的路灯微光，尽管太阳依然明晃晃地照在街对面一个后屋顶上。再有半小时，房间里就要漆黑一片了。这个意料之外的机会让他们无法自持，两个人都透不过气来，搂抱得更紧了。这是显而易见的，不可避免。他们仍然彼此相拥着，抬起头来，目光一齐落在波拉的照片上。波拉正从墙上朝下注视着他们。安森猛然垂下胳膊，坐到了桌边，用一串钥匙去开抽屉。“要喝一杯吗？”他瓮声瓮气地说。

“不要，安森。”

他给自己倒了半杯威士忌，一饮而尽。然后，打开房门走到厅里。

“来吧。”他说。

多丽迟疑着：“安森——今晚我还是跟你去乡下吧。你明白，不是吗？”

“当然了。”他粗暴地答道。

他们开着多丽的车去长岛，在感情上他们比以往更亲近了。他们知道将会发生什么——再不会有波拉的脸在一旁提醒他们还缺少些什么，而当他们单独待在那静寂、炎热的长岛之夜时，就无所顾忌了。

他们打算去华盛顿港的宅邸度周末。那是安森一位表姐的房产，她嫁给了蒙大拿州一个铜矿业主。一条无尽头的长长车道从门房那里开始，在那些从国外引进的小白杨树下曲折前行，一直通向一幢巨大的粉红色西班牙式建筑。安森经常去那里做客。

晚饭后，他们在林克斯俱乐部跳舞。临近午夜时分，安森弄清楚他的表亲们两点之前不会离开，解释说多丽累了，要先把她送回去再回来跳舞。他们激动得有点儿发抖，一起上了那辆借来的汽车，朝着华盛顿港驶去。开到门房那里，他停了下来，跟守夜人搭话：“你要什么时候去巡逻，卡尔？”

“马上就去。”

“你会一直待在这里等大家进来吗？”

“是的，先生。”

“好吧，听着！只要有汽车，不管谁的车开进这扇大门，我要你立刻打电话到宅子里。”他把一张五美元钞票塞到卡尔手中，“明白了吗？”

“是的，安森先生。”他是旧大陆①来的，既没眨一下眼，也没露出一丝微笑。不过，坐在一边的多丽还是悄悄把脸转开了。

安森有一把钥匙。一进门，他就给两人都倒了杯酒——多丽没碰她那一杯——他弄清了电话的准确位置，发现他俩的房间都离电话很近，很容易听到铃声——两个房间都在一楼。五分钟后，他敲响了多丽的房门。

“安森？”他走进去，把门在身后带上。她在床上，胳膊肘支在枕头上，显得很焦虑。他在她身旁坐下，揽她入怀。

“安森，亲爱的。”

他没做声。

---

① 主要指欧、亚、非三洲。相对15世纪末欧洲人所发现的美洲新大陆而言。

"安森……安森！我爱你……说你爱我吧。现在就说——你不肯说吗？即使你不是真心也说，好吗？"

他没在听。越过她的头顶，他发觉墙上挂着波拉的照片。他站起来，走上前去。月光几经反射，照在相框上发出暗淡的微光。里面是一张模模糊糊的面孔，他发现他并不认识它。他几乎是呜咽着转过身来，厌恶地瞪着床上那个娇小的身影。"这都是愚蠢之举。"他含含糊糊地说，"我不知道我刚才在想些什么。我不爱你，你最好还是去等爱你的人吧。我一点儿也不爱你，你难道不明白吗？"他的声音哽咽了，疾步走了出去。回到客厅，正用颤抖的手指给自己倒酒时，前门突然开了，他的表姐走了进来。

"喂，安森，我听说多丽病了。"她关切地开口道，"我听说她病了……"

"没什么。"他打断了她，抬高了嗓门儿，以便声音能传进多丽的房间。"她有点儿累，睡下了。"

后来有好长一段时间，安森相信庇护人类的上帝有时也会干预人间事务。多丽·卡尔格却醒着躺在那里，凝视着天花板，从此再也不会相信任何事情了。

六

那年秋天多丽结婚时，安森出差在伦敦。像波拉的婚事一样，这件事突如其来，但对他的影响却截然不同。起初他觉得好笑，一想起来就忍不住想笑，后来却让他感到沮丧。这让他觉得自己老了。

这件事有点儿像是重蹈覆辙。喏，波拉和多丽属于两代人。他提前感受到了四十岁男人听到旧情人的女儿出嫁时的感觉。他拍了贺电。跟波拉的情形不同，贺词是真诚的——他可从来没有真正希望波拉幸福过。

他回到纽约时，被提拔成为公司的合伙人。随着责任的增加，他能自己支配的时间减少了。一家人寿保险公司拒绝给他发放保险单，给他带来很大触动，为此戒酒一年，声称感觉身体好多了。尽管我认为他很怀念酒宴上讲述切利尼①式冒险故事的乐趣，而这些冒险在他二十岁出头时是他

① 贝纽维多·切利尼（1500—1571）：意大利16世纪后半期雕塑家，样式主义雕塑的代表人物。

生活中的重要组成部分。但他从来没有放弃过耶鲁俱乐部。他在那里是个重要人物，一个名人。他那些大学毕业已有七年的同班同学想去找一些不喝酒的更清醒去处，只是他的存在阻止了他们离开。

他每天从不把日程排满，也不让心神过于疲劳，可以给任何寻求帮助的人提供各种帮助。他起先这样做是出于自大和优越感，后来变成了习惯和爱好，而且总能遇上事情——一个弟弟在纽黑文惹上了麻烦；一位朋友与妻子的争吵需要调解；给这个人找一份差事，给那个人一笔投资。不过，他的专长是为已婚年轻人排忧解难。已婚年轻人深深吸引着他，他们的公寓在他眼里几近神圣——他知道他们的恋爱故事，建议他们去哪里住、如何生活，还记住了他们孩子的名字。对于年轻的妻子们，他的态度是小心谨慎的，从不滥用她们丈夫对他的一贯信赖。考虑到他不加掩饰的放荡行为，能做到这点还真是奇怪。

他为别人的美满婚姻感到高兴，出了岔子的婚姻也让他产生几乎同样惬意的忧郁。没有一个季节他没目睹一场恋爱告吹，或许当初还是由他亲自撮合的呢。当波拉离了婚又马上改嫁另一位波士顿人时，他跟我谈起她，谈了整整一下午。他永远不会像爱波拉那样爱任何人了，可他坚持说不再介意了。

“我永远都不会结婚。”他最后说，“我见过太多了，知道美满婚姻是非常难得的东西。再说，我也太老了。”

但是，他对婚姻笃信不疑。像出身于婚姻幸福美满家庭的所有男人那样，他热忱地信奉婚姻。无论看到什么，都不会改变他的信念，愤世嫉俗的心态在这方面烟消云散了。但他确实相信自己太老了。二十八岁那年，他开始心平气和地接受没有浪漫爱情而结婚的前景了，毅然选择了门当户对的纽约姑娘——漂亮，聪明，志趣相投，无可挑剔——准备跟她谈恋爱。他以前对波拉真心诚意地说过、对其他姑娘装腔作势地说过的那些话，根本无法再说出口了，除非伴之以微笑，或是刻意加重语气，为的是让人信服。

“四十岁时，”他告诉朋友们，“我就成熟了。我会像其他人那样爱上一个合唱团的姑娘。”

然而，他仍在坚持不懈地尝试。他母亲希望看到他结婚，而他现在也能养得起家了——他在证券交易所谋得一个席位，年收入达两万五千美元。这个主意很不错：当他的朋友们——他大部分时间都花在了他和多丽开发的那个圈子——晚上把自己关在家里时，他不再为自由而欢欣了。他甚至怀疑自己是否该把多丽娶了，就连波拉都没那么爱过他。他在单身生活中逐渐认识到，遇见真挚感情是多么难能可贵。

正当这种心情开始逐渐爬上心头之际，一件令人不安的事情传进了他的耳朵。他的婶子埃德娜，一个将近四十岁的女人，公然与一个行为放荡、酗酒成性的年轻人私通。这人名叫卡里·斯隆。事情尽人皆知，只有安森的叔叔罗伯特还蒙在鼓里。他十五年来只顾在俱乐部高谈阔论，没把妻子当回事。

安森一次次听人讲起这件事，心里越来越恼火。他对叔叔的旧日情感又回来了。这是超越个人之上的情感，一种回归他引以为傲的家庭团结的愿望。他凭直觉一下子看出了这件事的紧要，那就是不能让他的叔叔受到伤害。这是他第一次试着不请自到地主动干预这类事。以他对埃德娜性格的了解，觉得这件事他会比地方法官或叔叔处理得更好。

叔叔到温泉城去了。安森对这件丑事开展了追根溯源的调查，生怕出什么差错。他给埃德娜打电话，请她第二天到广场饭店跟他共进午餐。他语气中一定有某种东西吓着她了，所以她不太情愿。但他执意要请，推迟了日期，直到她没有理由再拒绝为止。

她按照约定时间，同他在广场饭店的大堂会面。她人很可爱，但韶华已逝，是个灰眼睛的金发女人，身穿一件俄罗斯黑貂大衣。她那纤细的手指上戴了五个大戒指，上面的钻石和绿宝石冷冷地闪着光。这让安森想到这些裘皮和宝石是靠他父亲而不是他叔叔的聪明才智挣来的，它们富丽明艳的光彩支撑着她那正在逝去的美貌。尽管埃德娜觉察到了他的敌意，但对他开门见山的谈法还是毫无准备。

“埃德娜，我对你的所作所为感到震惊！”他用强硬、坦率的口气说道，“起初我简直不能相信。”

“相信什么？”她厉声问道。

“你不必跟我装，埃德娜。我说的是卡里·斯隆。抛开其他问题不谈，我觉得你不能这样对待罗伯特叔叔——”

“得了吧，安森——”她开始发火。

他专横的声音压过了她：“——还有你的孩子们。你们结婚已经十八年了，而你也年纪不小了，应该明事理吧。”

“你不能这样对我说话！你——”

“能，我可以的。罗伯特叔叔一直是我最好的朋友。”他情绪异常激动。他真为叔叔和三个堂弟妹感到难过。

埃德娜站起身，那杯加有酸苹果片的鸡尾酒一口都没喝过。“这真是无聊透顶——”

“很好。你要是不愿意听我说，那我就去找罗伯特叔叔，把事情原原本本都告诉他——他早晚都会听说的。然后，我再去找老摩西·斯隆。”

埃德娜迟疑着坐回到椅子上。“别那么大声说话！”她恳求他说，双眼噙满泪水。“你没想到你的声音能传多远。你本该找个人少的地方，再来说这些不着边际的话指责我。”

他没有应声。

“哦，你从来都不喜欢我，我知道的。”她继续说，“你就是想利用那些无聊的闲言碎语来破坏我唯一有意思的友谊。我究竟做了什么，让你这样恨我？”

安森还在等待。她将会请求他发扬骑士风度，接着恳求他的同情，最后再求助于他高人一等的世故。等他挺住所有这些之后，她就会坦白承认，而他也就能对付她了。他沉默不语，无动于衷，不断使出杀手锏，也就是他自己的真情实感。随着午餐时间不知不觉地过去，他把她逼得陷入了狂乱的绝望。两点钟，她拿出一面小镜子和一条手帕，拭去泪痕，在泪水流过的浅凹处扑上粉。她同意五点钟在家里见他。

当他到那里时，她躺在一张铺了夏天用的印花棉布的躺椅上，午餐时他引发的泪水似乎仍旧噙在眼里。接着，他注意到卡里·斯隆靠在冰凉的壁炉上，显得阴郁焦虑。

“你这是什么意思？”斯隆立刻大发雷霆，“我知道你请埃德娜吃午饭，然后以一些卑劣的诽谤为根据来威胁她。”

安森坐了下来：“我没有理由认为那只是诽谤。”

“我听说你要把它告诉罗伯特·亨特，还有我父亲。”

安森点了点头："你们要么一刀两断，要么我来！"他说。

"这关你屁事，亨特？"

"别发火，卡里！"埃德娜紧张地说，"只要让他知道这有多么荒唐——"

"可这是我的姓氏，被大家指三道四的。"安森打断她说，"这全是因为你的关系，卡里。"

"埃德娜不是你家人。"

"她当然是！"他火冒三丈，"喏——她住的房子、她手上戴的戒指都是我父亲的心血呀。罗伯特叔叔娶她时，她可是身无分文。"

他们都看着那些戒指，仿佛它们跟这个局面有着意味深长的关联。埃德娜做出要从手上摘下它们的姿势。

"我猜这世上不只这几枚戒指吧！"斯隆说。

"哦，这真荒唐！"埃德娜叫起来，"安森，你愿意听我说吗？我已经弄清楚这个无聊的传言是怎么来的了。那是我解雇的一个女佣，她直接去了奇里契夫家。那些俄罗斯人从佣人那里榨出一些事情来，再把错误的意思强加给他们。"她气愤地用拳头敲桌子："去年冬天我们去了南方，汤姆把轿车借给他们用了整整一个月——"

"你明白吗？"斯隆急切地问道，"那个女佣对这件事产生了误解。她知道我和埃德娜是朋友，便去跟奇里契夫一家说了。在俄罗斯，他们会认为，要是一个男人和一个女人——"他把话题扯远了，长篇大论地讲起高加索人的社会关系来。

"要是那样，最好跟罗伯特叔叔去解释。"安森冷冷地说，"这样一来，当他听到那些传言时，就知道那不是真的了。"

他继续采用午餐时对付埃德娜的办法，让他们不停地解释。他知道他们并不清白，知道他们很快就会从解释变成辩护，比他所能用的方法更能证明他们有罪。到了七点，他们孤注一掷地跟他讲了事情的真相——罗伯特·亨特不够体贴，埃德娜生活空虚，偶然的调情发展成了燃烧的激情——但是，正像众多真实的故事那样，不幸的是故事太老了。它那脆弱的身躯无助地撞到了安森意志的铠甲上。他拿着去找斯隆的父亲来威胁，注定会让他们一筹莫展。因为斯隆的父亲，一个来自阿拉巴马州的退休棉花经纪人，是个众所周知的原教旨主义者①。他用一笔严格算计的津贴来控制儿子，还扬言说他若是再有一次非分之举，津贴就将一劳永逸地停掉。

他们在一家法国小餐馆进餐，继续讨论。斯隆一度要动武；稍后，他们都在哀求他给他们时间。但安森横下心来，不为所动。他看出埃德娜已经心力交瘁了，绝不能让他们之间激情复燃来重振她的精神。

两点钟，在五十三街的一家小型夜总会里，埃德娜的精神突然崩溃了，吵着要回家。斯隆整晚都在拼命喝酒，酒后有点儿伤感，斜靠在桌子上，双手捧住脸抽泣起来。安森马上向他们提出条件：斯隆得离开这座城市六个月，而且必须在四十八小时内离开。回来后也不能再继续这种关系。埃德娜如果愿意，一年后可以向罗伯特·亨特提出离婚，通过正常途径办理。他停顿了一下，看看他们的表情，对自己的结论更有把握了。“或者，你们还可以这么做——”他慢吞吞地说，“倘若埃德娜想离开孩子们，那我就没办法阻止你们私奔了。”

“我想回家！”埃德娜又叫起来，“噢，你折磨了我们一整天，难道还不够吗？”

外面很黑，第六大道沿街远处只有一线朦胧的灯光。借着那丝光亮，这两个曾经相爱的人最后看了一眼彼此忧伤的面容，意识到他们都不再年轻，已没有足够的力量来避免永久分离了。斯隆猝然离去，沿着大街走开了。安森则轻轻拍了拍一个正在打盹儿的出租车司机的胳膊。

将近四点钟了。一股冲洗路面的清亮水流在第五大道的幽暗人行道上缓缓流过；两个夜行女郎的影子从圣托马斯教堂那黑森森的正面轻快掠过；随后是安森小时候经常玩耍的中央公园那荒无人迹的灌木丛；经过一条条街道时，越来越大的门牌号就像姓氏那般意味深长。这是他的城市，他心想，他的姓氏在此已然荣耀了五代人。没有任何变化能够撼动它在这里占据的永久地位。因为变化本身是他和他同姓的人把自己跟纽约精神等同起来的根基所在；丰富的资源与坚强的意志——因为他的威胁若是放在比他软弱的人手里就会起不到作用——将蒙在他叔叔名字、他家族姓氏上，甚

① 原教旨是一种传统宗教信仰，是对教义的一种保守的信仰。其主要特征是相信宗教经典的绝对可靠性。

至车上坐在他旁边的这个浑身颤抖的女人身上积聚的所有灰尘，一扫而光了。

第二天早上，卡里·斯隆的尸体在皇后区大桥的桥墩下被人发现。黑夜里由于情绪激动，他还以为脚下黑乎乎的有水流过。但不到一秒钟，什么都不重要了——除非他打算落水前最后一次再想想埃德娜，在水中无力挣扎时喊出她的名字。

七

安森从没为他在这件事上扮演的角色自责过，这个局面并非他造成的。但好心没有得到好报，他发现他最久远、约莫也是最宝贵的友谊终结了。他一直都不知道埃德娜编了怎样一个歪曲真相的故事，但他在叔叔家不再受欢迎了。

就在圣诞节前，亨特太太辞世，去了圣公会的极乐世界，安森便成了责任重大的一家之主。一个没结过婚、跟他们一起住了几年的姑姑操持家务，试着照看年轻的女孩们，却感觉力不从心，难以胜任。所有孩子都不像安森那么自立，品德和缺点也都更显寻常。亨特太太之死耽搁了一个女儿进入社交界和另一个女儿的婚礼；还带走了所有人生活中的物质根基。随着她的离去，亨特家那平静、奢华的优越生活就此结束了。

首先是家里的财产被两笔遗产税大幅度削减，而且很快就要在六个孩子中间分配，不再是一笔可观的财产了。安森看出，他最小的妹妹倾向于相当恭敬地说起二十年前并不“存在”的人家。他自己的优越感在她们当中得不到共鸣——有时她们也随大流势利，就是这么回事。其次，这是他们在康涅狄格宅邸度过的最后一个夏天了，反对的呼声太高了。“谁愿意把一年当中最美好的几个月时光浪费在那个死气沉沉的古老小镇上呀?”他不情愿地做出让步。房产将在秋天上市出售。来年夏天，他们会在韦斯切斯特①租个小一点儿的地方。这就使他父亲力求安静简朴的主张打了折扣，他在同情这种反叛行径的同时也感到恼火；母亲在世时，他至少每隔一周就去那里度周末，甚至在最快活的夏天也不例外。

---

① 美国纽约州一个县，位于纽约市以北，是富人聚居区。

但他自己也是这种变化的一部分。他对生活的强烈本能让他在二十几岁时就逃离了短命的有闲阶级的空洞葬礼。他没有清楚地认识到这一点，仍然以为有一种社会规范和标准。但并没有什么规范——纽约是否曾经存在过一种真正的规范，很值得怀疑。那些仍在付出努力、拼命要跻身于某个特定圈子的少数人最终只会发现，作为一个社会阶层，它几乎不起作用。或者更令人吃惊的是，那些他们避之不及的波西米亚人①竟然坐在他们餐桌的上首。

安森二十九岁时，主要担心的是自身日益增长的孤独感。这时，他已确定自己永远不会结婚了。他当过男傧相或迎宾员的婚礼已多得数不清了。家里有个抽屉，装满了这次或那次婚礼派对司职时戴过的领带。这些领带代表了维持不到一年的恋爱，还有已从他生活中完全消逝的对对情侣。领带夹、金笔、袖扣，一代新郎们赠送的礼物在首饰匣里被人遗忘了。随着每场婚礼仪式的进行，他越来越无法想象自己站在新郎的位置上了。他在衷心祝福这些婚姻的同时，对于自己的婚事黯然神伤。

快满三十岁时，他看到别人一结了婚，同他的友谊就冷却下来。特别是最近，他不由得意气十分消沉了。一伙又一伙的人散去了，消失了，真让人不知所措。他大学时的男同学——跟他们交往时间最长、交情最深——消失得最彻底。他们大多数深陷家庭生活：两人去世；一人住在国外；一人在好莱坞写分镜头剧本——安森是那些影片的忠实观众。不过，他们大多数是朝九晚五的上班族，过着以某个市郊乡村俱乐部为中心的复杂的家庭生活。这些让他深切地感到，自己跟他们疏远了。

在婚姻生活的早期，他们还都需要他，他对他们的经济拮据给予忠告。当他们对是否在两间房子和一间浴室的公寓中添个孩子产生疑虑时，他就帮他们打消疑虑，尤其他代表的是外界的上流社会。可现在他们的财政困难已经过去了，提心吊胆地盼来的孩子使得家庭生活更有吸引力了。他们总是很高兴见到老安森，但他们为了他盛装打扮，努力让他感到他们如今很重要，有苦恼也要自己解决。他们不再需要他了。

他三十岁生日之前几周，早年最亲密的朋友当中的最后一个也结婚了。

---

① 放荡不羁的文化人，尤指艺术家、诗人等。

安森还是照例充当男傧相，也照例送了一套银茶具，且照例到“荷马号”游轮去道别。那是五月里一个炎热的星期五下午，他从码头走出来时意识到周末已经开始，而他在星期一之前都有空。

“上哪里去呢?”他问自己。当然是耶鲁俱乐部。桥牌打到晚餐时分，然后去某人房间喝上四五杯不兑水的鸡尾酒，度过一个晕头转向的美好夜晚。他很遗憾下午的新郎不会来了——他们总能在这样的夜晚塞进很多内容：他们知道如何吸引女人；如何摆脱她们；知道根据他们明智的享乐主义原则应该在每个姑娘身上花多少钱。聚会是一件随机应变的事情——你带哪些女孩去哪些地方，为她们的娱乐花上不多不少的钱；你喝点儿酒，不太多，比你应该喝的要多一些。到了早上某个时候，你站起身来，说你要回家了。你避开大学男生、揩油者、将来的约会、打架斗殴、感情用事和言行失检。这就是正道，其余的都是浪费。

到了早晨，你从不感到特别后悔——你没下过任何决心。但假如你把事情做过头了，心里稍稍感觉有点儿乱，就会戒酒几天，对那件事只字不提，一直等到紧张无聊积蓄到一定程度，又把你抛进另一场聚会为止。

耶鲁俱乐部大厅人不多。酒吧里有三个非常年轻的男校友，抬头看了他一眼，兴味索然。

“嗨，奥斯卡!”他对酒吧侍者说，“今天下午卡希尔先生来过吗?”

“卡希尔先生去纽黑文了。”

“哦……是吗?”

“去看球赛。很多人都去了。”

安森又朝大厅看了看，思忖片刻；然后走到外面，朝第五大道走去。在他加入的另一家俱乐部的大窗子里——他这五年来很少光顾——一个头发灰白的男人泪眼汪汪地朝下盯着他。安森迅速移开视线。那个茫然、无奈、孤傲的人影坐在那里，令他感到沮丧、气馁。他停下来，原路返回，沿着四十七街朝蒂克·沃登夫妇的公寓走去。蒂克和妻子曾是他最熟悉的朋友。那个家曾是他和多丽·卡尔格来往时常去的地方。但后来蒂克开始酗酒，他妻子公开宣称是安森带给他的坏影响。这些话经过夸大传到了安森耳朵里。等一切最终澄清时，亲密友好的关系已被破坏，再也难以恢复。

“沃登先生在家吗?”他问道。

“他们去乡下了。”

这个事实一下子刺痛了他。他们去了乡下，他却不知道。两年前他会知道他们动身的日期、时刻，会在最后一刻赶来喝杯酒告别，且计划着去他们那里拜访。而今，他们却一声不吭就走了。

安森看了看手表，考虑着要与家人一起度周末，但只有一趟区间火车，要在咄咄逼人的炎热中颠簸三个小时。而且第二天在乡下，还有星期天——他可没心情跟彬彬有礼的大学本科生在门廊下打桥牌，在一家乡村街边小店吃过晚饭后去跳舞。这些，当初都被他父亲高估了。

“哦，不！”他自言自语道，“不行。”

他是个出身尊贵、气度不凡的青年，眼下除了有点儿发福，其他方面看不出放荡生活的痕迹。他生就栋梁之材，在某个方面——有时候你肯定不是在社交方面，有时候又肯定不是别的方面——比如法律、教会。他在四十七街一幢公寓楼前的边道上一动不动地站了几分钟。这几乎是他有生以来第一次感到无所事事。接着，他又迈开轻快的步子走上第五大道，仿佛刚刚记起来那里有一个重要约会。需要掩饰、伪装是我们人类与狗共有的几个特征之一，我觉得安森那天就像在一扇熟悉的后门前吃了闭门羹的良种狗。他打算去见尼克。尼克曾是个在各种私人舞会上深受欢迎的酒吧侍者，现在他在广场饭店迷宫似的酒窖里冰镇不含酒精的香槟。

“尼克！”他说，“现在都怎么了？”

“死气沉沉的！”尼克说。

“给我来瓶威士忌酸酒。”安森从柜台上递过去一个一品脱的酒瓶。“尼克，姑娘们都大不一样喽。我有个小女朋友，住在布鲁克林①。上个星期没跟我说一声就结了婚。”

“真的吗？哈—哈—哈！”尼克圆滑地答道，“把你给甩了。”

“千真万确！”安森说，“我前一天晚上还和她一起出去了呢。”

“哈—哈—哈！”尼克笑道，“哈—哈—哈！”

“你还记得那次婚礼吗，尼克？温泉城，我让侍者和乐师们唱《上帝拯救国王》那次？”

---

① 纽约市的一个区，在长岛西部。

“哎，那是在哪里呢，亨特先生？”尼克使劲想着，表示怀疑，“我觉得那好像是在——”

“他们下一次又来要更多的钱。我开始搞不清给了他们多少了。”安森继续说。

“——我觉得好像是在特仑霍姆先生的婚礼上。”

“我不认识他。”安森断然否认。一个陌生的名字被强行塞进他的回忆，他很生气。尼克觉察到了这一点。

“不——噢——”他承认说，“我应该知道的。是您那群人中的一个——布拉金斯……贝克——”

“比克·贝克。”安森应声说，“婚礼结束后，他们把我放进一辆灵车，在我身上撒满鲜花，然后就把我拉走了。”

“哈—哈—哈！”尼克笑道，“哈—哈—哈！”

尼克装作老家仆的样子，很快就觉得没劲了。于是，安森上楼来到大堂。他四下里张望，目光碰上前台一位不熟悉的接待员，然后又落到上午婚礼用过的一枝花上。那花在一个黄铜痰盂边沿摇摇欲坠。他走出门去，慢慢穿过哥伦布转盘广场，朝着血红色的太阳走去。突然，他转过身来，又原路折回广场饭店，把自己关在一个公共电话间里。

后来他说，那天下午他给我打了三次电话，还打电话给可能在纽约的每个人——他已多年未见的男人和姑娘们，他大学时代一个艺术家的模特——模糊不清的电话号码还在他的通讯簿上。总机告诉他说，就连那个交换台都已不复存在。最后，他把电话打到了乡下，同语气肯定的男管家和女佣人简短聊了几句，便觉大失所望。某某不在家，在骑马，游泳去了，在打高尔夫球，上个星期乘船去欧洲了。我该说是谁打来的电话呢？

要一个人独自度过这个夜晚，真让他难以忍受。当一个人被迫独处之时，私下里为忙里偷闲制订的计划也就失去了所有魅力。虽然总有一种女人存在，但他认识的都已暂时消失不见了，而且他也从未想过要雇陌生人来陪他度过一个纽约之夜。他可能觉得这是可耻的、不可告人的，是旅行推销员在陌生城市里的消遣方式。

安森付了电话费账单。那个姑娘想拿高昂的电话费跟他开个玩笑，却不太成功。那天下午，他第二次准备离开广场饭店，却不知该去哪里。旋转门旁，有个女人对着光侧立，看身形显然是怀了孕。门转动时，一条透明的米黄色披肩在她肩头飘动。每次她都会不耐烦地张望一下，好像已等得很烦了。他第一眼看到她时，一阵强烈而紧张的熟悉的颤栗传遍全身。然而，直到离她只有五步之遥，他才认出来那是波拉。

"嗨，安森·亨特！"

他的心怦怦地跳起来："嗨，波拉——"

"呀，这真是太好了！我简直无法相信，安森！"她握住他的双手。

他从那率性的动作看出，她对他的记忆已然不那么痛切了。他却不同——他觉得她唤起了他的往日情怀，温情悄然袭上心头。以往他总是以这样的温情来应对她的乐观主义，仿佛害怕会将它戳破。

"我们在赖伊避暑。彼得做生意，不得不来东部出差——你当然知道我现在是彼得·哈格蒂太太了吧——所以，我们带孩子们过来租了一所房子。你最好能来看看我们。"

"可以吗？"他直截了当地问，"什么时候？"

"你愿意什么时候来都行。彼得来了。"旋转门在动，出来一个优雅的高个子男人——三十来岁，脸晒得黧黑，小胡子修剪得整整齐齐。他那完美的身材与安森日益发福的体态形成鲜明对比，后者被略微紧身的常礼服衬得愈发明显了。

"你不该一直站着。"哈格蒂对妻子说，"我们在这里坐坐吧。"他指了指大堂里的椅子，但波拉犹豫了一下。

"我想直接回家。"她说，"安森，你干吗不——你干吗不今晚就来跟我们一起吃饭呢？我们刚刚安顿下来，不过只要你能容忍——"哈格蒂再次发出了诚挚邀请，"今晚就来吧。"

他们的汽车等在饭店门前，波拉以疲倦的姿态靠在了角落里的丝绒靠垫上。"我有太多话要跟你说，"她说，"好像说不完呢。"

"我想听听你的情况。"

"好吧。"她朝哈格蒂微微一笑。"这也要花很长时间呢。我有三个孩子——我第一次结婚生的——老大五岁，下一个四岁，再下一个三岁。"她又微微一笑，"生他们我没耽误太多时间，是吧？"

"都是男孩？"

“一个男孩，两个女孩。然后——哦，发生了很多事情。我一年前在巴黎离了婚，又嫁给了彼得。就这些了——再有，我现在非常幸福。”

在赖伊，他们开到靠近海滨俱乐部的一所大房子前。房子里马上跑出来三个皮肤黧黑、身材纤细的孩子。他们挣脱一位英国女家庭教师，发出一声怪叫，朝他们奔来。波拉心不在焉地把每个孩子吃力地搂进怀里，孩子们肢体僵硬地接受着她的爱抚。他们显然已被告知不要撞到妈妈。即使在他们娇嫩脸蛋的映衬下，波拉的皮肤一点儿也不见憔悴——尽管她身体疲乏，但看上去还是要比他七年前在棕榈滩最后一次见到她时显得年轻。

晚饭时，她全神贯注；饭后听收音机时她躺在沙发上闭目养神，搞得安森不知此时待在这里是否打扰了她。不过，九点钟时，哈格蒂站起身来，和颜悦色地说，他打算让他们单独待上一会儿。她这时才开始慢条斯理地谈起自己和往事。

“我的第一个孩子，”她说，“就是我们叫她达琳的那个，最大的女孩——得知怀上她时，我真想去死。因为洛厄尔对我来说就像个陌生人，就好像她不可能是我的孩子。我给你写了一封信，又把它撕了。哦，你对我实在不好，安森。”

又是那种对话，起起落落。安森感到记忆一下子活跃起来。

“你不是订过一次婚吗？”她问，“跟一个叫多丽什么的姑娘？”

“我从没订过婚。我倒想订婚，可我除了你从没爱过任何人，波拉。”

“哦！”她说。过了一会儿，她又说“这次是我第一个真正想要的孩子。你知道，我现在坠入了爱河——好不容易。”

他没有回答，她对往事旧情的背叛令他感到震惊。她一定是看出“好不容易”这几个字伤害了他的情感。她接着说道：“我那时很迷恋你，安森——你可以让我为你做任何事，可我们不会幸福。我对你来说不够聪明。我不像你那样喜欢让事情变得复杂。”她停顿了一下，“你永远也不会安定下来的。”她说。这句话如同在他后背猛击一下。这是所有谴责中他最不该受的一个。

“假如女人不是这样，我就能安定下来。”他说，“假如我对她们了解没那么多；假如女人不因别的女人宠坏你；假如她们但凡有一点儿自尊；假如我能睡上一觉，醒来是在真正属于自己的家中——喏，这就是我想要的东西，波拉。这也是女人们看中我并喜欢我的原因，只是我无法从头再来。”

将近十一点钟，哈格蒂走进来。喝完一杯威士忌，波拉站起身，说她要去睡觉了。她走过去站在丈夫身边：“你刚才去哪里了，最亲爱的？”她问。

“我跟埃德·桑德斯喝了一杯。”

“我有点儿担心。我以为你会逃跑了呢。”她把头靠在他的外衣上。

“他很可爱，是不是，安森？”她问。

“当然喽。”安森说着，大笑起来。

她朝丈夫扬起脸来。“喏，我准备好了。”她说。又转向安森：“你想看看我们的家庭体操特技吗？”

“想。”他饶有兴趣地说。

“好吧。我们来吧！”哈格蒂轻松地把她抱在怀里。

“这就叫家庭特技。”波拉说，“他抱我上楼。他是不是很可爱？”

“是的。”安森说。

哈格蒂稍稍低下头，把脸贴在波拉的脸上。

“我爱他！”她说，“我刚才一直跟你说来着，是吧，安森？”

“是的。”他说。

“他是这个世界上最亲爱的人！你是吗，亲爱的？……噢，晚安！我们走吧。他是不是很强壮？”

“是的。”安森说。

“你会看到我给你准备了彼得的睡衣。做个好梦——早餐时见！”

“好的。”安森说。

八

公司里的年长合伙人都坚持让安森去海外避暑。他们说，他这七年里几乎从未休假；他太消沉了，需要休整一下。安森拒绝了。

“我要是走了，”他宣称，“就不会再回来了。”

“真是荒唐，老弟。你三个月后回来，所有的郁闷都会一扫而光，健康如初。”

“不。”他固执地摇了摇头，“我要是停下来，就不会再回来工作了。假如停下来，就意味着我已经放弃——我也就完了。”

“我们不妨冒险尝试一下。你要是愿意，休六个月也行——我们不怕你会离开我们。怎么，你若是不工作，日子就不好过呀?”

他们为他安排好了行程。他们喜欢安森——人人都喜欢安森——他身上发生的变化使办公室笼罩了一种阴郁气氛。他以前有一种总能促进生意的热情，对同僚和下属体贴有加，身上的活力鼓舞人心——这些品质在过去的四个月里由于他强烈的紧张情绪已然消失殆尽，演化成了一个四十岁男人吹毛求疵的悲观主义。每一笔交易他只要一插手就会拖后腿，给大家徒增负担。

“我要是走了，那就再也不回来了。”他说。

就在他乘船出行前三天，波拉·勒让德·哈格蒂死于分娩。那时我常跟他在一起，因为我们正结伴越洋旅行。自从我们建立友谊以来，这还是他第一次对我只字未提他的感受，我也没见他流露出丝毫的情绪。他最关心的事情莫过于他已经四十岁了——他在谈话之中往往会把话题转到这一点上，提醒你注意，然后就陷入沉默，仿佛觉得这句话将会引发一连串的想法，这本身就足够了。跟他的同事一样，我对他身上发生的变化也感到吃惊。所幸的是“巴黎号”轮船驶入了两个世界之间的茫茫水域，将他的那个小天地抛到后面去了。

“喝一杯怎么样?”他提议说。

我们走进酒吧，带着启程之日所特有的肆无忌惮的感受，点了四杯马丁尼。喝下一杯鸡尾酒之后，他就有了变化。他突然探过身来，拍拍我膝头，那种快活神情还是几个月来我头次见到。“看见那个戴红帽子的姑娘了吗?”他问，“就是那个脸蛋红扑扑、有两个警察赶来送行的姑娘。”

“她很漂亮。”我表示同意。

“我到事务长室去查过了，发现她是一个人来的。再过几分钟，我就下去找乘务员。今晚我们要跟她一起吃饭。”

过了一会儿，他离开了我。不到一个钟头，他就和她在甲板上走来走去了，用他那洪亮、清晰的声音与她交谈。她那红色的苏格兰无檐帽在瓦蓝色的大海映衬下，就像一个色泽鲜艳的亮点。她时不时地把头一甩，仰起头看看他，露出愉快、好奇、期待的微笑。晚餐时，我们喝了香槟，聊得十分开心。后来，安森带着颇具感染力的兴致去打弹子球。有几个人见过我跟他在一起，就向我打听他的名字。我去睡觉时，他正跟那个女孩坐在酒吧的长沙发上有说有笑。

旅途中我见他的次数比预想的要少，他想要安排一场四人对抗赛，可人凑不齐。因此，我只能在吃饭时看到他。不过，他有时会在酒吧喝杯鸡尾酒，给我讲讲红帽姑娘的事情，还有他跟她在一起的奇遇——离奇而风趣，一如既往。我很高兴看到他又恢复了正常，或者至少恢复了我所了解的那个他，相处起来让我感觉舒适自在。我想，除非有人爱上他，就像铁屑对磁铁做出反应那样回应他，帮助他表白自己，向他作出承诺，否则他是不会快乐的。至于那种承诺是什么，我不知道。或许她们所做承诺的是：这世上总有一些女人会付出她们最为明艳动人、最具青春活力、最可宝贵稀罕的时光，来呵护他内心所珍视的优越感。

巴兹尔：最天真的小子

一

夜深人静，一家隐秘的百老汇餐厅里聚集着一群显赫而又神秘的上流社会人士、外交官和黑社会成员。几分钟之前，气泡酒四溢横流，一个女郎在桌子上欢快起舞。可现在这群人全都安静下来了，连大气都不敢喘。所有人的目光都投向一个戴着面具但衣冠楚楚的男人身上，只见他身穿礼服，头戴大礼帽，若无其事地站在门口。

“不许动！请别动！”他说。声音很有教养，文质彬彬，语气却斩钉截铁。“我手里的这家伙说不定会——走火。”

他的目光一一扫过每张桌子，落到一个不怀好意的官员身上——此人态度高傲，苍白的脸上表情阴沉——又落到希瑟利身上。这是一名外国特工，外表温文尔雅。接着，在一个长着黑头发、黑眼睛的姑娘身上多停留了片刻。这姑娘眼神凄然，独坐桌边。他的目光此时或许变得稍稍柔和了一些。

“既然我的目的达到了，你们也许想知道我是谁。”每个人的眼睛里都露出一丝期盼的神色。黑眼睛姑娘的胸脯微微起伏，空气中散发出一丝淡淡的法国香水味。“在下正是那位神出鬼没的绅士巴兹尔·李，大名鼎鼎的‘影子大侠’。”他摘下了头上那顶合体的大礼帽，满含讥讽地弯腰鞠了个躬。随后，便如一道闪电，消失在夜色之中了。

“你每月只去一次纽约，”刘易斯·克拉姆正说着，“还得带上一名男老师前往。”

慢慢地，巴兹尔·李呆滞的目光从印第安纳州乡间的谷仓和公告栏转移到了百老汇特快列车的车厢里。眼前快速掠过的电线杆逐渐失去了催眠效果，对面座椅的白套子上浮现出了刘易斯·克拉姆那张面无表情的脸。

“一到纽约，我就把老师给甩了。”巴兹尔说。

“是的，你肯定会的!”

“我敢肯定。”

“你试试看。等着瞧吧!”

“你说‘等着瞧’是什么意思。你老是这样说，刘易斯。我等着瞧什么?”此刻，他那双明亮的深蓝色眼睛死死盯着旅伴，充满了厌倦与不耐烦。这两个人几乎没有共同之处，除了都是十五岁的年龄、父亲是发小。这通常也算不了什么。还有，他们都来自同一座中西部城市，上的是同一所东部学校——巴兹尔是一年级生，刘易斯是二年级生。

然而，与通常的大多数情况刚好相反，老生刘易斯心情忐忑，新生巴兹尔倒是很开心。刘易斯讨厌学校。他完全是在热情充沛、活力四射的妈妈的关照下长大的。眼下感觉母亲离自己越来越远，便更深地陷入了悲苦与乡愁之中。但巴兹尔有过许多寄宿学校的生活经历，别说会想家，这份认同感和亲切感让他感到很开心。甚至，昨晚他在密尔沃基①无缘无故把刘易斯的梳子扔出火车，还觉得这样寻衅滋事实在没什么不合适。

在刘易斯看来，巴兹尔的这种无厘头的热情让人反感——他本能地想要压制这股热情，结果导致两个人彼此厌烦。

“我告诉你等着瞧什么吧!”他恶狠狠地说，“他们会抓住你抽烟的把柄，禁你的足。”

“不，他们不会的。因为我不会抽烟的。我会一直参加橄榄球训练。”

“橄榄球！啊哈！橄榄球!”

“老实说，刘易斯，你对什么都不感兴趣，是吧?”

“我不喜欢橄榄球。我可不想出去被人打坏眼睛。”刘易斯咄咄逼人地说。他的母亲把他所有的胆怯行为统统当作懂事来推崇。巴兹尔的回答虽

---

① 美国威斯康星州东南部港市。

自以为出于善意，却是那种造就宿敌的言辞。

“你要是打橄榄球，在学校大概会更受人欢迎。”他颐指气使地奉劝刘易斯说。

刘易斯并不认为自己没有人气，从没这样想过，很震惊。“你等着！”他怒气冲冲地叫道，“他们会收拾你，让你别那么天真。”

“闭嘴！”巴兹尔一边说，一边冷静地使劲拽着他平生第一条长裤上面的皱褶。“别说了！”

“我猜，大家都知道你是乡村节上最天真的小子吧！”

“闭嘴！”巴兹尔重复道，但少了点儿底气，“求你别说了。”

“我想，我知道校报上登了你的什么事——”

巴兹尔的淡定一扫而光。“你再不闭嘴，”他愤愤地说，“我就把你的刷子也扔到火车外去。”

看来这个威胁的严重性起了作用。刘易斯坐回了自己的位子，哼着鼻子，嘴里嘟嘟囔囔，但显然安静了下来。他指的是同伴生活中的一件最感羞愧的事情。在巴兹尔以前上的男校期刊上，《人物》专栏登过这样一则消息：

> 如果有人给巴兹尔那小子下毒，或是想别的法子让他闭嘴，学校的大部分人，还有我自己，都会感激不尽。

这两个人坐在那里斗气，互相不讲话。随后，巴兹尔毅然决定把这件不光彩的往事重新埋葬。现在一切都已成过往了。也许他曾有点儿天真，但他准备重新开始。过了一阵子，这段记忆就消失了。随之而去的是火车和刘易斯那张怏怏不乐的脸；东部的气息席卷而来，勾起了一段清晰的往事。

从臆想的世界传来一个声音。一个男人站在他身旁，一只手搭在他的毛衣肩上：“李！”

“是，先生。”

“现在全看你的了。明白吗？”

“是，先生。”

"好吧！"教练说，"上场赢个冠军吧！"

巴兹尔从他那年轻挺拔的身上一把扯下毛衣，冲进了赛场。离比赛结束还有两分钟，比分现在是三比〇负于对手。但小李子一出现，圣瑞吉斯预科学校的看台上便是一阵兴奋的骚动，校园恶霸丹·哈斯金斯和马仔韦斯莱·威姆斯的歹毒计划害得他被禁赛了整整一年。

"三十六—十二—十六—二十二！"小个子四分卫布朗大声喊道。

这是在叫他的号①呢。

"哦，天哪！"巴兹尔大声说，把刚才的不愉快抛在了脑后，"真想明天之前就能到呀。"

二

东切斯特，圣瑞吉斯学校　　　　19××年11月18日

亲爱的妈妈：

今天没有太多的事情可说，但我还是想跟您讲一下我的零花钱问题。所有同学零花钱都比我多。我有许多小东西要买，比如鞋带什么的。学校还是很不错的，我过得也很开心。橄榄球赛结束了，没什么事情可做了。我这周想去纽约看一场戏。我还不知道要看什么，但大概会是《嘎嘎女孩》或《小男孩布鲁》吧。这两个都很好。培根博士人很好，村子里有一个很棒的医生。不多写了，我得学代数了。

爱您的儿子，

巴兹尔·李

他正要把信塞进信封，一个身材干瘪的小男孩走进了这间空荡荡的自习室，站在那里盯着他看。

"你好！"巴兹尔皱着眉头说道。

"我一直在找你。"小男孩慢条斯理地说，一副正义凛然的样子。"我到

---

① 橄榄球比赛中由前卫喊叫出表示某种打法的号数。

处找你——去过你房间，还去了体育馆。他们说你有可能溜到这里来了。”

“你找我有什么事?”巴兹尔问道。

“沉住气，学霸。”

巴兹尔一下子跳了起来。小男孩后退了一步。“来吧，打我啊!”他紧张地尖声叫起来，“来吧，打我啊！我可只有你一半高——学霸。”

巴兹尔咧了咧嘴。“你再那样叫我，我就揍你屁股。”

“不，你不会揍我的。布里克·威尔士说，如果你敢碰我们哪个——”

“可我并没有碰你们哪个啊。”

“你难道那天没对我们穷追不舍吗？布里克·威尔士难道没有——”

“哦，你想怎样?”巴兹尔绝望地喊道。

“培根博士叫你。他们让我来找你。有人告诉我，你可能躲在这里。”

巴兹尔把信扔进了衣袋，走了出去。小男孩跟在他身后出了门，嘴里还在骂骂咧咧的。他穿过一道闷热潮湿的长廊。廊上弥漫着一股臭气，是男校所特有的那种不新鲜的焦糖味。他上了一段楼梯，敲了敲门。这扇门没什么特别的，却又令人生畏。

培根博士坐在办公桌前。他相貌英俊，一头红发，是一位五十岁的圣公会牧师。最初对学生们发自内心的兴趣现已被一种惶惶不安的怀疑所冲淡。这是所有中小学校长的宿命，就像绿霉一般附着在他们身上，挥之不去。在请巴兹尔坐下之前，培根博士做了一些铺垫。从不知从哪里变出来的一副拴在黑绳上面的金边眼镜架上紧盯着巴兹尔端详，好确认他不是冒牌的。桌子上有几大堆报告要整理，并非要找什么，而像是在紧张地洗一副扑克牌。

“今天早上我收到了你母亲的来信——啊——巴兹尔。”直呼其名，巴兹尔吓了一跳。学校还从来没人这样叫过他，要么叫他学霸，要么叫他李。“她觉得你最近成绩不好。我觉得你被送来上这所学校，是有一定的——啊——牺牲的，她希望——”

巴兹尔心里既痛苦又羞愧，并不是因为成绩不好，而是因为经济拮据的状态将会被这样直截了当地说出来。他知道他是这所贵族男校中最穷的一个。

或许是培根博士某根沉睡的神经忽然醒来，意识到了他的不安，他又把那些文件理了一遍，开始换了一个口吻说话。“但是，这并不是我下午叫你过来的原因。上个星期你申请周六请假去纽约看一场午后戏剧演出，戴维斯先生跟我说你明天就要解禁了。这差不多算是开学以来第一次吧。”

“是的，先生。”

“那可不是什么好记录。不过，要是能安排，我会让你去纽约的。不巧的是，这个周六老师们都没空。”

巴兹尔不觉张大了嘴巴。“为什么？我——为什么，培根博士？我知道有两组人要去呢。我就不能跟其中一组去吗？”

培根博士快速浏览了一下文件。“遗憾的是，其中一组只带高一年级的学生，另外一组几周前就安排好了。”

“邓恩先生带的那组要去看《嘎嘎女孩》的吧？”

“我说的就是他那组。他们觉得全都安排好了，都把座位订在了一起。”

巴兹尔恍然大悟。培根博士看了看他的眼神，连忙继续说下去：“也许我能帮你个忙。当然，一组一定要有几个学生，以便平摊老师的费用。如果你能找到两个学生愿意跟你一道去，并在五点之前把名字报给我，我就派鲁尼先生带你们去。”

“谢谢您！”巴兹尔说。

培根博士迟疑了一下。在他多年形成的愤世嫉俗的硬壳之下，内心有种本能蠢蠢欲动，想要去了解这个不寻常的学生，找出是什么原因使他成了大家最讨厌的人。学生和老师似乎都特别敌视这个学生，尽管培根博士处理过各种各样的校园犯罪事件，可还是无法判定深藏其中的原因，就算有可信的六年级生帮忙也不行。这大概并不是单一事件造成的，而是多个事件累加的结果；最有可能是让人难以捉摸的个性问题。但他记得，第一次见到巴兹尔时觉得他格外讨人喜欢。他叹了口气。有时候，解铃还需系铃人。他不是个鲁莽行事之人。“巴兹尔，下个月我们寄回家一份更好的成绩单吧！”

“好的，先生。”

巴兹尔飞快跑下楼，来到娱乐室。今天是周三，大多数学生都去了东切斯特村。巴兹尔还在禁赛期间，不能一起去。他看着三三两两地围在台球桌和钢琴旁的同学，意识到找个人同行会很难。巴兹尔很清楚自己是学校最不受欢迎的人。

这个情况几乎一开学就开始了。他入学还不到两周，突然有一天，一群年龄较小的学生也许是受人怂恿，突然把他围了起来，开口就叫他学霸。在接下来的一周，他打了两次架。每次围观的人群都站在对手一边，对他恶语相向。不久以后，他随着人群推推搡搡地挤进餐厅，只是跟其他人一样而已，可这时橄榄球队队长卡佛转过身来，一把抓住他的后脖颈，将他按住后一顿臭骂。他来到钢琴边上的一群人中间，毫无恶意，而大家却对他说："走开！我们这里不欢迎你！"

过了一个月，他开始意识到自己在学校多么不招人喜欢。这让他很吃惊。有一天，他遭到了一番极其过分的羞辱，回到房间后大哭了一场。他有一阵子试图躲开这些人，但无济于事。他被人指责说到处鬼鬼祟祟，像是要做一些见不得人的勾当。他感到既困惑又难受，看着镜子里自己的脸，想要从中找到他们不喜欢自己的原因，从眼神、笑容里。

他觉得，既然自己在某些方面一开始就做错了——吹牛显摆，橄榄球打得畏首畏尾，当面揭人的短，在班上显摆自己知识渊博——就试着改过，可不明白为什么每次将功补过都失败了，现在肯定为时已晚。他会一直这样讨人嫌的。

的确，他已经成了替罪羊，是个不折不扣的恶棍，被当作一块吸收外面所有恶言恶行的海绵。正如聚会上的惊弓之鸟，似乎是吸收了其他人的所有恐惧，为他们所有人担惊受怕。大家都看得出来，他九月份刚来圣瑞吉斯时的高度自信现已被彻底粉碎了。那时的自信对他眼下的处境毫无帮助。同学们几个月前就连在他面前抬高嗓门儿都不敢，而今却在肆无忌惮地嘲笑他。

这次纽约之行对他来说意义非凡。既能一睹长期梦寐以求的浪漫天堂，又能暂时远离日常生活的痛苦。行程被推迟了一周又一周，皆因他所犯下的重重罪孽。比方说，他经常在熄灯后偷着看书，以求间接地逃离现实带来的痛苦，可总是被抓住。这便加剧了他的渴望，直到它化为一种内心焦灼的欲望。无法成行会让他难以忍受，便挨个去问为数不多的那几个可能陪他去的人。这些人包括胖子加斯帕、特雷德韦和疯子布朗。他飞快地跑去他们的房间找他们，却发现他们都趁着周三之机去东切斯特村玩了。

巴兹尔未加迟疑，五点钟前他还有时间，唯一的机会就是去追他们。这不是他第一次违规了。上一次违规导致的糟糕后果是，延长禁足时间。他回到房间，换上一件厚毛衣——外套会暴露他的意图——重新套上夹克衫，将帽子塞进后裤袋。随即，装作若无其事地吹着口哨，走下楼，穿过草坪，朝体育馆走去。一到那里，他稍作停留，装作朝窗子里张望的样子，先是靠近通道的那扇，再是体育馆角落附近的那扇。在这里，他闪进一丛紫丁香树丛，动作敏捷，不疾不徐。接着，他又飞快绕过拐角；穿过从所有窗子都看不到的一大片草地；分开一道铁丝栅栏爬过去，站在了隔壁庄园的地界上。他暂时自由了。迎面吹来十一月的寒风，他戴上帽子，踏上了通往小镇的那半英里长的路。

东切斯特是一个城郊乡镇，有一家小型制鞋厂和专门迎合工人们的营业场所，也是学生们经常光顾的地方——一家电影院和一辆名叫“狗与波士顿糖果厨房”的流动午餐车。巴兹尔先去餐车看了一眼，立马就碰到了一个“候选人”。

这是疯子布朗，一个神经质的同学，很容易发作，大家全都避之不及。多年以后，他成了一名出色的律师。但当时在圣瑞吉斯的学生看来，他是一个典型的疯子，一天到晚总是发出一系列怪声来缓解紧张情绪。他跟小一些的同学交往，这些人不像学长那样抱有偏见。巴兹尔走进餐馆时，他正跟几个朋友在一起。“谁——哇！”他喊道，“哇—哇—哇！”用手捂住嘴，飞快地拍打着，发出哇—哇—哇的声音。“是李学霸！是李学霸！是李学霸—霸—霸—霸—霸！”

“等一下，疯子！”巴兹尔焦急地说，有点儿担心还没等自己说动他一起进城他就真疯了。“我说，疯子，听着！不要这样，疯子——等一下！你周六下午能去趟纽约吗？”

“什么时候—哇—哇！”疯癫小子冲着苦恼的巴兹尔喊着，“我们—哇—哇！”

“说真的，疯子！告诉我，可以吗？你要是能去，我们就可以一起去了。”

“我要去看医生。”疯子忽然平静下来说道，“他想看看我疯成什么样子了。”

“难道你就不能改天再去找他吗？”巴兹尔毫无幽默感地说。

“什么时候—哇—哇！”疯子叫道。

“那好吧。”巴兹尔赶忙说，“你在镇上看到胖子加斯帕了吗？”

疯子已经沉浸在尖利的噪声中了，但有人看到加斯帕了，让巴兹尔去波士顿糖果厨房。

这是一座花里胡哨的便宜糖果天堂，气味重得令人作呕，刻意要让成年人的手掌冒出一层黏糊糊的甜汗。整个周边地区都是这股让人窒息的气味，如同强烈的道德劝诫，让人在门口便会止步。店里，密密匝匝的苍蝇组成了一张黑色针绣花边帘布，下面有一排男孩在吃着甜腻腻的香蕉船、枫糖坚果和巧克力味果汁软糖、坚果圣代。巴兹尔发现胖子加斯帕就坐在边上的一张桌子前。

胖子加斯帕既是巴兹尔最不可能找到的人，也是他最想找的人。他被看作好伙伴。事实上，他和蔼可亲，对巴兹尔彬彬有礼，去年秋天对他讲话一直都很客气。巴兹尔发现他对谁都是这样。但有可能胖子是喜欢自己的，就像以前别人喜欢自己一样。他决定孤注一掷，冒险尝试一下。可这无疑是一厢情愿罢了。他走近那张桌子，看到另外两个男孩转过头来，脸上表情僵硬，希望就减少了几分。

“喂，胖子——”他说，迟疑了一下。随即，他突然大喊起来：“我现在禁足，可还是跑过来了，因为我想见你。培根博士告诉我，周六可以去纽约了，只要我能再找两个人同行。我问过疯子布朗了，他去不了，所以我想问问你。”他刹住了话头，感觉十分尴尬，等待对方回答。

忽然，跟胖子在一起的两个男生大笑了起来：“疯子还不够疯呢！”

胖子加斯帕犹豫了一下。他周六没法儿去纽约，通常都会委婉地拒绝。他跟巴兹尔没有过节。其实，跟其他人也没有。但男孩对公众舆论的抵抗力实在有限，他也会受别人轻蔑笑声的影响。“我不想去。”他冷漠地说，“你为什么要叫我呀？”说完，他感到有点儿不好意思，怀着歉意轻轻一笑，低头去吃冰激凌了。

“我就是想问你一声罢了。”巴兹尔说。

巴兹尔快速转身，走到柜台前，点了一个草莓圣代，声音空洞而异样。他呆呆地吃着圣代，听见后面那张桌子旁不时传来低语和窃笑。由于仍然处于精神恍惚之中，他没有付钱就朝店外走去。店员把他叫了回来，他便感觉到了更多的嘲笑声。

巴兹尔一闪念，犹豫着是否该回到桌前给一个小子脸上来一拳，但他意识到那样对自己也没什么好处。他们会把真相说出去，说他这样做是因为找不到人跟他去纽约。他紧握拳头，怒火却无从发泄，便走出店去。

很快，他便碰到了第三个人选——特雷德韦。特雷德韦今年年底入学，一周前被分配跟巴兹尔同住一个宿舍。由于特雷德韦并没有亲眼看到他在秋天受到的侮辱，巴兹尔在特雷德韦面前表现得很自然。他们之间的关系虽说谈不上亲密，但至少相安无事。

“嗨，特雷德韦！”他大声说，情绪仍为波士顿店里发生的事而无法平复。“你周六下午能去纽约看戏吗?”他停了下来，发现特雷德韦正跟砖头威尔士在一起。此人曾跟他打过一架，也是死对头之一。巴兹尔来回打量着他们，只见特雷德韦一脸的不耐烦，砖头威尔士则露出事不关己的表情。他意识到一定发生了什么事。特雷德韦已经适应了学校生活，一定是刚刚有人向他透露了室友的处境。像胖子加斯帕一样，特雷德韦宁愿结束他们之间的友好关系，也不愿意承认自己跟他好到这个地步，以至于他能把自己当作亲密邀约的对象。

“你休想!”他简短地说，“再会!”两个人从他身边走过去，进了糖果厨房。

这些侮辱由于冷漠无情，便愈发令人难堪。要是搁在九月份，巴兹尔一定会觉得难以忍受。但自那以后他已经形成了一个坚硬的外壳，尽管这种坚强不能增加个人魅力，却也使他免受某些微妙的情感折磨。即便这样也够他受的了，带着绝望和自怜，他顺着大街反向走了一小段路，直到他能控制住脸上剧烈的抽搐。接着，他便绕道朝学校走回去。

他来到旁边的地界时，打算原道返回。刚穿过篱笆墙一半，就听到路边有脚步声过来。他站住不动了，担心老师们来了。声音越来越近，越来越大；不觉间他已在侧耳倾听，感到既好奇又恐惧。

“——所以，那个可怜的家伙在问过疯子布朗以后，又去找胖子加斯帕了。胖子说：‘你问我做甚？’他活该找不到人。”是刘易斯·克拉姆的声音，虽然怏怏不快，却有几分得意。

三

回到房间，巴兹尔发现床上有一个包裹。他知道里面是什么，已经盼了很久。但他此刻情绪十分沮丧，垂头丧气地打开了它。这是一套八张彩色复印版的哈里森·费舍尔①女孩，“印在蜡光纸上，没有其他印花和广告，适合用作装饰画”。

图片上的人物分别叫作多拉、玛格丽特、芭贝特、露西尔、格雷琴、罗斯、凯瑟琳和米娜。其中两张——玛格丽特和罗斯——巴兹尔看了一眼就慢慢撕掉，扔进了废纸篓，就像把一窝小狗中的次品处理掉一样。剩下的六张他分别钉在房间的墙上。然后，他躺在床上，仔细打量着她们。

多拉、露西尔和凯瑟琳是金发白皙女子；格雷琴肤色适中；芭贝特和米娜肤色较深。几分钟后，他发现自己最喜欢看的是多拉和芭贝特，其次是格雷琴。不过，后者的荷兰式尖顶女帽显得平淡无奇，一点儿神秘感也没有。芭贝特是一个肤色较深、身材娇小的美女，长着一对紫罗兰色眼睛，戴着一顶紧身头巾帽，最吸引他的眼球，他的眼睛最后停在了她的身上。

“芭贝特！”他自言自语地悄声说道，“美丽的芭贝特！”

这个词的发音如此忧郁，似乎在暗示着什么，就像留声机里播放的《菲利亚》或《我在马克西姆家好幸福》，令他心软下来。转过脸去，他埋进枕头开始抽泣。抓着头顶上的床栏杆，他抽泣着，感到忧心忡忡，结结巴巴地自言自语——他有多么恨他们，恨那些人。他列举了十二个人。等自己强大了，该怎么去对付他们。在过去这样的时候，他总会因为胖子加斯帕的善良而满怀感激，可如今他也跟其他人一样了。巴兹尔会攻击他，毫不留情地揍他一顿，或是以后见到双目失明的胖子在路上乞讨时就朝他发出鄙夷的笑声。

一听到特雷德韦走进来，他就控制住了自己的情绪，没动也没讲话，听着对方在房间里走来走去。过了一阵子，他意识到打开衣柜和抽屉的声

---

① 1875/1877—1934，美国著名插图画家。

音有点儿不对劲。巴兹尔转过身来，用胳膊挡着满是泪痕的脸。特雷德韦手里抱着一大堆衬衫。“你要做什么?”巴兹尔问道。

他的室友冷冷地看着他：“我要搬去和威尔士一起住。”他说。

“哦!”

特雷德韦继续整理行装。他把满满一个箱子搬出门去；然后又是一个；最后摘下了几面三角锦旗，拖着大衣箱走进了大厅。巴兹尔看着他把洗漱用品用毛巾裹起来，最后看了一眼新搬空的房间，看还有没有落下什么。“再见!”他对巴兹尔说，面无表情。

“再见。”

特雷德韦走了出去。巴兹尔又把身体转了过去，把头埋进枕头里啜泣。

“哦，可怜的芭贝特!”他用沙哑的声音喊道，“小可怜芭贝特！小可怜芭贝特!”身材苗条而火辣的芭贝特在墙上风情万种地向下看着他。

四

培根博士感觉到了巴兹尔的难处，或许明白他的痛苦到了极限，最后还是安排他去了纽约。他得跟橄榄球教练兼历史教员的鲁尼先生结伴一起去。鲁尼先生二十岁时，曾有一段时间拿不定主意是去当警察还是去读新英格兰的一所小学院。事实上，他是一个难缠的家伙，培根博士正打算在圣诞节让他走人。在去年的赛季里，鲁尼先生很看不起巴兹尔，理由是他在赛场上表现得犹犹豫豫，也靠不住。他之所以答应带他去纽约，是出于个人原因。

火车上，巴兹尔乖乖地坐在他身边，隔着鲁尼先生的健硕身体瞟着窗外的海峡和西切斯特的休耕地。鲁尼先生看完报纸，把它折了起来；随后便陷入一阵闷闷不乐的沉寂。他刚刚吃了一顿丰盛的早餐，时间紧迫，不允许他运动来消化一下。他记得巴兹尔是个天真鲁莽的学生，他该做出点儿天真鲁莽的事情并被追究责任的。这种无可指摘的沉默让他感到很是恼火。

“李，”他突然说，语气里透着一丝稍显做作的友好和关切，“你为什么没有自知之明呢?”

“什么，先生?”巴兹尔一惊，从早上兴奋的恍惚之中回过神来。

“我说你为什么没有自知之明呢?”鲁尼先生说，口气有点儿强硬。

“你在校期间想要一直充当学校的笑柄吗？”

“不，我不想。”巴兹尔态度冷淡。这个问题就不能暂且放下一天吗？

“你不能总是这么天真哦。历史课上，有两次我真想拧断你的脖子。”巴兹尔不知道该如何回答才是。“然后是在外面打橄榄球时。”鲁尼先生接着说，“——你真没种。你要是愿意的话，可以比很多人打得都好，就像那天对付珀姆弗雷德队第二阵容那样，可你丧失了胆量。”

“我就不该加入第二阵容。”巴兹尔说，“我太弱了，该待在第三阵容。”

“你真是个懦夫！麻烦就在这里。你该有自知之明。课堂上你总是开小差。你要是不努力学习，绝对上不了大学。”

“我可是五年级学生里面年纪最小的一个。”巴兹尔急忙说。

“你觉得自己挺聪明，是吗？”他恶狠狠地瞪着巴兹尔。然后，他好像忽然想到了什么，态度发生了改变。他们都沉默了一会儿。火车驶入了纽约附近拥挤的居民区。这时，他语气缓和了下来，似乎经过了长时间的深思熟虑，开口说道：“李，我会信任你的。”

“是，先生。”

“你去吃午饭，然后再去看戏吧。我还有些私事要处理。完事后，我会赶去剧院。要是赶不上，我就在外面跟你会合。”

巴兹尔的心激动得猛跳起来：“是，先生。”

“我可不想让你在学校乱说这事。我的意思是，说我去处理私事。”

“不会的，先生。”

“我们看看你这次能否管好自己的嘴吧。”他开玩笑似的说。然后，又正色补充道，“不准喝酒，明白吗？”

“哦，不会的，先生！”这个念头让巴兹尔吃了一惊。他一向滴酒不沾，想都没想过，只是梦见在咖啡厅喝那种有形无味的不含酒精的香槟。

按照鲁尼先生的吩咐，他去车站附近的曼哈顿酒店吃午餐。他点了一份鸡肉夹心三明治、法式炸薯条和一杯巧克力味冰激凌果冻。透过眼角的余光，他看到邻桌坐着一些纽约人，表情淡漠，举止温文尔雅，已经厌烦了享乐。在他那无伤大雅的浪漫想象中，这些人有可能正是来自中西部的同乡。此时的他已经卸下了学校的包袱，那不过是一种听而不闻的喧嚣声，声音微弱，渐行渐远。他甚至都没顾上拆开看口袋里早上来的信件，因为信是寄到学校的。

他还想要一杯巧克力味冰激凌果冻，却又不想再麻烦忙个不停的侍者，便拆开那封信，展开了信纸。信是妈妈写的：

亲爱的巴兹尔：

这封信写得很匆忙，因为我不想发电报吓着你。祖父打算出国去温泉疗养，想让你和我陪他一起去。他的意思是，让你今年转学去格勒诺布尔①或蒙特勒②的学校学习语言，我们就待在附近。也就是说，如果你愿意的话。我知道，你很喜欢圣瑞吉斯，也很喜欢打橄榄球和棒球——当然了，那边没有这些。但从另一方面来讲，这会是一个不错的改变，即使你要推迟一年上耶鲁。因此，我一如既往地希望你做自己喜欢的事情。等你收到信时，我们差不多就要离开家去往纽约的华尔道夫饭店③了。你可以过来跟我们待上几天，即使你决定留下来也无妨。好好考虑一下吧，亲爱的！

爱你，我最亲爱的儿子，

妈妈

巴兹尔从椅子上站了起来，有点儿想去华尔道夫饭店，把自己妥妥地关在房间里等妈妈来。这个想法让他坐不住了。他打破了沉默，抬高嗓门儿呼喊侍者，声音像男低音歌手一样洪亮。别了，圣瑞吉斯！别了，圣瑞吉斯！他幸福得快要窒息了。

“哦，天哪！”他自言自语道，“哦，上帝！哦，上帝！哦，上帝！”别了，培根博士、鲁尼先生、砖头威尔士和胖子加斯帕！别了，疯子布朗！再也不用禁足了！再也没人喊他学霸了！他现在没必要恨他们了，因为他就要挥挥手，离开这个死水一潭的世界了！一切已成过往，他们只是一些

---

① 法国东南部城市。

② 瑞士镇名。

③ 纽约最豪华的一家旅馆。

苍白的影子。“再见！”他对他们心生怜悯，“再见！”

第四十二街的喧嚣让他从热泪盈眶的欢愉中清醒了过来。他用手捂着钱包，以防被无所不在的扒手偷去，小心翼翼地走向百老汇剧院。多么不寻常的一天呀！他会告诉鲁尼先生——好了，他不必回去了！或者，也许最好回去再把自己的打算告诉他们，而他们则要在这个压抑而枯燥的学校里一直待下去。

他找到了剧院，走进大厅。里面弥漫着日剧所特有的女性脂粉气息。他掏出票来，目光一下子就被几英尺外一个雕塑般的身影所吸引。那是一位二十来岁、身材健壮的年轻金发男子，下巴很结实，灰色的眼睛直视前方。巴兹尔的脑子飞速旋转了一刻，接着便想到了一个名字——不仅仅是个名字——是一个传奇，可望而不可即。多么不寻常的一天呀！他从没见过这个年轻人，但从上千张照片判断，毫无疑问，这是耶鲁橄榄球队队长泰德·费伊，去年秋天几乎单枪匹马地击败了哈佛和普林斯顿球队。巴兹尔感到一阵心痛。人影转了个身，人们来来往往，英雄不见了。巴兹尔知道，接下来的几个小时里，泰德·费伊也会一直待在这里。

剧院里光线很暗，充满了窸窸窣窣的响动、叽叽喳喳的低语和香甜的气息。他看着节目单，这部戏是他最想看的。在大幕升起之前，这份节目单有一种奇异的神圣感——戏剧本身的原型。而当大幕升起后，它却变成了一张张废纸，随意散落在地上。

［第一幕］ 纽约附近的小镇格林村

灯光夺目晃眼，一下子还看不明白，剧情发展得太快。巴兹尔觉得自己从一开始就错过了许多；他要让妈妈带他再来看一遍，等她来时——下周——明天。

一个小时过去了。此时此刻，十分悲情——一种欢快的悲伤，却也是悲伤。女孩——男人。是什么到现在还把他们分开呢？哦，那些悲剧性的错误，还有误解。如此伤悲。他们难道就不能看一看对方的眼睛，看清真相吗？

在一阵刺目的灯光和刺耳的音乐声中，问题得以解决，产生悬念，麻烦迫在眉睫。这一幕结束了。

他走了出去。他在找泰德·费伊，还以为看见对方郁郁寡欢地靠在剧院后面那堵装修豪华的墙上，但他不能肯定。他买了香烟，点上一根。还在享受第一口烟时，耳边就响起了一阵刺耳的音乐声。他赶忙回到里面去。

[第二幕] 阿斯特旅馆前厅

是的，她的确像一首歌——《一朵美丽的夜玫瑰》。华尔兹乐曲将她轻盈托起，赋予她一种令人心痛的美。接着，又让她随着最后几个小节重新落入生活，宛如空中飘落的一片叶子。这就是纽约上流社会的生活！假如她被这奢华的一切冲昏了头，消失在琥珀色窗边的明媚晨光之中，或是在通向舞厅那扇门开关的瞬间，消失在远方的醉人音乐之中，谁又能责怪她什么呢，闪亮的小镇上的焦点人物？

半个小时过去了。她的真爱送给了她一束玫瑰，就像她一样美，她却把它鄙夷地扔在了他的脚下。她大笑着转向了另一个人，跳起舞来——疯狂地跳舞，动作狂放。等一下！细长的号角中发出一个温婉细腻的高音，巨大的弦乐器奏出一个低沉婉转的音符。它又响起，深沉而痛切，像一阵巨大的感情狂潮席卷整个舞台，再次将她像风中的一片无助的落叶般裹挟。

“玫瑰——玫瑰——夜玫瑰
当春月明亮时，你会绽放美丽——”

几分钟以后，巴兹尔带着异样的震撼和兴奋随着人流，来到外面。出来后第一眼看到的便是几乎抛在脑后的鲁尼先生。可奇怪的是，他现在精神恍惚，整个人大不一样了。

事实上，鲁尼先生有点儿不成样子了。首先，他现在戴了一顶不同的帽子，比中午跟巴兹尔分开时戴的要小得多。其次，他脸上多少失去了光彩，变成了纯白色，甚至有点儿苍白。他打着领结，衬衫有一部分跑到了外套外面，外套也不知怎的竟然湿得能拧出水来。在短短的四个小时里，鲁尼先生怎么把自己搞成了这副样子。唯一说得通的就是，学校的清规戒律给一个天马行空的炽热灵魂造成的压力太大。鲁尼先生从一出生就在光天化日之下过着艰辛的生活，也许他自己也糊里糊涂地在朝着这注定的命运前进。

“李！”他含含糊糊地说，“你该有自知之明。我会帮你认清自己的。”

为了不让对方有机会在大厅里教训自己，巴兹尔不安地转移了话题。“你不来看戏吗？”他讨好地问道，暗示鲁尼先生还能体面地来看戏。“这出戏好看极了。”

鲁尼先生摘下帽子，露出了湿漉漉的乱发。他的头脑挣扎了片刻，极力要形成一种现实图景。“我们得赶回学校了！”他阴郁地说，声音里没有自信。

“可还有一幕啊！”巴兹尔惊骇地反驳道，“我得留下来看最后一幕。”

鲁尼先生摇晃着身体，看着巴兹尔，隐约意识到他把自己交到了这个孩子的股掌之中。“好吧！”他受不了，“我要去吃点儿东西。我在隔壁等你。”他猛然转过身去，踉踉跄跄地走了十来步，东倒西歪地进了剧院旁边的酒吧。

巴兹尔大为震惊，又回去看戏了。

[第三幕] 范·阿斯特先生家的屋顶花园

夜晚。

半小时过去了，一切最终都会好起来了。喜剧演员此刻达到最佳状态，泪水过后，恰到好处的是那令人喜悦的欢笑。明媚的热带天空下，有一个幸福的承诺。先是一段哀怨动听的二重唱；随后，这段无与伦比的美好的漫长时光戛然而止。

巴兹尔走进大厅，站在散场的人群中陷入了沉思。妈妈的来信和这出戏清除了他内心的痛苦和怨恨。他恢复了本真，想要作出正确的选择。他在想，是否应该把鲁尼先生带回学校。他朝着酒吧走去，走近时放慢了脚步。他轻轻推开旋转门，朝里面迅速瞥了一眼。他看到，吧台前喝酒的人里没有鲁尼先生。沿街走了几步，他又转身回来，想要再试试看。仿佛那几道门是牙齿要咬他似的，因为他是个思想老派的中西部男孩，对酒吧有所忌惮。直到第三次，他才走进了酒吧。鲁尼先生正在酒吧后面的一张桌边呼呼大睡呢。

巴兹尔又走出了酒吧，走来走去，心里盘算着。他会给鲁尼先生半个小时的时间。如果他到时还没出来，他就自己回学校了。毕竟，鲁尼先生自从橄榄球赛季开始以来一直在伺机攻击他——巴兹尔干脆洗手不干了。而且再过一两天，他也就跟学校一刀两断了。

他来来回回地走了好几圈，突然瞟到剧院旁边有条小巷，目光被“舞台入口”的标志吸引住了。他可以看那些演员出来呢。

他等待着，身边经过了许多女人。她们都是主角登场前的陪衬角色，如同荣耀降临前的日子。他把这些灰头土脸的人当成了服装管理员什么的。忽然有个女孩出来了，跟她在一起的还有个男人。巴兹尔转过身去，顺着大街跑了几步，仿佛生怕他们会认出自己。然后又跑了回去，像是突发心脏病那般气喘吁吁的。这个女孩就是女主角，一个十九岁的光彩夺目的小美人；她身边的男人就是泰德·费伊。

他俩手挽着手从他身边走了过去，巴兹尔不由自主地跟了上去。走着走着，她朝着泰德·费伊身上靠了过去，制造了一种有趣的亲密感。他俩穿过百老汇大街，走进了纽约人酒店。巴兹尔就在他们身后，隔着二十英尺①的距离，刚好看见他们走进一个长长的房间喝下午茶。他们坐的是两人桌，隐隐约约在向侍者说着什么。然后，终于等到了二人世界，他们急切地靠向了对方。巴兹尔看到，泰德·费伊握住了她那只戴手套的手。

这间茶室与主廊只隔着一道盆栽冷杉组成的围栏。巴兹尔沿着这道围栏走进了一间休息室。几乎刚好跟他们的桌子相对，他坐了下来。

她的声音很低，支支吾吾的，不像先前在戏里那般自信，而且充满了忧伤：“我当然愿意，泰德。”他们接着谈了很长时间，她一直重复着“我当然愿意”或“可我愿意，泰德”。泰德·费伊的声音也很小，巴兹尔听不清楚他在说什么。

“——说是下个月，他不肯再往后拖了……从某个方面上讲我是愿意的，泰德。这很难解释，可他为我和妈妈安排好了一切……我没必要骗自

① 大约六米。

己。这是货真价实的实惠，无论他给哪个女孩，她都会当场接受的……他想得非常周到，已经为我安排好了一切。”

强烈的情绪使得巴兹尔的听觉变得更加敏锐。他现在也能听到泰德的声音了：“可你说你爱我呀。”

“但是，你不是知道我一年多以前就答应嫁给他了吗？”

“告诉他真相——说你爱我，让他放你走。”

“这可不是音乐喜剧，泰德。”

“这句话太伤人了！”他悻悻地说。

“对不起，亲爱的！亲爱的泰德！可你再这样下去，会把我逼疯的。你让我很为难。”

“反正我要离开纽黑文了。”

“不，你不能走。你要留下来打春季的棒球赛呢。哎，你是年轻人的理想呀！哎，如果你——”

他大笑了一声：“你有什么资格谈理想？”

“为什么不呢？我要对贝耳兹曼履行我的承诺。你得像我一样下定决心——我们是不可能在一起的。”

“杰瑞！想想你在做什么吧！我这一辈子，一听到那首华尔兹——”

巴兹尔站起身来，快步经过长廊，穿过大厅，离开了酒店。他此时情绪激动，脑子一片混乱。他无法理解他所听到的一切，但他刚才偷听到了那两个人的隐私。凭借自己的短暂人生经历来想象他们脚下的整个世界，他推断每个人的生活都是一场抗争，远远一看有时辉煌，但总是艰辛的，简单得让人意外，又有点儿伤感。

他们会继续自己的生活。泰德·费伊会回到耶鲁，把她的照片放进抽屉里，在春季赛中打出许多本垒打和全垒打①。八点半的幕布会升起，她则会怀念起自己生活中的温暖和青春，也会想起今天下午所经历的一切。

外面天黑下来了，百老汇大街灯火通明，如同森林大火一般。巴兹尔慢慢走着，朝着最亮的灯光走去。他抬头仰望天空中交织在一起的那一片片巨大的璀璨光芒，心中隐约有赞许和占有的感觉。他此时明白了很多，

① 棒球运动中，全垒打一般是指大满贯本垒打，也就是满垒本垒打。

就将自己躁动不安的心放在更加躁动不安的国度。以后一有时间从学校出来，他就要来这里。

但是，一切都改变了——他就要去欧洲了。突然，巴兹尔意识到他不能去欧洲。他不能只为了缓解几个月的痛苦，就放弃创造自己命运的机会。他要依次征服预科学校、大学和纽约——哎，这才是他从小到大的真正梦想！竟会因为几个同学嘲笑就差点儿放弃，不光彩地逃之夭夭！他猛烈地颤抖起来，就像刚上岸的小狗一样。这时，他想起了鲁尼先生。

几分钟以后，他走进酒吧。经过酒保疑惑的眼神，径直来到鲁尼先生还在睡觉的桌子前。巴兹尔轻轻摇了摇他，然后用力晃他。

鲁尼先生被惊醒了，认出了巴兹尔。“你要有自知之明。”他睡意蒙眬地嘟囔着，“你要有自知之明，别来烦我。”

“我有自知之明。”巴兹尔说，“说真的，我有自知之明，鲁尼先生。你得跟我去洗手间好好洗洗，然后到火车上再睡，鲁尼先生。来吧，鲁尼先生！请——”

五

那真是一段漫长而艰辛的日子。十二月份，巴兹尔又被禁足了，直到三月份才恢复自由。由于妈妈的溺爱，他并没有养成良好的工作习惯。而这几乎不可救药，只能让生活本身来弥补了。但他无数次地重新开始，失败了再尝试。

过完圣诞节，他结交了一个新朋友，名叫梅普尔·伍德。但他们糊里糊涂地吵了一架。在整个冬季学期，学校变得封闭沉闷起来，男孩天生的野性仅在室内运动中得到部分缓解。巴兹尔因为他真实和莫须有的罪错，受到了不少冷落和怠慢，非常孤单。但另一方面，他有泰德·费伊和留声机上播放的《夜玫瑰》——“我这一辈子，一听到那首华尔兹”——以及记忆中的纽约灯火，憧憬着下个秋季橄榄球赛场上自己的表现和耶鲁的闪亮形象，还有空气中春天的希望气息。

胖子加斯帕和其他人现在对他态度很好。有一次，他和胖子碰巧从商业区一起回家，谈了很久女演员的轶事——巴兹尔很有自知之明，根本不指望以后还会有这种谈话。年纪比他小的学生突然决定认可他了，以前讨厌他的一位老师有一天搭着他的肩膀走进了教室。他们最终都会忘记前嫌的，也许过了夏天就忘了。九月份会有新生入学；来年他会有个良好的开端。

二月里的一天下午，打篮球时发生了一件了不起的事情。他和砖头威尔士都是第二阵容的前锋，两人扭在一起激烈地抢球，整个体育馆回响着清脆的掌声和尖利的呐喊。

“这边!”

“比尔！比尔!”

巴兹尔已将球运到了球场底线，空着手的砖头威尔士大声嚷嚷：“这边！李！嘿！李——耶!”

巴兹尔脸涨得通红，传了个坏球。他被人喊了外号。这是一个寒碜的代号，却总要好过被人赤裸裸地称呼姓氏，或是冠以嘲弄的字眼。砖头威尔士继续打球，并没有意识到自己做了什么特别的事情，没有意识到自己推动了历史进程，把一个孩子从怨恨、自私、神经衰弱和不幸福的人群中拯救了出来。我们并不确知那些珍贵的时刻，一旦人们打开了心扉，哪怕是最轻柔的触碰都能使其萎靡或痊愈。倘若错过那一刻，我们此生就再也不能触动他们了。纵然我们有疗效最佳的药物，也无法将他们治愈；纵然我们有最锋利的宝剑，也无法将他们杀死。

李——耶！这个词很难发音。然而，那晚巴兹尔上床睡觉时还在想着它，不舍得将它放下。他美滋滋地玩味到最后一刻，直至轻松地进入梦乡。

约瑟芬：有风流史的女人

一

一群年轻姑娘开着车慢慢穿过纽黑文，有两个忽然警觉起来，约瑟芬和莉莲用温柔而坦诚的目光迅速瞟着三五成群地在街上闲逛的大学生和聚在街角的几大群人。这些人不约而同地转过头来，目送她们远去的背影。她们确信自己认出了独自在街上游荡的熟人，便拼命挥手致意。那个年轻人不觉张大了嘴巴，等她们转过下一个街角，他茫然而胡乱地做了个手势。她们大笑起来："晚上回到学校后，我们给他寄张明信片，问问刚才是不是真是他。"

阿黛尔·克劳坐在一个小凳子上，一直在跟监护人①钱伯斯小姐聊天。莉莲侧目瞟了她一眼，眼睛眨也不眨地朝约瑟芬使了个眼色，可约瑟芬早已陷入了沉思。

这里是纽黑文，她少女时代的梦中城市。这里有流光溢彩的舞会，她会迈着轻盈的脚步穿行在男人中间，犹如他们随之起舞的乐曲一样飘忽不定。这座城市像麦加一样神圣，像巴黎一样光鲜，像廷巴克图②一样神秘。一年两次，她家乡芝加哥的生机和活力会流淌到这里，又一年两次倒流回去，把圣诞或夏天带回去。瞧呀，瞧呀，瞧呀！这是家乡方言：我的爱人，

① 在社交场所陪伴未婚少女的年长女性，参加社交聚会时在场监护。

② 非洲西部马里境内、撒哈拉沙漠边沿的城市。正确名称为"Tombouctou（通布图）"。有时用来泛指遥远的地方。

我渴望你朝我投来一瞥；站在左边的可爱男孩，我在那星光下等待。

尽管她还是第一次见这个场面，却发现自己竟然不为所动。她们所由路过的男人看上去很年轻，这一天也许过得相当无聊，巴不得有乐子可看。二月的天空下，在光秃秃的榆树、污雪覆盖下的湖面和挤挤挨挨的房屋映衬下，他们显得死气沉沉，茫然不知所向。一缕希望吸引了她的视线。那是一个衣着考究、头戴圆顶高礼帽的男人，手里提着手杖和皮箱，匆匆忙忙地朝车站走去。他的回眸却包含着太多讶异，也太过纯朴了。约瑟芬感到纳闷儿，不知自己的幻灭感为何如此之深。

她刚好十七岁整，对于享乐生活已感到腻烦。她曾是众人瞩目的焦点，被流言蜚语包围；她曾让成熟的男人方寸大乱；据说她杀死了她的祖父，他已年过八旬，也许就是老死的。中西部地区到处都有受挫失意的小子，仔细追究起来，原来都是凝望过她那双饱含渴求和惆怅的绿眼睛的年轻人。她曾经迷信男人无所不能，但去年夏天的那场恋爱摧毁了这个信念。她当时厌倦了日渐黯淡的九月时光——这种情况似乎时有发生。刺激而短暂的圣诞节每次都有旅行合唱团，却并没有带来新人。她只剩下一个执念，一个实实在在的希望：衷心希望会有那么一个人，她爱他更甚于他爱她。

她们在一家体育用品商店前停了下来，长着一双清澈、高贵的眼睛和纤细双腿的漂亮姑娘阿黛尔·克劳买了体育器械。这就是此行的目的——她们是学校的春季曲棍球委员会成员。此外，阿黛尔还是高年级班长，也是学校里的女生典范。她近来在约瑟芬·佩里身上看到了起色。这倒像是一个诚实的公民开诚布公地首肯一个金盆洗手的投机分子。另一方面，对于约瑟芬来说，阿黛尔简直不可理喻，值得仰慕——毫无疑问，但完全不是一类人。不过，约瑟芬运用了迄今为止专门留给男人的良好适应能力要迷倒她，尽力不让她失望，努力让自己对学校严谨有序的小政治环境真正产生兴趣。

有两个男人背对她们站在另一柜台前，正要转身离开商店，忽然看见了钱伯斯小姐和阿黛尔，便立刻走上前来。跟钱伯斯小姐搭话的人很瘦，表情僵硬。约瑟芬认出来了，他是布里尔顿小姐的侄子，在纽黑文上学，以前跟姑妈在学校里度过几个周末了。另一个人约瑟芬从未见过。他个子很高，身材魁梧，长着一头金色卷发，坦诚的面容流露出坚毅的力量和善解人意的体贴。二者兼而有之，便显得和蔼可亲。这张脸不是约瑟芬通常喜欢的类型。他的双眼显然没有秘密可言，没有旁门左道，也没有半点儿非分神色来显示心口不一的迹象。他的嘴巴很大，颇有阳刚之气；笑容既善良，又有节制。这类向阿黛尔·克劳献殷勤的男人，引起了约瑟芬的好奇，一直盯着他看。他向阿黛尔打招呼，声音里分明流露出喜悦，仿佛这次碰面是他今天的意外惊喜。

不一会儿，约瑟芬和莉莲就被叫过去介绍给对方了："这是沃特伯里先生！"——也就是布里尔顿小姐的侄子——"还有达德利·诺尔顿先生。"

约瑟芬瞟了一眼阿黛尔，见她脸上带着波澜不惊的自豪，甚至有点儿占有的意味。诺尔顿先生讲话彬彬有礼。很显然，他虽说眼睛看着更年轻的女孩，可并没把她们放在眼里。不过，既然是阿黛尔的朋友，他便大方得体地聊了几句。结果得知，她们两个都是第一次来纽黑文参加下周舞会的。是谁邀请了她们呢？二年级的大学生，他跟他们不太熟。约瑟芬觉得这种优越感真是多余。怎么，她们是友爱兄弟会的元老呢——里奇韦·桑德斯和乔治·戴维——在合唱团的巡回途中，每座城市就连被他们看中的姑娘都自认为是精英，仅次于被他们邀请到纽黑文的姑娘。

"哦，对了，我有个坏消息要告诉你！"诺尔顿对阿黛尔说，"你可能要在舞会上领舞。杰克·科埃由于阑尾炎住院了，我迫不得已只好担任了临时主席。"他看起来满怀歉意，"跳得像石器时代的人当中就有我一个，只会跳上两步而已。我真不知道自己是怎么混进委员会的。"

在乘车回布里尔顿小姐的学校途中，约瑟芬和莉莲连珠炮似的向阿黛尔发问。"他是辛辛那提的一个老朋友。"她一本正经地解释道，"他是棒球队长，还是骷髅会①的最新成员。"

"你要跟他一起去参加舞会吗？"

"是的。你看，我从小就认识他。"

这句话是不是有隐含之意呢？只有那些从小就认识阿黛尔的人才了解她真正的价值吗？

"你们订婚了吗？"莉莲问道。

---

① 耶鲁大学的一个秘密精英社团。甄选会员十分严格，一般只会选择在他们看来是校园领导者或其他风云人物的学生入会。

阿黛尔大笑起来："饶了我吧！我可不去想这些事！现在想这事好像还不到时候，是吧？"

（"是时候了。"约瑟芬暗自插话）"我们只是好朋友啦。我认为男女之间可以有完全健康的友谊，没有很多——"

"感情纠葛。"莉莲帮腔说。

"嗯，对。可我不喜欢这个词。我刚才想要说的是，没有很多应该以后才会出现的浪漫情事。"

"好极了，阿黛尔！"钱伯斯小姐随口说。

可约瑟芬的好奇心还是没有得到满足。"他没说过'爱上了你'或者类似的话吗？"

"饶了我吧，没有！达德跟我一样，不相信这种鬼话。他在纽黑文够忙的了，要参加委员会和球队活动。"

"哦！"约瑟芬说。

奇怪的是，她反倒有了兴趣。两个相互吸引的人竟然从不谈情说爱，而是满足于"不相信这种鬼话"，这是她从来没有过的经历。她以前认识一些没人追的女孩，还有一些看似冷血的女孩，甚至还有一些在所思所想、所作所为方面撒谎的女孩子。可这里有一个女孩子，骷髅会的最新成员对她大献殷勤，而她说起这事来就好像他们是刚竣工的哈克尼斯大厅顶上两个石灰岩滴水兽。钱伯斯小姐指给他们看过那些滴水兽。不过，阿黛尔看上去很开心——比约瑟芬开心，约瑟芬总是相信男女就是为彼此而生的，相爱越快越好。

考虑到他人缘好又小有成就，诺尔顿似乎更有魅力。约瑟芬心想，他是否会记住她并在舞会上跟她跳舞，或者这是否取决于他跟她的舞伴里奇韦·桑德斯有多熟。她努力回忆自己刚刚是否在他看着她的时候面带微笑；如果她真的笑了，那他就会记住她并跟她跳舞的。当晚她在学习两个不规则变化的法文动词和《古舟子咏》① 的十个诗节时，还在努力确认这个细节，可直到睡着了还不能肯定。

---

① 英国19世纪浪漫派"湖畔诗人"之一柯勒律治的叙事诗代表作，又译《老水手之歌》。

二

三个年轻快活的大二男生、友爱兄弟会的创始人一起，为约瑟芬、莉莲和一个来自法明顿的姑娘及其母亲租了一所房子。对这些女孩来说，这还是头次参加舞会。她们带着被判了死刑一样的紧张心情来到纽黑文。但那天下午在谢菲尔德兄弟会喝茶时，突然出现了一大帮家乡来的男孩、去那里做过客的男孩和他们的朋友，还有一些完全不知根底却显然跃跃欲试的新来的男孩。他们浑身散发着自信的光芒，成群结队地涌入这光鲜亮丽的人群里。十点钟时，兵工厂就被挤得水泄不通了。

舞会真让人印象深刻。约瑟芬还是头次参加由男人按照男人的标准来组织的盛大聚会。这是女性被排除在外的纽黑文社会的外围延伸，一切都在幕后暗中进行。她察觉到她们的三个男伴虽然先前一度看起来就是人情世故的化身，可在这个功利、无情的微观小社会却是些卑微的小虾米。一个男人的世界！约瑟芬环顾四周，看着合唱团音乐会似的舞会现场，不觉对这种默契的团队、友好的氛围满怀钦佩。她妒忌阿黛尔·克劳，在化妆室里瞟都没瞟她一眼。她今晚作为达德利·诺尔顿的女伴，自然而然备受瞩目。舞会开场仪式①上，阿黛尔领头穿过绣球花环绕的入口，从悬挂着的彩旗下走下来，身着一袭素白衣裙，仪态端庄，几乎未施粉黛——她的妒忌便又增加了几分。她一时成了全场目光的焦点。此情此景，唤醒了约瑟芬心里长久蛰伏的某种情绪。她觉得有问题，说不清道不明的一种可能性。

“约瑟芬！”里奇韦·桑德斯开口道，“你想不到我现在有多高兴，梦想成真了。我盼这个场景已经好久，做梦都会梦到它——”

她不假思索地抬头对他笑了笑，心思却在别处。随着舞会进行，这个念头一直在她心头萦绕。从一开始，就不断有人向她大献殷勤：除了一起喝过茶的男人，又来了十来张新面孔，十来个自信或胆怯的声音。最终就像所有更受欢迎的姑娘一样，舞厅里有一群追随者围着她四处转。不过，这一切以前也都在她身上发生过，此刻倒是稍显不足。她或许有十个男伴，

---

① 开正式舞会时全体宾客列队进场或绕场一周的开始仪式。

而阿黛尔只有两个。约瑟芬猛然意识到，一个女孩在这里的地位取决于带她来参加舞会的男伴的地位。

她对这种不公大为不满。一个女孩通常是凭借姿色和魅力来赢得人气的。她越美，越有魅力，就越有底气漠视公众舆论。阿黛尔的脚踝太粗，粉腮过红，仅凭勾搭上一个可能对女孩一无所知或对她们的魅力毫无判断力的棒球队长，竟然受到了这样的抬举，真是荒唐。

约瑟芬跟来自芝加哥的埃德·比门特跳舞。他是她最早的追求者，青涩年代舞蹈学校的恋人。当时，她头上还扎着麻花辫，穿着白色的长筒棉袜、束腰的蕾丝衬裤和总是系着腰带的褶皱衣裙。

“我这是怎么了？”她问埃德，不由得把心里的想法说了出来。“最近这几个月，我感觉自己好像活了一百岁了。可我才十七岁，那次聚会也才过了七年。”

“打那以后，你谈了太多恋爱呢。”埃德说。

“没有。”她气咻咻地反驳道，“只是我有不少荒唐可笑的传言，毫无根据，通常是些妒忌成性的女孩编造的。”

“妒忌你什么？”

“休得无礼。”她尖刻地说，“让我离莉莲近些吧。”

达德利·诺尔顿插到莉莲面前同她跳舞。约瑟芬跟她的朋友讲话，然后等着他们转过来。这样就能有几秒钟面对面的机会，她朝着诺尔顿微微一笑。这次她确信，笑容吸引了他的目光。两人目光接触，他感觉到了她那芬芳四溢的魅力。要是用后来出现的法国香水来命名，可能会被称作“邀约”。他弯腰致礼，也朝她微微一笑。一分钟以后，他跳到她面前，和她一起跳舞。

旋转到舞厅角落里，她放慢了舞步，好让他跟上节奏。他们慢慢地转着圈跳了一会儿。“你跟阿黛尔领舞时看起来真可爱！”她对他说，“你似乎严肃而和善，就好像其他人都是小孩。阿黛尔看着也很可爱。”她灵机一动，又补充了一句，“在学校里，我可是把她当成偶像呢。”

“真的！”他显然感到意外，却在极力掩饰。“这我得跟她说说。”

他比她想象的还要帅，在他那诚恳、得体的举止背后有一种权威感。尽管他对她照顾得很周到，可她见他的目光迅速扫视舞厅，看一切是否正常。他在经过管弦乐队的领队身边时轻声讲话，对方毕恭毕敬地走到乐池边上来。骷髅会的最新成员呢——约瑟芬知道这意味着什么。她父亲以前就是骷髅会成员。里奇韦·桑德斯和友爱兄弟会的其他成员当然都不是骷髅会成员。她心想，假如有一个女生骷髅会，自己会不会被吸纳进去呢——或者阿黛尔·克劳会被接受，她的大脚踝是坚实的象征。

快快来呀，
想要你靠近些！
衷心欢迎呀，
来参加派对吧。

“我想知道这里有多少男孩把你当成榜样。”她说，“我要是男孩，你就是我想成为的那种人。只是如果一直不断有女孩爱上我，我会觉得很烦的。”

“没有。”他简单地回答道，“从来没有。”

“哦，是的——但她们把爱藏在了心里，因为她们太喜欢你了，可又害怕阿黛尔。”

“阿黛尔不会反对的，”他慌忙补充说，“如果有这种事情发生。阿黛尔对此看得并不重。”

“你跟她订婚了吗？”

他稍稍一愣：“我不想订婚。还没到时候呢。”

“我也是。”约瑟芬欣然表示赞同，“与其有一百个人一直在身边纠缠不休，倒不如有一个好朋友呢。”

“就是今晚一直围着你转的那群人？”

“哪群人？”她若无其事地问。

“大二班上有一半人都在追你呢。”

“一群登徒子。”她毫不领情地说。

约瑟芬在舞会组委会主席的臂弯里，以曼妙的舞姿穿过这个刚刚被她迷醉征服的舞厅。此时，内心的喜悦让她容光焕发。他跟她多跳了一会儿。她觉得这是由于他让她的追随者感到敬畏，所以不敢上前。最终还是有个男人上前邀她共舞，她的喜悦顿时跌倒了谷底。达德利·诺尔顿跟她跳了舞，让这人感觉不一般；他对她愈发恭敬，他那刻意表现出来的仰慕让她觉得厌烦。过了一小会儿，她希望达德利·诺尔顿再回来接着跟她跳，可是过了午夜，又拖了一个时辰，她怀疑他是否不过出于礼节才来眷顾她——阿黛尔的一个女同学。此后，阿黛尔大概是把他说成约瑟芬的风流史里的一段小插曲吧。等到他终于朝她走来，她变得紧张而警觉。这个状态让她看上去顺从、温柔、文静。但他没有邀她跳舞，而是把她拉到了一排包厢边上。

“阿黛尔在衣帽间的台阶上摔了一跤。她扭伤了脚踝，长筒袜被钉子钩破了。她想找你借一双，因为你就住在附近。我们住在草坪俱乐部那边。”

“当然可以。”

“我跟你一起过去——我的车就停在外面。”

“可你很忙，不要麻烦了。”

“我当然要跟你一起去。”

冰雪消融，空气中暖意融融；榆树和房屋飞檐周围笼罩着一丝淡淡的、澄明的春天气息。它们一周前还是光秃秃、冷冰冰的，让她感到压抑。夜色给人禁欲苦行的感觉，仿佛雄性竞争的精髓正在慢慢渗透到这座小城的四方各处。三个世纪以来，男人们在这里比拼着力量和志向。此时，达德利·诺尔顿坐在她身边，充满活力和才华，象征着这一切。就好像她从没见过真正的男人。

“请进！”她说。他随着她走上了房子的台阶。“他们把这里收拾得很舒适。”

光线昏暗的客厅里燃烧着炉火。她拿着长筒袜下楼时走进去，来到他身旁，静静地站了一会儿，跟他一起看着炉火。随后她抬起头来，仍旧一言不发，又低头看了看，再次望向他。

“你拿到长筒袜了？”他问道，稍稍挪动了一下。

“是的。”她上气不接下气地说，“亲亲我，奖励我动作这么快。”

他大笑起来，就好像她讲了什么俏皮话，然后朝门口走去。他们上车的时候，她面带微笑，把失望深埋在心里。

“认识你真好！”她对他说，“你都不知道我从你的话里受了多少启发。”

“可我没什么想法呀。”

“你有的。关于不到时机就不订婚的那些话。我没有太多机会跟你这样的男人聊天，否则，我猜我的想法就不同了。我刚刚意识到自己对很多事情的看法都错了。我过去想要刺激的生活，现在我想要帮助别人。”

“是的。”他表示赞同，“这样很好。”

他似乎还想再说点儿什么，这时他们已来到了兵工厂。在他们离开的这段时间，晚餐开始了。约瑟芬跟在他身边穿过巨大的舞池，觉得有许多眼睛在看他们，心里想着人们会不会认为他们两个有什么事情了。

“我们迟到了。”诺尔顿说。阿黛尔走到一边去穿长筒袜。“带你来的男生大概早就放弃了。你最好让我给你拿点儿东西吃。”

“那太好了。”

又回到舞池里，她沉浸在飘飘欲仙般的美妙氛围里。几位名媛离开了，其追随者跟她的追随者混在了一起。到现在为止，舞场还没有哪个女孩这么频繁地更换舞伴。就连布里尔顿小姐的侄子厄内斯特·沃特伯里也来跟她一起跳舞——虽然动作僵硬，却也不失为一种认可。跳舞？她试着变更舞步，在舞池里绕着圈，忽左忽右地从一个男人飞旋到另一个男人的臂弯里。她突然感到需要放松一下。

仿佛是对她的心情作出回应，一个新人出现了。那是一个时髦阔绰的高个子南方人，声音里带着诱惑力：“你这可爱的小东西，我的眼睛一直盯着你，那浮雕般的标致面容飘然而过！在众人中间，你亭亭玉立，就像一大片雏菊花丛中赫然挺立的美国丽人。”

在第二次跟他跳舞的时候，约瑟芬答应了他的恳求。“好吧。我们出去走走。”

“我想的可不是到外面去。”他们离开舞池时，他解释道，“我在这楼里刚好租了一间房呢。”

“好吧。”

布克·查菲来自阿拉巴马州。他带着她穿过衣帽间，沿着一条过道来到一扇不起眼的门前。“这是我的朋友布恩中士的私人公寓。他是炮兵教官。他想要专门确认一下，它今晚要用来约会，而不是用作阅读或类似其他事情。”他打开房门，开了一盏昏暗的灯。

她走进来后把门带上，他们面对面地站着。“太迷人了！”他低声喃喃道。他的脸从高处向下凑过来，用长长的手臂温柔地环住了她，动作十分缓慢。他们对视了很长一段时间，他把她拉到近前。约瑟芬不断地想，她还从未吻过南方小伙儿呢。

突然，门外传来钥匙在锁眼里转动的声音。他们吓了一跳，赶快分开了。随即是一声低低的窃笑声，接着又是远去的脚步声。布克一跃，跳到门边，用力去拧门把手。这时，约瑟芬注意到，这不仅是布恩中士的客厅，也是他的卧室。

“是谁？”她问道，“他们为什么把我们锁起来？”

“一个淘气鬼。我想抓住他揍一顿。”

“他会回来吗？”

布克坐在床上想了想，“不好说。都不知道是谁干的。不过，要是组委会有人来了，看起来不太好，是吧？”

他见她脸色大变，走过来揽住她，“别担心，宝贝！我们有办法的。”

她回吻了他，短暂却很投入。随即她挣脱开来，走进了隔壁房间。里面挂着靴子、制服外套和各式各样的军械。

“这里有扇窗。”她说。它开在墙上高处，很久都没有打开过了。布克爬到一把椅子上，用力把它推开一道缝。

“下面大约有十英尺呢。”过了一会儿，他描述道，“不过，正下方有一个大雪堆。你可能会摔一下，肯定会湿了鞋袜。”

“我们总得出去呀！”约瑟芬厉声说道。

“我们最好等等，给那个调皮鬼一个机会——”

“我不想等。我要出去。喂——把床上所有毯子都扔出去，我跳到它们上面。要不你先跳下去，把它们铺在雪堆上。”

随后发生的事情简直太刺激了。布克·查菲仔细抹去窗子上的灰尘，以免弄脏她的衣裳。随后，他们吓得不敢说话了，有脚步声走近——从外面的门口经过。布克跳了下去，她听见他骂骂咧咧地踢着腿，从下面柔软的雪堆里艰难地爬了出来，铺开毯子。就在约瑟芬摆动双腿、跨出窗子的那一刻，门外传来说话声，钥匙又在锁眼里转动了。她轻盈地落地了，伸手去拉他的手。他们疯狂地大笑着跑起来，脚下打着滑，经过半个街区，朝街角处跑去。到达兵工厂入口时，他们站在那里喘了一阵子，呼吸着夜里的清新空气。布克不太情愿地走进去。“何不让我送你回住处呢？我们可以在附近坐坐，缓缓神。”

她犹豫了一下，刚才共同经历的困境拉近了他们的距离。可里面有什么在召唤她，仿佛有惊喜在等着她。“不行。”她下定了决心。

进门时她撞上了一个步履匆忙的男人。抬头一看，她认出了是达德利·诺尔顿。

“对不起!”他说，“哦，你好——”

“你带我跳到我的包厢，好吗?”她急切恳求道，“我的裙扯破了。”

迈开步子时，他心不在焉地说：“其实，刚才发生了一个小恶作剧。他们把事情推给我了，我正要去处理呢。”

她的心狂跳起来，感到自己需要立刻变成另一种人。“我说不清遇见你对我意义有多大。有一个正儿八经相处的朋友、不必有多愁善感的情感纠葛对我来说，真是太棒了。你不介意我给你写信吧——我的意思是说，阿黛尔会介意吗?”

“天哪，不会的!”

她觉得他的微笑完全让人琢磨不透。到了包厢时，她又想到了一件事：“复活节期间，棒球队在温泉城训练，是真的吗?”

“是的。你打算去那里吗?”

“是的。晚安，诺尔顿先生。”

可她注定要再次见到他，就在男衣帽间门外，他同一直坚持到最后的脸色苍白的女孩和比她们脸色更苍白的母亲在一起。一夜过后，母亲们脸上的皱纹增加了一两倍。他在跟阿黛尔解释什么，约瑟芬听到了这句话：“门上了锁，窗子开着——”

约瑟芬忽然想到，他遇见她进门时湿了衣裙，气喘吁吁，一定猜到了真相——阿黛尔无疑会证实他的猜测。她面前再次出现了旧敌的幽灵，那个长相普通、满怀妒忌的女孩。她闭紧了嘴，转过身去。

可他们已经看见她了，阿黛尔用她那欢快悦耳的声音招呼说：“来道晚安吧。你真好，拿了长筒袜给我！这是一个做不出卑劣、愚蠢之事的姑娘，达德利。”她冲动地倾身在约瑟芬脸颊上吻了一下。“你会发现我说对了，达德利——明年她将会是学校最受人尊敬的女生。”

三

早春三月，长日漫漫。接下来，事情进展十分迅速。布里尔顿小姐的学校里，一年一度的高年级舞会来临了。那是一个春意盎然的夜晚，所有低年级女生都夜不成眠，侧耳倾听着体育馆里传来的叹息般的舞曲。舞曲间隙，纽黑文和普林斯顿来的男生在操场上游荡；敞开的黑洞洞的窗户里，一道道目光偷偷投向模糊的人影。

约瑟芬却没这么做，尽管她像其他人一样睡意全无。她如今每天都保持着清醒克制的头脑，不能接受这种意淫式的消遣方式。然而，她还不如挤到那些人前面，朝下面的男生喊话，扔纸条，攀谈。因为命运突然背叛了她，正在自行编制一张暗黑的网。

小姑娘，莫沮丧，莫忧伤，
我俩毕竟同舟相伴——

达德利·诺尔顿在五十码①以外的体育馆里。离一个男人这么近，并不像一年前那样令她兴奋。至少感觉不一样了。她现在认识到，生活是一件严肃的事情。在这昏暗的夜色中，她脑子里不断闪现出一部小说的某句台词：“他是个适合做我孩子父亲的男人。”比起这种现实考虑来，一百个登徒子的翩翩风度和甜言蜜语算得了什么呀。一个人总不能一辈子都在半掩的门后跟半生不熟的陌生人接吻吧。

此刻，她枕头下面有两封信，是给她的回信。信的字体粗大、浑圆，告诉她棒球训练开始了；说是很高兴约瑟芬这样关心他们。写信者当然期待复活节见到她。在她收到的所有书信当中，这是最难从中榨出些许真诚的两封——你甚至无法在落款的“你真诚的”里面读出“真诚”的意味——可约瑟芬已对它们烂熟于心。它们很宝贵，因为他写信花费了时间。

① 大约四十五米。

就连贴在上面的邮票都意味深长，因为他极少这样做。

她在床上辗转反侧，体育馆里的音乐声再次响起：

哦，我的爱，我等了你很久，
哦，我的爱，这首歌为你而唱——
哦—哦—哦——

隔壁房间传来了一阵轻笑。接着，下面传来一个男声，还有一阵长时间有来有往的轻声笑语。约瑟芬听出了莉莲的笑声和其他两个女孩的声音。她可以想象出她们穿着睡衣横躺在窗前的样子，敞开的窗子里能够勉强看见她们的头。“快下来吧！”一个男孩不停地说，“不要太拘谨——来呀，露出你们的真容。”

突然一阵沉寂，接着是踩在碎石上嘎吱嘎吱的急促脚步声，以及一阵按捺不住的窃笑和匆忙的奔走，隔壁房间里的几张床发出抗议般的呻吟声，大厅外面有一扇门砰地关上了。可能有人会有麻烦了。几分钟以后，约瑟芬的房门打开了一半，借着走廊上昏暗的灯光，她瞥见奎因小姐的影子一闪，随后那扇门便关上了。

第二天下午，约瑟芬和其他四个女孩尽管异口同声地否认夜里朝窗外说过哪怕一个字，却受到了留校察看的处分。这件事无法挽回了。奎因小姐认出了在窗子里露出的脸，她们全都来自两个房间。这真不公平，但和接下来发生的事情相比，根本不算什么。复活节假期前一周，学校集体乘车到一座牛奶场一日游。所有人都去了，除了这几个受处分的人。钱伯斯小姐很同情约瑟芬的不幸遭遇，请她负责招待厄内斯特·沃特伯里先生。他要来跟姑妈一起度周末。这比没事做好不了多少，因为沃特伯里先生是个很乏味、很呆板的年轻人。正因为他的乏味和呆板，转天早上，约瑟芬就被学校开除了。

事情的经过是这样的。他们在操场上散过步，坐在花园的桌边喝茶，厄内斯特·沃特伯里说想去小教堂看看，就在他姑妈的汽车沿着车道开过来之前几分钟。去小教堂要下一段蜿蜒曲折的仿中世纪楼梯，由于鞋子在花园里打湿了，约瑟芬在最顶端的台阶上失足滑倒，下落五英尺①，直接跌进了沃特伯里先生怀里。他不太情愿地接住了她，她无助地倒在他怀里，不禁笑得花枝乱颤。这时，偏巧布里尔顿小姐和来校参观的理事看到了他们。

“这可跟我无关!”胆小怕事的沃特伯里先生宣称。他慌乱而愤怒，马上整理行装，回纽黑文去了。布里尔顿小姐把这事与上周的罪过联系起来，开始失去理智了。约瑟芬在屈辱和狂怒之下也失去了理智。佩里先生刚好在纽约，当夜就赶到了学校。布里尔顿小姐见他情绪激动，义愤填膺，便让了步，撤销了处分。可损失已难以挽回，约瑟芬收拾行李，离开了学校。她的学校生活才刚开始有意义，却以这样荒唐的方式意外结束了。

此刻，她所有仇恨全都是针对布里尔顿小姐的，离开时仅仅流下了愤怒和怨恨的泪水。随父亲乘车去纽约的路上，她发现他虽说一开始出于本能，全心全意站在她这一边，可对于她的不幸也多少有些恼火。

“我们都会没事的。”他说，“不幸的是，就连布里尔顿小姐那个老白痴也会照样过活。她应该开一所工读学校才对。”他沉思了片刻，“不管怎样，你母亲明天就到了。你和她照原先的计划去温泉城吧。”

“温泉城!”约瑟芬大叫一声，声音有点儿哽咽。“哦，不!”

“为什么不呢?”他吃惊地问道，“这似乎是最好的安排了。在你回芝加哥之前先避避风声吧!”

“我宁愿回芝加哥去!”约瑟芬气喘吁吁地说，“爸爸，我更愿意回芝加哥。”

“真是荒唐！你母亲已经动身来东部了，一切都安排好了。在温泉城，你可以兜兜风，打打高尔夫，忘掉那个老女魔头——”

“东部难道没有别的地方可去了吗？有我认识的人去温泉城，他们会知道发生了什么。我不想见这些人——学校里的女同学。”

“喂，把头抬起来——这个时候最不容易。很抱歉我刚才说了等芝加哥的风声过去之类的话。我们要不是另有安排，现在就得马上回去面对城里那些老悍妇和长舌妇。每当有人悄悄躲进角落，她们就会认为你做了什么坏事。要是有人说三道四，那你就把真相告诉他们——就是我对布里尔

① 大约一点五米。

顿小姐说过的那番话。你告诉他们说，你原本可以回去上学的，可我死也不让你回去。”

“他们不会信的。”

无论如何，在学校放假前会有四天在温泉城缓冲一下。约瑟芬跟着一个专业人士上高尔夫球课，借此打发时间。此人刚从苏格兰来，肯定对她的倒霉经历一无所知。有天下午，她甚至跟一个小伙子开车出去兜风。他坦白说二月份被普林斯顿开除了，她几乎对他产生了一种亲切感。然而，她并没有把自己的事情如实告诉对方。不过，到了晚上，她不顾这个年轻人的胡搅蛮缠，还是跟母亲待在一起，感觉母亲比以前更亲近了。

一天下午，约瑟芬在大厅看到前台边站着二十多个英俊小伙儿，在一堆帽盒和提包旁边等着，便知道她害怕的事情还是来了。她跑上楼去，假装头痛；当晚便在楼上用餐；晚饭后在房间里不安地走动。她感到羞愧，不仅因为自身的处境，也因为她对这事的反应。对于不受欢迎的姑娘，她从未有过半点儿怜悯。她们因为在舞场吸引不到舞伴而偷偷躲在化妆室，还有在佛瑞斯特湖区①是局外人的女孩——现在她跟她们一样了，凄凄惨惨地躲在生活之外。她惶惶然，唯恐变化写在了她的脸上。她在镜前停下脚步，发现镜子里的自己仍旧迷人。“该死的傻瓜们!”她大声说道。这样说着，她扬起了下巴，双眼周围笼罩的淡淡愁云消散了。收到的各式各样情书里的只言片语在眼前掠过；毕竟她身后有一百张失落、恳求的面孔和无数个温柔、恳求的声音。这些打消了她的疑虑。她的内心重新充盈着骄傲，直到她能够看见温热的血液涌上双颊。

门口传来敲门声，是那个普林斯顿男生。“下楼走走如何?”他提议道，“有个舞会，到处都是男生，整个耶鲁棒球队都来了。我会从他们中间挑一个介绍给你，你会玩得很开心的。怎么样?”

“好吧。可我不想见任何人。你整晚都得跟我跳舞。”

“你知道，这正合我意。”

她匆忙穿上一件崭新的春装晚礼服，是最浅淡的精灵蓝色。她兴奋地看着自己，就好像蜕去了冬天的旧皮肤，变成了闪亮、无瑕的蝶蛹。下楼

① 美国加州地名，又译森林湖。

梯时，她的双脚轻轻落下，偏不去应和楼下音乐的节拍。这是她一周前在纽约看过的一出戏里面的乐曲，一首关于未来的曲子——准备好迎接始料不及的快乐、尚未邂逅的恋人。一曲开始，她确信生活有着数不清的新开端。还没等她跳上十步，达德利·诺尔顿便插进来邀她跳舞了。

“嗨，约瑟芬!”他从没直呼她的名字。他拉着她的手站在那里：“嗨，见到你真高兴！我一直盼呢，盼着你来。”

她惊喜交加，就像乘火箭似的飞上九重天。见到她，他的确很高兴——他脸上的表情显然是真诚的。他可能没听说那件事吗?

“阿黛尔写信给我，说你有可能在这里。她不确定。”

那么，他知道了，也并不在意。不管怎样，他是喜欢她的。

“我穿得太素净了些。”她说。

“嗯，很适合你呀。”

“你知道发生了什么——”她试探地说。

“我知道。我刚才没打算说什么，可大家都说沃特伯里表现得像个蠢货——这对他下个月要参加的选举可没什么好处。瞧——我想让你跟一些人跳舞，他们做梦都想跟美女跳舞。”

很快，她似乎在跟整个球队的人同时共舞。达德利·诺尔顿间或插进来。还有那个普林斯顿男生，他对这场意想不到的竞争感到有点儿气愤。舞厅里有来自很多学校的很多女孩，可这些耶鲁男生发挥了令人钦佩的团队精神，对约瑟芬表现出明显的偏爱；墙边椅子上坐着的人已经开始对她指指点点了。

她心里一直在等着事情发生，等着那一刻的到来——她将与达德利·诺尔顿一起走进那温暖的南方之夜。一切发生得很自然。就在一曲结束之后，他们沿着一条盛开着早春丁香的林荫大道漫步，转过一个弯，再转过一个弯……

“你刚才见到我很高兴，是吧?”约瑟芬说。

“当然了。”

“一开始我很害怕。因为你的缘故，我对学校里发生的事情追悔莫及。在那之前，我一直努力要有所改变——都是因为你。”

“不要再去想学校那件事了。每个相干的人都知道你遭遇了不公。忘记它，重新开始吧!”

“是的。”她安详地附和道。她很开心。微风习习，丁香芬芳——就是她，可爱却又不可捉摸。他们坐在木椅上，旁边的那些树木——就是他，强壮有力，在她身边保护着她。

“我非常想在这里见到你。”过了一会儿，她说道，“你对我真好。我想，我也许能用一种不同的方式对你好——我的意思是说，我知道一些你不知道的休闲方式，比如，哪天晚上我们一定要在月光下骑马。那会很有趣呢。”

他没有应答。

“当我喜欢上一个人的时候，真的会很乖。其实，这种情况不多见。”她匆忙插嘴说，“也不是认真的。不过，我的意思是，当我对一个男孩认真起来，真正把他当成朋友，我不想让一大群别的男孩在周围晃来晃去，耽误时间。我想要一直跟他待在一起，整天，整晚。你呢?”

他在长椅上稍稍动了动，身体前倾，双肘支在膝头。

看着他那强壮的双手，她的声音变得愈发柔和，压低了嗓音：“当我喜欢上一个人的时候，我连跳舞都不想了，觉得单独待着更美妙。”

一阵沉默。“嗯，你知道，”他犹豫了一下，皱起了眉头，“事实上，我有不少乱七八糟的约会，前一阵子跟一些人约好了的。”他闷闷不乐，支支吾吾地说道，“其实，过了明天，我就不在这家酒店住了。我要到山谷里一些人家里去——类似于家庭聚会吧。事实上，阿黛尔明天要来这里。”

她沉浸在自己的思绪里，一开始几乎没听见他的话。但一听到那个名字，就一下子屏住了呼吸。

“在此期间，我们两个都会去参加那个家庭聚会。我想，我们接下来要做什么，多少都已经安排好了。当然，白天我会来这里参加棒球训练。”

“我明白了。”她的双唇在颤抖，“你不会——你要跟阿黛尔待在一起。”

“我想是这样——或多或少——我会的。当然了，她会——想要见你。”又是一阵沉默，他扭动着粗大的手指。她则无助地模仿着这个动作。

“你只是为我感到遗憾。”她说，“你喜欢阿黛尔——更多一些。”

“我和阿黛尔彼此了解，我们童年在一起长大。自那时起，她基本上就是我的理想伴侣。”

“而且，我不是你喜欢的女孩?”约瑟芬的声音颤抖着，带有一丝恐慌。“我想，这是因为我吻过许多男孩，跟他们进展太快，还惹是生非，所以名声不好。”

“不是这个原因。”

“是的，就是。”她情绪激动地下了断言。“我这是报应。”她站起身来，“你最好把我送回去。这样，我就能跟喜欢我的男孩跳舞了。”她沿着小径走得飞快，眼里涌出了痛苦的泪水。他在台阶旁赶上了她，可她只是摇着头说：“原谅我这么鲁莽。我会长大的——我遭到了报应——没关系的。”

过了一会儿，她环顾舞场，四下里寻他，可他已经走了——约瑟芬震惊地意识到，这是她有生以来第一次向一个男生表白失败了。然而，除了尚且年幼的人，只有爱情才能滋生爱情。这时约瑟芬明白了，他对她的兴趣仅仅是善意而已，她意识到自己受的伤不在心上，而在自尊。她很快就会忘掉他，可她永远也忘不了从他身上学到的东西。世上有两种男人：一种是你跟他玩的，一种是你有可能嫁给他的。就在脑子里一闪念的时候，她那不安分的眼睛漫不经心地掠过那群没带舞伴的男生，轻轻地落在戈登·廷斯利先生身上。他是芝加哥的当下红人，据说是中西部最富有的年轻人。在今晚之前，他还从未注意到年轻的约瑟芬。十分钟以前，他邀请她明天跟他开车出去兜风。

可他并没有吸引她，她决定拒绝。一个人不该经历太多的人，不该为了半小时的浪漫而放弃将来会适时地取得——相当严肃的——进展的可能性。虽然她不知道这是她一生中第一个成熟的想法，但事实的确如此。

乐队正在收拾乐器，那个普林斯顿男生仍在她的耳边聒噪，还在恳求她跟他到外面的夜色中走走。约瑟芬不用想，便知他是怎样一种人。

月亮纵然照在窗上，也很明亮。她带着放松的心情挽起了他的胳膊，漫步来到室外，来到她不久前刚刚离开的那处树荫。他们的脸朝向彼此，就像两轮小月亮。上面有巨大的白色月亮高挂在蓝岭①上空。他的一只胳膊轻轻地揽住了她那柔顺的肩头：“可以吗？”他低语道。

“嗯？”

---

① 亦称蓝岭山脉。美国阿帕拉契山脉的一部分，从宾夕法尼亚州南部一直向南延伸到乔治亚州北部。

重访巴比伦

一

“那么，坎贝尔先生在哪里？”查理问。

“去瑞士了。坎贝尔先生病得可不轻呢，威尔斯先生。”

“这个消息真让人难受。还有乔治·哈特呢？”查理打听道。

“回了美国，回去工作了。”

“还有那个雪鸟①呢？”

“他上礼拜还在这里。反正，他的朋友谢弗先生在巴黎。”

一年半以前，那份长长名单上的两个熟悉的名字。查理在他的笔记本上潦草地写了个地址，把那一页撕了下来。

“你要是看到谢弗先生，把这个交给他吧！”他说，“这是我连襟的地址。我还没有拿定主意住哪一家旅馆。”

看到巴黎这么冷清，他算不上有多失望。不过，里兹饭店的酒吧静悄悄的，令人好生奇怪和不安。这不再是一间美国人的酒吧了。在这里，他觉得有点儿生分，没有宾至如归的感觉。它又回到了法国人手里。一下出租车，看到门童在仆人的入口处正跟一名杂役聊天，他就感受到了那份清静。往常这个时候，门童可是忙得不可开交呢。

穿过走廊时，他听见一向闹哄哄的女洗手间只传来一个单调乏味的声

① 从上下文看来，这是一个吸毒者的外号。

音。他拐进酒吧，出于老习惯，目不斜视地走过那二十英尺①长的绿地毯，然后一只脚稳稳地踩在吧台下面的横挡上。回过头去环视室内，只见角落里有一双眼睛眨巴着从报纸上抬起来。查理要找侍者领班保罗——在股票牛市末期乘坐私人定制汽车来上班，不过很有分寸地把车停在最近的街角——保罗今天在乡下别墅里，由亚历克斯给他报信儿。

“不，不要了。”查理说，“我近来喝的不多。”

亚历克斯恭喜他说：“两年前，你可真能喝。”

“我一定会坚持下去的。”查理向他保证说，“我坚持一年半多了。”

“你觉得美国那边情况怎样？”

“我已经好几个月没去美国了。我在布拉格做生意，代表两三家企业。那里的人不知道我的情况。”

亚历克斯微微一笑。

“还记得乔治·哈特在这里举行单身汉宴会的那个晚上吗？”查理说。“对了，克劳德·费森登后来怎么样了？”

亚历克斯压低声音，故作神秘地说：“他现在巴黎，可不再上这里来了。保罗不许他进来。他一共欠了三万法郎，包括喝酒，吃午饭，通常还有晚饭——都一年多没付钱了。保罗最后说他得把账付清，他给他开了一张空头支票。”

亚历克斯伤感地摇了摇头。

“我真不明白，他这么讲究的一个人居然会这样。现在，他浑身都浮肿了——”他用双手做了一个大苹果的形状。

查理看着一伙叽叽喳喳的妓女在一个角落里坐下来。

“什么都影响不了她们。”他想，“股票时涨时跌，人们或闲或忙，她们却一如既往。”这地方让他感到憋闷。他要了一副骰子，跟亚历克斯赌酒玩。

“要在这里久留吗，威尔斯先生？”

“我要待上四五天，看看我的小女儿。”

“啊！你有个女儿？”

---

① 大约六米。

外面不紧不慢地下着雨，霓虹灯招牌在雨雾中闪着火红、瓦蓝、青绿的幽光。已是黄昏时分，街上人来人往；小酒馆里灯光闪烁。查理在卡普希大街①的拐角处叫了一辆出租车。宏伟的粉红色协和广场②在车窗外闪过。他们接下来按理说应该过塞纳河了，查理顿时感受到了塞纳河左岸那一派外省风尚。

查理指引着出租车开到歌剧院街，并不是顺路。不过，他想看看苍茫暮色中的歌剧院金碧辉煌的正脸，把那不停奏响的《舒缓曲》③ 开头几个小节的汽车喇叭声想象成第二帝国④的号声。人们正在关闭勃伦塔诺书店门前的铁栅栏，已经有人在迪瓦尔饭馆修剪整齐的具有小资风味的小树篱后面吃晚饭了。他还从来没在巴黎一家真正便宜的馆子里吃过一餐。五道菜的晚饭，四法郎五十生丁，折合十八美分，还包括酒水。不知怎的，他倒希望自己去吃过。

汽车一路向左岸驶去，他一下子就感觉到了外省气息，心里想着："是我辜负了这座城市，我当时没意识到。可日子一天又一天过去，两年转瞬即逝。一切都不复存在了，我也完了。"

他三十五岁，相貌英俊。眉间有一条很深的皱纹，使他那张爱尔兰人所特有的表情丰富的脸显得严肃起来。他按响了帕拉蒂纳路上连襟家的门铃，皱纹显得更深了，使他的眉眼都耷拉下来了。他觉得胃里有种痉挛的感觉。从开门的女佣人身后窜出一个可爱的九岁小女孩，尖声尖气地叫着"爹爹"，猛地扑进他的怀里，像条鱼似的欢蹦乱跳。她拉着他的一只耳朵，把他的头转过来，脸颊贴着他的脸颊。

"我的小喜鹊。"他说。

"啊，爹地！爹地！爹地！爹地！爹！爹！爹！"

她把他拉进客厅，一家人都等在那里：一个男孩和一个跟他的女儿年纪相仿的女孩、他的大姨子和她丈夫。他向玛丽恩打了个招呼，小心地控制着声调，既不假作热情状，也不露出嫌恶来。她虽然把注意力转到他的

---

① 法国巴黎的著名时尚街区。

② 法国巴黎市中心的一个大广场，面积约八点四万平方米。

③ 法国作曲家德彪西（1862—1918）所作名曲。

④ 指拿破仑三世当皇帝的法兰西第二帝国（1851—1870），当时社会畸形繁荣，民风浮华。

女儿身上，尽量冲淡她那一成不变的不信任神情，可她的反应还是比较坦率地流露出不冷不热的态度。两个男人友好地紧紧握手，林肯·彼得斯的手还在查理肩膀上停留了片刻。

房间里很暖和，是舒适的美国式风格。三个孩子亲热地走来走去，穿过那些通向其他房间的长方形黄色门框玩耍。炉火发出热闹的噼啪响声，厨房里传来法式烹饪的声音，显示出六点钟的家庭欢乐。可是，查理感觉并不轻松自在。他一直提心吊胆的，只是从女儿那里获得一点儿信心。她怀里抱着他带给她的玩具娃娃，时不时地凑近他身旁。

"真是好极了！"他大声回答林肯的提问，"那里有许多生意都不景气，可我们做得比以往任何时候都好。事实上，好得不得了。我下个月要把我的姐姐从美国接来，为我管家。我去年的收入比我有钱的时候更多。你知道，那些捷克人——"他这样自吹自擂是有一定的目的的。说了一会儿，他见林肯的眼神里有一丝不安，就改变了话题："你们的孩子真乖，有教养，懂礼貌。"

"我们认为霍诺丽娅也是个很好的孩子呢。"玛丽恩·彼得斯从厨房里出来。她是个高个子女人，眼睛里流露出忧虑的神情。她从前可是个活泼可爱的美国姑娘，查理却从来没有这样觉得。每当人们谈到她从前多么漂亮的时候，他老是感到惊奇。一开始，他们之间就有一种本能的冷淡。

"喏，你看霍诺丽娅怎么样？"她问道。

"太好啦。她十个月长了这么多，我真是大吃一惊。孩子们看起来都很好啊。"

"我们有一年没看过医生了。你这次回巴黎感觉怎么样？"

"这里美国人这么少，似乎有点儿奇怪呀。"

"我觉得挺好。"玛丽恩愤愤地说，"至少你现在能走进一家铺子，没人把你当成百万富翁了。我们跟别人一样也吃了不少苦，不过，总的来说，眼下日子过得好多了。"

"可那段时间很美好呢。"查理说，"咱们都有点儿贵族范儿，几乎万无一失，好像身上带有魔力似的。今天下午在酒吧里，"他发觉说漏了嘴，迟疑了一下，"我一个人都不认识。"

她狠狠地盯着他："我还以为你去够了酒吧呢。"

“我只待了一会儿。我每天下午喝一杯，绝不多喝。”

“晚饭前你要不要喝杯鸡尾酒?”林肯问。

“我每天下午只喝一杯，刚才已经喝过了。”

“我希望你坚持下去。”玛丽恩说。

从她讲话的冷冰冰语调看来她显然很不高兴，可查理只是微微一笑。他有更大的打算。她这种气势汹汹的劲头对他有利，他明白要等待时机。他想让他们先问他这次来巴黎的目的，他们对此心知肚明。

吃晚饭的时候，他在寻思着霍诺丽娅更像他呢还是她妈妈，却拿不定主意。要是她没从他们双方身上继承那些使自身陷入困境的特质，那才叫幸运呢。他心里涌起一阵强烈的保护欲。他以为自己知道该为她做些什么。他相信性格。他要退回整整一代去，重新相信性格是恒久可贵的因素，其他一切都靠不住。

晚饭后不久他就离开了，但不是回住处。他一心想用他那双比从前更清澈、更锐利的眼睛看一看夜巴黎。他买了一张游乐场的加座票，观看棕色皮肤的约瑟芬·贝克①跳阿拉贝斯克舞②。

一小时以后他出来了，信步向蒙马特③走去，沿着皮加尔路走进布兰奇广场。雨已经停了，一些身穿晚礼服的人在卡巴莱夜总会④门前从出租车上下来。妓女们或单独或成双地游荡着，还有许多黑人。他经过一扇透出亮光的门。门里传来音乐声，有一种熟悉的感觉。他于是停下了脚步。这是布里克托普舞厅，他在那里度过了许多时光，也挥霍掉了好多钱。隔了几家门面，他发现了另外一家从前常去的舞厅，冒失地探进头去。一个乐队立刻急吼吼地开始奏乐，一对职业舞者立马跳起来。领班忙不迭地向他跑来，嚷嚷着：“大队人马就要来啦，先生!”他急忙退了出来。

“你一定是醉糊涂了。”他心想。

泽利咖啡馆已然关门，周围那些凄凉而阴森的廉价旅馆都是黑灯瞎火

① 美国黑人女歌唱家和舞蹈家，长期在巴黎演出，被认为是美国“奔放爵士”的化身。1937 年加入法国籍。

② 芭蕾舞基本舞姿之一，单腿直立，前伸，另一腿往后抬起，另一臂舒展扬起。

③ 巴黎北部的一个区，以咖啡馆和夜生活闻名于世。

④ 有歌舞表演的夜总会。

的；布兰奇路上有更多灯光，还有一伙嘈嘈切切的法国当地人。诗人洞穴咖啡馆没有了，但天堂咖啡馆和地狱咖啡馆仍然大张着两张大嘴——在他观看的时候，甚至还吞下了从一辆旅游车上下来的寥寥几名乘客——一个德国人，一个日本人，还有一对美国人，惶惶地朝他瞟了一眼。

蒙马特竭尽了全力，使尽了花招，如今气数已尽。所有迎合客人骄奢淫逸生活的做法都纯属小孩子把戏，他突然明白了“挥霍”一词的含义——消散在空气里，一切化为乌有。在午夜过后的凌晨时分，每从一个地方转到另一个地方，人类都跃进了一大步，要花更多的钱才能享受更加慢条斯理地寻欢作乐的特权。

他记得，曾经单点一支曲子就要给一个乐队上千法郎的钞票，让门童叫一辆出租车就要丢给他成百法郎。

然而，钱不是白花的。花掉的钱，哪怕是最荒唐地胡乱花掉的钱都是奉献给命运的，使他可能记不得那些最值得记住的事情。现如今，那些事情他会永远铭记——孩子从他身边被夺走，妻子逃进了佛蒙特州的一座坟墓。

在一家酒馆的刺眼灯光下，一个女人跟他搭话。他给她买了鸡蛋和咖啡，避开了她那勾魂的目光，给了她一张二十法郎的钞票，然后坐出租车回到了旅馆。

二

他一觉醒来，这是一个秋高气爽的日子——适合踢橄榄球的天气。昨天的沮丧已经一扫而光了，他喜欢街上的人们。中午，在瓦泰尔大饭店，他坐在霍诺丽娅的对面。只有这家饭店不会让他想起香槟晚宴和从两点开始一直吃到暮色苍茫才结束的漫长午饭。

“喂，来点儿蔬菜怎么样？你不是该吃点儿蔬菜吗？”

“哦，好吧。”

“这里有菠菜、花椰菜、胡萝卜和菜豆。”

“我要花椰菜。”

“你要两样蔬菜，好不好？”

“我午饭通常只吃一样。”

那个侍者夸张地做出一副非常喜爱小孩的样子。“多么可爱的小姑娘！法语说得跟法国人一样好。”

“要什么甜点呢？我们待会儿再点好吗？”

侍者走开了。霍诺丽娅眼巴巴地望着爸爸：“咱们要做些什么呢？”

“咱们先上圣奥诺雷路玩具店去，你喜欢什么就买什么。然后，咱们再去帝国剧院看歌舞表演。”

她踌躇了一下。“我喜欢看歌舞表演，可不想去玩具店。”

“干吗不去？”

“嗯，你已经给我带来了这个娃娃。”她随身带着它呢。“再说，我已经有不少玩具了。何况咱们不再是有钱人了，对吗？”

“咱们从来都不是有钱人。不过，今天你想要什么我都给你买。”

“好吧。”她顺从地答应了。

她妈妈在世时，她还有个法国保姆。那时，他有意严格要求；现在他放松了，尽可能显出前所未有的宽容。他必须既当爹又当妈，任何事情都不能瞒着不告诉她。

“我想要跟你认识。”他一本正经地说，“首先，让我介绍一下自己。我叫查尔斯①·威尔斯，住在布拉格。”

“哎呀，爹地！”她咯咯笑起来。

“请问，你是谁呀？”他坚持问下去。

她马上进入角色：“霍诺丽娅·威尔斯，住在巴黎帕拉蒂纳路。”

“已婚还是单身？”

“没有，没有结婚。单身。”

他指指那个玩具娃娃：“可是我看到你有一个孩子，太太。”

她不愿否认这个娃娃是她的，把它抱在胸口，很快地想了一下：“是的，我曾经结了婚，可是现在没有了。我丈夫过世了。”

他马上接着说：“那孩子叫什么名字？”

“西蒙娜。这是我在学校里最好的朋友的名字。”

“你在学校里成绩这么好，我感到很高兴。”

---

① 查理的正式称呼。

“这个月我是第三名，”她夸口说，“埃尔西，”——那是她的表姐——“只得了第十八名。理查德差不多垫底了。”

“你喜欢理查德和埃尔西吗？”

“嗯，喜欢。我很喜欢理查德，也挺喜欢埃尔西的。”

他小心谨慎地装作随意的样子，问道：“玛丽恩姨妈和林肯姨父——你更喜欢哪一个？”

“嗯，我想，是林肯姨父吧！”

他越来越感觉到她的古灵精怪。他们刚一进来，背后就传来一阵“……真可爱”的低语声。此刻，旁边那张桌子的人都静下来听她说话，瞪着眼睛望着她，就好像她是一朵没有知觉的鲜花。

“我干吗不跟你住在一起？”她突然问，“是因为妈妈去世了吗？”

“你得待在这里，多学点儿法语。要爹地把你照顾得这么好，可不容易呀！”

“我其实也不需要多少照顾了。我样样都自己做。”

走出餐馆的时候，一男一女冷不丁喊住了他：“喂，老威尔斯！”

“你们好，罗琳……邓克①。”

突然冒出来的往昔幽灵：邓肯·谢弗，大学里的朋友；罗琳·夸尔斯，一个面色苍白的、可爱的金发美人，有三十岁了。三年前，在那些挥金如土的日子里，帮他们把一个月过得像一天那样快的那伙人当中就有她。

“我丈夫今年来不了啦。”她回应他说，“我们现在穷得要命。他给我一个月两百块，跟我说靠这点儿钱也能勉强过活……这是你的小女儿？”

“再进去坐坐，怎么样？”邓肯问道。

“不行。”他很庆幸有个借口。跟往常一样，他感觉到罗琳有一股热情、迷人的魅力，可他的生活节奏现在不一样了。

“好吧。那么，晚饭有空吗？”她问。

“我没空。把你们的地址给我，我打电话给你们。”

“查理，我相信你没喝醉。”她评判道，“说实在的，我相信他没醉，邓克。拧他一把，看他醉没醉。”

---

① 邓肯的爱称。

查理把头朝霍诺丽娅一扬，他们两人都笑了。

“你的地址呢？”邓肯疑惑地说。

他踌躇了一下，不愿说出他住的旅馆。“我还没安顿下来呢。还是我打电话给你们吧。我们正要去帝国剧院看歌舞表演。”

“好啊！我也正想去呢！”罗琳说，“我想看看小丑、杂技、戏法什么的。咱们去吧，邓克。”

“我们先得去办件事。”查理说，“也许我们会在那里相遇呢。”

“好吧，你这个势利鬼。……再见，漂亮的小姑娘。”

“再见。”霍诺丽娅礼貌地行了个屈膝礼。

不知怎的，查理讨厌这次邂逅。他们喜欢他，因为他在尽本分，因为他一本正经；他们想见他，因为他现在比他们坚强，因为他们想从他的力量中获得一点儿支持。

在帝国剧院里，霍诺丽娅骄傲地拒绝坐在她爸爸折叠起来的外套上。她已经是个有主见、有原则的人了，查理越来越巴不得在她完全定型前把自己的性格灌输给她一点儿。要想在这么短的时间里了解她，是没有希望的。

幕间休息时，他们在大厅里遇见了邓肯和罗琳。那里有一班乐队在演奏。

“去喝杯酒？”

“好吧。不过，别去楼上的酒吧。咱们去找一张桌子吧。”

“真是个完美的老爸。”

查理一边心不在焉地听着罗琳说话，一边看着霍诺利娅的目光从他们的桌子上移开。他追随着她的目光在房间里四处打量，内心充满惆怅，拿不准她在看什么。他们的目光相遇了，她露出微笑。

“我喜欢那柠檬水，”她说。

她说了些什么呢？他期待些什么呢？后来，在乘出租车回去的路上，他把她拉进怀里，把她的头贴在他的前胸：“宝贝，你想过妈妈吗？”

“是的，有时候想。”她含含糊糊地回答说。

“我希望你别把她忘掉。你有她的照片吗？”

“有，我想有的。反正，玛丽恩姨妈有。你干吗希望我别忘掉她呢？”

"她生前很爱你。"

"我也爱她。"

他们沉默了一会儿。

"爹地，我要跟你一起过。"她突然说。

他怦然心动，他就是想要她这样讲。"你难道过得不开心吗？"

"开心！可我最爱你，胜过其他任何人。妈妈已经不在了。你也最爱我，对不对？"

"那还用说。不过，你最爱的人不会永远是我，宝贝。你会长大成人，遇见一个跟你年纪相当的男人，跟他结婚，忘掉曾经还有一个爹地。"

"是呀，这话不假。"她平静地表示赞同。

他没有进去，打算九点钟再来。为了到时非谈不可的那件事情，他想要保持清醒。

"安全到家以后，你在那个窗口露一下脸吧。"

"好吧。再见，爹！爹！爹！爹！"

他在黑暗的街上等着，直到她在楼上的窗口出现，满面春风，神采飞扬，朝着黑夜送出一个飞吻。

三

他们在等他开口。玛丽恩坐在咖啡器具后面，穿着一身庄严的晚礼服，让人依稀想到了丧事吊唁。林肯走来走去，神情兴奋，看起来像是刚才一直在讲话的样子。他们跟他一样急于言归正传。他几乎是开门见山道："我想，你们知道我来看你们为的是什么——我此次来巴黎的真正用意。"

玛丽恩拨弄着项链上的黑星星，皱起了眉头。

"我很想有个家，"他接着说，"我也很想让霍诺丽娅待在那个家里。我感激你们因为她妈妈的缘故收留了她。可现在情况有了变化。"他踌躇了一下。接着，更加铿锵有力地说下去，"我的境遇已经大为改观。我想请你们重新考虑这件事。我不会愚蠢到否认三年前自己行为不检点——"

玛丽恩抬起头来望着他，目光冷冰冰的。

"不过，那一切都过去了。上次我跟你们讲过，我已经有一年多每天最多不过喝一杯酒，而且是有意为之，免得酒在我心目中变得过于重要。

你们明白这种想法吗?”

“不懂。”玛丽恩干脆利落地说。

“这是我自己开出的妙方。这样就会保持理性地看待此事。”

“我懂了。”林肯说,“你不想承认酒对你有诱惑力。”

“可以这么说吧。有时候我忘了就不喝,可我还是要喝上一杯。反正以我现在的境况也喝不了太多。我做代表的企业上司们对我的工作十分满意,我要把我姐姐从伯林顿接出来,帮我管家。我也很想把霍诺丽娅接回去。你们知道,即便她妈妈跟我吵架的时候,我们也从来不让任何事情影响到霍诺丽娅。我知道她喜欢我,我也知道自己照顾得了她。还有——好吧,事情就是这样。你们觉得怎么样?”

查理知道眼下他必定要挨一顿痛骂了。大概会持续一两个钟头,那滋味可不好受。可他要能按捺住那股不可避免的怨气,做出一副浪子回头的悔过姿态,就有可能达到目的。要忍住性子,他对自己说。你不要分辩是非曲直,你要的是霍诺丽娅。

林肯先开口道:“我们自打上个月收到你的信,就一直在谈论这件事情。我们很高兴让霍诺丽娅住在这里。她是个可爱的孩子,我们很愿意照顾她。可是当然了,问题不在这里——”

玛丽恩突然打断了他:“查理,你打算保持清醒多久呢?”

“永久,我希望。”

“怎么才能让人相信呢?”

“你知道,我原来喝酒没那么凶,直到我放弃买卖,来这里无所事事。那时候,我和海伦开始到处转悠,跟一伙——”

“请别把海伦扯进去。听你这么说她,我真受不了。”

查理沉着脸瞪着她。他可一直说不准这姐妹俩在生活中到底有多亲。“我酗酒的时间只有一年半——从我们来到这里起,直到我——身体垮掉。”

“时间够长的了。”

“时间是够长了。”他表示同意。

“我完全是为了海伦才担起这个责任的。”她说,“我总是想,她会想要我做些什么。坦白地说,从那天晚上你做出了那件好事,你在我心目中就不复存在了。我没办法,她是我妹妹呀。”

“是的。”

“她临终时请求我照顾霍诺丽娅。你那时要不是在疗养院，事情也许会好些。”

他无言以对。

“我这辈子永远也忘不了那天早晨海伦来敲我门的情形。她浑身湿透了，直打哆嗦。她说你把她锁在了门外。”

查理双手紧抓住椅子的扶手。这比他意料中的更难过。他想要做一番长篇大论的辩白和解释，可他才开口说“那天晚上，我把她锁在外面——”，她便打断他说：“我可不想再重新听上一遍。”

沉默片刻，林肯说：“我们跑题了。你想让玛丽恩放弃她的合法监护权，把霍诺丽娅交给你，我想，关键问题在她是不是信任你。”

“我不怪玛丽恩。”查理慢腾腾地说，“不过，我认为她可以完全信任我。我过去一直信誉良好，直到三年前。当然啦，人非圣贤，我随时都可能犯错误。可是，我们要是等太久，我就会错过霍诺丽娅的童年，也就失去了一个有家的机会。”他摇了摇头，“那我就彻底失去她了。你们难道不明白吗？”

“是的，我明白。”林肯说。

“你以前怎么就不想想这些呢？”玛丽恩问。

“我觉得我想过，时不时地想过，可我跟海伦处得不好。我同意交出监护权的时候正躺在疗养院呢，而且股市把我的钱全吞了。当初我知道自己行为不检点，觉得只要能让海伦安心，我什么都答应。可现在情况不一样了。我在尽自己的本分，行为真他妈的无可指摘！只要——”

“请不要在我面前骂娘。”玛丽恩说。

他看着她，大吃一惊。每说一句话，她的反感就越来越明显。她把她对人生的所有恐惧都砌成了一堵墙，把它挡在他的面前。这样琐碎地数落，可能是几个钟头以前刚跟厨子拌过嘴吧。一想到让霍诺丽娅待在这个对他充满敌意的气氛中，查理心里愈发惶惶不安了。这里一句话，那里摇摇头，这种敌意早晚会流露出来，会在霍诺丽娅的心里根深蒂固地埋下不信任的种子。他按捺住怒火，面不改色，憋在心里；他已经抢得先机，因为林肯意识到玛丽恩言辞荒谬，轻声问她从什么时候起开始反对“他妈的”这个词的。

“再说，”查理说，“我现在能给她提供一些便利条件。我要带一个法国女家庭教师到布拉格去。我已经租了一套新公寓——”他住了嘴，发觉自己说错了话。他的收入只比他们高上一倍，不可能指望他们心平气和地接受这个事实。

“我想，你能比我们给她更多奢侈品吧。”玛丽恩说，“在你大肆挥霍钱财的时候，我们可是十个法郎十个法郎地数着过日子哩……我猜你还会故伎重演的。”

“哦，不会。”他说，“我已经吸取教训了。我当初苦干了十年，你知道的——直到跟许多人一样，在股市上交了好运。运气真是好极了。好像用不着再去工作了，于是我就不干了。不会再有这种事情了。”

一阵长时间的沉默，三个人都感到神经紧张。一年来，查理第一次想喝上一杯。此刻，他敢肯定，林肯·彼得斯是想要把孩子交给他的。

玛丽恩突然颤抖起来，她多少明白了查理现在已经站稳了脚跟，她根据母性体验也承认他的愿望是合情合理的。不过，她长期以来一直带有一种偏见。这种偏见的根源是她莫名其妙地不相信她妹妹会生活幸福，而在那个可怕的夜晚受到惊吓以后转而对他恨之入骨。这一切发生时她偏巧身体有病，境况又不好，心情低落之下不由得相信这世上确实有恶行和恶人大行其道。“我没法儿不这么想！”她突然叫起来，“你对海伦的死负有多大的责任，我不得而知。这件事你应该去扪心自问才是。”

一股痛苦的电流涌遍了查理的全身。刹那间，他差点儿跳起来，一个声音梗在嗓子儿眼里，硬是没有发出来。片刻，他忍住性子没发作，又过了片刻。

“你要挺住！”林肯不自在地说，“我从来都不认为这件事你有责任。”

“海伦死于心脏病。”查理干巴巴地说。

“是啊，心脏有毛病。”玛丽恩说道。仿佛这句话对她来说另有含义。这阵发作以后，她感觉泄了气。这时，才看清了查理的用意，知道他多少已经控制了局面。她朝丈夫瞟了一眼，发现指望不上他的帮助。突然，她甘心认输了，就好像这是一件无足轻重的小事。“随你便吧！”她从椅子上蹦起来，大声说道，“她是你的孩子，我才不去碍你的事呢。她要是我的孩子，我情愿让她——”她极力克制住自己，“你们俩决定吧，我受不了啦。我不舒服，要去睡了。”她匆匆走出房间。

过了一会儿，林肯说：“这一天对她来说，也真不容易。你知道她受了多大刺激——”他的声音几乎像是在赔不是，“一旦女人脑子里有了成见——”

“当然。”

“一切都会不成问题的。我想，她现在看到你——养活得了孩子了。所以，我们没有理由妨碍你或妨碍霍诺丽娅。”

“谢谢你，林肯。”

“我还是去看看她怎样了吧。”

“我走了。”

走到街上，查理还在发抖。但从波拿巴路一直走到码头区，他便振作起了精神；越过塞纳河的时候，在码头上的灯光下显得神清气爽，内心一阵喜悦。不过，回到房间里，他却无法入睡。海伦的影子一直在脑海里盘旋。他曾经多么爱海伦，直到他们开始愚蠢地作践对方的爱情，把它扯成碎片。在玛丽恩记忆犹新的那个二月里的可怕夜晚，一场争吵已经不紧不慢地持续了几个钟头。在佛罗里达饭店，他们大闹了一场。接着，他想要带她回家，可她吻了坐在一张桌边的小韦伯。此后，就是她歇斯底里的那番话。他独自回了家，盛怒之下用钥匙锁上了门。他怎么会知道她一个钟头以后会独自回来呢，又怎么会知道要下大雪，而她穿着便鞋在雪地里转悠，恍恍惚惚，连出租车都不知道叫呢？结果，她奇迹般地躲过了肺炎，以及与之相伴的所有麻烦。他们“和好”了，但那是走向结局的开端。而玛丽恩亲眼目睹了这一切，并且想象她妹妹还吃了许多类似的苦头，从此念念不忘。

再次回忆往事使查理感觉海伦格外亲近。天快亮时，白色的柔光悄悄地照在他的身上。半梦半醒之间，他发觉自己又在对她讲话了。她说，他给霍诺丽娅的安排真是太好了，她要霍诺丽娅跟他在一起；她说，他现在做人规矩，事业也有起色，她感到高兴；她还说了许多别的话，非常友好的话。可她穿着白裙子坐在秋千上，秋千越荡越快。到最后，她所说的一切，他都听不清楚了。

四

醒来后查理感到幸福，世界之门又打开了。他为霍诺丽娅和自己制订计划，设计愿景，展望未来。可他又突然记起当初他和海伦制订的所有计划，不由得悲伤起来——当时她打算赴死啊。当下才是最重要的——有工作做，有人来爱。不过，爱得过分也不行。因为他知道，父亲对女儿或者母亲对儿子爱得过了头，会有怎样的伤害：以后等孩子长大成人，在找配偶的时候就会追求同样盲目的温情；很可能找不到，转而又会对爱情和人生失去信心。

又是一个明朗、清新的日子。查理打电话到林肯·彼得斯工作的银行里，问对方他回布拉格时能否指望带上霍诺丽娅。林肯同样认为没有理由拖延，只有一件事：合法的监护权，玛丽恩想要再保留一段时间——她被整个事情搞得心烦意乱；要是她觉得还能控制一年局面，事情就会好办得多。查理表示同意，他只想要那个看得见、摸得着的孩子。

接下来，要找一名女家庭教师。查理坐在一家沉闷的职业介绍所，跟一个乖戾的贝亚恩女人和一个丰满的布列塔尼乡下女人谈话。两个人都让他受不了，明天他还要见一些人。

他跟林肯·彼得斯在格里芬饭店共进午餐，极力掩饰内心的喜悦之情。

"什么都比不上自己的孩子好。"林肯说，"不过，你也明白玛丽恩的感觉。"

"她已经忘了我在那边的七年有多辛苦①。"查理说，"她只记得那一夜。"

"另有原因呢。"林肯迟疑地说，"你跟海伦在欧洲到处挥霍钱财，而我们只能勉强度日。我没有从繁荣中沾到一点儿光。因为我不思进取，除了保险以外，从来都没做过买卖。我想，玛丽恩觉得命运有点儿不公——你到后来甚至都不工作，却越来越有钱。"

"来得容易，去得也快。"查理说。

"是呀，一大部分落在旅馆的杂役、萨克斯乐手和侍者领班的手

① 那边指美国。此处七年与上文十年明显不符，疑为笔误。

里——好吧，如今已经曲终人散了。我说这些，只是为了说明玛丽恩对那些疯狂岁月的感受。你要是今晚六点趁着玛丽恩还不太累的时候上我家来，咱们就把那些细节当场谈妥吧。”

回到旅馆，查理发现有一封从里兹酒吧转来的气递快件①。他为了找一个人，在那里留了地址。

亲爱的查理：

那天我们遇见你的时候，你真怪！我不知道自己是不是有什么事情惹你生气了。要是有的话，我可是无意的。事实上，我这一年来一直非常惦记你，而且我内心深处老是想着，我要是来这里的话就可能会遇见你。在那个疯狂的春天，咱们的确过得很开心。比如：那天夜里，你跟我偷了屠夫的三轮车；还有一回，我们打算去见总统，你头戴老式德贝帽，手拿着铁丝手杖。近来好像人人都变老了，可是我一点儿也不觉得老。看在旧日的情分上，我们今天何不找个时间聚一聚呢？我眼下还宿醉未醒，不过下午会好的。五点左右，我会到里兹的那个鬼地方来找你。

永远忠诚的

罗琳

查理的第一个感觉是害怕。他作为成年人竟然偷过一辆三轮车，蹬车拉着罗琳从凌晨到天亮转遍了整个星辰广场。回想起来，那真是一场噩梦。把海伦锁在门外这件事同他平时的生活不符，可是偷三轮车这件事情却甚是相符——它只是其中一件。要过多少周、多少月的放浪生活，才会落到那种无法无天的地步呢！

查理极力想象罗琳当年给他的印象——非常有吸引力。海伦对此很不高兴，尽管她什么也没说。昨天在餐馆里，罗琳看起来平庸、臃肿，憔悴不堪。他特别不想见她，他很高兴亚历克斯没把他的旅馆地址说出去。相反，他想起了霍诺丽娅，想到跟她一起度过的那些礼拜天，想到对她说

---

① 法国巴黎各邮局间由气流管式输送系统传送的邮件。

“早晨好”，想到知道她夜晚睡在他的房子里，在黑暗中均匀地呼吸，心里感到一阵轻松。

五点钟，查理叫了一辆出租车，给彼得斯一家买了礼物——一只可爱的布娃娃、一盒罗马士兵和送给玛丽恩的鲜花，还有送给林肯的麻纱大手帕。

查理进了公寓，看出玛丽恩已经接受了这不可避免的结果。她现在是把他当成家里的逆子来招呼，而不是一个带来威胁的局外人。霍诺丽娅已被告知要走了；查理很高兴看到她懂事地掩饰极度喜悦的心情。只有坐在他膝头的时候才悄悄透露了自己的欣喜，悄悄地问了声“什么时候”便溜下去，跟别的孩子一起去玩了。

查理和玛丽恩在房间里单独待了一会儿，冲动之下大胆地脱口而出：“家庭纠纷是痛苦的事情，无规可依，不像疼痛或伤口；更像是皮肤上的裂口，无法愈合是因为没有足够的原材料。我希望你我之间的关系能好起来。”

“有些事情是很难忘记的。”玛丽恩回答说，“这是个信任问题。”这句话没有得到回应，她马上又问道，“你打算什么时候带她走？”

“我一找到女家庭教师就走。我希望是后天。”

“这不可能吧。我得给她整理行装。最快也得星期六。”

查理让步了。林肯回到房间里，请他喝上一杯。

“那就喝我那每日一杯的威士忌吧！”他说。

这里暖烘烘的，是个家，大家聚在炉火旁边。孩子们觉得很安全，也觉得自己了不起。妈妈和爸爸严肃认真，关怀备至。他们要为孩子们做的事情比查理的来访更重要，一勺药水要比玛丽恩跟他的紧张关系来得更重要。他们不是愚钝之人，却为生活和境遇所困。他在想自己能否为林肯做点儿什么，把他从银行那老一套单调乏味的工作中解救出来。

一阵长长的门铃声响起。那个能干的女仆穿过房间，沿着走廊走了出去。又是一阵长长的门铃声，门开了。接着，传来说话声。客厅里的三个人都眼巴巴地抬头望着。林肯走到看得见过道的位置，玛丽恩站起身来。随即，女仆沿着走廊回来了，后面紧跟着一阵说话声，灯光下出现了邓肯·谢弗和罗琳·夸尔斯的身影。

他们兴高采烈，吵吵嚷嚷，开怀大笑。刹那间，查理惊呆了。他一时想不出他们怎么搞到了彼得斯的地址。①

“啊—哈—哈！”邓肯淘气地朝查理摇晃着一根手指头。“啊—哈—哈！”

他们两个又爆发出一阵大笑。查理十分着急，不知所措，连忙跟他们握了握手，把他们介绍给林肯和玛丽恩。玛丽恩点点头，几乎什么也没说。她朝壁炉倒退了一步；她的小女儿站在她身旁，玛丽恩伸出一条胳膊搂住她的肩膀。

查理对他们这样闯进来越来越恼火，等他们说明来意。邓肯定了定神，说道：“我们来请你出去吃晚饭。我和罗琳坚决要求：所有这一套隐瞒地址的把戏都该收起来了。”

查理走近他们，好像要逼他们退到走廊上去似的。“对不起，我不能去。告诉我你们要到哪里去，我在半小时以后打电话给你们。”

这话没起作用。罗琳一屁股坐在了一张椅子边上，眼睛盯着理查德看，嚷着说：“啊，多漂亮的小男孩！来这里，小男孩。”

理查德朝他妈妈瞟了一眼，人没有动。只见罗琳耸了耸肩，又转向了查理：“去吃饭吧，你的亲戚不会介意的。真是难得见你，或者说，见你这么严肃。”

“我不能去！”查理厉声说道，“你俩去吃晚饭，我给你们打电话吧！”

罗琳的声音一下子变得不愉快了。“好吧，我们走！可我记得有一次早上四点钟，你砰砰地捶我的门。我可是够意思，请你喝了一杯呢。走吧，邓克。”他们仍然慢吞吞的，臃肿的脸上怒气冲冲，踉跄着脚步，退回到走廊上。

“晚安！”查理说。

“晚安！”罗琳加重语气说。

查理回到客厅，玛丽恩一动未动，只是用另一条胳膊搂着她的儿子。林肯还在一来一去地摇晃着霍诺丽娅，像钟摆一般摆来摆去。“真不像话！”查理大发脾气，“简直太不像话了！”

两个人都没有应声。查理猛地坐在一个扶手椅上，拿起酒杯，又放下来。“这些人我两年没见了，竟然这么厚颜无耻——”他刹住了话茬。

---

① 小说开头交代了叙述者委托酒吧侍者将写有林肯·彼得斯地址的纸条转交给邓肯·谢弗。

玛丽恩急促而愠怒地发出一声“啊”，猛然背过身去，走出房间。林肯小心翼翼地把霍诺丽娅放下来。“孩子们先进去喝汤！”他说道。等他们听话地走开以后，他对查理说：“玛丽恩身体不好，受不了惊吓。那种人真的会让她气出病来的。”

“我没让他们来啊。他们不知从哪里打听到了你的名字，故意——”

“唉，太糟糕了。这可于事无补。对不起，我失陪一下。”

剩下查理一个人紧张地坐在椅子上。他能听见孩子们在隔壁房间吃饭，简短地交谈，早已把刚才大人们的争吵抛到脑后了。他听到更远处的房间里传来一阵低低的谈话声；接着是叮的一响，有人拿起电话听筒的声音。他慌忙走到房间另一头去，避免无意中听到什么。

林肯很快就回来了。“喂，查理！我想我们最好还是取消今天的晚饭吧，玛丽恩身体不适。”

“她生我的气了吗？”

“有点儿。”他说，口气近乎粗暴。“她身体不好，而且——”

“你的意思是说，关于霍诺丽娅的事她改主意了。”

“她眼下一肚子气，我不知道。你明天给我打电话到银行吧。”

“希望你跟她解释一下，我做梦也想不到这些人会到这里来。我跟你们一样恼火。”

“我现在什么也没法儿跟她解释。”

查理站起身来，拿起外套和帽子，迈步朝走廊走去。随后，他推开餐厅门，用不自然的声调说：“晚安，孩子们！”

霍诺丽娅站起来，绕过桌子，跑过来搂住他。

“晚安，宝贝！”他含含糊糊地说。接着，他尽可能让声音显得更柔和，尽可能以讨好的语气说：“晚安，亲爱的孩子们！”

五

查理怒气冲冲地冲进里兹酒吧，一心想找到罗琳和邓肯算账，可他们不在那里。他这才意识到自己也拿他们没办法。他在彼得斯家滴酒未沾，这时要了一杯威士忌苏打。

保罗走过来招呼他。“变化可真大！”他感伤地说，“生意几乎只有以前一半了。我听说美国有许多家伙都赔光了——也许逃过了第一次暴跌，可没躲过第二次。你的朋友乔治·哈特赔得血本无归。你回美国了吗？”

“没有，我在布拉格做生意。”

“我听说你在暴跌时也赔了不少。”

“是呀。”查理咬牙切齿地加了一句，“我在暴涨时就失去了想要的一切。”

“卖空了？”

“差不多吧。”

那些往事的记忆再次掠过查理的心头，就像一场噩梦——旅行时遇见的那些人；然后是一行数字都加不成、一句连贯的话都说不出的那些人。在船上的舞会中，海伦同意跟小个子男人跳舞，而那人却在离餐桌十英尺①的地方侮辱了她；妇人和姑娘喝醉了酒，吸了毒，大声尖叫，被人从公共场所抬出去——男人们下雪天把妻子锁在门外，因为一九二九年的雪不是真正的雪。你要是不想当它是雪，付点儿钱就行。他走到电话机前，打给彼得斯公寓。林肯接了电话。“我打电话过来，是因为这件事让我不放心。玛丽恩明确说过什么了吗？”

“玛丽恩病了。”林肯简短地答道，“我知道这事不全是你的错，可我不能让她为此精神崩溃。恐怕咱们得把这事推迟半年再说。我可不能冒险再把她搞成这个样子。”

“我明白。”

“我很抱歉，查理。”

查理回到桌旁。杯子里的威士忌喝光了，但当亚历克斯用探询的眼光望着杯子的时候，他摇了摇头。他眼下无计可施了，除了给霍诺丽娅买些东西送过去；明天他要给她送去好多东西。他相当生气地想着，那只是钱而已——他给过多少人钱啊……“不，不喝了。”他对另一个侍者说，“我该付多少钱？”

终有一天查理会回来的，他们没法儿让他永远付账。他想要自己的孩子，现在除此以外，其他都算不了什么了。他已不再年轻，对自己没有那么多美好的想法和梦想了。他敢肯定，海伦肯定不想让他这么孤独。

---

① 大约三米。

作家的下午

一

醒来时，他感觉比过去几周都要好。明白了这一点以后，他很难过——没有了不舒服的感觉。他靠在卧室与浴室间的门框上待了一会儿，直到确信自己没有头晕。一点儿也没有，就连弯下腰来在床底下找一只拖鞋都不感到头晕了。

这是四月里一个明媚的早晨。他没有时间概念，因为钟已有好长时间没上发条了。但当他向后穿过公寓来到厨房时，看到女儿已吃过早饭上学去了，邮件也送到了，可见已经九点多了。

“我想今天出去一趟。”他对女仆说。

“对你有好处——天气很好啊。”她来自新奥尔良①，容貌和肤色像阿拉伯人。

“给我来两个鸡蛋，像昨天一样；还有烤面包片、橙汁和茶。”

他在公寓靠近女儿房间的那一头逗留了一会儿，看看邮件。又是那种令人恼火的邮件，单调无趣——大部分是些账单和广告。广告上一成不变的是俄克拉荷马②男学生以及他那令人瞠目的签名唱片。山姆·高德温③可能要起用斯派西威泽来拍一部芭蕾舞影片，也可能不用他。这都得等高

---

① 美国路易斯安那州南部港口城市，濒临墨西哥湾，以爵士乐和法国殖民地文化闻名。

② 美国中南部的一个州，拥有美国最大的印第安原住民人口。

③ 美国著名电影制片人，曾主持米高梅公司。

德温先生从欧洲回来再说。那时，他可能会有很多新想法。派拉蒙①想得到许可，使用出现在作者一本书中的一首诗。他们不清楚这首诗是原创还是引用。也许他们想从中选取一个片名。不管怎样，他对那个作品已不再拥有所有权。多年前他就卖掉了著作权，去年又卖掉了音像权。

“跟电影就是无缘。”他自言自语道，“自己不懂的事还是不要去管啦，伙计。”他边吃早饭边朝着窗外望去，看着马路对面大学校园里的学生从一堂课赶往另一堂课。“二十年前我在赶去上课呢。”他对女佣说。

她第一次露出了笑脸。“我需要一张支票，”她说，“你要是外出的话。”

“哦，我还没打算外出。我得工作两三个小时。我是说，下午晚点儿会出去。”

“开车去兜风?”

“我不想开那辆破车——五十美元我就把它卖了。我想坐巴士顶层。”早餐之后，他躺了十五分钟。然后走进书房，开始工作。

问题出在一篇杂志故事上。故事讲到一半已变得十分浅薄，简直能被风吹跑。情节就像在爬没完没了的台阶，他已用光了悬念。前天刚开始时十分勇敢的人物连做一个报刊系列都不够格。

“是的，我确实需要出去走走了。”他想，“我很想沿着谢南多厄河谷②来个自驾游，或乘船到诺福克③去。”可这两个想法都不切实际，耗费时间和精力，而这两者他已所剩无几——现有的必须留给工作。他通读了一遍手稿，用红铅笔在好的词句下面划了线，把这些塞进一个卷宗；余下部分慢慢撕成碎片，扔进废纸篓。然后，他在房间里抽着烟踱起步来，间或自言自语。“嗯——让我想想——”“现——在，下一件事——将会是——”“现在，让我想想！现在——”

过了一会儿，他坐下来想了想：我只是缺乏新鲜素材。这两天根本就不该动笔。他浏览着笔记本中的“故事构思”部分，直到女佣过来告诉他秘书打来了电话。自他生病以后，只雇了兼职秘书。

---

① 派拉蒙影业公司，美国电影业老牌巨头。

② 美国阿巴拉契亚大山谷的一部分，大部分在弗吉尼亚境内。

③ 弗吉尼亚州第一大城市和港口，旅游业发达。

“什么也没有。”他说道，“我刚把写的东西全都撕了，简直一文不值。我下午要外出。”

“你说的对，天气真好。”

“最好明天下午过来——有很多邮件和账单哦。”他刮了胡子，然后为以防万一，在穿衣之前休息了五分钟。外出是一件令人激动的事情，他不想听到开电梯的工人说他们很高兴看到他病好了，决定乘后面的电梯下去。那里的人都不认识他。他穿上自己最好的西装，但上衣和裤子不配套。六年间他只买了两身套装，但都是最好的。单是上衣就花了一百一十美元。由于他必须有一个目的地——无目的地四处乱跑不太好——他把一管洗发膏装进口袋，供理发师使用，还有一小瓶头油。“真是神经病！”他打量着镜中的自己说道，“思想的副产品，梦想的渣滓。”

二

他走进厨房，跟女佣道别，就好像他要去小阿美利加①似的。战争期间有一次为了避免擅离职守的罪名，他全靠虚张声势，强行征用了一辆车，让人把它从纽约开到了华盛顿。眼下，他小心地站在街角等绿灯，而年轻人从身旁匆匆而过，丝毫不把过往车辆放在眼里。车站拐角处的绿荫下十分凉爽，他不觉想起了“石墙”杰克逊②的临终话语：“让我们跨过这条河流，在树荫下安息吧！”那些内战首领似乎突然意识到他们有多么疲惫——李③老朽得面目全非，格兰特④则在临终前拼命写回忆录。

巴士正如他所料，顶层只有一个人。汽车穿过整片整片的街区，绿色的树枝一路上嗒嗒地敲击着每扇车窗。也许他们本该剪去这些枝条，看起来真是败笔。外面有很多东西要看。他试图辨别出一排房子的颜色，可是

---

① 美国设在南极洲罗斯陆沿冰上的南极探险考察基地。

② 美国南北战争时期的南军将军托马斯·杰克逊（Thomas Jackson，1824—1863）的戏称。因他在布尔溪畔之战以少胜多而得此绰号。

③ 罗伯特·李（1807—1870），美国南北战争时期的南军统帅，曾以出色的军事指挥才能屡败北军。

④ 尤利西斯·辛普森·格兰特（1822—1885），美国政治家、军事家，南北战争时期担任北方联邦军总司令，第十八任美国总统（1869—1877）。

能够想到的只有他妈妈的那件看戏时穿的旧外套。上面色彩缤纷，却说不清是哪种颜色，不过是一面反光镜而已。什么地方传来了教堂的钟声，正在奏着《晨祷诗乐》。他心里感到纳闷儿，因为离圣诞节还有八个月呢。他不喜欢钟声，但它们在总督的葬礼上奏响《马里兰，我的马里兰》一曲时非常动听。

在大学的橄榄球场上，一群男人正在用碾压机干活儿，一个标题立刻闪现在他脑海里：《草皮管理员》；不然，就用《草长起来了》。故事关于一个男人在草坪上工作了多年，把儿子养大，送进大学，并在那里踢橄榄球。然后儿子英年早逝，那个人要到墓地去工作，把草皮盖在儿子身上，而不是铺在他脚下。这会是常被收入选集的那一类作品，而不是他所创作的那种东西。这是纯粹的浮夸对照，像流行杂志里的故事一样程序化，写起来会更容易。然而，许多人认为这类故事很棒，因为它令人伤感，耐人寻味，通俗易懂。

巴士驶过一座苍白的雅典式火车站。车站前身着蓝衫、头戴红帽的人给它带来了生机。一进入商业区，街道变得狭窄起来，眼前突然出现了一些衣着光鲜的女孩，全都漂亮极了。他觉得自己从没见过如此漂亮的姑娘。也有一些男人，但他们看起来都很愚蠢，就像镜子里的他。还有一些不曾打扮的老女人。很快，他又在姑娘当中发现了平庸、丑陋的面孔。但从整体看来，她们都很可爱，从六岁直到三十岁全都衣着斑斓，脸上见不到算计或挣扎的痕迹，只有一种甜美的等待，惹人怜爱，平静安详。那一刻他特别热爱生活，一点儿都不想放弃。他想，也许这么早出来是个错误。

他下了汽车，一路上小心翼翼地扶着栏杆走过一个街区，来到了酒店的理发店。他经过一家体育用品商店，无动于衷地朝橱窗望去。看到一只第一垒手手套上的凹陷部位已经发黑，这才有点儿动心。接下来是一间男子服饰商店。他在此伫立了好久，凝望着那些深色衬衣和方格、彩格衬衫。十年前在里维埃拉①避暑时，作家和一些人就已买过深蓝色的工装衬衫。大概那时起这种款式开始流行起来。格子衬衫很好看，像制服一样鲜亮。

---

① 南欧沿地中海一地区。

他多么希望自己只有二十岁，浑身上下用透纳①笔下的落日、圭多·雷尼②笔下的黎明破晓般的色彩装扮起来，去海滩俱乐部参加活动。

理发店宽敞、明亮，散发着香气。作家已有好几个月没进城理发了。他发现相熟的理发师因关节炎而卧床了。不过，他向另一人说明了应该如何使用洗发膏，谢绝了一份报纸；坐在那里相当怡然自得地享受着头皮上那几根粗壮的指头；曾光临过的所有理发店的美好回忆混在一起，从他的心头缓缓流过。

他曾写过一篇理发师的故事。那是在一九二九年，他居住的城市里有一家他最喜欢的理发店。店主已从当地一个工业家那里获得了三十万美元小费，正准备隐退。他没在市场下赌注，事实上，正准备带着他的所有积蓄坐船去欧洲待几年。那年秋天听到理发师如何失去全部财产的传闻，他写了一篇故事。各个方面都掩饰得严严实实，但保留了理发师先是发迹、后又破产的事实。然而，他听说这个故事在这个城市被认了出来，引发了一些人的恨意。

头发洗理完了，他走出去，进入大厅。这时，一支乐队已在对面的酒吧间开始了演奏，他便在门口站着听了一会儿。他很久都没有跳过舞了，或许五年内只跳过两个晚上。但在有关他上一本书的一篇书评里提到他喜欢逛夜总会，还说他乐此不疲。这个词在他头脑中的发音不知怎的令他一时伤心，感觉脆弱的泪水涌上眼底，于是他转身离开了。这就像十五年前刚出道时他们说他有着“致命的讨巧”这样一个弱点，他便兢兢业业地字斟句酌，以免出现那种情况。

“我又难过了。”他自言自语道，“这可不好，不好。我该回家了。”

巴士等了好久还没来，但他不喜欢出租车。他仍然希望坐在巴士顶层、穿过街道两旁的绿叶时会突发灵感。当它终于来到时，他费了不少劲才爬了上去，但是值得。因为他第一眼看到的是一对中学生，一男一女，排坐在拉斐特③雕像的高高底座上，一点儿都不害羞，两人的注意力都放到了

---

① 约瑟夫·透纳（1775—1851），英国风景画家，擅长水彩画。

② 1575—1642，意大利油画家，古典巴洛克风格代表人物之一。

③ 一名法国侯爵。美国独立战争中除华盛顿外最受人们尊重的将军，在美国很多城镇都有以他名字命名的街道、公园，包括白宫前的拉斐特广场。

对方身上。他们旁若无人的状态感动了他。他知道，他会以专业的眼光从中有所得，哪怕只为与他眼下的光景形成对照。由于他的生活变得日益封闭，便越来越有必要从已被精心挑选过的往昔素材里再次挑选。他需要的是重新植树造林，对此他心里十分清楚，并希望土壤能够再次承受得住新的成长。那块土壤本来就并非最肥沃，因为他早年有好炫耀的弱点，没能学会倾听和观察。

公寓楼到了。进去之前，他抬起头看着顶层自家的窗户。

“那个成功作家的住所。”他自言自语道，“我不知道他正在那里奋笔疾书地创作什么杰作。有那样一种天分，一定很了不起！只管手里拿着纸和笔坐下来，想写就写，想去哪里就去哪里。”

孩子还没回家，但女佣从厨房里出来了，问道：“玩得开心吗？”

“棒极了！”他说，“我去溜旱冰，打保龄球，与曼·迪恩①玩摔跤。最后，再来个土耳其浴。有电报吗？”

“什么也没有。”

“给我来杯牛奶，好吗？”

他穿过餐厅，转身进了书房。夕阳映照在他那两千本书上，发出耀眼的光芒，使他一时睁不开眼睛。他相当疲乏了，要先躺个十分钟。然后，看看晚饭前那两个时辰能否就一个想法开始动笔。

---

① 20世纪初期美国著名的摔跤运动员。

人气女郎

一

每周六晚大约十点半，燕茜·鲍曼都要找个冠冕堂皇的借口，避开舞伴，从舞池中脱身，到高处去眺望乡村酒吧。要是看见她父亲，而他刚好朝她的方向看的话，她会招手示意；不然，她就会打发侍者去提醒他，说她马上就来。如果时间还不到十点半，也就是说，他才喝了不到一个小时的混合杜松子利克酒，他就会从椅子上站起来，心有不甘地被劝进舞厅去。

“舞厅”，找不到比这更好的词了。就是那个房间，白天堆满了柳条家具。“我们进去跳舞吧”这句话指的就是它，它被称为“里面”或者“楼下”。而正是在这个连名字都没有的房间，美国所有乡村俱乐部的主要交易都在这里发生。

燕茜知道，要是她能留父亲在这里待上一个小时，跟人交谈，看着她跳舞，或者偶尔自己也跳上一曲，她就能在结束时安心地放他离开。舞会将在午夜结束，此前的那段时间里，他还不至于寻衅闹事，惹恼别人。

这一切都需要燕茜付出诸多努力，而她挺过来了，更多的是为了自己，并非为了父亲。过去的这个夏天有好几次相当不愉快的经历。一天晚上，一个芝加哥年轻人慷慨激昂、滔滔不绝的演说让她无法脱身，父亲出现在舞厅门口，轻轻摇晃着身子。在他红润帅气的脸上，一双褪了色的蓝眼睛半眯着，使劲盯着跳舞的人们，显然准备把自己交给第一个吸引他眼球的贵妇人。当燕茜坚持要马上离开的时候，他竟摆出一副受了委屈的可笑样子来。

那晚之后，燕茜便分毫不差地实施起她的费边策略①来。

燕茜和父亲住在一座中西部城市，是这城中最标致的两个人。汤姆·鲍曼红光满面，二十年来一直喝着优质的威士忌，打着蹩脚的高尔夫。他在市中心开了一家办事处，人们以为他在那里处理一些说不清道不明的房地产业务。但是实际上，他在生活中最关心的是自己在乡村俱乐部展示帅气的外形，表现出自在大方的良好教养。妻子过世后这十年的大部分时间，他都消磨在了乡村俱乐部。

燕茜二十岁了，却是一副茫然又憔悴的样子。这部分源于她的懒散性情，部分是由于她在易受影响的年纪拜访东部亲戚的结果。她天资聪颖，却性情浮躁，有着不切实际的浪漫幻想，拿不定主意是为了感情嫁人，还是为了舒适。在这两个抽象概念当中，她最狂热的一个追求者便俨然后者的化身。与此同时，她为父亲料理家务，还算有成效。她设法用平稳沉着的节奏来约束他经常饮酒的习惯，让他在酩酊大醉之中尽量保持清醒。

燕茜仰慕父亲。她仰慕他，是因为他外表风度翩翩，举止优雅迷人。他曾是耶鲁大学骷髅会受人欢迎的成员，从未失去那样的气度。她生性易受影响，不知不觉间把他的这种魅力当成标准，拿来判断她认识的男人。然而，父女关系远非小说里约定俗成的柔情蜜意，生活中它通常只存在于年长一代人的心里。燕茜·鲍曼早已决定在年内嫁人，离开这个家。她打心底里对现有生活感到厌倦。

十一月的这天傍晚，斯科特·金伯利在乡村俱乐部第一次见到了她。他的房东太太说燕茜是个精致的小美人儿，他表示赞同。为了刻意体验一种感官享受，在年轻人身上并不多见——斯科特才二十五岁——他没让人引荐，就能不受干扰地盯着她看一个小时，胡思乱想，然后在昏昏欲睡的深夜里玩味与她交谈所带来的喜悦或失望。

“威尔士王子来访时她没能见到他。她一直没从失望中走出来。”奥林·罗杰斯太太追随他凝视的目光，说道，“反正她是这么说的，至于她是不是认真的，我不知道。我听说她在墙上贴满了他的照片呢。”

“谁？”斯科特突然问道。

---

① 即缓进战术，一种拖延时间、避免交锋的谨慎策略。

“嗨，威尔士王子呀。”

“谁贴了他的照片？”

“嗨，燕茜·鲍曼呀！就是你说觉得很漂亮的那个姑娘。”

“漂亮到一定程度，一个漂亮女孩跟另一个就没区别了。”斯科特辩驳道。

“是的，我也是这么想的。”

罗杰斯太太的声音小了下去，语气里带着不确定。她这一生从未理解一个概括性的表述。假如有人不断重复它，就会让她听起来有一种亲切感。

“我们来聊聊她吧！”斯科特提议说。

罗杰斯太太佯装责备地微微一笑，欣然参与到造谣中伤之中。一支安可曲①刚刚响起。管弦乐队奏出一首轻柔舒缓的曲调，萦绕在环境宜人的绿格窗舞厅里。当晚由本地年轻人组成的四十对舞伴和着节拍，平缓地翩翩起舞。只有一些可怜兮兮的单身男士一个个聚集在门口。仔细观察就会发现，这样的场景显然并不能带来预期的快乐。这些男男女女从小就互相认识；尽管今晚的舞池会滋生出婚姻的萌芽，却是为环境所迫，是无奈的妥协，乃至无聊至极。

他们的豪华排场缺乏的是十七岁的恋爱在短暂而绚烂的假期里擦出的火花。斯科特一边还在用目光漫不经心地搜寻着燕茜，一边心里想着，在类似场合下配对求偶的是被遗弃的资质平平、不够聪明、穷困潦倒的人；求偶的动机无非同样是为了追求或许更有光彩的命运。尽管如此，美貌和青春却已然逝去。斯科特觉得自己已经很老了。

他这样盖棺定论，却并不适用于人群中的一张面孔。当他在跳舞的人群里找到燕茜·鲍曼时，觉得自己一下子年轻了许多。她是舞会上缺失的一切事物的化身——青春曼妙，自视甚高，靓丽中带着些许懒散，如同梦中的记忆那般可悲又易逝。她的舞伴是一个年轻男子，脸上红一块白一块的，就像大冷天被人打了耳光。他似乎没能引起她的兴趣，她的目光四下里左顾右盼，时不时落在一群人、一张脸、一件礼服上面，带着一种遥不可及、心不在焉的忧伤。

---

① 返场加演节目。

“深蓝色的眼睛，”斯科特对罗杰斯太太说，“我不知道除了漂亮还能怎么形容。那鼻子、上唇、下巴的确很贵气，如果有这种东西的话。”他加了一句，辩白道。

“哦，她很贵气。”罗杰斯太太表示赞同，“她祖父是南方一个州的参议员或州长什么的。她父亲的长相也很贵气。对，没错。他们是很贵气，他们是贵族哦。”

“她看上去懒洋洋的。”斯科特望着那件黄色的礼服裙飘动、出没在跳舞的人群中。

“她不爱动。舞跳得这么好，真是个奇迹。她订婚了吗？那个插进来请她跳舞的男人是谁，就是那个把领带俏皮地塞在领口下面、假装成几个大斜插口袋的人？”他对那个年轻人的一再坚持感到恼火，嘲讽失去了超脱的光环。

“哦，那是——”罗杰斯太太向前探身，舌尖在双唇之间清晰可见，“那是欧洛克家的儿子。他非常忠实，我认为。”

“我认为——”斯科特突然说，“等音乐停下来，要是她离得近，我想请你帮我介绍一下。”

他们站起身来寻找燕茜。罗杰斯太太是小个子，正在发福，紧张不安。斯科特·金伯利是她丈夫的表弟①，皮肤黝黑，身材中等偏矮。斯科特是个孤儿，有五十万的财产。他留在这座城市不为别的，只是因为误了火车。他们找了几分钟，没找到她，穿黄裙子的燕茜已经不在跳舞的人群中缓慢迷人地翩翩起舞了。

钟表指向了十点半。

二

“晚上好！”这时，她的父亲正在口齿不清地跟她打招呼，“这好像成了一种习惯。”

他们站在一段侧楼梯附近。燕茜的目光越过他的肩膀，透过玻璃门能够看到，六个男人带着熟悉的欢愉围坐在一张圆桌旁。“您不想出来看一

① 后文为“侄子”。此处疑为原著错误。

会儿吗?”她提议说，面带微笑，刻意装作随意的样子，其实并没有这样的感觉。

“今晚不了，谢谢。”她父亲的尊严有点儿煞有介事，反而不能让人信服。

“就出来看一眼嘛。”她催促着他，“大家都在这里，我想问问您对某个人是怎么看的。”这个借口并不高明，却是她能想到的最好的了。

“我绝对不相信能在外面找到让我感兴趣的东西。”汤姆·鲍曼断然道，“我发现我经常因某个愚蠢的理由被叫出去，在椅子上枯坐半个小时，就好像我没有责任感似的。”

“我只请您待上一小会儿。”

“很体贴，我确定。但是，今晚我恰好对这里进行的讨论感兴趣。”

“来吧，爸爸。”燕茜讨好地挽住父亲的手臂。

他只是一抬手，便轻易地甩脱了她的手臂。“恐怕不行。”

“我来告诉您。”这不同寻常的没完没了的争执让她感到恼火。她压住火提议说，“您进来看看吧，就这一次！要是让您觉得无聊，您可以马上回去。”

他摇摇头：“不了，谢谢。”然后，他一句话也不多说，突然转身，又走进了酒吧。

燕茜回到了舞厅。在经过那一排单身男士时，她从容不迫地扫视他们，快速地作出了选择，对近旁的一个男人低语道：“跟我跳舞，好吗，卡蒂?我把我的舞伴弄丢了。”

“很乐意!”卡蒂真诚地回答道。

“你真可爱!”

“我可爱?你是说你吧。”

燕茜心不在焉地抬头看着他。她对父亲感到气恼。第二天早餐时，她会表现出极度的冷淡，可今晚她只能等待，希望哪怕最糟糕的情况出现，他至少能在酒吧待到舞会结束。

住在鲍曼家隔壁的罗杰斯太太突然出现在她身旁，领着一个陌生的年轻男人。“燕茜，”罗杰斯太太带着客套的微笑说道，“我想介绍一下金伯利先生。金伯利先生跟我们一起过周末，我特别想让他见见你。”

“真是棒极了！”燕茜拖着长腔，懒洋洋地客气道。

金伯利先生向鲍曼小姐提议一起跳舞，鲍曼小姐冷静地默许了。他们按照流行的姿势把胳膊交叠在一起，随着鼓点踏着节拍。与此同时，斯科特似乎感觉房间里舞来舞去的人们都变成了她身后的背景。平淡无奇的灯光、稀释了又稀释的音乐节奏、许多姑娘的面容——漂亮的、平凡的、可笑的，显得有点儿僵硬呆板，就好像他们都是成群结队来给燕茜那慵懒的双眼和起舞的双脚做陪衬的。

“我一直在观察你，”斯科特坦白道，“你今晚看起来很无聊。”

“我有吗？”她带着一丝戏谑的兴致，睁大了深蓝色的眼睛，露出了纤巧的虹膜边沿。“真是让人爽死啦！”她补充道。

斯科特大笑起来。她用了这个夸张的词语，脸上却没有微笑。她其实是没想让这话听起来像真的。他听过许多当年流行的形容词——“刺激”、“绝妙”、“棒极了”——随口说出来，但从来没有一丁点儿意义。可从这个慵懒的妙龄美女嘴里说出来，真是妙不可言呀。

舞曲结束了。燕茜和斯科特信步走向靠墙的一套沙发。还没等他们入座，就传来了一阵尖利的笑声。一个身材壮实的女孩后面拖着一个满脸尴尬的男孩，从他们身边飞速掠过，扑通一声坐了下来。

“多么粗鲁啊！”燕茜评论道。

“我想，那是她的特权。”

“脚踝那么粗的女孩是没有特权的。”

他们在两把硬木椅子上坐下来，椅子不太舒服。

“你从哪里来？”她问斯科特，语调客气而冷漠。

“纽约。”

燕茜一听这个便放下架子，目光在斯科特身上停留了十秒钟。

“那个没打领带的男士是谁？”斯科特鲁莽地问道，目的是让她看着他，“他一直在追你吧？我的眼睛没法儿从他身上移开。他的性格跟他的服饰一样搞笑吗？”

“我不知道。”她慢吞吞地说，“我跟他订婚才一个星期。”

“我的天！”斯科特惊叫道，眼睛下面顿时渗出汗来。

“请你原谅。我不是——”

“我只是开个玩笑。”她叹息着笑了起来，打断了他。“我想看看你会说什么。”

于是，他们两人都笑了起来。燕茜接着说：“我没跟任何人订婚。我非常不受欢迎。”还是同样的声调，她那懒洋洋的声音与说话的内容形成了滑稽的对比。“没人会娶我。”

“真可悲！”

“真的，”她喃喃地说，“因为我每时每刻都得听赞美话才能活下去。没有人觉得我还有魅力，也就从来没人对我说那些话。”

斯科特很少觉得这么有意思。“怎么，你很美呀，宝贝！”他说道，“我敢说，从早到晚除了赞美你就没听过别的。”

“哦，对。是这样。”她回答道，显然很开心。“我从来没得到过赞美，除非是我自找的。”一切都是老样子。她这样想着，环视四周，沉浸在一种古怪的悲观情绪里。还是那些男孩子，头脑冷静，行为拘谨；还是那些老妇人，靠墙坐着——去年这个时候来跳舞的一两个女孩也跟她们坐在一起。

燕茜到了这样一个阶段——乡村俱乐部的舞会看上去简直无异于白痴展览。曾几何时，在这令人心醉神迷的嘉年华会上，珠光宝气、完美无瑕的少女涂着得体的粉色口红，将自己展示在迷人的陌生男子面前。如今这画面已黯然失色，退化成了陈列着近乎下流展品的中型大厅，展示的是赤裸裸的动机和显而易见的失败。这么多年过去了，而这里的舞会几乎没有变化，就连时装的褶皱、修辞的新噱头都没给它带来变化。

燕茜已经做好了结婚的准备。

这时，斯科特·金伯利刚刚话到嘴边，却被罗杰斯太太的出现打断了。她为此深感抱歉。

“燕茜，”这个年长的女人说道，“司机刚才给我打电话说车子坏了。我想知道你和你父亲车上有没有空位捎我们回家。哪怕有一丝一毫的不便，请尽管告诉——”

“我知道他会非常乐意。他有很多空位，因为我是跟别人一起出来的。”她怀疑父亲到十二点钟还能不能见得了人。他无论如何总能开车——而且，要求搭便车的人可以自便。

“那太好了。非常感谢。”罗杰斯太太说。接着，罗杰斯太太就知趣地离开了。因为她刚过了三十多岁这个还可以卖弄风情的年纪。这个年纪的女人还会觉得自己能讨年轻人喜欢，而一旦到了四十岁，孩子就会委婉地告诉她们已经不再受欢迎了。

这时候，音乐响起，脸上红一块白一块的倒霉小伙儿又出现在燕茜面前。还没等下一曲结束，斯科特·金伯利再次插进来与她共舞。“我回来了！”他说，“来告诉你，你有多美。”

“我不美，真的。”她答道，“而且，你跟每个人都这么说。”

乐曲在高潮中结束了，他们在舒适的沙发上坐下来。

“我已经三年没跟任何人说过这话了。”斯科特说。他把它说成三年毫无理由，但不知怎的，他们两人听上去都觉得可信。

这唤起了燕茜的好奇心，开始对他的情况刨根问底。她不知不觉便引他做了一份问卷调查式的交代：一开始是他与罗杰斯一家的关系；最后详细描述了他在纽约的公寓，也真不知这是从何说起的。

“我想到纽约去住。”她对他说，“派克大街上一所漂亮的白房子，每个公寓都有十二个大房间，租金要花很大一笔钱。”

“那也是我想要的，假如我结了婚的话。派克大街——那是世界上最漂亮的街道之一。我觉得，也许主要是那里没有牛皮癣似的公园，把它搞得跟人造郊区一样。”

“不管怎样，”燕茜表示赞同，“反正我和爸爸每年大约去三次纽约。我们总是去里兹饭店。”

这话并不完全属实。她通常每年一次好不容易才把父亲从他那平淡无味、说不上不仁慈的生活中拉出来，这样她便可以用一周时间懒洋洋地靠在第五大街①的橱窗上吃午饭，或跟法姆奥夫上学时的朋友喝茶，偶尔也跟耶鲁或普林斯顿的男生去吃饭，看电影。这些都是令人愉快的探险经历——每一刻都过得充实，流光溢彩——在蒙马特跳舞，在里兹吃饭，邻桌坐的是电影明星或上流社会名媛，抑或梦想着假如父亲收入在逗点左边再多加一个〇，她会在亨佩尔、瓦克西、斯卢姆波尔这些名牌店买些什么。她崇拜纽约，怀着不带个人色彩的极大热忱。只有中西部或南方女孩才会

① 位于纽约曼哈顿的时尚、豪华购物街。

这样崇拜它。在花里胡哨的纽约市集上，她感觉灵魂在喜悦中欢呼雀跃。在她眼中，这里没有丑恶，没有污秽，没有平凡。

她在里兹饭店住过一次，只有一次——他们通常登记住宿的曼哈顿旅馆拆了。她知道，她再也没办法让父亲花钱再住一次里兹了。

过了一会儿，她借了铅笔和纸，草草地写了一张便条——“给酒吧里的鲍曼先生”，告诉他将“应邀”载罗杰斯太太和她的客人回家。“应邀”一词下面划了线。她希望父亲能够体面地做好这件事。她让侍应生把这张便条交给父亲。下一曲还没开始，便条就回到了她手上。上面潦草地写着“OK”，还有她父亲的姓名首字母。

这一晚剩下的时间很快就过去了。斯科特·金伯利只要有时间就见缝插针地请她跳舞，嘴上说着她会美丽永驻之类的宽心话。而这正是她心之所向，其中不乏异想天开的感伤成分。他也会嘲笑她，她不确定自己是否喜欢这样。跟所有稀里糊涂的人一样，她没有意识到自己是稀里糊涂的。斯科特·金伯利说她的性格不会改变，到她已经不在乎自己性格会不会改变的年纪都不会改变。这句话她并没有完全理解。

她最喜欢谈论纽约。他们每一次被打断的谈话都会让她脑海里浮现出大都市的图景或记忆。她在跟杰里·欧洛克、卡蒂·布雷登或其他某个纨绔子弟跳舞时都浮想联翩，而他们所有人都以为她轻易便被自己迷住了。午夜时分，她又给父亲递了一张便条，说罗杰斯太太和罗杰斯太太的客人马上就到主车道旁的门廊等他。然后，她抱着最好的希望走进繁星闪耀的夜色，在杰里·欧洛克的呵护下上了他的敞篷车。

三

“晚安，燕茜。”她跟新近的护花使者站在路牙上，就在她租住的灰泥房子门前。欧洛克先生正试图将她的名字读得缠绵悱恻，赋予它不同寻常的意义。几周以来，他一直在努力，几乎强行要把他们的关系推到谈情说爱的层面。但燕茜一贯迷迷糊糊，麻木不仁，阻碍了几乎所有的进展，让他的努力全都白费了。杰里·欧洛克的故事已是老生常谈了。他家很有钱，可他——他却在一家经纪行工作，跟他这一代的多数年轻人一样。他出售债券——眼下债券正是大热，房地产也曾大热——在经济繁荣时期；后来大热的是汽车。而现在证券正是大热。入不了其他行的年轻人都在出售债券。

“请不必麻烦走过来了。”随即他发动了车子，“记得给我打电话！”一分钟后，他转过月光照耀下的街角，消失不见了。轰隆隆的马达声响彻夜空，仿佛在大声宣布：比起他的寻欢作乐来，劳累了一天的二十多个居民都无关紧要。

燕茜若有所思地在门廊台阶上坐了下来。她没有钥匙，得等父亲回来。过了五分钟，一辆敞篷车拐到了街上，格外谨慎地开到近前，停在了隔壁罗杰斯家的大房子前。燕茜如释重负地站起身来，慢慢走上人行道。车门开了，罗杰斯太太在斯科特·金伯利的搀扶下稳稳地下了车，站在人行道上。令燕茜惊讶的是，斯科特·金伯利把罗杰斯太太扶上台阶之后，又回到了车上。燕茜离得很近，足以看清他坐到了驾驶位上，把车停在鲍曼家的路牙旁。燕茜看见父亲坐在最远角落里的位置，正在用荒唐可笑的体面与已经降临的瞌睡做斗争。她呻吟了一声。那致命的最后一小时还是起到了作用——汤姆·鲍曼再次丧失了战斗力。

“喂！”燕茜走到路边，大声叫道。

“燕茜！”她父亲咕哝着，故作轻松地打了个招呼，但效果欠佳。他嘴唇上翘，咧着嘴巴，露出极力讨好的微笑。

“你爸爸感觉不太舒服，让我开车回家。”斯科特愉快地解释道。他下了车，朝她走过来。

“小汽车不错嘛。买了很久吗？”燕茜笑了起来，却没什么幽默感，“他瘫了吗？”

“谁瘫了？”坐在车里的人愤愤地哼了一声，问道。

斯科特站在车旁。“我扶您下车吧，先生？”

“我自己能下。我自己能下！”鲍曼先生坚持道，“躲开，离我远一点儿。肯定是有人给我喝了超级劣质的威士忌。”

“您是说很多人都给您喝过喽。”燕茜冷冰冰地反驳道，丝毫不留情面。

鲍曼先生站到了路边，动作之轻快令人惊讶。但这是骗人的把戏，因为他几乎马上就扑了个空，斯科特迅速伸出胳膊扶住了他。燕茜恼羞成怒，跟在两个男人后面朝房子走去。这位年轻男士会认为这样的场景每晚都要上演吗？在燕茜看来，主要是因为她在场才觉得很丢脸。如果父亲每晚都由两个男管家扶上床，她甚至会因为父亲能够负担得起这样花天酒地的生活而感到骄傲；可别人会想到是她扶的，想到她竟有这种担忧和照料的重负！最后，她感到大为恼火，因为斯科特·金伯利在场，也因为他好管闲事，还要扶父亲进屋。

走到花砖铺地的低矮门廊时，燕茜在汤姆·鲍曼的马甲里找到钥匙，打开了前门。一分钟之后，这位一家之主被安置在了安乐椅上。

“非常感谢!”他缓了一会儿说道，“坐吧。喝上一杯？燕茜，拿点儿饼干和奶酪来，如果还有的话。好吗，亲爱的?”

见他在神志不清的状态下还这么冷静，斯科特和燕茜笑了。

“您该睡觉了，爸爸!”她说着，极力压住怒火，在外人面前保持体面。

“把吉他给我!”他提议说，“我给你们弹曲子。”

除了在这样的情境下，他已有二十年没碰过吉他了。燕茜转向斯科特：“他现在没事了。非常感谢。他马上就会睡着。等我把他叫醒，他就会像小羊羔一样乖乖上床睡觉的。”

“好吧——”

他们一起溜达到门口。“困吗?”他问。

“不，一点儿都不。”

“那么，也许你该让我再陪你在这里待一会儿，直到你看他没事了。罗杰斯太太给了我一把钥匙，我进门时不必打扰她。”

“真的没事了。”燕茜拒绝道，“我一点儿也不介意，他也不会有任何麻烦的。他一定是多喝了一杯，而且我们这里的威士忌——你知道的！这种情况以前发生过一次——去年。”她补充道。她对自己的说辞很满意。这样的解释似乎有着令人信服的光环。

“不管怎样，我能坐一会儿吗?”他们在门廊的柳条长靠椅上并排坐了下来。“我正想着多待上一段时间呢。”斯科特说。

“真好!”她的声音又恢复了低沉的声调。

“今天皮特·罗杰斯表哥不太舒服，但明天他要去打野鸭，想让我一起去。”

“哦，真带劲！我一直都很想去。父亲总是答应带我去，可从来没有兑现。”

“我们大概要去三天。我想我会回来，在这里度过下个周末——”他突然停下来，身子前倾，做出聆听的姿态。

“听，那是什么呀?”

音乐声断断续续地从他们刚刚离开的房间里传出来——参差不齐的吉他和弦，六七个有气无力的起始音符。

“是爸爸!”燕茜叫道。

这时传来一个声音，飘向他们——醉意蒙眬的喃喃低语，故作忧郁地拖着长腔：

唱一首城市之歌，
乘着火车，
黑人从未如此快乐
就像他刚出监牢。

“太糟糕了!”燕茜惊叫道，“他会把这个街区所有人都吵醒的。”

歌方唱罢，刺耳的吉他声又响起来。然后，发出了一个尖利的尾音Duang! 接着，一切归于平静。过了一会儿，这一阵喧闹过后便传来了低沉却清晰的鼾声。鲍曼先生在纵情发挥了他的音乐天赋之后，沉沉睡去了。

“我们去兜风吧!”燕茜不耐烦地提议说，“这对我来说太刺激了。”

斯科特轻快地站起身，他们朝车子走过去。

“我们要去哪里?”她好奇地问。

“随便。”

“我们可以穿过半个街区，去克莱斯特大道——我们这里的展览街——然后开出去，到河畔林荫大道。”

四

他们驶入克莱斯特大道，路对面就是那座新教堂。它体积巨大，尚未完工，是仿照某个佛兰德①小镇上的教堂建造的。由于偶然因素而未能完工，

① 中世纪西欧的一个国家，今为欧洲西北部一个地区。在北海沿岸，包括法国西北部部分地区，现比利时的东佛兰德省、西佛兰德省以及荷兰西南部部分地区。

就像一只胖乎乎的白色斗牛犬似的蹲坐在地上。月光照耀下的四个使徒如苍白的幽灵，从壁龛里俯视着他们。壁龛里仍然堆着建筑工人扔下的布满灰尘的白色垃圾。这座大教堂正式开启了克莱斯特大道之旅。接着是一大片由面粉大王 R. R. 科默福德建造的褐砂石大房子，再接着是绵延半英里的建于沉闷的九十年代的矫饰做作的石头房。这些建筑都装点着宽阔的车道和曾经回荡着良种马蹄声的马车出入口，以及镶嵌在二楼的巨大圆形窗户。

这些高大阴森建筑的绵延被一座小公园打断了，一块三角形的草地上矗立着十英尺①高的内森·黑尔②雕像。他的双手被石索绑在背后，目光越过一座巨大的峭壁，凝视着缓缓流动的密西西比河。克莱斯特大街虽说与这座峭壁平行延伸，但既没有面对它，也似乎并未受它影响。因为所有房子都是正面朝里，背向街道。驶过起初的半英里，街道上出现了大胆的创新尝试，包括阶梯状的草坪、灰泥粉饰的混合型建筑，以及借助各种渐进式改良工艺模仿小特里亚农宫③的大理石轮廓线而建成的花岗岩大厦。这个路段的房子连续几分钟从敞篷车旁飞速闪过；然后道路方向一拐，车子径直驶入月光下。月光就像街道远处的一辆巨型摩托车的灯光一样，朝它倾泻而来。

经过了基督教科学教堂④的几排低矮的科林斯式⑤房子，再经过一个街区黑森森的木板房、一排废弃的丑陋红砖房——九十年代末期失败的试验品——然后又是新房子了，眼下是鲜红的砖房，上面装点着白色的饰物，黑色的铁栅栏和篱笆围住了开满鲜花的草坪。这些建筑飞速掠过，渐渐消失，被抛在身后，享受着它们的辉煌时刻；然后在月光下等待着即将过时废弃的命运，就像那些木板房、下城区的穹顶大厦、克莱斯特老街上那片褐色砂石房子经历过的那样。

房顶突然变低了，空地变窄了，房屋的尺寸缩小了，渐渐变成了平房。

---

① 约为三米。

② 1755—1776。美国独立战争时期英雄人物。曾自愿参与纽约情报搜集行动，被英军俘获后绞刑处决。临终前名言流传于世：“我唯一的遗憾就是只有一次生命奉献给国家。”

③ 法国凡尔赛宫地界的一所小型别墅。

④ 美国基督教新教的变种教派，19 世纪后半期由埃迪创立，主张以精神力量医疗疾病。

⑤ 尤指带有叶形装饰的钟状柱顶建筑。

这些建筑占据了大街的最后一英里，一直延伸到河弯处。这里是这条自命不凡的大街的终点，坐落着切尔西·阿巴思诺特的雕像。阿巴思诺特是第一任州长，几乎是最后一个有着盎格鲁－撒克逊血统的人。

就这样，一路上燕茜都没有说话，仍然沉浸在当晚的烦恼之中。但北方十一月的清新空气从他们身边呼啸而过，让她多少平静了一些。明天她要把皮毛大衣从储藏室拿出来了，她心想。

“我们现在在哪里？”

他们放慢了车速，斯科特好奇地仰视着那座盛气凌人的石头雕像。它在清冷的月光下清晰可见，一只手放在书上，另一只手的食指直指街上一处建筑工地，似乎带着象征性的责备。

“这里是克莱斯特大道尽头。”燕茜转向斯科特，“这里是我们的展览街。”

“美国失败建筑的博物馆。”

“什么？”

“没什么。”他小声咕哝道。

“早该跟你解释的，我忘了。我们可以沿着河畔林荫大道往前开，如果你愿意的话——或者，你累了吗？”

斯科特向她保证说，他不累——一点儿也不累。进入林荫大道，水泥路面在黑漆漆的树下曲折延伸。“密西西比河——现在对你来说毫无意义！”斯科特突然说。

“什么？”燕茜看看四周，“哦，河。”

“我猜想，它曾对你这里的祖先来说意义非凡。”

“我的祖先从前不在这里。”燕茜郑重其事地说，“我的祖先来自马里兰州。我父亲从耶鲁毕业后就来了这里。”

“哇！”斯科特礼貌地表示钦佩。

“我母亲是本地人。我父亲为了健康的缘故，从巴尔的摩来到这里。”

“哦！”

“当然了，我们现在属于这里。我觉得——”这句话隐隐流露出一丝居高临下的意味，“任何地方都一样。”

“当然。”

“只是我想到东部去住——可我劝不动爸爸。”她说。

已经过了凌晨一点，林荫大道几乎空无一人。偶尔有两个黄色的圆盘在他们前方爬上斜坡，逐渐现出原形——应该是晚归的汽车。除此之外，他们独自疾驰在绵延的浓浓夜色中。月亮已经落下去了。

“下次这条路靠近河流的时候，我们停下来看看吧！”斯科特提议说。

燕茜暗自笑了。这句话显然属于她认识的一个男孩叫作国际通用亲热暗示语的范畴，指的是旨在自然营造接吻氛围的提议。她琢磨着这个问题。这个男人到现在还没让她感觉有什么特别之处。他长相英俊，显然家境不错，而且来自纽约。跳舞的时候她就喜欢上他了，到晚会接近尾声时愈发如此。然后，她父亲的出现令她惊骇不已，给这试探的温存之举泼了冷水；现在——到了十一月，夜晚很冷。不过——“好吧。”她突然答应了。道路分了岔。她突然一个转弯，把车停在了河流上游的一片开阔地带。“好吗？”在马达声消失后的一片死寂中，她问道。

“谢谢。”

“这里你满意吗？”

“凑合吧。不太满意。”

“为什么？”

“我待会儿告诉你。”他回答说，“你为什么叫燕茜呢？”

“这是姓氏。”

“很美。”他轻柔地重复了好几遍，“燕茜——它有着南茜所有的优雅，又不古板。”

“你叫什么？”她问道。

“斯科特。”

“斯科特什么？”

“金伯利。你不知道吗？”

“我不确定。罗杰斯在介绍你的时候一带而过。”

一阵短暂的沉默。“燕茜！”他重复道，“美丽的燕茜！她有深蓝色的双眸和慵懒的灵魂。你知道我为什么不太满意吗，燕茜？”

“为什么？”她把脸稍稍凑近了一点儿，几乎无法察觉。她在等答案时双唇微启。

斯科特便知，她这样问就已表示默许了。他不慌不忙地把头向前倾，碰到了她的双唇。他叹了口气。两人都感受到了一种释然——不必再为迎合这种事情流传下来的习俗而尴尬的释然。“谢谢!”他说。燕茜刚才停车时他也这么说来着。

“现在你满意了吗?”她那蓝色的眼睛在黑暗中注视他，脸上没有微笑。

“差不多吧。当然了，你永远都没法儿说——绝对。”

他又一次朝她探过身去，可她弯腰发动了汽车。时间很晚了，燕茜开始感觉累了。这次试验的目的已经达到了，他也得到了他想要的。如果他喜欢，就会想要更多。这使她在这场游戏里领先一步，而她感觉这场游戏是她发起的。

“我饿了。”燕茜抱怨道，“我们下去吃点儿东西吧。”

“好吧。”他难过地勉强表示同意，“偏偏在我享受——密西西比河的时候。”

“你觉得我美吗?”倒车时她几乎楚楚可怜地问道。

“多么可笑的一个问题呀!”

“可我喜欢听人这样说。”

“我刚才正要说呢，在你发动引擎的时候。”

他们在市中心一个空无一人的通宵快餐厅吃了培根和鸡蛋。她此时脸色白得如同象牙，黑夜从她脸上吸取了慵懒的活力和倦怠的面色。她怂恿他给她讲讲纽约，直到他每句话开头都用“好了，现在让我们看看——”。

用完餐，他们开车回到家。斯科特帮她把车停进小车库。在前门外，她让斯科特再次轻吻了她的双唇，然后进了屋。

与这所小灰泥房子同宽的长长的客厅被炉火的余烬映照得红彤彤的。燕茜离开时炉火烧得正旺，现已暗淡下来，成了一团稳定的不再跳动的红光。她从火箱里取出一根木柴，扔到余烬上面。这时，房间另一头的幽暗光线里传来一个声音，吓了她一跳。

“这么快就回来了?”是父亲的声音，还没完全清醒，却警觉而睿智。

“是的。去兜风了。”她简短地回答，在火炉前的柳条椅上坐了下来。“然后去城里吃了点儿东西。”

“哦!”父亲起身离座，挪到火炉近旁的一把椅子上，伸了个懒腰，叹了口气。

燕茜用眼角余光瞥了父亲一眼，正准备表现出恰如其分的冷漠，却惊诧于他竟在两个小时内完全恢复了体面。灰白的头发几乎丝毫不乱，英俊的面庞与往常一样红润，只有布满了红血丝的眼睛才是新近放纵的证据。

“玩得开心吗?”

“您该关心吗?”她无礼地回答。

“我为什么不该?”

“您今晚早前好像不关心呢。我让您帮我载两个人回家，您却连车都开不了了。”

“见鬼！谁说我开不了!”他反驳道，“我都可以参加——参加比赛的。在赛车场上，赛—车—场。罗杰斯太太坚持让她的年轻仰慕者开车，我能怎么办?”

“那不是她的年轻仰慕者。”燕茜脆生生地反驳道。这时，她的声音不再拖着长腔了，“她年纪跟您一样大。那是她的侄女——我是说，她的侄子。”

“请原谅!”

“我认为您欠我一个道歉。”燕茜突然发觉自己对他并无怨恨。她对他充满了歉意，突然想到自己让他载罗杰斯太太回家反倒是干涉了他的自由。尽管如此，纪律是必要的——还会有其他星期六晚上呢。“您不觉得吗?”她最后说道。

“我很抱歉，燕茜。”

“很好，我接受您的道歉。”她生硬地回答说。

“而且，我会补偿你的。”

她眯起了蓝眼睛。她希望——她几乎不敢奢望他会带她去纽约。

“让我们看看吧!”他说，“十一月，对吧？几号?”

“二十三号。”

“好，我告诉你我要做什么。”他试探着把指尖碰到一起，“我要送你个礼物。我一直想让你外出旅行一整个秋天，但是生意不好。”她差点儿笑了——就好像生意在他的生活中很重要似的。“可你需要出去旅行一次。我把它当作礼物送给你吧。”他又站起来，走到书桌旁坐下。“我在纽约一家银行有一点儿钱，存在那里好长一段时间了。”他一边说，一边在抽屉里摸索着找支票簿。“我一直想着把那个账户结清。我—看—看。有——”

他用墨水在纸上画出了一道印记，“该死的吸墨纸呢？哼！”他回到火炉边，一张粉色的长方形纸片扑棱棱地飘落到她的膝头。

“哎呀，爸爸！”是一张三百美元的支票。“可您能负担得起吗？”燕茜问道。

“没问题。”他点点头，向她保证。“这也可以是圣诞礼物，而且你出发前大概需要裙子、帽子或别的什么吧。”

“嗯。”她迟疑地开口说，“我不知道该不该拿这么多钱！我在市中心也存了两百，您知道的。您确定——”

“哦，是的！”他满不在乎地挥了挥手，“你需要一个假期。你一直在谈纽约，我想让你去那里。告诉你在耶鲁和其他学校的朋友，他们会邀请你去参加舞会什么的。那会很好，你会玩得很开心。”他突然坐在了椅子上，长长地叹了口气。

燕茜把支票折起来，塞进裙子的前襟里。“嗯。”她又恢复了平时的方式，慢吞吞地柔声说道，“您真是个好人，想得如此周到。可我也不想太过奢侈了。”

父亲没有回答。他又短叹了口气，睡意昏沉地瘫坐在椅子上。

“我当然很想去！”燕茜继续说道。

父亲还是默不作声。她纳闷儿，他是不是睡着了。“您睡着了吗？”她问道。此刻，她感到很开心。她朝他弯下腰去；接着，她站起来看着他。“爸爸！”她迟疑地说。

父亲还是一动不动；脸上的红润突然消散了。

“爸爸！”她突然明白了——这样一想，她觉得很冷，仿佛有一个铁罩箍着她的胸膛——房间里只有她一个人了。一瞬间的狂乱过后，她告诉自己，父亲去世了。

五

燕茜带着一贯的温柔评判自己——很像母亲评判一个被惯坏的野孩子一样评判自己。她既非讲求实际，也没有一套头头是道、经过深思熟虑的个人哲学赖以生活。面对父亲去世这样的大灾大难，她的即时反应是歇斯底里的自怜。最初三天就像一场噩梦；然而，多愁善感的人类文明就像大自然在治愈它更幸运的孩子的伤口时那般万无一失，促使奥拉尔太太对所有此类危机事件产生极大热忱和兴趣，而燕茜一向讨厌此人。实际上，是奥拉尔太太埋葬了汤姆·鲍曼。父亲去世后的次日早上，燕茜给芝加哥的姨妈拍了电报，但那不善表达感情的阔太太还没回复。

连续四天，燕茜整天都坐在她楼上的房间里，听着门廊来来往往的脚步声。门铃被拆除了，却只是让她变得更紧张。这都是奥拉尔太太的吩咐！门铃总要拆除！葬礼之后，紧绷的弦松了下来。燕茜穿着新的黑色丧服，打量着穿衣镜里的自己，随后哭了起来，觉得自己看起来十分凄美。她走下楼来，试图阅读一份电影杂志，希望四点过后冬季夜幕降临时她不会独自待在家里。

这天下午，奥拉尔太太对女仆说活在当下。燕茜正要去厨房看看她走了没有，重新接好的门铃突然响彻整座房子，把燕茜吓了一跳。她等了一会儿，然后去开门。来的是斯科特·金伯利。

“我就是来看看你。”他说。

“哦！我好多了。谢谢你！”她回答得温和得体，似乎合乎她的身份。

他们局促不安地站在门厅里，各自回忆上次见面时半开玩笑、半带伤感的场景。对于这样一场忧伤的灾难来说，那似乎是一首大不敬的序曲。现在他们没有了共同点——没有鸿沟是可以稍一提及共同过往就能跨越的，也没有根基足以让他假装分担她的悲伤。

“你不进来吗？”她说，紧张地咬着嘴唇。他跟着她走进客厅，与她并排坐在沙发上。又过了一会儿，燕茜伏在他的肩膀上哭了，仅仅因为他在那里，是个友善的大活人而已。

“好了！好了！”他说着，伸手到她背后，傻里傻气地拍着她的肩膀。“好了！好了！好了！”他是个明白人，对于她的做法并没有多加联想。悲痛、孤独和伤感令她紧张过度，几乎什么人的肩膀都会起到同样的作用。尽管这对双方来说都是感官刺激，可他兴许已经有一百岁那么老了吧。

过了一会儿，她坐直了身子。“请原谅我！”她泣不成声地低语道，“可这——这屋子里今天太凄凉了。”

“我太了解你的感受了，燕茜。”

“我有没有——有没有——把——眼泪弄到你的外衣上？”

想想刚刚过去的这段让人紧张的小插曲，他们两人歇斯底里地大笑起来。她在笑声中马上又恢复了端庄得体的常态。

“我不知道自己为什么偏偏会在你面前崩溃了。”她悲叹道，“我真的没有随——随便对进来的什么人都这样做。”

“我把这当成——恭维。”他冷静地回答道，“我能理解你现在的处境。”随后，稍作停顿，“你有什么打算吗？”

她摇摇头。“模——模糊的打算吧。”她抽泣着，喃喃地说，“我想——想我会去芝加哥，在姨妈那里待上一段时间吧。”

“我觉得这是最好的了——再好不过了。”接着，因为他想不出还能说些什么了，又补充道，“是的，真是再好不过了。”

“你在这里——做什么？”她问道，抽泣之间吸了口气，用手帕轻轻擦了擦眼睛。

“哦，我在这里跟——跟罗杰斯一家同住。我一直在这里。”

“打猎？”

“不是，我只是待在这里。”他没告诉她，他是为了她才留下来的。她可能会觉得这么说厚颜无耻。

“我明白。”她说。她并不明白。

“我想知道，我有没有可能为你做些什么，燕茜。也许可以替你进城，或是跑腿——什么都行。也许你想穿暖一点儿，出去透透气。哪天晚上我可以开上你家的车带你出去，没人会看见你的。”他突然意识到这个提议不妥当，最后一个字刚出口便戛然而止。他们凝视着对方，眼里满是惊骇。

“哦，不，谢谢你！”她说道，“我并不想开车。”

外面的门开了，一位年长的妇人走进来。他松了口气，是奥拉尔太太。斯科特立即站起身，朝着门口向后退去。“如果你确定没有什么我能做的——”

燕茜把他介绍给了奥拉尔太太。接着，她把这位年长的妇人留在火炉边，陪他走到了门口。她突然有了一个想法。“等一下。”她跑上前面的楼梯。不一会儿就回来了，手里拿着一张粉色的纸片。“有件事我想让你帮忙！”她说，“把这个拿到第一国家银行，帮我兑换成现金。你随时都可以把钱拿到这里来。”

斯科特取出自己的钱包，打开来。“我现在就给你兑换成现金吧。”他提议道。

“哦，不急呢。”

“可我不妨这样做。”他抽出三张一百美元的新钞票递给她。

“你真是太好了！”燕茜说。

“别客气。下次我来西部时还能来看你吗？”

“我希望你会来。”

“那么我会的。我今晚就要去东部了。”他走进飘雪的黄昏，门关上了。

燕茜回到奥拉尔太太跟前。奥拉尔太太是来跟她讨论将来的打算的。“现在，亲爱的，你是怎么打算的呢？我们应该做个可行的计划。我想，我得了解一下你脑子里有没有一个明确的计划。”

燕茜试着去想。她觉得，自己在这世上非常孤单。“我还没收到姨妈的回信。今早我又给她拍了一次电报。她或许在佛罗里达呢。”

“那样的话，你就去那里？”

“我想是的。”

“你会把这座房子关了吗？”

“我想是的。”

奥拉尔太太以平静务实的态度四下里扫视着。她突然想到，如果燕茜放弃这座房子，她或许想把它据为己有。“那么现在，”她继续说，“你知道你的财务状况吗？”

“我想，还好吧。”燕茜漫不经心地回答。然后，她突然涌起一阵伤感，“以前够两—两个人花的，现在应该也够——一个人花的。”

“我不是说这个。”奥拉尔太太说，“我是说，你知道明细吗？”

“不知道。”

“好吧。我明白你不知道明细，可我觉得你应该了解全部明细——做一个你的资金名目和来源的详细账目。我给海奇先生打个电话吧！他跟你父亲有私交。请他今天下午过来浏览一下你父亲的文件。对了，他也正要去你父亲的银行，从那里拿到所有明细。我相信，你父亲没有留下任何遗嘱吧。”

明细！明细！明细！“谢谢你！”燕茜说，“这样会——很好。”

奥拉尔太太用力点了三四下头，就像是沉重的句号。随后，她站起身来。“要是希尔玛已经走了，我给你沏点儿茶吧！你想喝点儿茶吗？”

“有点儿想。”

“好吧。我会给你沏点儿好——好茶。”

茶！茶！茶！

海奇先生五点钟来看燕茜了。他出身于镇上最好的一个瑞典家族。他悲哀又肃穆地向她表示问候；说他来过好几次了，询问她的状态；还组织了抬棺人，现在马上就能查明她的经济状况。她知不知道是否有遗嘱呢？不知道？好吧，大概没有吧。

有。他几乎马上就在鲍曼先生的书桌上发现了它，但他当晚一直忙到十一点才找到许多其他信息。第二天早上他八点钟就来了，十点钟去了银行，然后去了一家经纪行，中午时分回到了燕茜家。他认识汤姆·鲍曼多年了，可发现这个英俊潇洒的男人留下的烂摊子时还是大为震惊。

他征求了奥拉尔太太的意见，那天下午用审慎的言辞告诉吓坏了的燕茜，说她其实已经身无分文了。谈话过程中，一封来自芝加哥的电报告诉她，她姨妈上周出海去东方旅行了，预计晚春时节才能回来。

美丽的燕茜平时用起华丽的形容词来如此毫不吝惜，无所顾忌，信手拈来，此时却没有了形容词来描述这场灾难。她像受伤的孩子一样爬上楼梯，坐在一面镜子前，梳着浓密的秀发来安慰自己。她按照疗法规定的梳了一百五十下，又梳了一百五十下——太过心烦意乱，她无法停下这紧张的动作。她一直这么梳着头发，直到胳膊酸痛。然后，她换了只胳膊，继续梳起来。

第二天早上，女仆发现燕茜张开手臂，趴在梳妆台上的洗漱用品中间，睡得正熟。香水洒了出来，房间里弥漫着浓重的甜腻香气。

六

确切地说，让海奇先生感到沮丧的是，汤姆·鲍曼留下的银行存款真是绰绰有余——也就是说，用来办他的后事绰绰有余。还有一些用了二十年的旧家具，一辆汽缸呼哧作响、性能不稳的敞篷汽车，以及两支一千美元、利率百分之七点五的珠宝连锁店债券。不幸的是，这些在债券市场上并不被认可。

卖了汽车和家具，又转租了灰泥平房，燕茜忧心忡忡地揣摩着手头的资源——将近一千美元的银行存款。如果她把这用于投资，每个月的总收入可以增加十五美元。正像奥拉尔太太兴高采烈地注意到的，这可以用来支付她为燕茜找的寄宿公寓的租金了，在燕茜的有生之年。这个消息让燕茜倍受刺激，失声大哭起来。

她的表现就像任何漂亮女孩在这种危急时刻的表现一样，少有地做了一个决定——告诉海奇先生，她会把那一千美元存入支票账户。然后，她走出他的办公室，到街对面的美容院去烫了头发。这让她士气大涨。

她甚至当天就从寄宿公寓搬出来，住进了镇上最好旅馆的一个小房间。假如一定要陷入贫困，她至少也要保有高贵的姿态。

她把那三张一百美元的新钞票缝进了一顶最好的丧帽的内衬。那是父亲最后的礼物。她对它们有什么期望，为什么要用这种方式保存——她不清楚。也许只是因为她是在乐观的憧憬下得到这笔钱的；或许由于这些挺括、崭新的纸币蕴含着喜悦，能够买到比单人份的饭菜和狭窄的酒店单人床更让人愉快的东西吧。它们是希望，是青春，是幸运，是美丽。不知怎的，它们成了她在十一月那个夜晚所失去的所有东西的代表。那时，汤姆·鲍曼毫无顾忌地把她捧上了天，自己却跌了下来，留下她独自去找回家的路。

燕茜在海华沙旅馆待了三个月。她发现朋友吊唁过一次之后，便不再来陪她了，而是有了更开心的事去打发时间。一天，杰里·欧洛克来看她，眼睛里露出凯尔特人①的狂野目光，请她马上嫁给他。她说需要时间考虑一下，他便气冲冲地走了。后来，她听说他得到了一份芝加哥的工作，当晚就走了。

燕茜思量着，害怕又犹疑。她听说人们会离开一个地方，从生活中消失。父亲曾跟她提过他的一个大学同学——他成了酒吧工人，擦拭黄铜栏

---

① 此为公元前2000年活动在中欧一些有着共同文化和语言特质的有亲缘关系的民族的统称，与日耳曼人并称为蛮族，也是现今白种人的代表种族之一。

杆，只换来一听啤酒的价钱。她也知道这个城市里有些女孩——她母亲儿时曾和她们的母亲一起玩耍——现在穷困潦倒，声名狼藉，或是在商店里工作，嫁给了无产阶级。然而，没想到这样的命运竟会威胁到她——多么荒唐啊！唉，她认识很多人！她到处受邀请；她的曾祖父曾是南方一个州的州长呢！

她给姨妈写过信——姨妈去了印度，继而又到了中国——却没有回音。她断定姨妈的行程有变，一张来自火奴鲁鲁①的明信片证实了这一点。姨妈貌似并不知道汤姆·鲍曼去世了，而是告知她将要跟一群人去非洲东海岸。这真是雪上加霜。懒散怠惰的燕茜最终还得靠自己了。

“为什么不去工作一段时间呢?”海奇先生有点儿恼怒地提议道，“如今很多好姑娘都工作，只是为了让自己有事情可做。有位埃尔希·普伦德加斯特在《公报》做社会新闻；还有森普尔家的女儿——”

“我不行。”燕茜马上说，眼里泛着泪光。“二月份我要去东部。”

“东部？哦，你要去做客吗?”

她点点头：“是，我要去做客。”她撒了谎，“所以，不值得花时间去工作。”她差一点儿哭起来，却装出一副傲慢的神情。“将来我倒是想试试新闻报道，就为了好玩而已。”

“是的，的确很好玩。”海奇先生略带讥讽地赞同道，“不过，我想这事不急。你那一千美元一定还剩下不少吧。”

“哦，很多!”只有几百了，她知道。

“好吧。我想，好好休息、换个环境对你来说是最好的。”

“是的。”燕茜回答说。她双唇颤抖着，站起身来，几乎无法控制自己。海奇先生看起来这么冷淡，没有人情味。“所以我才要走。我确实需要好好休息。”

“我认为你很明智。”

要是海奇先生看见她当晚写的那封信的十多份草稿，会怎么想呢。这就不好说了。以下是最早的两份。加了括号的词是打算用来替换的。

---

① 即“檀香山”，美国夏威夷州的首府和港口城市。

亲爱的斯科特：

自从那天我像个蠢货一样趴在你的外衣上哭泣，好久不见了。我想我该写信告诉你，我很快就要来东部了，想请你共进午餐【晚餐】或是其他什么。我一直待在海华沙旅馆的房间【套间】里，打算去见我姨妈，会跟她住【呆】在一起。这个月【春天】她要从中国回来了。同时，我在东部还有很多邀约，探亲访友，等等。我想，我现在就要赴约了。所以，我想见你——

这份草稿到这里截止，进了废纸篓。忙活了一个小时，她写完了下面这份：

我亲爱的金伯利先生：

别后我时常【有时】甚为挂念，您是否别来无恙。下个月我要来东部了，然后去芝加哥看我的姨妈。你一定要来见我。我一直很少外出，但是我的医生建议我做些改变。所以，我期待通过在东部的愉快旅行来改变这些陈规积习——

最后，她沮丧地放弃了，只写了一张简单的便条——里面没有解释和借口，又把它撕掉，然后上床睡了。第二天早上，她在废纸篓里找到它；觉得这到底还是最好的一份，便工工整整地抄了一份寄给他。上面写道：

斯科特：

只是想告诉你，我将于二月七日入住里兹－卡尔顿饭店。大概要待十天。你方便时给我打电话，我会请你来喝茶。

真诚的，

燕茜·鲍曼

七

燕茜之所以打算去里兹饭店，只是因为她曾跟斯科特·金伯利说过她常去那里。当她到了纽约——寒冷的纽约，陌生阴森的纽约，与她印象中那个到处都是剧院、饭店走廊里满是聚会人群的欢乐之城截然不同——她钱包里有整整两百美元。

住宿花去了她银行存款的大部分。最终，她还是动用了那神圣的三百美元——买了一身漂亮精致、三个月丧期后穿的礼服，换下了那套厚重的黑色丧服，把它收了起来。

走进酒店时，穿着精美的老主顾正聚在一起吃午餐。她刻意表现出一副厌烦而轻松的样子，自信心却在不断流失。前台职员自然知道她钱包里有几个钱。她甚至还想象着门童在偷偷笑话她用蒸汽从父亲的旧行李箱上揭下来贴在自己手提箱上的外国标签。最后这个想法让她大为惊骇，或许这些赫赫有名的旅馆和轮船早已不复存在了呢。

她站在桌旁，用手指敲着桌子，心里揣摩着：假如被拒绝入住，她能否装出一脸漫不经心的微笑，足够镇定自若地踱出去，瞒过旁边那两个衣着华丽的女人。二十年积淀的自信心没过多久就烟消云散了，那没有安全感的三个月在燕茜的灵魂上留下了难以磨灭的印记。

“二四六二。”职员冷漠地说。

她跟着门童走到电梯时，心才落回原处。经过那两位时髦女郎身边时，她还若无其事地瞟了她们一眼。她们的裙子是变长了还是变短了呢？变长了，她留意到。她琢磨着自己那身新套装的裙子能放长多少。

午餐时，她的精神振奋起来。侍者领班朝她鞠躬，喋喋不休的轻声细语、低沉柔和的音乐声抚慰着她。她点了浇了奶油沙司的甜瓜、苏泽特式煎蛋和洋蓟。账单就放在盘子旁，她看都不看一眼就在上面签了房号。回到楼上的房间，她把电话簿摊开在面前的床上，想要查找分散在大都市里的熟人。然而，电话号码带着“广场”“圈子”“莱茵兰德”这样不可一世的标签盯着她，她能感觉到一阵冷风吹打着她那不牢靠的自信心。这些女孩子都是在学校、夏令营、家庭聚会，甚至是周末的大学舞会上认识的——她眼下贫穷无依，能向她们提什么要求，又能拿什么来吸引她们呢？

她们有自己的恋人，有自己的约会以及提前一周计划好的娱乐活动，说不定会怨恨她那些不合时宜的记忆呢。

尽管如此，她还是给四个女孩打了电话。一个不在家，一个在棕榈滩，一个在加利福尼亚。唯一跟她通了话的女孩以热情充沛的声音说她得了流感，卧病在床，等她感觉好些、能出门了就给燕茜打电话。燕茜放弃了这些女孩，得另想办法来制造美好时光的假象。必须制造出这样的假象——这是她计划的一部分。

她看了看手表，发现已经三点钟了。斯科特·金伯利应该在这之前就来电话的，或者至少也该有留言呀。不过，他大概很忙——在俱乐部，或者忙着买领带——她这样茫然地想着，想他大概四点会打电话过来。

燕茜清楚地知道，她必须尽快工作。她仔细算过了，一百五十美元精打细算可以支撑她两周的开销，不能更久了。她还没有开始担心失败，也没有开始害怕两周后她将无依无靠，身无分文。

她不是第一次为了消遣，为了梦寐以求的邀请，抑或为了好奇心，刻意去俘获一个男人的心；可这是她第一次出于迫在眉睫的必要和绝望的压力来做这些打算。

她手里最大的一张王牌一直是她的背景，以及她留给别人自己有人气、受欢迎、乐天派的印象。这都是她现在必须捏造的，而且显然是无中生有。不管怎样，要让斯科特认为纽约有相当一部分人拜倒在她的脚下。

四点钟，她去了派克大街散步。太阳出来了，二月天有着春日的清新和芬芳。她梦寐以求的高级公寓排列在街道两旁，闪耀着洁白的光芒。她应该住在这里，过着每日寻欢作乐的生活。早上，她会在这些无卡禁入的时髦女士商店买了又买，片刻不停，也不用去想开销；中午，她会跟其他时髦女郎去这些餐馆吃午饭——她总有兰花做装饰，或许光滑的手臂抱着一只小巧得滑稽的博美犬。

到了夏天——嗯，她会去塔克西多①，也许是去坐落在高处的时尚名人社区一座纤尘不染的房子，在那里见识一个茶点、舞会、马术表演和马球云集的世界。在马球比赛的中场休息时，身穿白色球服、戴着白色头盔

① 纽约东南方的一个小镇。

的球员会倾慕地簇拥在她周围。当她昂首阔步地离开而去找新乐子时，许多心怀妒忌却又胆小怯懦的女人的目光就会追随她。

当然，每隔一年夏天，他们就会出国。她开始做一份典型的年度规划——几个月去这里，几个月去那里，直到她——可想而知，还有斯科特·金伯利——会成为引领时代潮流的人，随着社会风向标最轻微的波动而动，从乡村到都市，从棕榈滩到松树湾。

她只有两周的时间，没有更多，两周之内她必须得到这个位置。在下定决心后的狂喜中，她抬起头来，仰望着那些高大的白色公寓楼群间最高一处。“太了不起了！”她自言自语。这几乎是她人生中第一次没有用夸大其词的言语来表达闪烁在她眼中的惊喜。

八

五点钟左右，她匆匆回到饭店，心急火燎地问前台是否有她的电话留言。没有。这让她感到深深的失望。她刚进房间，电话铃响了。“我是斯科特·金伯利。”

听到这句话，她的心里回响起了隆隆战鼓声。“哦，你好吗？”听她的语气，她已经快要把他给忘了——算不上冷淡，只是随意罢了。

对方不可避免地问她什么时候到的，她作答时一股暖流遍布全身。他原先只是她渴慕的所有财富和快乐的化身，此刻化作了电话里传来的一个男声。这让她信心大增。男声就是男声。它们可以被操纵的，可以迫使它们讲出其背后的头脑并不赞同的违心之语。男声可以按照她的意愿，变得或悲哀，或温柔，或失望。她满心欢喜。这一坨柔软的黏土坯已被她捏在了手里。

“今晚跟我一起吃饭，好吗？”斯科特提议道。

“呃——”也许不了吧，她心想，让他今晚惦记着她——“我想我去不了。”她说，“我已经有约了，吃饭、看戏。我很抱歉。”

她的声音听上去并没有歉意，只是客气。随后，她好像突然开心地想到了一个时间、地点，说是可以把他纳入约会名单里。“我跟你说，你何不今天下午来这里跟我一起喝茶？”

他马上就来。他在打壁球呢，一旦定下来他就会来。燕茜挂了电话，静静地快速转身对着镜子，因为太紧张而笑不出来。

她打量着自己明亮的双眸、乌黑的秀发，挑剔的眼神里露出一丝赞许。随后，她从行李箱里取出一件淡紫色的茶会礼服，开始打扮起来。

她让他在大堂等了七分钟才出现；然后，带着友好而慵懒的微笑朝他走过去。“你好。”她喃喃细语道，“再次见到你，真是太棒了。你还好吗?”她长叹一声，“我累极了。今早一到这里就忙个不停。先是购物，然后匆匆跑去参加午餐会，又看了日场演出。我看到什么就都买下来了，都不知道要怎么付钱。”

她清楚地记得，他们第一次见面的时候，她告诉过他她多么有人气，尽管并不指望他相信。眼下即使是开玩笑，也不敢冒险说这样的话了。他一定以为她整天分分秒秒都在忙个不停。

他们在一张桌子旁坐下来，橄榄三明治和茶端上来了。她心里想，他真好看，而且穿着真讲究。在他一丝不苟的浅褐色头发下，一双灰色的眼睛饶有兴致地打量着她。她想知道：他是如何度日的；他是否喜欢自己的装扮；这一刻在想什么。

“你会在这里待多久?”他问。

“哦，两周吧，断断续续的。我要去普林斯顿参加二月份的舞会，然后要去韦斯切斯特①参加一个家庭聚会，在那里待上几天。我这么快就出去，你会很吃惊吗？爸爸也会想让我去的，你知道。他思想非常新潮。”她在火车上就想好了这番话。她不打算去家庭聚会，并没有被邀请去参加普林斯顿舞会。不过，这些事情是制造假象所必需的。那就是一切——假象。“然后，”她微笑着继续说道，“我交往过的两个男友也在城里。这让我在这里过得很开心。”她看见斯科特眨了一下眼睛，知道他领会了这句话的意义。

“这个冬天你有什么打算?”他问道，“你会回西部去吗?”

“不。你看，我姨妈这个星期就要从印度回来了。她会打开她在佛罗里达的房子，我们会在那里一直待到三月中旬。然后，我们要去温泉城，可能到欧洲去过夏天。”

---

① 美国纽约州的一个县，在纽约市北面，是富人聚居区。

这纯粹都是虚构。她写给姨妈的第一封信最后终于到达了目的地，简单陈述了她父亲去世的细节。姨妈回了信，礼节性地表达了同情，并告知如果她不打算在意大利生活的话，两年内就回美国来。

“可你得让我趁你在这里多见见你呀。”斯科特在仔细听了这样了不起的计划之后，强烈要求道，“如果今晚你不能跟我一起吃饭，那么星期三呢——也就是说，后天？”

“星期三？我想想看。”燕茜皱着眉头，做出思考的样子。“我想我星期三有个约会，可我不太确定。明天打电话给我，到时我再跟你说？因为我想跟你一起去，只是我以为我已经有约了。”

“很好，我会给你打电话。”

“好吧——十点钟左右。”

“尽量来吧——那天或者任何时候都行。”

“我会跟你说的——假如我星期三不能跟你吃晚饭，午饭我肯定没问题。”

“好吧。”他同意了，“然后，我们去看日场演出。”

他们跳了几支舞。燕茜的言行举止始终都没有暴露出她对他超出最普通兴趣以外的成分，一直到最后她伸出手去道别。“再见，斯科特。”

仅仅一瞬间的工夫——时间短到他都来不及确认它是否真的发生了，却足以让他想起在密西西比河畔林荫大道的那个晚上，无论有多暧昧——她深深地凝望着他的眼睛，然后迅速转身，匆忙离去。

她在街角一间小茶室吃了晚饭。是一顿经济餐，花了一个半美元。根本就不存在什么约会，也没有男士——只有一个唾沫飞溅的老人，在她出门时想跟她说话。

九

她独自坐在一家豪华电影院里。这是她认为自己享受得起的奢侈。燕茜看着梅·默里①轻快地掠过想象中辉煌的街道场景，琢磨着第一天取得的进展。回想起来，成效显著。她给斯科特留下了该有的印象，无论物质

① 1885—1965，美国默片时代的著名女演员、舞蹈家、电影制片人和编剧。

财富还是她对他的态度。看来最好不要安排晚间约会，把夜晚留给他来思念她，想象着她跟别的男人在一起，甚至独自在公寓打发时光，想象着该会有多开心，假如——让时间和距离来为她助力吧。

燕茜全神贯注地沉浸在电影之中，但她并不关心女主角忍受的不公待遇，而是算计着她住的公寓要花几多钱。她羡慕那张细长的意大利式餐桌，只占据了偌大餐厅的一边，两侧分别放着一条长凳，赋予它中世纪的奢华气息。梅·默里那漂亮的衣服和皮草、绚丽的帽子、外观精巧的法式鞋子，都让她感到欣喜。片刻之后，她的思绪又回到了她的戏剧人生里。她想知道斯科特是否订婚了。这个念头让她心头一沉。不过，这不太可能。她一到，他很快就给她打电话了，毫不吝惜自己的时间，那天下午也有积极回应。

看完电影，她回到里兹饭店，三个月以来头一次睡得又沉又香。她周围的气氛似乎不再是冷冰冰的了。拿钥匙的时候，就连大堂的职员也露出了亲切而艳羡的微笑。

第二天上午十点钟，斯科特打电话来了。燕茜虽说起床几个小时了，却还装出一副因为昨夜太累而睡意蒙眬的样子来。不行，星期三她不能跟他一起吃晚饭。她很抱歉已有约，正如她先前担心的。但如果他能把她及时送回来出席茶会，就可以跟他一起吃午餐，然后去看日场演出。

她整天都在街上闲逛。她坐在公共汽车顶层，不是前排座位，担心斯科特可能会盯她的梢。车在冬日暮色中驶出河畔大道，又沿着第五大道返回，她对纽约和它绚烂美景的好感加深了，加倍了。她一定要住在这里，过着富足的生活，坐在豪华轿车里——抱着一条小狗——街角的交通警会朝她点头致意——礼拜日她要信步往返于一座现代风格的教堂，跟斯科特一起，他穿着常礼服，戴着高顶帽，英俊潇洒、殷勤周到地走在她身边。

星期三午餐时，她为斯科特描述了凭空想象出来的这两天的生活。她讲述了哈德逊河上的汽艇航程，还跟他讲了她对看过的两部戏的看法——暗示说，是跟她身边钦慕她的绅士们一起去看的。她在晨报上仔细读过有关这些戏的报道，选中了两部她能从中得到最多信息的。

“哦，”他沮丧地说，“你看过《达尔西》了？我有两张票——可你不想再去看一遍了吧。”

“哦，不，我不介意。”她如实反驳道，“你看，我们去晚了。反正我很喜欢它。”

他不肯接受她再看一遍的提议，而且他也看过了。这是燕茜非常想看的一部戏，但她也只得看着他把票换成其他的，最后一刻也只剩下了次等座。有时候，这场游戏似乎很难玩。

“对了，”他们打车回到饭店后，他说，“明天你要去参加普林斯顿的舞会了，对吧?”

她吃了一惊，没意识到这么快就到眼前了，也没想到他得到了消息。

“是的，”她冷静地回答说，“我明天下午出发。”

“下午两点二十分钟的火车吧，我猜。”斯科特说道。然后又说，“你会去见那个把你带去——普林斯顿的男孩吗?”

一瞬间，她放松了警惕。

“是的，他会来车站接我。”

“那我送你去车站。”斯科特提议道，“人会很多，你很难找到行李搬运工。”

她想不出该说什么，没有合适的反驳。她真希望自己说的是要坐汽车去，却想不出优雅得体的方式来修正她的上一句话。“你真是太好了。”

“回来后你还待在里兹饭店吗?”

“哦，是的。”她回答说，“我会保留我的房间。”她的房间是饭店里最小、最便宜的。

最后，她同意让他把自己送上去普林斯顿的火车。事实上，她别无选择。第二天午饭后，她一边收拾旅行箱，一边挖空心思地想象着真要去参加舞会，都需要带些什么，然后把它们塞满箱子。她打算在第一站下车，乘火车返回纽约。

斯科特一点半来接她，他们打车去了宾夕法尼亚火车站。如他所料，车上很挤，他给她找到了一个座位，并把她的小提箱塞到头顶的行李架上。“我星期五给你打电话，看看你表现如何。”他说。

“好吧。我会好好的。”

他们的目光相遇了，一种难以言表、半梦半醒的情绪瞬间涌上来了，他们的眼神水乳交融。这一瞥似乎在说，等燕茜回来以后，啊，然后——

一个声音在耳畔响起，吓了她一跳："嗨，燕茜！"

燕茜环视四周，认出了一个叫艾伦·哈利的女孩，是她刚到纽约时打电话联系过的四个女孩之一。这让她惊恐万分。

"哦，燕茜·鲍曼！真没想到会遇见你。你好吗？"

燕茜介绍了斯科特，心剧烈地跳动着。

"你要来参加舞会吗？真是棒极了！"艾伦叫道，"我跟你坐在这里吗？我一直想要见你呢。你要跟谁一起去？"

"你不认识的人。"

"也许我认识呢。"

她的话像利爪一样落在燕茜敏感的心上，却被列车长含混不清的喊声打断了。斯科特向艾伦点头致意，又冷静地看了燕茜一眼，然后匆匆下了车。

火车开动了。艾伦整理行李，脱掉了毛皮大衣。燕茜四下里张望着。车厢里气氛欢快，女孩子兴奋的闲聊像烟雾一样充斥在潮湿、黏稠的空气里。各处都有一位年长女伴，就像开满鲜花的田野里有一团腐朽的岩石，用一种沉默和阴郁的宿命预示着所有欢乐和青春的终结。曾经多少次，燕茜也是这样一群人当中的一员，无忧无虑，开心地想象着她将要遇见的男人，想象着等在车站的破旧出租车、白雪覆盖的校园、俱乐部里的大堆篝火、外来的管弦乐团奏出桀骜不驯的旋律，迎接黎明的到来。而现在，她是个不速之客，没人邀请，不受欢迎。就像刚到里兹饭店那天一样，觉得自己的面具随时有可能被撕掉，会在整个车厢众目睽睽之下被揭穿伪装者的身份。

"把一切讲给我听！"艾伦说，"告诉我你最近都在做什么。去年秋天的橄榄球赛上，我一次都没见过你。"她这么说，是为了让燕茜知道她去了橄榄球赛。

列车长在车厢后面大声吼道："下一站——曼哈顿中转站！"

燕茜羞愧得满脸通红，琢磨着自己要怎么做才好——想要坦白说出一切，又决定不这么做，只好战战兢兢地用单个字来回答艾伦那喋喋不休的提问。接着，随着一声刺耳的刹车轰鸣，火车开始减速，她在绝望的冲动下突然站起身来。"我的天！"她叫起来，"我忘了带鞋子！我要回去拿。"

艾伦快速做出了令人恼火的反应："我帮你带着行李箱。"她飞快地说，"你可以打电话来取。我会待在宪章俱乐部。"

"不！"燕茜几乎尖叫起来，"里面有我的裙子！"这话缺乏逻辑，可她顾不了许多，感觉自己用超乎人类的力量从行李架上拽下旅行箱，摇摇晃晃地穿过通道。许多女孩用高傲的眼神好奇地盯着她看。火车刚一停下，她就下到了站台，虚弱无力，浑身发抖。她站在坚硬的水泥地上。地上标示着曼哈顿中转站所在的古老雅致的村庄，泪水顺着她的脸颊流了下来。她目送着一节节冰冷无情的车厢满载欢快的年轻人，朝着普林斯顿急驰而去。

半个小时以后，燕茜坐上火车，回到了纽约。在这三十分钟里，她花了一周才获得的自信丧失殆尽。回到自己的小房间，她静静地躺在床上。

十

到了星期五，燕茜的精神才从冷飕飕的抑郁情绪中恢复过来一部分。上午十点左右，电话里传来的斯科特的声音就像一剂补药。她带着令人信服的热情，给他讲述着普林斯顿的乐事，素材间接取自她两年前在那里参加过的一场舞会。他渴望见到她，他说，今晚她肯来吃晚餐、看戏吗？燕茜掂量着，很是心动。晚餐——她在饮食上一直很节省——在某个奢侈的地方吃上一顿丰盛的晚餐，再看一场音乐喜剧，对她干涸的心灵来说确实很有吸引力。直觉却告诉她，时机尚未成熟——让他等等！让他再想念多一点儿，久一点儿！

"我太累了，斯科特！"她用极其坦率的语气说，"这就是全部的实情了。自从来到这里，我每天晚上都要出去。我真的不行了。周末的这场家庭聚会我就不参加了。我要好好休息，然后随便哪天你想让我跟你吃晚餐都行。"一分钟的沉默，她握住听筒等着。

"一场家庭聚会足够让你休息一阵子了。"他回答道，"而且，不管怎么说，下周还早着呢。我真的很想见你，燕茜。"

"我也想见你，斯科特。"她在说出他名字的时候拖长了语调，像是轻柔的爱抚。挂了电话，她感觉又开心起来。除了在火车上蒙受的羞辱，她的计划很成功。假象仍然没被戳穿，几乎天衣无缝。三次碰面，六通电话，她设法在他们之间营造了一种更加紧张的氛围。倘若把这当成彻头彻尾的挑逗调情，总是带着这样的情绪、表白和娱乐精神跟她见面，效果将远不止如此。

星期一到了，她支付了第一周的饭店账单。金额并没有让她觉得惊慌——她早就有所准备——但看到这么多钱花出去，并且意识到父亲留给她的钱只剩下一百二十美元了，她还是感到震惊，胃里有一种奇特的下沉感。她决定立即实施自己的计谋，用精心策划的事件来逗引斯科特，然后在周末简单明了地向他表明自己爱他。

作为逗引斯科特的诱饵，她打电话找到了吉米·朗——儿时跟她一起玩耍的英俊男孩，最近来了纽约工作。她巧妙地设法让吉米·朗邀请她周三下午去看日场演出。他跟她约了两点钟在大堂碰面。

星期三，燕茜与斯科特吃了午餐。他的眼睛注视着她的一举一动。意识到这一点，她内心不禁涌起一股对他的柔情蜜意。最初，她只是倾慕他所代表的一切，现在不知不觉开始想要他这个人了。尽管如此，她不允许自己因此产生半点儿松懈。时间太短，变数太大。她爱上了他，这只是让她的决心更加坚定。

“今天下午你打算去哪里?”他问道。

“去看日场演出，跟一个烦人的家伙。”

“他为什么烦人呢?”

“他想让我嫁给她。我相信我不愿意。”她在“相信”一词上只是微微加重了语气，暗示她不确定。也就是说，不大确定。

“不要嫁给他。”

“我不会——多半不会。”

“燕茜，”他低声说，“你是否记得有天晚上在那条林荫大道上——”

她转移了话题。到了中午，房间里洒满了阳光。地点、时机都还不对。在他讲话时，她必须方方面面把控住局面。他只能说她想要他说的，其他的可不行。

“差五分两点了。”她看了腕上的手表，对他说，“我们最好走吧。我得守约。”

“你想去吗?”

“不想。”她简单地答道。

这似乎令他很满意。他们走出去，来到大堂。随即，燕茜看见一位男子等在那里。显然，他很不自在，穿得也跟里兹饭店的常客格格不入。这个男子就是吉米·朗，不久前在他所在的西部城市还是颇受欢迎的纨绔子弟；而现在，他的帽子居然是绿色的！外套过时好几季了——很明显是一家有名的成衣公司的产品；鞋子又长又窄，在脚趾处翘起来。从头到脚，他身上一切可能出错的地方都出了错。他只是本能地感到尴尬，并没有意识到他的失礼——就像一个猥琐的幽灵，也像涅墨西斯①——令人生厌的家伙。

“你好，燕茜！”他叫道，朝她走来时明显松了口气。

燕茜鼓起勇气，转向斯科特，试图吸引他的目光只看自己。就在转身的时候，她注意到斯科特的外衣和领带都无可挑剔。“谢谢你的午餐！”她说着，露出了灿烂的笑容，“明天见。”然后，她与其说跑，不如说一头冲向吉米·朗，不顾他伸出来的手，急忙推着他跌跌撞撞地走出了旋转门，飞快地说了句“我们快点儿吧”，以此来平息他那微愠的诧异。

这个小插曲让她有些担忧。她记得斯科特只是飞快地瞥了此人一眼，而且不管怎样，他大概一直在看她。她以此来安慰自己。不过，她被吓到了，也怀疑吉米·朗是否喜欢她做伴，以弥补他从布莱克杂货店买到的第二十排的打折票。

就算吉米作为诱饵最终可悲地失败了，一想到星期四，她就感到十分满意，对自己的机智头脑大加赞赏。她捏造了一个午餐邀约，斯科特下午两点过来找她，带她去黑波德若姆剧场。她独自在里兹饭店的餐厅吃午饭——多少有点儿鲁莽、轻率，然后故作悠闲地跟邻桌一位长相英俊的年轻男子几乎并排走了出来。她希望能在外面的大堂碰见斯科特，可一到餐厅入口处，就发现他站在不远处。她灵机一动，转向身边那个英俊男子，温柔可人地点头致意，用清晰、友好的声音说：“好，回头见。”还没等他露出惊讶的神色来，她就迅速转身，来到了斯科特身边。

“他是谁？”他皱着眉头问道。

“他是不是长得很帅？”

---

① 希腊神话里的报复女神。

“如果你喜欢那种长相的话。”斯科特的语气在暗示，那位男士的长相太过女气，穿着太过花哨。

燕茜笑了起来，以客观的态度为自己巧妙的计策叫好。

为了给星期六晚上的重要场合做准备，她星期四到四十二号大街的一家商店去买几双长手套。买东西时，她递给店员一张五十美元的钞票。等把找回的零钱放进去之后，原先轻飘飘的钱包就会感觉分量更重。意想不到的是，店员只给了她包好的手套和一个二十五美分的硬币。“还需要点儿什么吗？”

“剩下的找零。”

“已经给你了。你给了我五美元。手套四美元七十五美分，找零二十五美分。”

“我给了你五十美元。”

“你一定弄错了。”

燕茜翻了翻钱包。“我给了你五十！”她发狂似的重复道。

“不，女士，我是亲眼看见的。”他们怒视着对方。

一个女收银员被叫去作证，接着是店面经理。一小群人聚拢起来。

“喂，我完全确定！”燕茜喊道，两颗愤怒的泪珠在眼睛里颤动。“我确定！”

店面经理表示歉意，这位女士肯定把钞票落在家里了。收银柜里没有五十美元的钞票。燕茜的世界摇摇欲坠，天都要塌了。

“你可以留下地址。”店面经理说道，“如果发现什么，我会告知你。”

“哦，你们这些该死的蠢货！”燕茜失控地哭喊着，“我要报警！”

她哭得像个孩子一样，离开了商店。在外面，一阵无助感向她袭来。她该怎么证明自己呢？已经过了六点钟，她离开时商店正在打烊。不管哪个雇员拿了那五十美元，还没等警察到来，人都已经在回家的路上了。而且纽约的警察凭什么相信她，又怎会替她主持公道呢？

她绝望地回到了里兹饭店；她绝望又木然地翻遍了行李箱，寻找那张钞票。它不在里面。她早就知道它不在里面。她把每个便士都放到一起，发现自己只剩下五十一美元三十美分了。她打电话到客房部，要求把账单结到次日中午。她实在没有精神，不想在那之前离开。

她等在房间里，甚至都不敢让人送冰水进来。随后，电话铃响了，她听到了客房部职员的声音，欢快而清脆。

“鲍曼小姐吗？”

“是的。”

“你的账单，包括今晚在内，刚—刚—好五十一美元二十美分。”

“五十一美元二十美分？”她的声音颤抖着。

“是的，女士。”

“非常感谢。”

她坐在电话旁边，喘不过气来。此时，她害怕得哭不出来了。在这个世上，她只剩下十美分了！

十一

星期五，她几乎一夜未眠，眼睛下面有了黑眼圈。她先洗了个热水澡，紧接着又冲了个冷水澡。即便这样，都没能让她从绝望的萎靡中振作起来。她从来没有完全意识到在纽约没有钱会意味着什么；她的决心和活力似乎终于都随着那五十美元烟消云散了。现在已经走投无路了——她今天必须达成愿望，否则就永远不可能了。

她约了斯科特在广场大饭店喝茶。她在想，昨天下午斯科特对她的态度冷淡了是她的想象呢还是他有意为之？这么多天来第一次，她不需要努力去阻止谈话变成一场谈情说爱。假设他已经决定，这一切必须无果而终——认定她太过奢侈、太过轻佻，那该怎么办。一百种可能性出现在眼前。整整一个早上——一个沉闷的早上，她在杂货店买了一个十美分的小面包，才打破了这种沉闷。

这是她二十小时以来的第一份食物。但在杂货店老板面前，她刻意假装自己是为了寻开心、找乐子才来买一个小面包的，甚至要求看看他的葡萄。但在以挑剔和饥渴的眼光看过之后，她告诉他不想买。她觉得它们看起来还不熟，她说。店里挤满了有钱的女人，用拇指和食指把食物捏起来，高高地举起，拿到眼前审视着。燕茜本想找其中一位要一串葡萄，可她没有，而是回到饭店房间，吃了她的小面包。

四点钟到了。她发觉，比起喝茶时要发生的事情，自己想的更多的是配茶吃的三明治。她沿着第五大道慢慢走向广场大饭店，突然感到一阵晕眩，深吸了好几口气才缓过来。她迷迷糊糊地想，领取救济品的话在哪里排队呢。那才是像她这种情况的人该去的地方。可它在哪里呢？怎么才能找到它？她天马行空地想象着，“纽约救济热线”应该列在电话簿的“纽”字下，也有可能列在“救”字下。

她到了广场大饭店。斯科特站在拥挤的大堂里等她，他的身影就是靠山和希望的化身。

“我们快点儿吧！”她苦笑着说道，“我感觉不太好，想喝点儿茶。”

她吃了一个鸡肉总汇三明治、一些巧克力冰淇淋和六块佐茶饼干。本来还能吃得下更多，可她不敢再吃了。暂时解决了饥饿问题，现在她必须在绝境中转过头来，正视生活的现实问题：坐在她对面的这个英俊小伙儿，带着某种感情看着她；她没办法透过他那平静的眼神判定这种感情的内涵。

她虽然早已策划好了那些言辞和那个眼神——它们微妙含蓄，富有说服力，甜美动人——现在不知怎的，她却说不出来，做不出来了。“哦，斯科特，”她低声说，“我好烦。”

“烦什么？”他冷静地问道。

“烦——一切。”

一阵沉默。“我恐怕，”她犹豫着说，“我恐怕明天不能赴你那场约会了。”此时，她的声音卸下了伪装，情绪在每个颤音里显露无遗，没有任何刻意和控制的成分。“我要走了。”

“是吗？去哪里？”他的语气流露出浓厚的兴趣。

当她觉察到仅此而已时，不由得眉头一皱。“我姨妈回来了。她想让我马上去佛罗里达找她。”

“这不是很出人意料吗？”

“是的。”

“你很快就会回来吗？”过了一会儿，他问道。

“我想不会。我想我们会去欧洲，从——从新奥尔良出发。”

“哦！”

又是一阵沉默。持续了很久。再过一瞬间，气氛就会变得很尴尬，她明白。她已经失败了，是吗？即便如此，她也要坚持到底。“你会想我吗？”

"会。"

只有一个字。她凝视着他的眼睛，思考了片刻，想着能否从中看到除了友善的兴趣外更多的东西。然后，她又垂下了眼帘。"我喜欢——广场大饭店这里。"她听到自己在说。

他们说了些类似的话。事后，她记不起来他们当时还说了什么。他们说到——甚至说到了茶，还说到解冻期已经结束，外面又冷了。她心里很不舒服，觉得自己好像很老了。终于，她站起身来。"我得赶快走了。"她说，"我要出去吃晚餐。"

直到最后，她还要维持着——假象。这很重要。要让她那些骄傲的谎言不被拆穿，现在只消一会儿的工夫了。他们朝门口走去。"送我上出租车吧！"她平静地说，"我没有力气走路了。"

他扶她上了车。他们握了手。

"再见，斯科特！"她说。

"再见，燕茜！"他缓缓地答道。

"你对我真是太好了。我会永远记住，这两周你让我度过了多么美好的时光。"

"这是我的荣幸。要我告诉司机去里兹饭店吗？"

"不。就跟他说去第五大道。如果我要他停车，我会敲车窗。"

去第五大道！或许他会以为她要在第五大道用餐。这该是多么恰当的结尾呀！她心里想着，他是否被打动了。她看不清他的脸，因为天色昏暗，雪花纷飞，泪水模糊了她的双眼。

"再——见！"他只说了这一句。他似乎知道自己任何悲伤的伪装都显而易见。

她知道他不想要她了。车门砰地关上，车子启动了，在积雪覆盖的街道上滑行。燕茜沮丧地倚靠在角落里。尽管她尽力了，可还是看不出哪里出了错，也看不出是什么让他改变了态度。这是她有生以来第一次直白地把自己交给一个男人，可他不想要她了。与失败的悲剧相比，她那岌岌可危的境遇简直微不足道。

她让车继续往前开。当然，冷冽的空气正是她需要的。十分钟沉闷地悄然溜走了，她这才意识到自己没有一分钱可以付给司机了。

“没关系。”她心想，“他们顶多把我送进监狱。那是个能睡觉的地方。”她开始为出租车司机着想。“他发现的时候会气疯的，可怜的人！或许他很穷，还要垫付车费呢。”她带着隐约的伤感哭了起来。

“可怜的出租车司机！”她说着，声音抬高了一半。“唉，人们过得如此艰难——如此艰难！”

她敲了敲车窗，车子在路边停了下来。她下了车，站在第五大道的尽头，天气又黑又冷。“叫警察吧！”她哭着，飞快地低声说道，“我没钱！”

出租车司机冲她皱起了眉头：“那你坐车干什么？”

她没有注意到另一辆车停在了他们后面二十五英尺处。她听见雪地里响起了奔跑的脚步声，然后一个声音从她肘边传来。“没关系。”有人在对出租车司机说话，“我这里有钱。”一张纸币递了过去。

燕茜一下子侧身瘫倒在斯科特身上。

斯科特知道。他知道，因为他去了普林斯顿，想给她一个惊喜；因为她在里兹饭店对着他说话的陌生人是他最好的朋友；因为她父亲给的三百美元支票被退回给他，上面写着“余额不足”。斯科特知道——他早就知道了，可他什么都没说。她的出租车开走时，他只是站在那里，用一只手臂扶着她。

“哦，是你！”燕茜有气无力地说，“真幸运，你来了。我把钱包落在里兹饭店了，简直像个傻瓜一样。我竟然做出了这么荒谬的事——”

斯科特风趣地笑了起来。天空中飘着小雪，他生怕她在湿漉漉的地上滑倒，便抱起她来，带她走回那辆等着他的出租车。

“这么荒谬的事！”她重复道。

“先去里兹饭店！”他对司机说，“我要取个行李。”

（杨苑　译　林斌　校）

口红：校园喜剧

一

放学了。孩子们满心欢喜，漫不经心地晃着扎成一捆的课本，提溜着绳头，迈着轻快的步伐走向春天的田野——等等，故事并不是这样的。

放学了。十九岁的老师合上了麦克·马斯特的《美国历史》，并没有标注自己上到了第几页，而是站起来，用不确定的语气说道："我想你们应该知道，今天是我最后一天给你们上课——"

"好样的，年轻人!"一个坐在前排的学生叫道。

"我们全都支持你，多莉。去吧，你肯定能行的!"全班不约而同地鼓掌喝彩。

声音平息时，老师继续说："我很抱歉，虽然你们不能跟我一起去——现在还不行。当日子显得遥无尽头时，一定要记住——我们都得上学呀。"

她那友善的目光一排排地扫视着。那是女囚犯坐的地方——悲伤的，眼神游移的，冷酷的，孱弱的——每个人都同她一样，穿着条纹的灰色囚服。两年来，她跟她们一起生活——住着同样的房子，吃着同样的食物，过着无休止的单调日子。现在，几个小时之后，她将获得自由，正如这个词就像一首歌一样萦绕在她的心头。她们的面庞似乎同所有不开心的往事一起悄然逝去，成为过往。

"好吧!"她说着，迈步走下讲台，"放学了。"

放学了。在相距不足一百英里的另一所学校里，中央塔上一座巨大的铜钟正在敲响。校园里突然挤满了人，四十扇拱门都涌出一群年轻人，汇入人流之中不见了踪影。人群在那座绿色的四方院落里呈旋涡状涌动片刻，紧接着有序地分散开来，鱼贯流入其他拱门，消失不见了。这些年轻人穿着不算太肥大的灯笼裤、不算太宽松的法兰绒外套，或是一点儿学生气都没有的商务套装。即便他们穿着套头衫——其实并没有穿——那上面都不会印有任何字样，无论是怎样名正言顺地挣来的。因为这所大学是东部大学里最古老、最保守的，在很大程度上只有几代有钱人家才能享受这样的教育。这里的行为方式就是外界公认的良好教养。

最后一群人也吹着口哨、步调一致地穿过校园，从视线里消失了。一个迷了路的人推出了他原先靠在爬满藤蔓的墙边的自行车，蹬着车走了。这时，有两个年轻人知道自己迟到了，急匆匆走进四方院落，朝一座拱门走去。他们是曼尼家的两兄弟，一个名叫本，是这个故事的男主角。

本个子很高，一双大长腿，皮肤白皙（或者说在我眼里是这样的）。即便算不上帅气，至少脸上带着内敛、体贴和尊贵的气质。他就是过去曾被人们看作“上等人”的那种人。也就是说，他自信笃定，知道自己在这个世界上的地位是建立在自信和富足的牢固根基上的。这就使他在那些他怀疑教养成问题的人面前表现出一种“好吧，你是谁”的神气，甚至带有那么一丝傲慢。请注意，所有这些都被小心翼翼地藏了起来。否则，他就会变成一个彻头彻尾的势利眼。只是偶尔在得意忘形的时候，他不再拘泥于礼仪，这种“上等人”的品质便会突然显现出来。在某种程度上，他与他上的这所大学很相似，是一种典型的象征。他被人信任，甚至受人尊重，却不太受人欢迎。他二十二岁，大四学生，担任舞蹈委员会主席，也是大学最好的兄弟会成员。

他的弟弟丘比特比他更有人情味，更加平易近人，也更有人气，身材也壮实得多，并不是胖墩、肥仔。尽管如此，他会让你想起舒适的椅子、啤酒、豪客、猥琐的笑声。

在一间教室的门上，兄弟俩迎面看到了用钢笔墨水写下的通知：“斯沃普教授的社会科学课程班学生请到大门口集合，前往哈姆林监狱实地考察。”

他们看了一眼自己的手表，急忙冲向集合地点。一行人分乘两辆车出发了。

在另外那所教育机构里，我们的前任老师多莉·卡罗尔小姐正用手头现有的装备，为她出狱入世做着准备。这些装备包括包在纸里的白色粉末、一支作为眼线笔使用的黑点画蜡笔，还有一短支口红——它似乎在莉莉安·罗素的芬芳岁月里就已风干，不再红艳。仔细看看她吧。这两年给她留下了什么印记？即便没有狱中的苍白肤色，她眼中也有一种悲伤——对生活的渴望里交织着困惑。在这里，她失去了部分青春，与之相伴的刺痛和耻辱将会继续困扰她一段时日。

环视牢房，你会听见孤独的夜晚里回荡在她耳边的咚咚敲击声。照片上面有初入社交界的少女们、盛大的社交聚会、泳装美女、女演员、高尔夫冠军、电影明星——人们醉生梦死，寻求一时的快乐：米米·霍顿小姐在广场酒店的晚宴舞会上公开亮相；飞女郎①大军为了母亲的救济金而围攻市长；比赛赢家在“色情之爱”中胜出；“亲热派对遭遇冷落”。夜总会女郎如是说。这些对她而言就是生活——外面的世界……

那支寒酸的口红断了，碎片掉落到了床下。她伸手去摸索，摸到了一小片，便把它按到了嘴唇上，仿佛要榨出它的秘密似的。她满怀希望地看着自己；接着，她想到了自己想要在外面的世界引人注目的小小努力竟都是徒劳。这个想法掠过心头，她虽然鼓起勇气没掉眼泪，可泪水已在眼里闪动。

另一个场景——来自富豪大学的那群选修社会科学课程的年轻人进入监狱，在典狱长的陪伴下开始参观。

本·曼尼在人群后面磨蹭，强烈的厌恶情绪让他受不了了。一张恶魔、女巫般的扭曲面庞从牢房里朝他投来了淫邪的目光。那张脸上充满着憎恨、怨毒和浓缩的邪恶，把他吓了一跳，惊恐地跳开了。

多莉穿上朴素的旧休闲装，最后环视了一遍狭小单调的牢房：“米米·霍顿，A. P. 霍顿夫妇的女儿，住在东六十八街三十九号。”……剪报上是一位年轻时髦的社交名媛——生动活泼的面庞，从巴黎和平街②买来

① 特指20世纪20年代末行为离经叛道的时髦女郎，或称“新女性”。

② 巴黎市中心的高档时尚购物街区，尤以珠宝店闻名。

的衣裙。“你等着！”多莉说道，目光挑衅般地紧盯着这张照片。“我会赶上你的。”

一个正在投递邮件的犯人停在牢房门口，祝贺多莉出狱，给了她一封信和一个包裹。正像邮件有时出现的情况一样，这些东西别有一番趣味。还没等多莉仔细查看它们，斯沃普教授就带领社会科学课程班的学生好奇地走过了她的牢房。

斯沃普教授是一个三十岁的小个子男人，家中有母亲要赡养，不切实际，缺乏经验，呆头呆脑。不过，他尽管能力有限，但是品格高尚，态度真诚，心思缜密，在改造犯人和提携失足者方面热情高涨、想法前卫。

他看到了多莉。

所有的年轻男士都看到了多莉。

多莉已经习惯了被人像标本一样盯着看，所以她大胆地对视。这群人停下脚步——教授让学生聚拢在自己身边，悄声问他们，怎么能不把这个女孩看成恶劣生活条件或早期环境的受害者呢。只要看她一眼，便能让任何人信服这一点。

稍稍滞后的本·曼尼迈步上前，与多莉视线相对。他漠不关心，继续前行，赶上众人时刚好听到教授说的那最后几个字……

但是，多莉的内心却发生了变化，无法以挑衅的目光对视，对这个男孩保持冷漠。她避开了他的目光，在牢房里忙个不停，然后凝视他的背影，感到兴奋而又心怀不满。幸运的是，她听不到他在说什么：“一群败类！教授竟然把同情心浪费在这些人渣身上！难道值得同情的人还不够多吗？我们是一个多愁善感的民族，认为一张漂亮的脸蛋是不会犯错的。”

教授听着，决定要待之以宽容之心。但是，刚刚路过的牢房里的女孩的面容却在脑海里挥之不去。

一个年轻人用手肘轻轻碰了碰丘比特·曼尼：“瞧见后面那个女孩了吗，丘比特？没人约她。你可以请她去参加舞会。你好歹都对她有把握。”

斯沃普教授对于这样乱开玩笑感到恼火。“这算是客气的了。”他低声咕哝着。

那群人走了过去。多莉把本傲慢的脸庞抛在脑后，打开了信。

我最亲爱的侄女：

两年前，当公司发现有人将他们的化学配方卖给了竞争对手时，你替你的老伯父承担了这份耻辱和罪责，替他坐牢，从而挽救了他那毫无价值的生命。如今我在新墨西哥州发了财，并没有忘记过去。你以后不要再做打字员了。

拿上在监狱大门外等着你的东西，享受你曾牺牲掉的青春和幸福吧！

爱你并感激你的，

伯父

又及：多年前，我无意间发现了一个叫作“爱之味”的古老印度化学配方。我现在把它当作礼物送给你。

多莉疑惑地扔掉信，打开了包裹。里面是一管巨大的口红，装在一个造型奇特的盒子里。她还没来得及细看，看守来到牢房门前愉快地说：“不管你愿不愿意，你出去吧！”提起了她的小行李箱。

办公室里的典狱长表面上彬彬有礼，将小物件从小箱子里倒出来。其中有一张商学院的毕业证书，又附上政府照例赠送的礼物、好的建议和一张五美元的钞票。他喜欢多莉，他们握了握手。

与此同时，斯沃普教授突发好奇心，想同这位漂亮的囚犯谈一谈——她犯了什么罪，或是她有什么不幸？他漫步离开了学生，沿着原路朝她的牢房走去。里面空无一人。一个正在打扫牢房的囚犯告诉他多莉已被释放，并指引他去典狱长办公室。

她刚从那里出来，正在试用口红，充满好奇与急切——仅仅为它能使她双唇变红而喜悦。

“抱歉打扰了，这是我的名片。见过你之后就忍不住想跟你谈谈。他们告诉我说你今天就要走了，如果有什么我能做的——”

多么美好的世界。多么有趣的小个子男人。多莉朝他笑了笑，他感到迷惑不解。“我很好。”她说，“谢谢。”

呀，她真美！他心里想。慈善是对她的侮辱。想想吧，他的学生居然对这样一个女孩说长道短。

对了，舞会——舞会上有多少姑娘能用如此清新可爱的眼神看一个男人呢。她在舞会的表现会不输任何人吧。带她去舞会的话，将是怎样一种体验呀！那张嘴巴，就像鲜花一样——嗯，值得花上一生的时间去研究，去膜拜。

“教授！”她的声音把他唤回了现实。这时，他的嘴唇已经离她的不到两英寸①了。

“我很抱歉！”教授支支吾吾地说道。接着，不知从什么地方冒出来的话从他的嘴里喷涌而出，“您能赏脸跟我参加下个月的大学舞会吗？”他颤抖着，为自己的行为感到震惊。

“我？”多莉大笑起来。这是她梦里反复出现的场景呢。“不了，谢谢。不过，你真善良。”接着，她带着一丝怀疑说道，“难道你想让我戴着锁链四处招摇吗？”

他看起来很受伤。她善意地笑了笑，再次对他说“谢谢”。

“我其实是认真的。我——”她连忙后退一步，他又朝她探过身去。

“你可以帮我提一下行李。”她说着，转身向大门口走去。他拎起纸板箱，跟在她后面。监狱看守同多莉握了握手，大门打开了。恍惚之中，她穿过大门，迈步走到阳光下，听见一个毕恭毕敬的声音在耳旁脆生生地响起。

“是多莉·卡罗尔小姐吗？”一名身着制服的司机笔直地站在她旁边，手臂上搭着一件俄罗斯紫貂大衣。“这是您的车，卡罗尔小姐——”是一辆柠檬黄的劳斯莱斯。

多莉难以置信地看了看车，又看了看司机。“搞错了吧。”她说。

“没错，卡罗尔小姐。”

多莉突然一下子完全明白了伯父信上的意思。“你以后不要再做打字员了——”天哪，这并不是一个囚犯在长达数月的孤独后产生的幻觉。

“您的外套，卡罗尔小姐。”

---

① 大约五厘米。

她轻盈地把双臂伸进了带有丝绸内衬的衣袖。司机打开了那辆豪华轿车的车门。她迟疑地迈了一步，犹豫着。但教授脸上的表情让她确信，这是真的。他也大吃了一惊，就像多莉一样一时不知所措。多莉上了车。

那群学生从监狱里走了出来。“我的天哪!”丘比特惊叫起来，“是那个女孩。”本点了点头，讥讽地说，“显然，她把赃物藏得很好。”

多莉看见了他们，下巴朝上一昂。“再见，教授!”她优雅地说，“希望我们还能见面。”

她手里仍然紧握着商学院的毕业证书，高傲地看了一眼凝视着她的面孔，把它折起来撕得粉碎，随手抛向风中。然后，她裹紧了温暖舒适的貂皮大衣。“纽约里兹摩尔酒店!”她说道。

[第一分镜头结束]

二

与其在时髦的酒店里一掷千金却孤单寂寞，倒不如在街头小巷间穷困潦倒却备受欢迎。多莉感到十分寂寞，却极力掩饰——在酒店大堂努力装作不希望任何人与她交谈的样子。她让司机开到“南安普敦的施托伊弗桑特”。车一开出城，她就爬上前座，与司机分享了一个午餐盒；然后，车子开回了里兹摩尔酒店。有一次她这样兜完风回来，发现大堂挤满了大学男生和年轻姑娘，就向一名职员打听情况。他告诉她说，这些现象显然表明，大学的舞会周即将到来了。

多莉看着这些姑娘——从大西洋到太平洋海岸各个城市的花季少女们——内心感到一阵刺痛。舞会代表着音乐、灯光、时尚、青春——这些，她显然永远地失去了。

“请让一下!”一位男士从她旁边擦肩而过，带着女伴，看也没看她一眼。可即便如此，她还是认出了本·曼尼——从她离开监狱起就念念不忘的傲慢的帅小伙儿。而跟他在一起的姑娘正是剪报上那位，此刻活生生地出现在她眼前了。去年秋天的某一天，这位米米·霍顿曾“在广场酒店的晚宴舞会上公开亮相”。接着，又是一张熟悉的面庞——一个矮墩墩的男孩正站在时钟下面，焦急地看着手表。她记得他也在那天来的那群学生中间。

“曼尼先生!”

一个男侍应生在人群里穿梭着。本叫住了他，看了看电报上的地址，让他去找站在钟下面的弟弟。

“我敢说丘比特的女伴不会来了。”本对米米·霍顿说。

丘比特带着不祥的预感，打开了那封电报：“母亲在奥尔巴尼生病。来不了。泪流满面的格雷斯。”

有一个公认的笑话：丘比特的女伴无论是谁，永远都来不了。他咬了咬牙，意识到自己肯定会被人狠狠取笑一番。他迈着沉重的步伐，沮丧地走出大堂，迎面碰上了多莉。

“你好！”她说。

漂亮的姑娘。他在想自己是在哪里认识她的，随即突然记起来了。由于他为她感到惋惜，便站在那里同她聊了一会儿。然后，他意识到她的衣着品位堪称完美，根本不是一个值得怜悯的对象。

他看见走廊那边本、米米以及米米的母亲正要去参加下午茶舞会，空气里弥漫着浓郁的香水和脂粉味，《野百灵》的旋律飘到了大堂。那个该死的女孩，要是能来——“不好意思！”他突然说道，脸慢慢凑到了多莉跟前，离她的脸不到一英尺①。“听我说，”他对多莉说，“进来喝点儿茶吧。”

“我吗？”

“当然是。”

“邀请我合适吗？”

“当然了。”

丘比特突然产生了一个更大胆的想法：这姑娘是个美人，貌似可以很好地冒充一位淑女！没人知道她是谁——为什么不把她带到舞会上，假装她就是他最初邀请的女伴呢？

他们走进茶室，加入了本的派对。丘比特问过多莉的名字——现在正在依次把她介绍给本、米米和米米的母亲。正在这时，头顶上栖息的一只鹦鹉——房间里有六只——向下瞪着多莉，用尖利的声音大叫：“这是谁？”“这是谁？”

本生气地看了看多莉，又看了看丘比特。这简直太过分了！等到丘比

---

① 大约三十厘米。

特一个人的时候，一定要好好教训他一顿。

霍顿太太对能与她女儿米米媲美的女孩虽然礼貌有余，却矫揉造作。米米今年十九岁，是一个相貌秀美、五官分明的女孩子，闲谈中流露出愤世嫉俗、老于世故的纽约特质。她显然是在“追求”本·曼尼，他代表着她所向往的一切。

丘比特给本看了看那封电报，上面写着他的女伴格雷斯来不了了。音乐响起来，本与米米共舞，丘比特跟多莉跳。

舞池里，口红的魅力开始在丘比特身上起作用了。呀，这姑娘太美了！他相当艰难地克制自己不在舞池里吻她。落座时，他开始把话题转移到舞会上。本忽然察觉到了丘比特的所思所想，不觉大为惊恐。本对多莉并没有什么个人成见，但平心而论，他深信这是根本不可能的。

“卡罗尔小姐，”丘比特说道，“我不知道你是否愿意——”本打断了他的话，要了一些糖，并向丘比特投去警告的一瞥。可丘比特假装没看见：“卡罗尔小姐，”他继续说，“这个周末——”

本的声音再次响起，冷若冰霜。这一回是要奶油。这时，多莉明白发生什么了。她的视线与本相遇，先是受伤的眼神，然后便是挑衅。他们彼此怒目而视，剑拔弩张。米米和霍顿太太都感觉到了火药味。但是，他们猜不到真相——本已横下一条心，除非自己死了，不然丘比特休想带这姑娘去参加舞会。

“我想问，你这个周末是不是没有安排。如果你愿意——”

一个男侍应生正在桌子间迂回前行，开口破坏了这个悬念：“曼尼先生！曼尼先生！”

有人打电话找丘比特。他说了声抱歉，去了外面的公用电话亭——是女伴打来的长途：母亲身体好些了；她可以来了。假如丘比特看得见电话那头的儿时心上人，就不会这么欢喜了。小格雷斯·琼斯长大了，不再是体重七十五磅①的窈窕少女，而是一百九十磅②超大尺寸多福③模型，连电

---

① 大约三十四公斤。

② 大约八十六公斤。

③ 派克世纪钢笔1921年首产，是派克的顶级产品；1980年代重产。中文称作“世纪”“多福”或“豆腐”。

话亭都快要进不去了。可丘比特不知道这一点。他很高兴地回到桌旁，宣布女伴最终还是能来了。本试图掩藏他那如释重负的表情，而多莉则极力掩饰失望。他们两人都失败了。

“我真的很抱歉，”丘比特悄声说道，“我刚才正要邀请你呢。”

然而，多莉突然反客为主，做了一个大胆的决定。“去舞会吗？”她用清晰的声音故作老实地问道，“哦，非常感谢你，可我不能接受你的邀请。我打算跟另一个人去。”她站起来，“再会。到时候见，你们所有人！”接着，她转身走了，高昂着下巴。

头顶上的鹦鹉最后说：“好宝贝！好宝贝！”

[第二分镜头就此结束]

三

开往大学城的每列火车全都爆满，连门口都挤满了人。五百个姑娘半数都由年长女伴陪同着，带着皮箱、提包、陪同者，甚至偶尔还有一位贴身女仆，一批批地涌到站台；在这里登上福特汽车、帕卡德轿车、公共汽车，还有维多利亚牌豪车，或乘豪华出租马车，去往她们在逗留期间住宿的俱乐部或旅馆。

多莉给斯沃普教授拍过电报，说她要来。当人群一窝蜂地下火车时，她认出了他。他身穿礼服大衣，在站台上紧张地等着她的到来。

“好吧——我来了！”她说，“你后悔了吗?”

“一点儿都没有。”他在看了她一眼之后说，“一点儿都没有。”

这所大学坐落在拥有一万人口的小镇上。灰色的哥特式建筑绵延数里，分布在绿茵密布、地势起伏的校园里。这里那里点缀着风格各异的古老礼堂，可以追溯到革命①以前。这一天，校园里到处都是人——盛装返校的毕业生校友、父母亲、学弟学妹、前来参加舞会的姑娘、身着白色网球服或粗花呢高尔夫球装的大学生。突然，多莉僵住了，看见长长的一队囚犯迈着整齐划一的步伐走过，走在前列的是可怜的儿童囚犯。他们转过一个

① 指美国独立战争（1775—1783），或称美国革命战争，是大英帝国与其北美十三州殖民地的革命者，以及几个欧洲强国之间的一场战争。

拐角，出现在眼前。

“太可怕了！”她心里想，“这里竟然也有监狱！”

她看到队长举着杆子上的一块牌子，呼吸才畅快了些。上面写着：“返校聚会。一九二〇级。”

她带来的行李箱很大，教授竭尽全力才把它拎起来。他们才走了不到五十码，教授就停下来歇了好几次。这时，曼尼家一行人乘着一辆玛蒙大汽车驶过身边，傲慢地绝尘而去。

他们经过一座哥特式拱门，沿主路走着。有些大学生翘着椅子和板凳腿坐在路旁，背靠在商店门口，看着姑娘们从眼前经过。他们在大学阿姆斯旅馆门口停下脚步。这是一家旧客栈，是教授为她安排的住所。

她走出来时，周末的活动便开始了。

他们一开始要去——一场舞会？不。一场运动比赛？又错了。教授以为多莉会愿意聆听一场精彩的社会科学讲座，幸运的是那天刚好有此安排。他们一路走着，他愉快地搓着双手——没有注意到多莉吸引过来的目光；上百双眼睛追随着她——一个年轻人从椅子上仰面摔了下去，以此表达对她的赞美。

很明显，这就是他们的目的地了——这座令人愉快的殖民建筑。外面有一支爵士乐队在大声演奏；情侣们在门廊上漫步；一些年轻男士在外面的草坪上闲逛。她加快了脚步，双颊变得红润起来。这位小个子教授从离群索居的生活中走出来，给她带来了美好时光。他是多么地善良！

但是——怎么回事，他们经过这里——来到了另外一座楼，隔壁的大讲堂。指示牌写着：犯罪社会学讲座。菲尼亚斯·哈斯拉赫尔博士。

教授们带着妻子入场了，多莉失望地环视四周。旁边那所房子传来了响亮的音乐声。

“我知道你会喜欢这个的。”教授指着那块牌子说道，等着她发出喜悦的惊叹。

这时，她的目光落到了丘比特·曼尼身上。他刚从滑翔俱乐部出来，既生气又沮丧。他跟格雷斯跳了一个小时的舞，需要喝上一杯。他躲在殖民大楼一根柱子后面，把一瓶酒都倒进了嘴里。接着，他看见了多莉。天哪——为什么她不是自己的舞伴，而是那个穿着褶边衬衫的“河马”。发现了她要去什么地方，便猜出她也碰上了麻烦。何不请他们两位一起来呢？“嘿！等一等！”他叫道。多莉的脸上露出喜色。他走过草坪，发出了邀约。

不。教授摇了摇头，郑重其事地看着丘比特。这不可能。音乐声传来，多莉的双脚在人行道上急切地打着拍子。“可以吗，教授？”她央求道。

“来吧！”丘比特坚持着，“在这里，你会学到更多关于犯罪的知识。”丘比特摘下指示牌，把它放在了俱乐部门口。

“这边请，教授。”

教授半推半就地朝滑翔俱乐部门口走去。与此同时，又来了一批教工夫妇。他们看见了指示牌，便穿过草坪向这边走来。第一对夫妻快要走到俱乐部门口的台阶了，丘比特发现大事不好，把指示牌放回应有的位置。行动迟缓、心不在焉的教师们排着队，像蛇一样随着指示牌蜿蜒前行。不过，这次可没走错门。

一个旁观者饶有兴致地目睹了这一幕。这位先生接下来我们还会见到，就是乔·杰克斯——学监或是校园警察。他身材壮实，留着浓密的小胡子，身着便衣，在教务长的领导下负责管理学生行为。他一点儿也不喜欢这个小插曲。

与此同时，教授虽说仍在抱怨，但在劝说之下走进了滑翔俱乐部。里面是一个石头铺地的巨型中央大厅，高大的法式落地窗正对着一个阳台和一排网球场。大厅一侧有一间棋牌室，年长女伴们在这里坐下来打着桥牌，另一侧有一间光线昏暗的大台球室。中场休息时，舞伴们信步走进去，打几杆台球，或是坐在靠墙那排软软的长沙发上休息。

在中央大厅里，约有二十对男女正随着波西米亚管弦乐翩翩起舞。如同东部和南部的所有大学舞会一样，这里也有“截舞”的习俗——一位没有女伴的男士能够中途打断他所中意的女孩，与她一同跳舞，直到他自己被换下来。正在与丘比特的女伴格雷斯·琼斯跳舞的不幸男士已经被她“缠”住一段时间了。此刻，他采取了一种不寻常的方式，在她背后举着一张五美元的钞票作为报酬，以吸引随便什么人前来截舞。

本·曼尼正站在一群没有女伴的男士中间，看见多莉和斯沃普教授走进来，礼貌又冷淡地同他们握了握手。

唯独他对她态度冷淡。她刚跟丘比特跳过舞，他就被包围了，大家纷纷要求介绍认识她。他别无选择，只好照办，便处于这样一种尴尬境地。他哥哥不赞成这姑娘出现在这里，他却不得不把她引荐给大家。

多莉太受欢迎了，引起了一阵骚乱。教授跟在她身后，想请她跳一支舞，但年轻人眼疾手快，总是比他抢先一步。有好几次，他轻轻拍一下与多莉共舞的男伴的肩膀，却发现多莉已在别人臂弯里轻盈移开了。

本·曼尼站在单身男士中间，紧皱眉头。一个令人恼火的想法悄悄爬上心头，觉得假如不同多莉共舞，就会错过什么。她紧贴着他身边经过时，他们四目相对；她的嘴唇近在咫尺，他不由自主地朝她迈了一步——太晚了。一个男人急匆匆地抓住了他的手臂。“我得马上走了，本。你能照顾一下琼斯小姐吗?”

格雷斯·琼斯被粗鲁地推入他的怀里。他即将度过艰难的一个小时。

赫尔克·哈克尼斯，一个瘦高的男孩，有点儿坐立不安，不经意地对米米·霍顿说：多莉的舞伴看起来都是一副要吻她的样子。男士们靠近她时，就好像看见她的双唇间环绕着一群采蜜的蜜蜂。

舞会间隙，米米和多莉碰上了。米米在虚情假意地寒暄一番后拿出了粉扑，假装在找口红。“真烦人!”她大叫起来，“我把它弄丢了。我能借你的用一下吗?”

但是，她的眼神让多莉提高了警惕。她若无其事地回答说自己没带口红过来。米米暗自一笑，知道多莉的口红就在手提包里，轻蔑地走开了。

多莉和丘比特一同走出大厅，来到台球室。他们坐在一扇开着的窗前。窗外，六月的黄昏暮色渐浓。外面的球场上，两个男孩刚刚打完网球，正在收拾球拍。这真是一个可爱又浪漫的夜晚呢。丘比特此时有点儿紧张，一想起今晚要同格雷斯度过便叫苦不迭。他拿出酒瓶来递给多莉，她拒绝了。丘比特一口气喝干了酒，身体后仰的角度越来越大，一下子失去了平衡，从敞开的窗户一头栽了下去。由于他迅雷不及掩耳般的退场，多莉发现身边忽然没人了，吓得跳了起来。

这时，格雷斯正为自己在舞会上的不幸而垂头丧气，想方设法地把闷闷不乐的本引到了台球室，提议他们坐在沙发上聊一聊。本很绝望——他跟她待了半个小时了。他四处张望，想找一个借口，正巧看见一个苗条的身影穿过昏暗的台球室，朝着乐声走去。本没有认出她是谁，却假装认识，对格雷斯大声说道："那个女孩在找我，我们说好了一起跳这支舞的。"他急速穿过房间，生怕格雷斯会追上他。他一把抓住多莉，与她在桌子间穿梭共舞，边解释边道歉。直到这时，他才意识到是谁在自己的臂弯里。

"我原先不知道你是否要跟我一起跳舞呢。"多莉抬头看着他说。

他没有回答。

"你讨厌我，不是吗？如果你还在讨厌我，我今晚就回纽约去。"

"别傻了！"他飞快地说道。

"可你觉得我不该待在这里呀。"

"不，我没有。"他尴尬地说，"我觉得像你这样漂亮的女孩可以去任何地方，即便——"他停住了。

"即便刚刚出狱。"她替他把话讲完，并且补充道，"那你真的认为我漂亮吗？"

在半明半暗的光线里，他低头看着她。窗外，一个男孩点亮了煤气路灯，微光映照在她的脸上。格雷斯走出台球室，在门口拦住了斯沃普教授，强占了他的注意力。只剩下了本和多莉。"你很美！"他不由自主地悄声说道。

"哪里——你觉得哪里最漂亮呢？"

他又看了看她。接着，仿佛有一只无形的手把他的头向前猛推，直到他们的双唇相碰，牢牢地粘在一起。他们继续跳舞，又跳了一阵子。随后，他们同时分开了，呼吸急促，多莉背靠在一张台球桌上。两个人都没注意到米米的影子——她双拳紧握，飞快地朝大厅走去。

"不好意思。"本喘息着说。

"哦，别说了！别说了！"

"我忘了一切。你的双唇简直太美妙了。"

心烦意乱的多莉陪他回到了舞池。她必须立刻拥有他，否则就会心碎。

[第三分镜头结束]

四

夜幕降临。两个摇摇晃晃的身影从滑翔俱乐部的暗影中闪出，来到了大街上。他们是丘比特·曼尼和他的朋友赫尔克·哈克尼斯。事实证明，照顾格雷斯是一桩过于艰巨的任务。丘比特在喝了一品脱①苏格兰威士忌之后，鼓起勇气逃脱了。“现在我要表演我那著名的教务长模仿秀。”教务长这个人想必是走路外八字，眼睛瞪得铜铃大，上下点着头，仿佛在走钢丝。而且，他还习惯性地身体左右摇摆。

“你要摇摆！”赫尔克·哈克尼斯责备道。

“什么？”

“左右摇摆。看我。”

他们两人互相竞赛，没有意识到身后不远处第三个人显然也在做同样的游戏。然而，那人已经五十岁了，走路不摇不晃，模仿得惟妙惟肖。实际上，他就是教务长。幸运的是，他是个近视眼。

突然，丘比特和赫尔克停了下来。在下一个拐角处的路灯柱子下，站着一个阴森森的人影——“警察”乔·杰克斯。他正朝他们的方向好奇地凝视着。他们迅速转身，撒腿就跑。乔·杰克斯也跑了起来。他们看见了教务长——前后夹击之下，他们躲进了有着篱笆墙围栏的长长人行通道，直到危险结束。

“好险呀！”丘比特悄声说道。

“嘘！”

令他们惊恐的是，教务长也走上了这条人行通道，朝他们走来。他们往后退去。前面是一幢房子，门开着。上面挂着“教工俱乐部”的牌子，可他们没有看见。别无选择，只得进去。教务长就在他们身后，一直保持着五十英尺的距离，不慌不忙。

他们上了楼，教务长也来了。他们急忙走进一间大接待室，教务长也来了。令他们困惑不解的是，他似乎在执著地追赶他们。他们跑进用帷幔隔出来的一个房间，教务长并没有跟来。这让他们松了一口气。透

① 相当于零点四七三升。

过缝隙，他们看到教务长把帽子、大衣和手套递给一个随从，好像要在此逗留。

他们舒了口气，四处张望。一张十二人的餐桌布置好了，上面放着一张大卡片，标明是社会科学系的晚餐。他们渐渐明白过来了，自己此刻正在敌人的阵营里。

“看！”赫尔克说，“美食！”

一盘诱人的开胃菜摆在餐桌中央。他们突然意识到饿了，就在凤尾鱼烤面包上轻咬了一口，接着是鱼子酱烤面包……五分钟过去了……盘子里只剩下一条孤零零的沙丁鱼，稍显凌乱地沉睡在上面。

“现在不再需要这些小叉子了。”丘比特提议道，“我们把它们拿走吧。”

叉子都被拿走了。每一个餐盘一边留下了三件餐具，而另一边只有两件。为了弥补这个差别，他们把黄油刀也拿走了。

“我们把餐具都拿走吧！”赫尔克说，“去年我的社会科学课程得了个低分。”

“好啊。”

他们把剩下的餐具都收了起来，赫尔克将它们整整齐齐地包在一条餐巾里。丘比特拉开了帷幔，想看看隔壁房间里发出的动静是怎么一回事。那里挤满了人。他看见了多莉和斯沃普教授，吓了一跳。教授背对着帷幔。丘比特拼命地做手势，吸引了多莉的注意。她诧异地朝这边望着，他示意她保持沉默。她耍了点儿花招，想办法穿过帷幔，悄悄溜进了餐厅。丘比特和赫尔克拿出塞满银制餐具的餐巾来，颇为骄傲地展示给她看。

“你们会被抓住并被开除的。”多莉惊慌地说，“你们最好把它们全都放回原位，然后回家去睡觉。”

要花上一点儿时间才能让他们糊涂的头脑理解这一点，而用餐者随时都有可能从隔壁房间进来。多莉赶忙走到窗前，朝外面看了看——街对面的路灯下站着学监乔·杰克斯。

与此同时，隔壁房间传来一阵响动。多莉打开了存放亚麻床单的大壁橱的门，把两个男孩推进去。两人在里面挣扎着，她急忙转动钥匙，把门锁上，拿起装满餐具的餐巾朝餐桌走去。就在此时，帷幔一阵抖动。她只来得及退让到一边，假装跟其他人一起进来。她本想把整个来龙去脉告诉教授，并把这包东西交给他，但话到嘴边便意识到所有人里他是最不能理解的。他会这样想——天哪！他会以为是她偷了这些银制餐具——他把一个刚刚出狱的女孩带到这里来，实在是太鲁莽了。

一群人端坐在桌旁。多莉有点儿发抖，手里还紧握着那个鼓鼓囊囊的包裹放在膝头。过一会儿就会东窗事发，她要么把丘比特和他的朋友交给学校当局，要么自己颜面尽失地离开这所大学。

这时，一名侍应生端起原先十分丰盛的开胃菜，却发现只剩下一条沙丁鱼了。他急忙跑去报告主管。这让人难以置信，主管又惊讶又害怕，命令他什么都不要说，只要上汤就好了。

大家此刻开始察觉到少了餐具。教务长唤来主管，指出这个小细节无疑是被忽略了。主管无法相信自己的眼睛。在餐厅和厨房之间一溜小跑的侍应生个个面红耳赤，好像每个人都受到了责罚。终于，主管走到了教务长身旁："银餐具被偷了，先生。"

"被偷了？"

消息在餐桌上不胫而走。多莉剧烈颤抖着，一柄汤匙从包裹里滑落到地上——幸好没有发出声响。

"太糟糕了！"教务长说道，"再摆上一些餐具吧。"

"没有多余的了。全都借给舞会委员会了，明晚舞会要用。"

教务长愤愤地看着他："我们总得吃饭呀！"他咆哮着，"给我们拿点儿什么来吧，即使只有筷子也行。除非有人把晚餐都偷了。"

厨房被翻了个底朝天。侍应生们很快拿来了半品脱的锡制勺或木质勺，只有两齿的烘烤叉、切肉刀、锅铲、大砍刀，甚至还有一个打蛋器。教员们惶恐地面面相觑，随后开始用餐。

让我们避而不谈这个不雅观的场面，回到多莉身上。她的左边是某位好为人师的教授，虽说年事已高，却依旧喜好沾花惹草。他参加过很多教工晚宴，还从没中过这么大的奖。在妻子的眼皮底下，他朝多利意味深长地眨了眨眼，随后开始动手动脚。他的手法是在桌子下面捏她的大腿。每次感觉到他的手要碰到自己的膝盖时她就躲开。不幸的是，每次一动总会碰落一个餐具，再掉到地板上发出刺耳的叮当声。她屏住呼吸，看看是否有人听到，随即敏捷地把它远远地踢开去。教授见她勉强挤出僵硬的微笑，以为自己引起了她的注意，便继续挑逗。他甚至开始把椅子缓缓移向多莉那边，直到妻子冷冷地瞥他一眼才恢复了自知。

壁橱里的丘比特和赫尔克小睡了一会儿，恢复了精神；醒来后试着推门。门锁着。他们明智地选择安心等待，同时以抽烟来消磨时间，对着锁眼把烟雾吹出来。

教务长怀疑地嗅了嗅，见有一股烟雾升起来，显然是从瓦伦丁教授那里。他说道："我们没有在正餐结束前吸烟的习惯呀。"一分钟后，又有一股烟雾从瓦伦丁教授的膝头上飘出来。教务长生气地命令他把烟掐灭。瓦伦丁教授立马抗议说自己是无辜的。这有效地把注意力从多莉身上移开，她便利用这个机会从嘴唇上抹掉了一些口红。时机恰到好处，因为这时地板上已经积了不小一堆银餐具了。教务长起立开始演讲。"是什么，"他问道，"给当今校园生活带来了最大的影响?"

壁橱里刚好传来一首歌的片段："黑臀舞——一种新的扭摆舞——"

在多莉紧张的建议下，斯沃普教授站起来，关上了窗子。

伴随着大学的加油号子，派对就要结束了。晚宴的风俗是，在喊口号时右手举起餐巾来回挥舞。教务长做了个手势，全场起立。

多莉惊慌失措，把那包东西放在桌面上，去够离她最近的餐巾。那恰好是斯沃普教授的。教授伸手在桌上摸索着找它，刚好碰到了包着银餐具的那条餐巾。

"准备好了吗?"教务长喊着，举起了他的餐巾："来！来！来！""啦！啦！啦！——"

号子喊不下去了，因为从斯沃普教授挥舞着的餐巾里飞出了刀子、叉子和勺子，蹦出来，从餐桌的一端散落到另一端，就像丰饶角饰①上的花朵。

教务长的脸都变紫了，斯沃普教授则脸色惨白。大家都看着后者，大为震惊地看着他前所未有的鲁莽行为。教务长扔下餐巾，大步走出房间。其他人兴奋地议论着，尾随其后。

[第四分镜头就此结束]

---

① 源自希腊神话中哺乳宙斯的羊角，象征着丰收。

五

留下教授一个人尽可能收拾残局，多莉小心翼翼地磨蹭到最后。当房间里空无一人时，她打开了壁橱的门锁，略带不耐烦地对丘比特和赫尔克说，你们在惹出更大麻烦之前必须马上回自己房间去。

他们的无助惹人同情。他们穿过接待室，朝外走去。多莉差点儿来不及阻止他们。她朝窗外一瞥，发现乔·杰克斯仍然在街对面的路灯下站岗。多莉明白了，单凭他们自己，是无法神不知鬼不觉地回家的。她想起自己是教授请来的客人，又犹豫了。“过来！”她最后说道，“我给你们带一段路。”

他们从厨房走出去，躲过了乔·杰克斯的视线，迈步穿过校园。在丘比特与哥哥同住的宿舍门外，她正要转身离去，可丘比特固执地坐在一级台阶上，不肯走了。“我想被送回家去。”

她与其说答应帮忙，不如说想要把他们打发了，便带他们上了楼，打开了两兄弟同住的房门。

房间很大，加了铅条的窗户下面摆着几张铺着软垫的座椅，还有一些扶手椅、书桌，以及很多书和一架钢琴。一间卧室两侧都有门通向外面。墙上有一些装了相框的合影——橄榄球队、委员会，等等，却没有女孩照片，也没有锦旗。此时，房间里有六个人——米米和她母亲、格雷斯和本，他们正在做威尔士干酪面包；还有另外两个男孩，一个正在弹钢琴。多莉一进来，空气中几乎立刻充满了明显的敌意。

“晚上好！”本说道，语气礼貌却带有疑惑。

“他们困了。”多莉指着丘比特和赫尔克，解释道，“我觉得他们最好回家来。”

两个罪魁祸首不知羞耻地走到钢琴边上，开始和着音乐手舞足蹈。米米为了让多莉听到，故意大声说道：“有些人总是能够找到借口，即便没被邀请，也要来参加派对。”

多莉惊讶地转向她，遭遇了一个傲慢的眼神。她气恼地把手提袋放在桌子上，这立马吸引了米米的注意力。米米知道手提袋里放着那管口红。“我很抱歉打扰了。”多莉怒气冲冲地说，“这可是强加于我的。晚安。”

“嘿，等一下！”丘比特说，“我要送你回家。”

“你最好乖乖地待在这里。”本生气地说，“今晚你不能再出去了。”

“我得送多莉回家。”

“我会送她回家的。”本不耐烦地厉声说道。丘比特不作声了。

米米的眼睛还在盯着那只手提袋，穿过房间走来。这时，多莉正对本干脆利落地说了句“请不必麻烦”。米米麻利地将多莉的手提袋从桌上滑进了自己的礼服褶皱里。接着，她便冷静地信步走开了，没有注意到丘比特和赫尔克看见了她的举动，尽管他们感到困惑不解。

多莉转身正要下楼，本向米米和她母亲说了声“抱歉”，跟了上去。

大约这时，斯沃普教授被今晚的经历搅得心神不安，走出了教工俱乐部。他颜面尽失——教务长接受了他的辩解，相信他是无辜的，但仍然认为他要对发生的事情负一部分责任。更糟糕的是，教授找不到多莉了。他不知道多莉离开他是因为对自己反感，还是为她拿了餐具而愧疚。无论如何，他一定要找到多莉。

他沿着大路朝一个方向走去，随后又掉头走向另一个方向。对于路灯下的乔·杰克斯来说，他那神经兮兮的行为貌似可疑。乔想要知道那两个突然不见了的醉鬼后来去了哪里，觉得这个小个子男人的行为非常古怪。他气势汹汹地朝着教授走去。

斯沃普教授心惊肉跳。看到那个熟悉的身影朝自己走过来时，第一个念头便是学监因为他偷了银餐具而要逮捕他。他加快了脚步，乔·杰克斯也加快了脚步；他拔腿跑起来，乔·杰克斯也跟着跑起来。

校园里发生了一场追逐，他们在月光里跑进跑出。一根树枝撞掉了教授的圆顶高礼帽；乔把它顺手拣起来，脚步却没有停下。

在曼尼兄弟的房间里，丘比特和赫尔克正在目睹一件奇怪的事情。他们看见米米把什么东西从多莉的手提袋里拿出来，接着四下里找寻一个隐藏的地方，把手提袋丢进了靠窗座位后面的狭小缝隙。这时，她脸上露出了胜利的神色。

与此同时，多莉和本正在校园里无声地走着，多莉稍稍走在前头。他们来到一堵矮墙前，准备抄近路。本帮助她翻墙，她立刻就在他的怀里了。这第二次接吻让他开始承认，她对自己极具吸引力。尽管如此，他也为自己的行为感到羞耻。这便使多莉感到无可奈何，而且很不开心。

快到多莉住的旅馆了。他们走进了一家通宵营业的餐厅，里面挤满了男男女女。热狗的香味从里面飘进了夜色之中，多莉这才想起来，在晚宴上自己害怕得什么都没吃。她对本说，她饿了。本犹豫了，下巴绷紧了。不，他不能跟她出现在任何公共场合……他让她等着——他会买些吃的出来。

多莉十分悲伤地斜靠在餐厅门口，看着情侣们在里面愉快地嬉戏打闹；突然惊讶地看见斯沃普教授急吼吼地从她身边飞奔过去，一头扎进餐厅，后面紧跟着校园警察乔·杰克斯。出了什么事？直觉告诉她赶快逃跑，可她并没有。

在餐厅里，斯沃普教授为了躲过追赶者，挤到两个个子比他高的男孩前面，用颤抖的声音要了一杯柠檬汁。乔·杰克斯的目光在房间四处搜寻他，恰好看见本·曼尼腋下夹着一袋热狗和两瓶姜汁汽水，正要走出餐厅。乔想，这会不会就是他要找的那个人——他身穿礼服外套，并且没戴帽子。他看上去要比那个人高一点儿，但乔还是决定跟上去看看。

本和多莉在大学阿姆斯旅馆外面走着，一排高大的铁栅栏将它与街道隔离开来。一走进去，他们就犹豫了——他一心只想再吻她一次，但月光在她的脸上投下了铁栅栏的影子，就好像她站在监狱栏杆后面一样，他于是悲伤地转过身去。

通向前门的那段台阶又长又宽，在月光下皎洁无瑕。多莉邀请他进去，可他摇摇头，坚持说这台阶更适合野餐。

当他把吃的东西拿出来时，她的手指摩挲着一张纸。她总是把它放在裙子的前襟里，随身携带着。这是伯父写给她的那封信，上面的文字为她洗清了她为之坐牢的罪责。一阵思想斗争过后，她决定不把它拿给本看。如果本真的喜欢她，一切都无关紧要。

本没有开瓶器，没办法打开可口可乐。“我跑去快餐店拿一个吧！”他说，“等我一会儿。”

他才跑出去五十英尺，乔·杰克斯就抓住了他的手臂。“抓住你了，小伙子！”他说，“你刚才在教工俱乐部做什么？”

“我吗？”本惊讶地叫道，“我整个晚上都没走近过那里。”

“那你为什么看见我就跑？”

“我吗？我没有看见你就跑。”

“你早上可以跟教务长解释。这是你的帽子。”

本仔细看了看它。“这不是我的帽子。”

“好吧。”乔说道，“如果你不想要的话，与我何干。回你的房间去吧。”

“可是，乔——”

“喊我乔也没有用。回你的房间去吧。我这把年纪的人可不喜欢跑马拉松。你早上可以跟教务长说说你的事情。”

本别无选择，只好服从。不过，这样也好。最好再也不要见她了。正当本迈着沉重的步伐、闷闷不乐地穿过校园时，斯沃普教授正鬼鬼祟祟地从快餐店出来。他一定要找到多莉。他一路上躲躲闪闪，小心翼翼地朝着旅馆走去，随后溜进了大门。

她就在那洒满月光的台阶上呢。他发现，经过漫长的一天，她已经沉沉地睡去了。他朝她走去，心想她看起来有多漂亮，有多无辜——他弯下身，似乎要吻她的嘴唇，可他没有。他害怕会惊扰了她的睡眠。在她旁边的台阶上，他看见了准备好的双人套餐，感动得心都要化了。多好的女孩——她竟然带着吃的东西，一直在这里等他。

他坐了下来，试着轻咬了一口热狗——他饿得厉害。他用小折刀上面的开瓶器，打开了一瓶可口可乐。

在栅栏外，乔·杰克斯看着本的身影消失在校园里。他看着手中的礼帽；随后，突然对今晚不尽如人意的工作感到厌烦，挥手将它抛过铁栅栏。它刚好落在了教授的脚边。

斯沃普教授茫然地抬头看看，好像它是从星星上掉下来的。这是一个奇妙的夜晚。在度过艰难的一天之后，老天爷发了善心——没有什么能让他惊讶了。他坐在那里，昏昏欲睡又心满意足——一边吃着热狗，一边握着熟睡着的多莉的手。

六

经过一个焦躁不安的夜晚，多莉下定了决心。她要乘第一班火车回纽约去。她爱的男人甚至讨厌她出现在这里，自尊心不允许她待在自己不受欢迎的地方。来这里根本就是个错误。她怎么会有这样的奢望，像她这样被玷污、有污点的女孩，怎么能跟那些打出生起就被精心呵护的姑娘比呢？或许回到纽约，她可以用钱买到一些越来越喜欢她的朋友，有朝一日她就会忘掉这一切。

她开始无精打采地把东西扔进行李箱——它们对她来说毫无意义了——短短几周前，那件华美的晚礼服看上去还像公主的华服，现如今因为王子不肯看她一眼，对她而言就跟松松垮垮的囚服没什么两样了。她的鞋子——她抬起一只脚，不耐烦地踢着墙面，在皮革面上刮出一道很深的裂痕。接着，她感到懊悔，对着裂痕哭了起来，心里一直清楚自己是在为别的事情哭泣。

她找不到装着口红的手提袋了。她把它丢在哪里了呢？可现在又有什么要紧，随它去吧！还有青春和爱情！

门口响起了敲门声。斯沃普教授站在门外，颔首微笑。他给她带来一封信，寄自纽约，注明由他转交。多莉打开它，是负责处理她财产的律师们的来信。

多莉·卡罗尔小姐

亲爱的女士

我们非常遗憾地通知您，您的伯父在西部的买卖受挫，将无法继续给您提供生活费。实际上，我们必须要求您归还上个星期超额预支的九百八十二美元现金。

您的十分尊敬的，

巴利，培根与巴利公司

这封信让她目瞪口呆。她又读了一遍，随后站在那里，眼睛凝视着教授的头顶上方。她的手指徒劳地敲打了一会儿梳妆台，直到打字机的键盘突然浮现在手指下，吓得她缩了回来。天哪！再也没有金光闪闪的衣裙可以穿，没有法国鞋子可以随意乱踢，没有豪华轿车可坐，也没有时尚酒店可住。她要回归过去的生活了，在一间办公室里工作，偶尔同隔壁办公室的年轻职员一起去看戏。

她又一转念——这时，金光闪闪的连衣裙又变得重要了，还有鞋子——是的，还有舞会，以及今晚要去参加舞会的姑娘们。她们会很开心。再也没有了——她曾经有过这个机会，却又失去了。美好世界的大门已经向她关闭了。

教授突然注意到她的行李箱已经整理好了，而且她穿着旅行套装。“怎么了?”教授询问道，“你要走了吗?”

她犹豫不决，眼里泪水满溢。她一定要走吗？她难道就不能享受这个夜晚，这最后一个夜晚？哪怕以自尊心为代价，她必须再见他一次！涂上口红，让他再吻自己一次！这样，至少比什么都没有要好。但是，就连那管口红也不见了。她一无所有了。

斯沃普教授走进房间，笨拙地拍了拍她的肩膀：“怎么了?”他问道，“我能帮上什么忙吗?”

“我——我不走了。”她支支吾吾地说，“我原以为我在纽约有个约会，但这封信告诉我，我弄错了。”

当晚十点钟，身穿鲜亮毛皮和绸缎衣裳的人流正在源源不断地涌入体育馆。一个学生拿着票站在门旁，身边站着乔·杰克斯——确保没人腰里挂着一瓶酒或醉醺醺地入场。

一穿过纪念品陈列室，就来到了巨大的体育馆。里面装点着鲜艳的彩旗、纸带和鲜花。四面靠墙有一排包厢，每个包厢都是以一个兄弟会来命名的，用作年长女伴的休息室——没有年轻人会来这里，除非是来借一支钢笔，或是放下一颗松脱的搭扣。舞会间隙，他们坐在纪念品陈列室和长廊或外面的汽车里，又或在被称为“蜜月塔”的大厦的旋转阶梯上。

从上面看，舞会中间一圈密密匝匝地挤在一起的单身男士构成了一个中心枢纽，围绕着它的是一圈衣着斑斓的舞者，呈轮盘状旋转；轮盘外围又是一圈单身男士；侧翼两端是来自纽约的一个著名管弦乐队。轮盘慢慢旋转着，不时有黑影飞速闪出，与粉色、蓝色、金色的身影翩翩起舞。这使得整个场景在绚烂缤纷的色彩中不断变幻。

女士更衣室即便少一些公众活力，也呈现一派平等的场面：五百位姑娘在一面长长的镜子前相敬如宾地挤出自己的一方小天地；五百位姑娘在面颊或眉毛的色调上发现一些小瑕疵；五百位姑娘满怀爱意地修补着缺陷。

但是，没有哪个女孩像米米·霍顿对这最后一刻有着如此特别的兴趣。她拥有了那管口红，打算把它用上。想象一下，她在镜子前面长长的一排姑娘的末端，格雷斯就在她旁边。

镜子下面的玻璃架子从房间的一头延伸到另一头，这就是事情的经过：米米和格雷斯分别拿出自己的口红，两支口红在大小和外观上不无相似之处。她们都把口红放在玻璃架子上，这时候两个人的手交叉了。过了一会儿，她们的眼睛都专注地盯着镜子，拿起了对方的口红。格雷斯全然无知地在嘴唇上涂抹了这支拥有神奇香味的口红——米米同样全然无知地涂上了普通口红。然而，这个倾斜的架子还有另外一个把戏呢。当格雷斯把这支有特殊香味的口红放回架子时，较粗的一端落下，口红开始毅然决然地沿着整条架子滚动下去。十几个女孩心不在焉地去抓它，可它依旧滚个不停，直到在另一端的多莉面前停了下来。她十分惊讶，很高兴能失而复得。她没有询问是谁拿了它，而是把它丢进自己的包里。这一次，她紧紧地把包夹在腋下。

今晚注定是格雷斯·琼斯生命中最特别的一个夜晚，她永远都会记得它，并且会讲给她的子孙们听。因为她是舞会最受欢迎的名媛。男士们一个接一个地截舞，甚至丘比特也对她表现出明显的关注——她圆圆的眼睛开心得几乎要爆出来了。

对于米米而言，又是另外一番光景了。当本领着她走进舞池时，她挽住了他的胳膊，挨得很近；她抬起头来，用懒洋洋的眼神看着本。可她的胳膊没有得到对方的回应，他的眼神似乎比平时还要冷淡，还要有距离，仿佛心事重重。此刻，他们站在旋转楼梯附近，楼梯就在纪念品陈列室的一角。“这是通向哪里？”她问道。

“这叫作‘婚梯’。”他答道，彬彬有礼，却心不在焉。“它通向‘蜜月塔’。”

“上面的景色很美吗？”她靠近了他，想再次尝试口红的作用，但本依然无动于衷。她转过身，掩饰着失望的表情，却迎面看见了多莉。多莉刚从更衣室出来，无意中听到了刚才的对话。米米用不加掩饰的恶毒眼神瞥了多莉一眼，同本走进了舞厅。

多莉今晚还没涂那管口红。她不知道这是为什么。要是本不肯接近她，那又有什么用呢？

奇怪的是，即便没涂口红，其他男孩似乎也很喜欢她。他们跟她跳舞，她反倒是因为他们不再那样急切地凑近她而松了口气。但本没有接近她，她的心变得麻木，一切似乎都变得不重要了。

在舞会间隙，多莉跟斯沃普教授一起坐在纪念品陈列室，目光又被本所吸引。她瞧见本点上一根烟，闷闷不乐地漫步穿过入口，走到“婚梯”那边，好像要登上去。就在这时，教授正在向多莉求婚。他对她说，他做出了很大的个人牺牲，决定不再计较她过去的罪犯身份。就在这一点儿都不浪漫的宣言当中，多莉毫不客气地跳起来，说她想要到塔顶去。斯沃普教授欣然同意了。

旋转楼梯上人满为患。靠近底部坐着一对情侣，女孩正把一朵花插在男生的纽扣上。在下一个拐角处，另一对情侣正手牵着手。再往上走，有两个人正在忘情地拥抱。然后，看到一位男士正在把一枚订婚戒指套在一个女孩的手指上。教授和多莉爬到这里，她停下来对他说：不知道自己是否配得上他，她得问问自己；当她在塔顶扪心自问时，他能否在这里等着，不让任何人经过。

他坐了下来，双手交叠，准备等待。多莉继续向上爬。本·曼尼接近塔顶时，听到身后有脚步声。他觉得可疑，停了下来——他想要一个人静下来想想。明天就要宣布他跟米米订婚的消息了，不知怎的，他很不开心。

脚步声停了，本继续向上爬。快到塔顶时，他又停了下来，分明听到了脚步声。但脚步声又停了，他走了出去，来到月光下的垛式塔楼顶上。多莉悄悄跟了上去。下面分布着整座大学——上千盏灯光从哥特式建筑的窗子里透出来，黑暗的地平线上高耸着四十个沉睡的尖顶和塔楼。本靠在墙垛上，凝望着夜色。

“我来了！”多莉轻声说。

本回转身来，朝多莉慢慢走来。“我知道是你。”他说，“无论在哪里，我都躲不开你。”

他们走进了彼此的怀抱里。她扬起脸来，但这一次他没有吻她，而是紧紧拥着她，在月光下看着她。“到底发生了什么？”本近乎粗暴地说，“他们为什么把你送进监狱？”

“因为犯罪。”她回答道。

他看着她。要不是在监狱牢房里亲眼见过她，他无法相信这是真的。

与此同时，米米上楼来找本，刚好碰到了教授。他说多莉在上面独自思考问题，她对此有所怀疑，便把自己的疑虑告诉了他。

教授感到难以置信，陪她来到塔顶，跟她一起站了一会儿，默默地观察着。他们看见本和多莉再次走向对方，仿佛受到一种不可抗力的吸引一样，犹豫着；接着，本的脸离她还不到一英寸①时，他们分开了。

教授一言不发，拉着米米下了楼梯。他心烦意乱，情绪激动。“我早就知道。”教授痛苦地说，“这就是相信一个曾经坐过牢的女孩的结果。幸好我发现得及时。”

“坐过牢?”米米重复着，眯起了眼睛。“坐过牢?”

教授随口将整个故事一五一十地告诉了米米，没有意识到他正在把一个危险的武器放进她的手中。

他们下楼的时候，碰上了正在上楼的乔·杰克斯。他正在奉教务长的命令，把情侣们赶出塔楼。教务长认为，亲热派对的行为已经太过分了。

“上面还有人吗?”他问教授。

教授此时正心烦意乱，回答不了问题，甚至也听不进去，但米米替他回答了。她明知道本和多莉还在塔上，却摇头表示没有人了。

等大家都出去以后，乔·杰克斯关上通往婚梯的门，在上面挂上了一个告示：被发现进入此塔的任何学生，将被无限期休学。——教务长令。

米米趁着没人注意时，转动钥匙，锁上了门，实际上是想阻止本和多莉出来。

此刻，本和多莉完全沉浸于二人世界，没有意识到下面发生了什么。她知道本正经历着内心挣扎，她知道他爱自己，可当他拥她入怀时却无法让他吻自己。她拿出了口红，凑到双唇边上——随后摇了摇头。不——最好放弃，不去管它，还有今晚一切美好的事情。这总要好过知道自己是靠一个小手段才让他表明心迹的。“哦，本——”她大声叫道，“本——”

他背对着她站着，默不作声，一动不动。她再次举起口红，踌躇着；

---

① 相当于二点五四厘米。

随即把口红扔到了塔顶的石头地面上，泪水模糊了双眼，转身朝楼梯走去。

这时，一只强有力的手臂揽住了她，一张面孔凑上来，一个熟悉的声音轻轻说出了她从未奢望听到的话语：“我爱你。我爱你。”

她发出一声幸福的长叹，融化在他的礼服外套里面。

楼下活跃着其他势力——母鸡们在一个箱子里咯咯地叫唤，米米在中间用掺了毒药的谷物喂它们。她讲了教授告诉她的那个故事，唯独隐瞒了女孩的身份。真丢人。一只乌鸫落在一群燕子中间。母鸡的叫声越来越大——这是教务长要处理的事情。

米米的手上还有另一张牌可打——本和多莉在禁塔上面。一旦煽动众人对多莉的敌意，她就去门外找乔·杰克斯。

“请问，”米米故作天真地问道，“任何人都不能上塔吗？”

“我很抱歉，小姐，任何人都不可以。”

“但是，”米米反驳道，“不到十分钟前，我看见一对情侣上了塔。”

在塔上，夜色温柔，如同天赐的祝福。多莉被本拥在怀里，本正看着一张纸。这是多莉从怀里取出来递给他的。可是，还没等他理解它对他们的爱情意味着什么，另一座塔上便传来了午夜的钟声。

十二点钟了。作为委员会的主席，舞会的列队入场仪式他必须引领！

他抓住她的手，拉着她下楼，一步迈下三级台阶。令他震惊的是，门被锁上了。他寻思着——他知道有传闻说要关闭这座塔，判断这就是结果。

他们有几分担忧，又一次爬到了塔顶，手牵着手探寻着逃脱的途径。楼下，尽管他们还不知道，但乔·杰克斯正火冒三丈，来到了楼梯门旁。

塔下四十英尺的地方，是相邻那座哥特式大楼铺满卵石的屋顶。幸运的是，有一架用于修剪藤蔓的梯子正靠在爬满藤蔓的塔墙上。他们到了下面的屋顶——挑了隔壁四方院落中一扇亮着灯的窗户，急忙沿着墙垛朝它奔去。月光将他们的身影清晰地勾勒出来。你能在校园绵延不断的中世纪砖石建筑群上面走上整整三英里——正是这些构成了大厅、塔楼和四方院落，根本无需踩在地面上——可这不是他们的目的。他们此刻明白，有一个坚持不懈的人正从他们身后飞奔而来，全力以赴地追赶着他们。他们借助一块倾斜的石板屋顶滑了下来，来到一扇窗前。只消一会儿的工夫他们便可以打碎一块窗玻璃，迈步跨进去，丢五十美分赔偿金在桌上，然后飞奔下楼。

回到舞会，丑闻刚刚传到教务长耳朵里。一小群年长女伴带着克制的愤怒嗡嗡议论着：“真觉得这太过分了！”不仅那个女孩该被赶出去；带她来的男士也要受到严厉的惩罚。教务长表示同意，说他会采取行动，只要供出女孩的名字就行。

这场私下里发起的争议所在的包厢成了众人关注的焦点，流言开始四处散布。维护纯洁需要作出牺牲——有人要被缀上红字①，公开赶出舞会。多莉和本刚刚气喘吁吁地溜进来，又悄悄地进入舞池。只有他们知道，多莉在劫难逃。他们，还有斯沃普教授。而后者发现了格雷斯·琼斯的魅力，很快就忘了一个小时之前的悲伤。

米米等待着，胜券在握。马上就要见证这一时刻了——当学监把他们从塔上带下来的时候，她就会把那个名字说出来，本就会看着他心仪的女孩在他面前遭人唾弃。还有一个人也在观望——这个故事里的一个重要角色，他的手放在大衣口袋里，焦躁不安地拨弄着什么。

等到本和多莉意识到有事情要发生，来到那一小群人旁边时，教务长变得越来越不耐烦了。“好吧，霍顿小姐！”教务长不耐烦地说，“告诉我这位不幸的年轻小姐的名字吧！我们可不想在公众场合丢人现眼。”

本和多莉听到后，愣住了。多莉的脸变得煞白；本用一只胳膊紧紧地揽着她。“无论发生什么，我都会支持你的！”他说，“记住这一点！保持镇静！”

米米再次洋洋得意地迟疑了片刻——虽然只是片刻的迟疑，却也来不及了。她听到一个熟悉而又充满暗示的声音在耳畔低低响起：“米米，你最好一个字都不要说。”

米米转头一看，是丘比特。他的手从口袋里露出了一点儿，米米看见了他手里拿的是什么。

“坐过牢——米米，总比等着坐牢要好吧。”

“喂——你什么意思？”米米倒吸了一口凉气。

“我是说，我们看见你拿了这个包了！我们也看见你把它扔掉了！这

---

① 旧时被判通奸者佩戴的标记，尤用于美国清教徒之中。

个州刚好有关于盗窃罪的法律。关于多莉·卡罗尔小姐的事情，你要是敢说一个字，毫无疑问，你一定会进监狱的。”他那张胖脸此刻又冷酷又坚决。多莉在他前面向后退了一小步。

教务长的声音再次打断了他们：“我不得不请你告诉我那个女孩的名字。”

米米四下里看了看，眼睛里充满了仇恨和愤怒。随后，她的目光与丘比特相碰，表情变得害怕起来。“我——我很抱歉！”她支支吾吾地说，“我不知道她的名字。我搞错了。我一定是搞错了。”

一分钟后，人群在轻蔑的笑声中解散了。不久以后，或许有人看到米米和母亲急匆匆朝门口走去。列队入场仪式的时间到了！现在，本没有了舞伴，他邀请多莉也就再自然不过了。教授自然会心满意足地跟格雷斯一起跳舞。没有舞伴的丘比特自然是最开心的人。

他们才刚开始！

我必须补充一句：那管口红被一个洗衣店送衣物的黑人小女孩拣到了！她长大后，最终有了一个极其完美的大家庭！

据我所知，本和多莉从未在意过它。

（余璇　译　林斌　校）

橄榄球场

一

当年在普林斯顿，我们班有个男生从来都不参加橄榄球比赛。每到星期六下午，他总要忙着搜集一些细枝末节的史料——有关古希腊的体育运动，以及古罗马安敦尼王朝的基督徒和野兽之间受人操纵的搏斗。近来——大学毕业后几年——他发现了一些橄榄球运动员，并以已故乔治·贝洛斯①的方式来培养他们。但他对于眼前发生的真实场景毫无反应，所以我怀疑他在对什么是美好的、什么是卓越的，以及什么是有趣的这些问题的判断力上缺乏创见。

我对橄榄球很着迷，作为观众、业余统计员和挫败的参与者——我之前在预科学校打过橄榄球，校报的头版头条曾经这样登过："迪林和马林斯领衔，周六激战塔夫脱。"赛后我去吃午饭时，全校的人都站起来为我鼓掌，客队教练跟我握手。他还预言说——其实并不准确——我就要出名了。这段插曲被封存在我过去那段最美好的记忆中了。那年，我变得又高又瘦。在普林斯顿接下来的秋天里，我焦躁不安地看着那些大一新生。从他们回看我时那种礼貌的漠视中，意识到了我这个特别的梦结束了。基恩说，他可以把我培养成一个非常棒的撑竿跳运动员——确实做到了——但这只是个可怜的替代品。虽说我为成不了一个伟大的橄榄球运动员而倍感

① 1882—1925，美国艺术史把他归入"垃圾箱画派"，视其为美国社会现实主义运动的先驱人物之一。

失望，但这很可能成就了我和多利·哈伦之间的友谊。我想旧事重提，稍稍讲一下大学二年级时在纽黑文同耶鲁队的那场比赛，以此来开始多利的故事。

多利最初是中卫。这是他参加的第一场大型比赛。我和他同住一个房间，那时我已察觉到他的心态有些古怪，整个上半场的比赛，我都没让他离开我的视线。透过双筒望远镜，我可以看到他脸上的表情——紧张而多疑，因为那一天是他父亲的忌日。他父亲的死一直影响着他，这种紧张不安还需要很长时间去平复。我认为他现在是病态。不知道为什么基恩没有注意到，也没有让他退赛。直到后来，我才知道事情的原委。

那是耶鲁的碗状露天大球场。比赛前一天队员们训练时，球场大小或封闭形状，抑或场地侧壁的高度让多利开始紧张不安。在那场训练中，他丢了一两个悬空球。这几乎是他生平第一次，开始怀疑是这个球场的缘故。

现在有一种叫广场恐惧症的新型疾病——害怕人群；还有另一种叫火车恐惧症——害怕乘火车旅行。我的心理分析学家朋友格洛克博士，大概会很容易对多利的心理问题作出解释。但是，这是多利后来跟我说的："耶鲁队会踢悬空球，我就会向上看。当我向上看时，那个可恶的盘子的四壁就好像腾空而起。随后，当球开始下落时，四壁开始前倾，朝我身上压将下来，直到我可以看见最顶端座位上所有人都在对我尖叫着挥动拳头。最后一刻，我根本看不到球，只能看到碗状球场。每次我都只是运气好而已，刚好就在球的下方，每次也都能得心应手。"

言归正传，回到那场球赛上面去！我坐在观战区，四十码线的一个好位置——座位很好，只是有一个呆头呆脑的毕业生跟朋友们走散了，也弄丢了他的帽子，不时在我前面站起身来，结结巴巴地喊："拦住特德·科伊！"他还以为我们在看一场十二年前的比赛呢。当他终于意识到自己很可笑时就为观众表演起来，引发了一阵口哨声和嘘声，直到他很不情愿地被人拖到看台底下去了。

那是一场精彩的比赛，被校报称作具有历史意义的赛事。比赛球队的照片现在还挂在普林斯顿的所有理发店呢。身穿白色套头衫的戈特利布队长站在中间，这表明他们赢得了冠军。耶鲁队这个赛季的表现欠佳，但在第一场四分之一决赛中也有突破，取得了三比〇的战绩。

在四分之一决赛的场次之间，我留神观察多利。他一边气喘吁吁地四处走动，一边吸饮着一瓶水，脸上仍是紧张、愕然的表情。后来他告诉我，他在一遍遍地自言自语："我要找罗珀谈谈。我要在中场休息时跟他讲。我要告诉他我再也受不了了。"有好几次他感觉到几乎抑制不住的冲动，想要耸耸肩膀小跑着离场，不仅仅因为对这个球场产生了意想不到的反应，事实是他极其痛恨这场比赛。

他讨厌漫长而乏味的训练，讨厌个人冲突的成分，讨厌对他时间的占用，讨厌单调的日程，以及接近尾声时大难临头般的紧张和惶恐。他有时觉得其他人都会像他一样厌恶这些，也会像他一样拼命克制住厌恶，把它埋藏在心里，就像得了癌症害怕承认。他有时会想象，偶尔有人就要摘下面具说："多利，你也像我一样讨厌这桩糟心事吗？"

早在圣瑞吉斯学校，这种感觉就有了。他带着此生再也不打橄榄球的想法来到普林斯顿。但圣瑞吉斯的高年级生不断在校园拦住他，问他有多重。他凭借体育方面的声誉被提名为我们班的副班长——那是秋天的事情——成就广为流传。一天下午，多利信步走到大一新生训练地，内心莫名生出怅然若失的感觉。他闻到了草皮的气味，也嗅到了令人心悸的赛季气息。半个小时以后，他就在系一双借来的球鞋的鞋带了；两周以后，他便成了大一新生球队的队长。

一旦做了承诺，他就意识到自己犯下了一个错误；他甚至想过要退学。因为这个打球的决定，他要承担的是一份道义上的责任；对他来说，还带有个人情感色彩。失败，或是让别人失望，抑或让自己失望，对他来说都简直无法忍受。这有悖于他们苏格兰人的一种荒废感。假如只能以失败告终，为什么还要拼死拼活地干上一个小时呢？

或许最糟糕的是，他其实算不上明星球员。在这个国家，没有球队不会不任用他，可他无法将哪一样上得了台面的事情做到极致，在跑步、传球或踢球方面都没有特长。他身高五英尺十一英寸①，体重略微超过一百六十磅②。他是一流防御型球员，在干扰对手方面十拿九稳；作为卓越的

---

① 大约一百七十厘米。
② 大约七十二点六公斤。

开球手和奔踢手，也都有上乘表现。他接球从未失误，发挥从未失常；由于不断发起冷静而稳健的进攻，他的在场对其他队员都有很大影响。从士气上讲，他无论在哪支球队都是队长。这就是罗珀整个赛季花了那么多时间努力让他把球踢得更远的原因——他想要多利留下来打比赛。

在第二场四分之一决赛中，耶鲁队溃败下来。这是一支由喜欢炫技的队员组成的平庸球队。由于伤病很多，而且耶鲁教练体制即将发生变化，队员之间缺少协调性。四分卫乔希·洛根曾经是埃克塞特①的一个奇迹——这一点我可以证明——在那里，单凭一个人的自信和勇气就可以打赢比赛。但是，大学球队总是组织得太过井然有序，做出的反应都没那么简单、稚气，他们也就没那么容易从开球线后的漏球和误判中恢复过来。

普林斯顿队不遗余力，一边嘴里咕哝着，一边拼尽全力，在场上不断发起攻势。耶鲁球队的二十码线上突然出了乱子。普林斯顿队的一个传球被中途截获；耶鲁队员见机会来了，兴奋不已，却掉了球——球不紧不慢地朝着耶鲁队球门方向移动。普林斯顿的杰克·德夫林和多利·哈伦，还有一个人——我忘记了是谁——这个人是耶鲁队的，他们与球之间的距离都差不多。在那千钧一发之际，多利的反应完全是出于本能。这对他来说不成问题。他是天生的运动员，在紧要关头，神经系统代替他思考。他本可以跑过另外两个人抢到球的，可他并没有这样做，而是以极高的精准度拦截了耶鲁队员。这时，德夫林铲起球，跑了十码②，触地得分。

体育新闻记者仍然沿用拉尔夫·巴伯③的视角来观看比赛，这就是当时的情形。新闻记者席就在我身后。当普林斯顿队列队射门时，我听见广播员在问："二十二号是谁？"

"哈伦。"

"哈伦准备射门。刚刚触地得分的德夫林来自劳伦斯维尔中学。他今年二十岁。球进了。"

中场休息时，多利坐在衣帽间，筋疲力尽，浑身颤抖。这时，守卫队

① 英国英格兰西南部城市。

② 大约九点一米。

③ 1870—1944，美国小说家。主要为男孩写体育运动题材的流行小说。

员的教练利特尔走过来，在他身旁坐下来。“边锋刚好盯上你时，不要害怕合法接球①！”利特尔说，“那个大个子哈弗梅耶可能想冲撞你，从你手中把球夺走。”

现在是时候该说：“我希望你告诉比尔——”可话题却转到了有关风向的一个不重要的问题上面。多利有必要解释并探究一下自身的感受，却没有时间了。在这个房间里，他似乎没有那么重要，这里充斥着其他十个队员的疲惫的呼吸声。他们终究付出了努力，竭尽了全力。边锋和阻截手之间突然爆发出一阵刺耳的争吵声，他感到羞愧；他怨恨房间里先前的球员——尤其是两年前已毕业的队长。此人非常计较裁判员的偏袒，态度过于激烈。这一切原本就充满了紧张的火药味；再增加一点，似乎就会让情形变得糟糕。要不是利特尔一直不停地小声说“多棒的一次拦截呀，多利！太漂亮了”，要不是利特尔的手不停地拍着他的肩膀，他可能同样会说出来。

二

在第三场四分之一决赛中，乔·道尔蒂从二十码线处轻松射门得分。我们都觉得这次赢定了。临近黄昏时，一系列孤注一掷的前传②令耶鲁队接近了得分点。但乔希·洛根已经耗尽了虚张声势的斗志，最终被对方的防守队员猜透了心机。当替补队员跑步上场时，普林斯顿队发动了最后一次攻势。随后，比赛便戛然而止了。人群从看台上一拥而下，戈特利布抢了球，一跃而起。有那么一阵子，一切都陷入混乱、疯狂和欢乐之中。我看到一些大一新生想要把多利抬起来，可他们很羞怯，他便逃走了。

我们都感到了一种强烈的个人成就感。我们已经三年没有打败过耶鲁队了，而今一切都将顺利圆满。这意味着大学时代的一个美好冬天——在圣诞节后潮湿而寒冷的日子里，大学城会笼罩着一种惨淡而无聊的氛围。有了这些回忆，便会让人怡然自得。下面的球场上有一群人开始了闹哄哄的即兴表演，模仿一场德比马赛做着各种把戏，直到跳蛇舞的人群抢了风头，把他们彻底淹没了。在碗状球场外面，我看见两个沮丧万分、愤愤不

---

① 接球者示意不向前传球，因而可能不受干预。

② 向对方的死球线传球的违规传球。

平的耶鲁队员上了一辆等在那里的出租车，以一种决绝的语气对司机说“纽约”。你看不到耶鲁队员了，他们以被征服者的姿态消失得无影无踪了。

我以有关这场比赛的记忆来开始讲述多利的故事。这是因为当晚那个姑娘走进了故事之中，她是约瑟芬·皮克曼的朋友。我们四个人正准备开车前往纽约的午夜嬉戏夜总会。当我提醒他会太过劳累时，他干巴巴地大笑起来——今晚他去哪里都行，只要能让他把橄榄球的感觉和节奏抛到脑后。六点半，他走进约瑟芬家的门厅。要不是一只眼睛上还贴着那迷人的胶布条，他看上去就像一整天都待在理发店里。不管怎样，他是我认识的最英俊的男子。他身穿便服时看起来个子很高，身材修长；头发是深色的；一双大眼睛敏感而深邃；鼻子呈鹰钩状，就像他所有的五官一样多少有点儿浪漫的感觉。那时我并未想到这一点，可现在看来他相当虚荣——不是自以为是，只是好面子。因为他总是穿着棕色或柔和的浅灰色衣服，戴着黑色领带。人们这样得体地搭配服饰，不是出于偶然。

多利走进来时浅笑盈盈，开心地跟我握手，用玩笑似的口吻说：“啊呀，真没想到会在这里见到你，迪林先生。”然后，他看见那两个姑娘在长长门厅的另一端：一个像他一样长着闪亮的深色头发；另一个是金发，在火光的映照下呈现出泡沫般的蓬松光晕。他用一种我听到过的最快乐的声音说道：“哪个是我的?”

“我猜，两个你都想要。”

“说真的，哪一个是皮克曼?”

“她是浅色头发。”

“那么，另一个就是我的啦。不是这个意思吗?”

“我想我最好警告她们，你现在状态不对劲呀。”

索恩小姐身材娇小，脸蛋红扑扑的，看上去很可爱，正站在炉火旁。多利径直向她走去。

“你现在是我的了。”他说，“你属于我。”

她冷冷地看着多利，拿定了主意。她一下子就喜欢上了他，脸上露出了微笑。但多利并不满意，想要做些出格的傻事或惊人的事来表达自己获得自由的无尽喜悦之情。

"我爱你!"他说。他拉着她的手，那天鹅绒般的棕色眼睛温柔地看着她。虽说心不在焉，却让对方信服。"我爱你。"

那一刻，她的嘴角耷拉下来，仿佛有些惶惶然。因为她遇到了比自己更强大、更自信、更不好对付的人。随即，当她貌似回过神来时，他放开了她的手。这个小插曲就这样结束了，他下午比赛的紧张情绪也随之释放得一干二净。

这是十一月里一个明亮而寒冷的夜晚，急速掠过敞篷车的气流带来了一种暧昧的刺激感。这种感觉，就像我们在全速向着辉煌的命运疾驰一般。路上挤满了车，长时间地停滞不前。原因不明。警察被车灯晃花了眼，在路上走来走去地下一些模糊的指令。还没等我们驱车走上一个小时，纽约就在天空的衬托下化作了一团远远的朦胧光芒。

约瑟芬告诉我，索恩小姐来自华盛顿，才刚去了波士顿探亲访友。

"来看比赛吗?"我说。

"不是。她没去看比赛。"

"那太糟了。你要是早告诉我，我可以给她选个好位置的——"

"她才不会去呢。维安娜从不去看比赛。"

我这时记起来，她对多利就连轻声祝贺的客套话都没有呢。

"她讨厌橄榄球。她弟弟去年在预科学校死于一场球赛。今晚我本不想带她来，可当我们看完比赛回到家时，她就坐在那里捧着一本书，整个下午书都翻开在同一页。要知道，他是个很棒的小孩。家人亲眼看着事情发生，自然会一直耿耿于怀。"

"但她介意跟多利在一起吗?"

"当然不介意。她只是忽略橄榄球而已。要是有人提起它，她干脆就转换话题。"

我很庆幸跟她坐在一起的是多利，而不是杰克·德夫林。而且，我很为多利感到遗憾。无论他对这场比赛的感受有多强烈，他肯定期待别人对他的努力有所肯定。

他大概会对她的缜密心思给予肯定。不过，当他脑子里闪现出下午比赛的画面时，或许想要对方说上一句赞美之词，以便他能回应一声"胡说八道"。要是完全忽视这些画面，它们就会变成一种顽固而突兀的存在。

我转过身去，有点儿惊讶地发现索恩小姐居然在多利的怀里。我迅速转回身，决定不去打扰他们。

去百老汇等红灯时，我看到一份号外体育新闻，头版头条就是那场比赛的比分。绿色的纸张比下午的比赛来得更真实——简洁、扼要、清晰：

普林斯顿队10:3战胜耶鲁队

七万人观看老虎击败斗牛犬①

耶鲁队漏球失误，德夫林得分

就是这样——不像下午的比赛那样，自始至终充满了混乱、不确定、不调和、不连贯的成分。但此刻被设定为过往，从而得到了体面的升华：

普林斯顿队10　VS　耶鲁队3

我想，成就是一件很有意思的事情吧。多利在很大程度上要为此负责。我不知道是否所有上了头版头条的醒目事件都带有主观臆断的色彩。就好像人们问起来："它看上去是什么样的？"

"它看上去最像一只猫。"

"那好吧，我们姑且叫它猫吧。"

我的思绪被各色灯光和愉快的喧嚣声搅得活跃起来，突然间领会到一个事实：所有成就都是人为强调的结果——将混乱的生活打造成型。

约瑟芬在新阿姆斯特丹剧院前停下车来。她的司机在这里接应我们，把车开走了。我们到得早，等在大厅里的本科生发出一阵兴奋的嗡嗡低语声："那是多利·哈伦！"当我们朝电梯走去时，几个认识的人走上前来跟他握手。显然，索恩小姐没有注意到这些礼节。她吸引了我的视线，然后微微一笑；我好奇地打量着她。约瑟芬透露过一个非常令人吃惊的信息，说她只有十六岁。我以为我回敬她的微笑是一种居高临下的恩赐，她要领情。可我马上就意识到这可强求不得。虽说她的脸上呈现出温暖而柔弱的

---

① 老虎和斗牛犬分别为普林斯顿队和耶鲁队的吉祥物。

神情，身形多少让我想到一个精致而浪漫的小芭蕾舞女演员，但她身上有一种钢铁般坚硬的特质。她是在罗马、维也纳和马德里长大成人的，偶尔也在华盛顿短期待过几次。她的父亲是富有个人魅力、带有高雅执念的美国外交官之一。这些人试图通过给子女们提供比皇室子弟更为高贵的教育，来重建这个旧世界。索恩小姐见多识广。尽管美国青年狂放不羁，但见多识广仍旧是欧陆独有的特质。

我们走进去时一支舞曲正在播放，有十来个身穿橙色和黑色衣服的合唱团姑娘在与十来个身穿耶鲁队蓝色制服的人赛木马。灯光亮起时，多利被人认了出来。一些普林斯顿学生用木制的小锤哒哒地敲击了一阵子，代替鼓掌、喝彩；他低调地把椅子移到了一个隐蔽的地方。

几乎同时，一个红头涨脸、面容悲切的年轻人出现在我们桌旁。状态好时，他本会展现出十足的魅力来。的确，他朝着多利露出了一个迷人而灿烂的微笑，仿佛是在征求对方的许可要跟索恩小姐讲话。随即他说道："我还以为你今晚不会来纽约呢。"

"你好，卡尔。"她抬起头来，冷冷地看着他。

"你好，维安娜。没错，就是这样。'你好，维安娜——你好，卡尔。'可是，怎么啦？我还以为你今晚不会来纽约呢。"

索恩小姐无意介绍这个男人。我们都察觉到，他稍稍抬高了音量："我还以为你答应我不来了呢。"

"我没打算来呢，宝贝。今天早上我才离开波士顿。"

"那你在波士顿见了什么人——是那个迷人的图恩提吗？"他逼问道。

"我没见任何人呀，宝贝。"

"哦，不，你见了！你见了那个迷人的图恩提！你们谈了里维埃拉①的生活。"她没有回答。"你为什么这么不诚实呢，维安娜？"他继续说着，"你在电话里为什么跟我讲——"

"你不要教训我！"她说，语气突然变了。"我跟你讲过，你要是再喝酒，我们之间就完了。我是一个说到做到的人。你若走开，我会非常高兴的。"

---

① 从意大利拉斯佩齐亚沿地中海到法国戛纳一带的旅游避寒胜地。

“维安娜！”他压低了嗓音叫道，声音在颤抖。

这时我站起身来，跟约瑟芬跳舞去了。等我们回来时，桌旁站了一些人。其中有几个男人。我们要把约瑟芬和索恩小姐托付给他们，因为我考虑到多利累了。另外还有其他几个人。其中一个是作曲家艾尔·拉托尼，他似乎在马德里的大使馆受到了款待。多利·哈伦把椅子拉到一边，随后看大家跳舞。此刻，开始播放一支新舞曲了。就在灯光调暗的同时，一个男人从黑暗中走出来，在索恩小姐身旁弯下了身子，对她耳语了几句。她吓了一跳，正要起身，但他把手放在了她的肩上，把她按住了。他们压低嗓音，激动地交谈起来。

老午夜嬉戏的桌子全部爆满。一个男人离开后重新回来，坐到我们旁边。我无意中听见了他所说的话：“一个年轻人刚才在洗手间里想要自杀。他射穿了自己的肩膀，但他们夺走了手枪。趁他还没——”片刻，他的声音又响起来：“他们说是卡尔·桑德森。”

等这支曲子结束之后，我环顾四周。维安娜·索恩正死死盯着莉莲·洛林小姐。她正站起身来，身高快要赶上天花板了，活像个巨大的电话娃娃①。刚才凑近维安娜的男人走了，其他人丝毫都没察觉到发生了什么。我转向多利，建议我和他最好还是离开。多利看了一眼维安娜，眼神中交织着不情愿、疲惫和无奈的情绪，随后表示同意。在回宾馆的路上，我告诉多利发生了什么。

“只是个醉鬼罢了。”他疲惫地沉吟了片刻，说道，“他大概是尝试迷失自己，想要得到一点儿同情。我想，这种事情是一个真正有吸引力的女孩一直都要应对的。”

我却不以为然。我可以看到那件白色衬衫的前襟上一团糟，喷洒着那个年轻人的血，可我没有争辩。过了片刻，多利说道：“我想，这听起来有点儿残忍——这件事看上去有点儿软弱，不是吗？也许这只是我今晚的感受。”

当多利脱掉衣服时，我看见他身上有一片淤青。他向我保证，这些伤都不碍事。然后，我告诉他索恩小姐为什么没提那场比赛。他突然醒了，

---

① 让接电话人的双手得以解放出来的玩偶。

那种熟悉的光芒又重新闪现在他的眼中。

“这就对了！我还纳闷儿呢。我还以为也许是你告诉她什么都不要讲呢。”

后来，熄灯后过了半小时，他突然很清晰地大声说：“我知道了。”我不知道他是醒着还是睡着的。

三

关于多利与维安娜·索恩小姐的第一次会面，我已经把我所能记起来的一切都写下来了。回头看看，读来很随意，不足为道。但那晚发生的事情笼罩在那场比赛的阴影里，所有发生的一切似乎也是如此。维安娜几乎马上就回欧洲去了，从多利的生活里消失了十五个月。

这一年过得不错——在我的记忆里，如今看来仍是不错的一年。在普林斯顿，大学二年级是最具戏剧性的，就像耶鲁的三年级一样。不仅因为高年级俱乐部的选举，还因为每个人的命运都开始初见分晓。你几乎可以判断出来谁将会出人头地——不仅看他们眼前的成功，还要看他们如何从失败中恢复过来。生活对我来说是非常充实的：我进了普林斯顿的管委会；我们在代顿①的校舍被烧了个精光；我在体育馆里傻乎乎地跟人打了半个小时的拳架，而这个人后来成了我最好的朋友之一；三月份，我和多利加入了我们一直以来都想加入的高年级俱乐部；我也恋爱了，但在这里讲这件事就不切题了。

到了四月份，这是第一个真正属于普林斯顿的天气。慵懒的金绿色的下午和明亮得让人兴奋的夜晚萦绕着毕业班的歌声。我很开心，要不是又一个橄榄球赛季临近，多利也本该开心的。他那段时间在打棒球。这成了他不参加春季训练的借口。乐队在远处有气无力地奏起乐来。夏天里，他们把调门升到了音乐会的音高标准。这时，他也不得不每天十余次地回答这个问题：“你打算早点儿回来打球吗？”九月十五日，他回到了普林斯顿晚夏的尘埃和暑热里，在地面上匍匐前行，一路小跑着完成那套旧规程，把自己生生变成了那种楷模。换作我，得要花上十年的工夫才行。

---

① 美国俄亥俄州西南部城市。

自始至终，他内心充满了憎恶，一刻都不曾减弱。那年秋天，他参加了耶鲁队的比赛，体重一百五十三磅①。不过，报纸可不是这么写的，只有他和乔·麦克唐纳在那场灾难性的比赛中踢完全程。他本可以轻而易举地当上队长的——但这会涉及某些我所知道的机密，不能说出来。他唯一的恐惧就是出于某种原因，他不得不接受它。两个赛季！他现在甚至都避而不谈。当话题转向橄榄球时，他就会离开房间或俱乐部。他不再向我述说“再也受不了了”。这一次，是圣诞节的假期驱散了他眼中不快乐的阴云。

之后的元旦，维安娜·索恩小姐从马德里回来了。二月份，一个叫凯斯的男人把她带到了毕业舞会上。

四

她比以前还要漂亮，变得愈发柔和，至少外表上看来是这样一次巨大的成功。街上的路人都迅速掉转头来看她——一副被吓到的表情，仿佛他们意识到自己差一点儿就错过了什么。她告诉我说，她暂时厌倦了欧洲男人。这让我猜测有过某种不幸的风流韵事。她明年秋天就要在华盛顿的社交界崭露头角了。

维安娜和多利——俱乐部舞会那晚，她和他失踪了两个小时，哈罗德·凯斯陷入了绝望。当他们午夜时分再次露面时，我觉得他们是我见过的最漂亮的一对璧人。他们都闪耀着那种深色皮肤的人有时所特有的光泽。哈罗德·凯斯看了他们一眼，昂然回家去了。

一周后，维安娜回来了，只是为了见多利。那天晚上，我刚好到空无一人的俱乐部来找一本书，他们在后面的阳台上喊我。这阳台通往那暗影重重的体育场，朝向那如若无人之境的一派夜色。那是无拘无束的一个时辰，温暖的风中充斥着春天的声音。凡是有足够光亮的地方，你都能看到闪亮的水珠在下落。你能感受到从星辰里消融欲滴的寒意，朝着石溪②方向的光秃秃的树丛和灌木在黑暗中变得郁郁葱葱。

---

① 约七十公斤。
② 美国纽约州东南部、长岛北部城镇。

他们一起坐在柳条长凳上，沉浸在自己的世界里，满怀浪漫和幸福。“我们得找个人说说！”他们说。

“现在我可以走了吗？”

“不，杰夫。”他们坚持说，“你待在这里，嫉妒我们吧。依着我们现在的状态，正想让人嫉妒呢。你觉得我们很般配吗？”

我能说什么呢？

“多利明年就要离开普林斯顿队了。”维安娜继续说，“可我们打算等到赛季过后，秋天在华盛顿宣布这个消息。”

我隐隐感到如释重负，因为我意识到订婚期将会很长。

“我喜欢你，杰夫。”维安娜说，“我希望多利有更多像你这样的朋友。你一直在激励他——你很有想法。我告诉过多利，如果他在班上多找找，大概还能找到像你一样的朋友。”

我和多利都感到有点儿不自在。

“她不想让我成为一个巴比特①。”多利轻声说。

“多利很完美。”维安娜肯定地说，“他是这世上最美的尤物。你会发现我对他非常适合，杰夫。我已经帮他在一件重要的事情上下了决心。”我猜到了接下来的话。“要是他们秋天还为打球的事来烦他，他就要跟他们说一说了。是吧，宝贝？”

“哦，他们不会来烦我的。”多利不自在地说，“事情并不是那样——”

“好了，他们会强拉你入伙的，打着道义的旗号。”

“哦，不。”多利反驳道，“不是那样的。我们现在不要谈这个了，维安娜。这是一个多么美好的夜晚。”

多么美好的夜晚呀！当我回想起自己在普林斯顿的恋爱经历，就总会联想到那天晚上多利的爱情。就好像是我而不是他，坐拥青春、希望和美人入怀。

多利的母亲在长岛拉姆角租了个地方消夏，八月底我去东部看多利。维安娜在我来之前就在那里待了一个星期了。在我的印象里：首先，他处

---

① 美国作家辛克莱·刘易斯（1885—1951）同名小说中的主人公，用来指代自满、庸俗、短视、守旧的中产阶级实业家或自由职业者。

在热恋中；其次，那是维安娜的派对。常有千奇百怪的各色人等前来拜访维安娜。现如今，我不介意他们了——我有了更多的阅历——但那时他们似乎玷污了那个夏天。他们都以这种或那种方式小有名气，全靠你去发现他们是怎么出名的。议论很多，尤其是关于维安娜的个性。每当我与其他哪位宾客独处时，都会谈论维安娜身上散发的个性魅力。他们认为我很无趣，他们中的大多数人认为多利也很无趣。比起他们在各自的行当里的情形，他在自己的行业里更加如鱼得水，单单他的专长无人提及。不过，我仍然隐约觉得自己抬高了身价，在接下来的一年里我自夸说那些人当中多数我都认识，在人们没能认出他们的名字时便为之恼火。

在我离开的前一天，多利打网球时扭伤了脚踝。事后，他又相当严肃地跟我开了个玩笑。“如果我只是骨折，事情就简单多了。再弯上四分之一英寸①，其中有块骨头就断了。顺便看一下这个。”他扔给我一封信。信上要求他九月十五日回普林斯顿训练，让他同时开始调整好状态。

“今年秋天你不打算打球了?”

他摇了摇头。“不打了。我不再是小孩子了。我已经打了两年，今年想歇歇了。我要是再经历一次，那就是道义上的懦夫之举啦。”

“我不想跟你争论。但是——要不是为了维安娜，你也会这样想吗?”

“当然会。假如我任由自己在胁迫之下妥协，那我将再也不能正视自己了。”

两周以后，我收到了以下来信：

亲爱的杰夫：

读到这封信的时候，你可能会有些惊讶。其实这一次我打网球时脚踝已经骨折了，现在甚至架着双拐都走不了路。我写信这会儿，脚就搁在面前的一把椅子上，肿起来了，包扎得像一所房子那么大。没人知道我们去年夏天聊过这个话题，就连维安娜也不知道。所以，就让我们都彻底把它忘了吧。不过，还有一件事——脚踝是很不容易骨折的，可我从来都不知道。

---

① 约为六点三五毫米。

我已经好多年都没这么开心了——没有赛季初期的训练，没有汗水，没有痛苦！虽有一点儿不舒服和不方便，可我自由了。我觉得自己好像骗过了好多人。这不关任何人的事，只关乎你的。

马基雅弗利①（原文如此）式的朋友，

多利

又及：

你还是把这封信撕了的好。

读起来，一点儿都不像多利的风格。

五

在普林斯顿，有次我问弗兰克·凯恩——他在拿索街售卖体育用品，能够马上告诉你一九〇一年替补四分卫球员的名字——大四那年鲍勃·塔特奈的球队出了什么毛病。

“伤病和背运吧。”他说，“在打了几场艰苦的比赛之后，他们都不肯卖力了。就拿乔·麦克唐纳来说，他是前一年的全美最佳阻截手。他慢腾腾的，状态不佳。这他知道，却并不在意。比尔整个赛季还能一直穿着那套制服，真是个奇迹。”

我跟多利坐在看台上，看着他们三比〇打败利哈伊大学队，侥幸跟巴克奈尔大学队打成平手。第二周，我们被圣母大学队以十四比〇的比分彻底击败。在跟圣母大学队比赛那天，多利同维安娜在华盛顿。可他转天回来时却对比赛非常好奇，拿着所有报纸的体育版坐在那里一边阅读，一边不停地摇着头。然后，他突然把它们塞进了废纸篓。“这个大学简直就是橄榄球狂。”他大声说道，“你知道英国球队甚至都不会为任何运动项目而搞训练吗？”

那段时期，我不太喜欢多利，看着他无所事事会很奇怪。他平生第一次四处闲逛——在房间里，在俱乐部里，在闲散人群中——他过去总是带

---

① 为达目的不择手段者。

着某种富于活力的懒散奔赴什么地方。他一路走来的所经之处曾会招来一群一伙的人——一群群同班同学想要跟他一起散步，一伙伙低年级同学用崇拜的眼神追随着他。他变成了公众人物，跟大家打成一片。这多少有点儿不合适。他解释说，他想要认识班上更多的同学。

人们通常想要他们的偶像稍微高高在上，而且多利曾是那种私人化的特殊偶像。他开始讨厌独处。当然，这在我看来最为明显。要是我起床出门，他没有碰巧在给维安娜写信，就会用一种惊惶不安的语气问“你要去哪里”，然后找个借口屁颠屁颠地跟着我。

“你为自己的选择感到高兴吗，多利?”我有一天突然问他。

他责备地看着我，眼神里带着戒备：“当然了，我很高兴。”

“不过，我真希望你还是守卫队员。”

“一点儿都没关系。今年的比赛在那个碗状球场里，我大概会给他们抛踢球吧。”

在跟海军队比赛的那一周，他突然开始去参加所有训练。他忧心忡忡，那种糟糕的责任感在起作用。他一度讨厌提及橄榄球；现在，他脑子里想的、嘴里说的除此以外，没有别的。在跟海军队比赛的前夜，我几次夜里醒来时都发现他的房间里仍旧灯火通明。

海军队最后一刻的一个前传①飞过德夫林的头顶，我们以七比三的比分输了。上半场结束后，多利离开了看台，跟队员们坐在场上。后来，他来找我时，脸上满是污垢，脏兮兮的，好像刚才一直在哭。

那一年的比赛是在巴尔的摩举行的。我和多利打算跟维安娜在华盛顿过夜，维安娜要举办一场舞会。在一种沉闷而忧郁的气氛下，我们驱车前往那里。坐在后排的两个海军军官一直在余兴未尽地议论这场球赛的细节，我尽了最大的努力拦住他，不让他对他们大吼大叫。

维安娜把那场舞会称作她在社交界的二度登场亮相。这一次，她只邀请了自己喜欢的人。原来这些人主要来自纽约——音乐家们、戏剧家们，还有一些艺术领域不知名的小配角——他们刚好造访多利在拉姆角的家，就成群结队地来了。但多利那天晚上卸去了主人的职责，没有笨拙地尝试

---

① 向对方的死球线传球的违规传球。

融入他们的谈话。他闷闷不乐地倚墙而立，带着从前那种优越感。正是这种优越感，最初让我想要结识他。后来，我在去卧室时经过维安娜的起居室，她喊我进去坐坐。她和多利脸色都有些苍白，在房间里相对而坐，气氛有点儿紧张。

“坐吧，杰夫！”维安娜疲倦地说，“我想要你见证一个男子汉如何退化成毛头小子的。”我不情愿地坐了下来。“多利已经改了主意。”她说，“他爱橄榄球胜过爱我。”

“不是这样的。”多利固执地说。

“我没听明白。”我反驳说，“多利不可能去打球。”

“可他认为他能。杰夫，为了不让你觉得我在这件事上固执己见，我想给你讲个故事。三年前，我们刚回纽约时，我爸爸把弟弟送去上学。一天下午，我们都去看他打橄榄球。比赛刚一开始，他就受伤了。可爸爸说：‘没关系，他马上就会站起来。这样的事情经常发生。’但是，杰夫，他再也没有站起来。他躺在那里，最后他们把他抬下场去，在他身上盖了一条毯子。我们刚到他的面前，他就死了。”

她把目光从我们中的一个人投向另一个，开始抽抽搭搭地哭了起来。多利皱着眉头走上前去，伸出胳膊揽住了她的肩膀。

“哦，多利！”她哭着说，“你难道不能为了我——就为我做这么一件小事？”

多利痛苦地摇了摇头：“我试过了，可我做不到。”他说。

“这是我的事情。你不明白吗，维安娜？人们都有自己的事要做呀。”

维安娜站起身来，在镜子前扑了扑粉，拭去泪水。此刻，她猛地转回身来，大发雷霆：“那么，当我以为你跟我感觉一样强烈的时候，是我一直领会错了。”

“我们不要再说这个了。我累了，不想说话，维安娜。我厌倦了自己的声音。我怎么觉得我认识的所有人除了说话，好像什么都不做了。”

“谢谢。我认为你说的是我。”

“在我看来，你的朋友们话太多了。我从来没有像今晚这样听到过这么多聒噪。做点儿实事的想法会让你觉得讨厌吗，维安娜？”

“这取决于是否值得去做。”

“哦，这值得去做——对我来说。”

“我知道你的麻烦，多利。”她恨恨地说，“你很软弱，想要受人尊敬。今年并没有很多小男孩围着你团团转，就好像你是杰克·登普西①似的。这几乎伤透了你的心。你想在所有人面前亮相，展示你自己，听到欢呼声。”

他立即大笑起来：“假如你觉得一个橄榄球运动员就是这么想的——”

“你已经决定要打球了吗?”她插话说。

“假如我对他们有用的话——是的。”

“那么，我觉得我们两个在浪费时间。”她的表情十分冷酷，但多利不肯承认她是认真的。当我离开时，他还在试图让她“理智些”。第二天，他在火车上说维安娜已经“有点儿神经质”了。他深爱着她，不敢想会失去她。可他仍然为那种突如其来的情绪所控制。这情绪让他决定去打球；头脑中的困惑和疲惫让他徒劳地相信，一切都会好起来。但我从维安娜的脸上看到了两年前那个晚上她在午夜嬉戏跟卡尔·桑德森先生谈话的神情。

多利并没有在普林斯顿中枢站下车，而是一直坐到了纽约。他去看了两位整形外科专家。其中一位给他扎上一条用小片完整的鱼骨篱笆支撑的绷带，他需要整日整夜戴着它。有很大的概率——一旦遭遇激烈的碰撞，它就会断裂，但他可以戴着它跑动，踢球时也能靠得住。第二天下午，他穿着制服出现在大学球场上。

他的出现引起了一阵小小的轰动。我跟哈罗德·凯斯和小黛西·卡里坐在看台上观看训练。她那时刚开始出名，我不知道是她还是多利吸引了多数人的注意。在那个时期，把一个电影演员带到人群里还是相当大胆的行为。假如今天来普林斯顿的是同一位年轻女士，很可能有一群人到车站去迎接。

多利一瘸一拐地四处跑。大家都说：“他瘸啦!”他踢了一个悬空球，大家都说：“他踢得真好!”与海军队鏖战过后，第一组球员被淘汰了。大家整个下午都在看多利。训练以后，他看到了我，走过来跟我握手。黛西问他是否愿意参演她要拍的一部橄榄球题材的影片。这只是说说而已，但

---

① 美国早期拳王。以美国海岸护卫队指挥官的身份参加过第二次世界大战，当年曾获得过举世瞩目的成就。

他看了看我，冷淡地一笑。

当多利回到房间时，脚踝已经肿得像烟筒粗了。他转天跟基恩做了个安排，要去调整一下绷带的松紧，以适应脚踝因肿胀而变化的尺寸。我们管它叫气球。骨头基本愈合了，但每天都会有些淤青的小肌腱被拉扯得错了位。他在球场边线处观看了斯沃斯莫尔队的比赛，下周一他在分组赛中被分到了第二组，与一些二流球员进行角逐。

有时，他多利在下午给维安娜写信。按照他的想法，他们仍有婚约，但他努力不去为这件事烦心。我想，疼痛虽说让他夜间保持清醒，却有助于此。赛季结束后，他会回去看看。

我们对战哈佛队，七比三输了。杰克·德夫林的锁骨受了伤，将缺席这一赛季的比赛。所以，基本上可以确定多利会上场。在十一月中旬的谣言和恐惧中，这则消息在原本忧心忡忡的大学生群体中燃起了希望的火花——与多利的身体状况相比，是不太实际的希望。比赛前的星期四，他回到房间，紧绷着脸，满是疲惫。“他们要起用我了。”他说，“我要回去踢悬空球了。要是他们知道——”

“难道你不能告诉比尔你对此有什么感受吗?”

他摇了摇头。我突然怀疑，他是在为去年八月的“事故”而惩罚自己。他静静地躺在沙发上，我在给他打点参加团训用的行李箱。

正式比赛那天同往常一样，就像一场梦，有一种不真实感。来了一群一伙的朋友和亲戚，还有大型演出用的七零八碎的装饰。最后跑上场的十一个小男人像是另一个世界被施了魔法的人物，看上去奇怪而又极其浪漫，一阵悸动的人群和声音的迷雾令他们模糊不清。你会随着他们一起感受无法忍受的疼痛，随着他们一起兴奋得颤抖。但他们现在跟我们没有交流；他们现在无需帮助，被奉为神明，遥不可及——隐约带上了神圣的光环。

这片土地肥沃而生机勃勃，预赛都结束了，各球队陆续各就各位。头盔都已戴好；每个人都拍着手，各自分散开来，手舞足蹈地小幅度热身。人们仍然在你周围说话，在座位上安顿下来。但你已经沉默下来，眼睛从一个人看向另一个人。端区那里是杰克·怀特海德，大四学生；前锋是乔·麦克唐纳，大块头，很让人放心；守门员是图尔，大二学生；中锋是瑞德·霍伯曼；另一边的守门员你辨认不出来——大概是邦克——他转过身来，你看到他的号码——邦克；另一个前锋是比恩·吉尔，有着异乎寻常的威仪和气派；端区还有另一个大二学生普尔。他们后面是沃什·桑普森，四分卫——想象一下他的感觉！他脚步轻盈地四处跑动，跟这人、那人讲话，试图表现出他的警觉和胸有成竹的自信。多利·哈伦一动也不动地站着，双手叉腰，看着耶鲁队的射门球员把球放好。离他最近的是队长鲍勃·泰特奈尔——

哨声响了！耶鲁队一字排开，保持平衡；然后猛地冲向前去，瞬间便传来了击球声。场上穿梭着、奔跑着身影，整个碗状球场的观众都努力向前探身，仿佛被电椅的电流击中了。

想想看，我们马上就掉球失分会怎样吧。

泰特奈尔抓住球，后退十码①。他被包围了，被挡在了视线之外。斯皮尔斯越过中锋，冲向中后卫，完成了一个短传，从桑普森到泰特奈尔，但并没有得分。哈伦一个悬空球踢给德弗罗，他在耶鲁队四十码线上跑动时遭到拦截。

现在，我们即将看到他们的战绩。

显而易见的是，他们开局不错。利用一个有效的交叉，一记短传越过中线，再持球前突五十四码②，到达普林斯顿队的六码线上。他们在这里掉球失分，雷德·霍普曼重新得到球。在一个回合的悬空球之后，他们展开又一轮攻势。这一次推进到十五码线。在四个惊心动魄的前传之后，对方两名队员被多利击倒，我们在对方的前两档进攻中持续防守。但耶鲁队仍旧精神抖擞，气势如虹。随着第三轮强攻，相对较弱的普林斯顿队防线开始失守。就在第二场四分之一决赛开始后，德弗罗抢球触地得分。上半场结束时，耶鲁队在我们的十码线上得球：耶鲁队 7　VS　普林斯顿队 3。

我们没有机会。耶鲁队超水平发挥，踢出了一年里最好的状态，但还不够。只不过这是耶鲁队主场的比赛，一切都可能发生，一切都已经发生了。这种阴郁的气氛原本还会比实际上更为凝重，在拉拉队席上，气氛凝重得简直可以用刀子切割。

---

① 大约九点一米。

② 大约四十九米。

比赛刚开始时，多利·哈伦掉落了德弗罗的高踢悬空球。虽有补救，却没有得分。半场快要结束时，又一个球从他的手中滑落了。但他把球铲了起来，滑过了端区，回到了十二码处。中场休息时，他对罗珀说他好像控制不住球了，可他们没把他换下来。他擅长的悬空球踢得很顺利，在这唯一有望得分的守卫队员组合中他必不可少。

打完第一场比赛之后，他就有点儿一瘸一拐了，尽可能减少移动来掩盖这一事实。但我对橄榄球足够了解，发现他在每场比赛中都是这样——一开始速度相当缓慢，最后快速侧身冲刺，几乎总是击败对手。在他的防守区域，没有一个耶鲁队球员可以完成一次前传。但在第三节快结束时，他又丢了一个悬空球——回转身来，在球下面胡乱转了一小圈，球掉落在地上；在五码线上又救了回来，刚好又没能得分。这已经是第三次了。我看到艾德·金伯尔卸下披着的毯子，开始在边线上热身了。

就在这时，我们时来运转了。从开球阵式来看，多利被安排在我们的球门背后，准备踢悬空球。霍华德·比门特为了配合四分卫沃什·桑普森，带球穿过对阵开球线的中心，通过第二防线，跑了二十六码①后被人接了球。耶鲁队的队长塔斯克由于膝盖扭伤而下场，普林斯顿队开始累积码数，突破替补队员防线，在比恩·吉尔和霍普曼之间跑动，由乔治·斯皮尔斯持球前突，有时是鲍勃·泰特奈尔。我们进攻到耶鲁队的四十码线上，在第三节比赛结束时漏接掉球，又把它救了回来。一阵狂热的激情在普林斯顿队的看台上奔涌。那是第一次，我们在他们的区域第一档进攻带球，有望把比分拉平。中场休息时，你能听见周围的气氛变得越来越紧张。这体现在拉拉队长们那兴奋的动作上，还有人群中迸发出来的难以控制的一波波声浪里。各种声音此起彼伏地响起来，逐渐加强，演化为一阵毫无节制的喧嚣声。

我看到金伯尔飞奔上场，向裁判员报到。我想，多利终于打完了，心里一阵高兴。可下场的却是鲍勃·泰特奈尔，他啜泣着。这不禁让普林斯顿一方起立欢呼。

随着第一场比赛爆发出一阵骚乱，一直持续到比赛结束，嘈杂声间或

---

① 大约二十三点六六米。

消失，化作一种悲鸣声。接着，便像刮起一阵强风，下起瓢泼大雨，电闪雷鸣地划过黄昏的天空，从碗状球场的一边到另一边，如同极度痛苦的迷失灵魂在天际缺口一晃而过。

队员们在耶鲁队四十一码线的位置上一字排开，斯皮尔斯立刻抢断阻截手六码①。他再次持球前突——他是野蛮而不受欢迎的南方人，但不时有精彩表现——在同一个突破口再推进五码，加上第一档的码数。多利在横传球上推进两码，斯皮尔斯被控制在中线位置。到第三档时，球在耶鲁队的二十九码线上，还有八码就到了得分区域。

我身后立刻起了一阵骚乱，有人推推搡搡，有人吵吵嚷嚷；一个人身体不适，或是昏了过去——我没注意到底是哪样。然后，一些人站起身来。片刻，我的视线被遮住了；接着，一切都变得异常狂乱起来。替补队员从四面八方跳到场上，挥舞着毯子。半空中满是抛起来的帽子、软垫、外套，还有震耳欲聋的咆哮。多利·哈伦虽说在他的普林斯顿队生涯里持球前突的次数也只有十余次，但他中途拦截了从金伯利那里传过来的一记长传，拖住一名阻截手，奋力跑了五码②，奔向耶鲁队的球门。

六

过了一会儿，比赛结束了。当耶鲁队发起又一轮进攻时，情况一时不妙，但并没有得分。鲍勃·泰特奈尔的十一个球员同一支实力更强的耶鲁队打了个平手，从而拯救了这个战绩平平的赛季。对我们来说，有一种胜利的感觉，即便没有趾高气扬也算扬眉吐气了。耶鲁队员从碗状球场走出来时，脸上都带着垂头丧气的表情。说到底，这会是不错的一年——到最后打了一场胜仗，对于明年的球队可就有交代了。我们班——我们当中那些在乎的人——还没尝到最后失败的滋味就要离开普林斯顿了。这个象征则会保留下来——恒久不变；一面面旗帜在风中自豪地飘扬。这一切很幼稚吗？给我们找点儿什么来填满胜利的壁龛吧！

我在更衣室外面等着多利，直到几乎所有人都出来了。他还在磨蹭时，

① 大约五点五六米。
② 大约四点五七米。

我走了进去。有人给了他一点儿白兰地。他从来都不多喝，所以头还在晕呢。

“给你一把椅子，杰夫!”多利满面笑容，十分开心。“拉伯！托尼!给这位尊贵的客人拿一把椅子。他是个知识分子，想要采访一个呆头呆脑的运动员。托尼，这是迪林先生。这个滑稽的碗状球场什么都有，就是没有扶手椅。我爱这个碗状球场，打算在这里安营扎寨。”他突然默不作声了，开心地想着所有的事情。他感到满足。我说服他去换衣服——大家都在等我们呢。此时，天色已黑。他随后坚持要在场地上散步，用鞋子来感受那破碎的草皮。他从鞋底防滑钉上摘下一块草皮断片，撒手让它落下，大笑起来；心不在焉地看了一会儿，然后转身走开了。

我们跟塔德·戴维斯、黛西·卡里，还有另外一个姑娘，一起开车去纽约。多利坐在黛西身边，有点儿傻气，却魅力十足，惹人喜欢。自从我认识他以来，他还是第一次这样自然地谈起那场比赛，甚至还有点自命不凡。

“这两年我过得很好，总是被当作参赛球员之一在专栏末尾被提及。今年我丢了三个悬空球，每次打球都动作迟缓，直到鲍勃·泰特奈尔不停地冲我大喊：‘我不明白他们为什么不把你弄出去!’但即便球不是传给我的，只要落到了我的手上，我明天就会上头版头条。”他大笑起来。有人碰到了他的脚，他疼得龇牙咧嘴，脸色变得苍白。

“你是怎么受伤的?”黛西问，“是在打球的时候吗?”

“去年夏天伤的。”他简短地说。

“带伤打球一定很痛吧。”

“很痛。”

“我想，你是不得已而为之。”

“有时候就是这样喽。”

他们惺惺相惜，都是打工族。无论生病还是健康，有些事情也是黛西不得不做的。她带着残忍的冷酷，谈起自己去年冬天在好莱坞不得不落入一个露天泻湖的情形。“六次——烧到一百零二度①。可电影制作一天的成

① 此指华氏温标，相当于三十八点九摄氏度。

本就是一万美元。”

“他们就不能用替身吗？”

“他们在可能的情况下都用替身——只是在万不得已的情况下，我就得落水了。”

她十八岁。我把她往昔的勇气、独立和成就，以及在那些现实合作中表现出来的礼貌，与我所认识的大多数社交女郎做了比较。在任何一方面，她都远在她们之上——假如有一刻她朝我看一眼——但多利那丝绒般温柔的闪亮双眸，朝她的眼睛发射出爱的讯号。

“你今天晚上不能跟我出去吗？”我听见她问他。

他很抱歉，可他不得不拒绝——维安娜在纽约，要见他。我不知道，多利也不知道，将会是和解还是分手。

当她在里兹饭店让我和多利下车时，他们两人眼中都流露出真心的遗憾，是那种依依不舍的情意。

“真是个了不起的姑娘！”多利说。我表示赞同。“我要去见维安娜了。你能在麦迪逊酒店给我们订一个房间吗？”

于是，我离开了他。他和维安娜之间发生了什么，我不知道。直到今天，他都没提过这件事。但有几个人目睹了后来傍晚发生的事情，感到惊讶甚至愤怒，引起了我的注意。

多利大约十点钟走进大使酒店，到前台要求接通凯里小姐的房间电话。前台围着一群人，有些是参加了比赛的耶鲁队或普林斯顿队的大学生。他们有几个人在庆祝胜利，其中一个显然认识黛西，试图把电话打到她的房间去。多利当时心不在焉，肯定是以有点儿唐突的方式从他们中间穿过去，要求联系凯里小姐。

一个年轻人后退了一步，不高兴地看着他说：“你好像特别心急。不过，你是谁呀？”

一阵沉默。是那种异样的短暂停顿。前台附近的人们都回过头来张望。多利的内心产生了某种变化，觉得生活好像已经安排好了他的角色，让这个特殊的问题出现。现在他除了回答，别无选择。仍旧是一阵沉默。这一小群人都在等待。

“怎么，我是多利·哈伦。”他郑重地说，“你觉得怎么样？”

实在是超乎想象。停顿片刻，突然有一小阵骚动。大家异口同声地说：“多利·哈伦！什么？他刚才说什么？”

那位职员听到了这个名字。当打给凯里小姐房间的电话接通时，他报给了对方。“请哈伦先生直接上楼去吧！”

多利独自带着他的战绩，转身走开了，仅此一次为之怦然心动。他突然意识到，它带给自己的这种隐秘的内心感受不会持续太久。这段记忆要比胜利本身更持久，就连这场胜利都会比他内心的喜悦更持久。而这种喜悦才是最好的。他高大挺拔，以胜利和自豪的姿态穿过大厅，全然不把眼前未知的命运和身后喋喋不休的闲言碎语放在眼里。

（郭燕夫　译　林斌　校）

附 录

弗朗西斯·菲茨杰拉德作品大全

长篇小说：

《人间天堂》（This Side of Paradise，1920）

《美丽与诅咒》（The Beautiful and Damned，1922）

《了不起的盖茨比》（The Great Gatsby，1925）

《夜色温柔》（Tender Is the Night，1934）

《最后一个大亨》（The Last Tycoon，1941）

短篇小说集：

《时髦女郎与哲学家》（Flappers and Philosophers，1920）

《爵士乐时代的故事》（Tales of the Jazz Age，1922）

《所有忧伤的年轻人》（All the Sad Young Men，1926）

《清晨起床号》（Taps at Reveille，1935）

《作者的下午》（Afternoon of an Author，1957）

《重访巴比伦及其他》（Babylon Revisited and Other Stories，1960）

《帕特·霍比故事集》（The Pat Hobby Stories，1962）

《巴瑟尔与约瑟芬故事集》（The Basil and Josephine Stories，1973）

《代价高昂：短篇小说拾遗五十篇》（The Price Was High：Fifty Uncollected Stories，1979）

《弗朗西斯·菲茨杰拉德短篇小说集》（The Short Stories of F. Scott Fitzgerald，1989）

剧作：

《蔬菜》（The Vegetable，1923）

散文集：

《崩溃》（The Crack - Up，1936）